KB102913

# 그숲에 살다

# 그 숲에 살다

초판 1쇄 인쇄 2014년 6월 5일  초판 1쇄 발행 2014년 6월 10일

지은이 이용직

펴낸이 양은하
펴낸곳 들메나무  출판등록 2012년 5월 31일 제396-2012-0000101호
주소 (410-817) 경기도 고양시 일산동구 백석2동 1451-4번지 102호
전화 031) 904-8640  팩스 031) 904-8640
전자우편 deulmenamu@naver.com

값 14,000원  ⓒ 이용직, 2014
ISBN 978-89-969042-1-2 03810

**국립중앙도서관 출판시도서목록(CIP)**

| |
| --- |
| 그 숲에 살다 : 이용직 산림소설 / 지은이: 이용직. ― 고양 : 들메나무, 2014 |
| p. ;   cm |
| ISBN  978-89-969042-1-2 03810 : ₩14000 |
| 한국 현대 소설[韓國現代小說] |
| 813.7-KDC5 |
| 895.735-DDC21          CIP2014016292 |

# 그숲에 살다

해방되던 해 통고산 심미골에 큰 산불이 났다. 탕수도 아버지를 따라나섰다. 심미골 화전민촌 아이들이 개구리를 구워먹다 산불을 냈다. 당황한 어머니는 사내아이 형제를 껴안고 헛간으로 몸을 피했다. 그러나 산불 한가운데 들었던 초가집은 이내 불길에 휩싸였고 아이들과 어머니가 불에 타 숨졌다. 어린 나이에 끔찍한 산불을 경험한 탕수는 그후로 산불 소리만 들어도 두 아들을 껴안고 불에 타 죽은 어머니의 처참한 모습이 눈앞에 어른거려 몸서리가 쳐진다. 탕수에게 산불은 일종의 금기 사항이 되어 평생토록 산불과 전쟁을 벌이고 있다. 그 산불을 끄고 돌아오는 길에 "산과 나무는 산중 사람의 목숨이다"라고 하신 아버님 말씀이 탕수의 평생 좌우명이 되었다.

이용직 산림소설

들메나무

# 차례

김달수는 실존 인물이다. 일제 강점기에 태어나 경상북도 울진군 서면 소광리 큰빛내 금강소나무 숲에서 살았다. 해 뜨면 화전밭에 나가 일하고, 날이 저물면 별을 이고 들어오는 두더지 같은 삶을 살았다. 숱한 사람들이 산골이 싫다고 도회로 나갔지만 그는 오로지 나물 먹고 물 마시는 삶에 만족하고 유유자적했다.

눈앞에 펼쳐진 큰빛내 금강소나무들이 그의 벗이었고, 휴식처였고, 삶의 터전이었다. 그 가운데서 평생을 살면서 숱한 도벌꾼들의 유혹을 물리쳤고 많은 산지기들을 만났다. 큰빛내 소나무를 지키는 일에는 언제나 앞장을 섰고, 밤을 새운 산불 지키기는 그의 일과였다. 그는 언제나 큰빛내 금강소나무를 지키는 일에 앞장서면서도 공치사 한마디 없었다. 진정으로 산을 사랑하고 큰빛내 금강소나무를 지킨 사람이었다.

사람들은 그렇게 말한다. 대한민국은 유례없이 짧은 기간에 완전 녹화에 성공한 모범 국가라고. 그러나 오늘날 우리가 맘껏 누리고 있는 울창한 숲이 처음부터 지금 그 자리에 있었던 것은 아니다. 아무도 알아주지 않는 음지에서 묵묵히 산을 지키고 나무를 가꾸었던 주인공 같은 이가 있어서 가능했던 일이다.

이 소설을 통해서 자연과 함께 살았던 산사람들의 애환을 그리고 싶었다. 해방과 6·25전쟁을 겪으면서 빚어진 생활고 때문에 산속에서 은밀하게 이뤄졌던 산림 도벌 사건을 통해 산촌 사람들의 아픔을 말하고 싶었다. 문명의 혜택은 고사하고 하늘 넓이가 3천 평밖에 안 되는 첩첩산중에서 산과 나무와 더불어 살았던 산사람들의 일상을 세상 사람들에게 알리고 싶었다.

온누리에 푸르름이 깃든 6월에
이용직

# 폭설

폭설이 내렸다. 소나무 가지 부러지는 소리가 밤새 그치지 않았다. 큰빛내는 깊은 산중이라 눈이 시작되면 며칠씩 계속된다. 정월 대보름달에서 온통 흰자위만 보이더니 여름 장마에 앞서 폭설이 먼저 내렸다. 마당에 쌓인 엄청난 눈에 질린 달수는 아쉬운 대로 아내가 물 길러 다니는 샘까과 변소 길만 겨우 치웠다.

"경수, 집에 있는가?"

경수는 지붕을 맞대고 사는 동생뻘 되는 사람이다.

"이 새벽에 형님이 웬일이오?"

경수가 부스스한 얼굴로 문을 열고 선잠을 깨운다.

"우리 집 백구가 안 보여서 혹시나 하고……."

"백구가 왜요?"

"아침에 눈을 치우면서 개집을 들여다보니 안 보여서."

"추운데 잠깐 들어오세요."

"집에 가야지."

맥 빠진 발걸음을 돌렸다.

"새벽바람에 어디 갔다 오시오?"

아침 준비를 하던 아내가 묻는다.

"백구가 안 보이네. 경수네도 가봤는데 거기도 없고."

"그러고 보니 간밤에 개 짖는 소리를 들은 것도 같은데……."

"거 참 이상하네. 그런데 왜 자꾸 불길한 생각이 들지?"

아래채에서 노인이 방문을 열고 내다본다.

"아비야, 무슨 일이냐?"

"백구가 안 보여서요."

"발 달린 짐승이 어디는 못 갈까."

"그게 아닌 것 같아서요."

"그게 아니라면, 혹시……."

아침상을 받은 노인이 조심스럽게 입을 열었다.

"정월달 동제도 잘 모셨는데 뭐가 잘못됐는지 모르겠구나."

"만석이 어미가 간밤에 백구 짖는 소리를 들었다는데요?"

"그렇지 않기를 바라지만 큰짐승이라면 걱정이다. 그러니 모두들 조심해라."

"큰짐승은 고사하고 살쾡이도 못 봤는데 뭔 일이 있겠어요?"

"사람 일은 알 수 없다. 매사에 주의해서 손해 볼 것 없다. 밤중에 혼자 나다니지 말고, 또 해 지기 전에 돌아오너라. 어른도 어른이지만 아이들 간수 잘하고."

달수네가 큰빛내 마을에 정착한 것은 할아버지 때부터다. 기근이 몹시 들던 해, 달수 할아버지는 가족을 이끌고 이 산골로 들어왔다. 부쳐 먹던 소작농을 떼이고 화전이라도 일굴 작정으로 무작정 깊은 산을 찾아든 것이다. 그때만 해도 큰빛내는 인가는 구경도 못하던 두메산골이었다. 계곡물이 상시 흐르는 남향받이에 집터를 잡았고 화전밭에 감자를 심어 연명했다. 산은 높고 골은 깊었으며, 나무는 무성했다.

그중 특히 아름드리 소나무가 많았다. 큰빛내, 작은빛내, 홈다리, 삿갓재 등의 골짜기마다 몸통이 붉은 소나무가 한여름 대마밭처럼 자라고 있었다. 그 소나무 밭에 들어가면 발목이 빠지도록 솔가리가 푹신하고 골골마다 송이가 지천이다. 산골의 봄은 짧았고 겨울은 길었다. 잔설이 잦아드는 봄철에는 양지 바른 땅에서 봄나물을 뜯고, 가을이 들면 산골짝마다 곳간이고 과수원이다. 언제나 먹거리가 부족했고 난데 사람들이 그리웠지만, 없으면 없는 대로 있으면 있는 대로 나물 먹고 물 마시니 대장부 살림살이 이만하면 족하다던 옛말이 부럽지 않은 삶이었다.

만석이는 달수가 장가들던 해 낳은 첫아들이다. 돌을 지났으나 아이가 늦되는 바람에 서너 발자국을 겨우 떼어놓는다. 어미가 콩 밭을 매면서 젖을 먹이고 다복솔 그늘에 재워놓고 일을 했다.

농사일이란 게 본시 정해놓은 시와 때가 없어서 들에 나가면 날 저문 줄 모른다. 오늘 일도 해 중으로 끝내기는 벅차지만 내친걸음 에 끝낼 작정으로 이랑을 타고 앉았다. 욕심을 내다 보니 해가 지고 푸르스름한 땅거미가 산그늘을 타고 내릴 때가 돼서야 이랑을 털 고 나섰다.

달수 아내가 만석이를 재워놓은 곳으로 잰걸음을 옮겼다. 그런데 아이가 보이지 않는다. 새참 먹는 시간에 젖을 먹여 다복솔 그늘에 눕혀 재운 만석이가 없어졌다. 놀란 어미는 눈앞이 캄캄했다. 그러 고 보니 조금 전에 아이 우는 소리를 들었는데 그때 무슨 일이 생 겼단 말인가? 조금만 더 할 생각으로 아이 소리를 귀담아듣지 않 았는데 그게 화근이었단 말인가?

"만석아! 만석아!"

소리쳐 아이를 불렀다. 달수가 놀라 뛰어왔다. 날은 저무는데 아 이는 간 곳이 없고, 아이를 덮어 재웠던 삼베 홑이불이 저만치 떨어 진 소나무에 걸려 있다. 찢어진 아이 옷자락에 핏방울이 낭자했다.

"아이고!"

아이 어미가 비명을 지르며 풀썩 주저앉았다. 눈앞에 펼쳐진 믿 기 어려운 현장을 본 달수도 정신줄을 놓았다. 아무리 산중이라지만 백주 대낮에 짐승이 아이를 물어가다니. 말로만 듣던 호환(虎患)이 이런 것인가? 아이 어미는 혼절해서 쓰러지고, 달수 혼자 눈에 불을 켜고 헤맸지만 아이는 흔적도 없다. 산그늘 깊은 계곡에 캄캄한 어둠이 몰려왔다.

"만석아! 만석아!"

아이 찾는 소리가 산골짝으로 흩어졌다. 애꿎은 콩밭 이랑도 들춰보고 다복솔 밑자락도 두 번 세 번 들췄다. 고무신이 벗겨지고 머리카락이 흐트러져 산발이 되었다. 목이 쉬고 핏발이 섰다. 그러나 아무 곳에서도 만석의 흔적은 보이지 않았다. 한밤중이 돼서야 실성한 몰골로 돌아온 아들 내외를 보는 순간 노인의 눈길이 불길한 짐작으로 흔들렸다.

"아버님, 만석이를 잃었습니다."

달수가 아버지 앞에 털썩 주저앉았다.

"큰짐승 해코지가 틀림없다. 정신 차리고 동네 사람들을 불러 찾아보자. 살아 있는 목숨이 아닐 터이지만 뼛조각이라도 찾아야 한다. 마음을 다부지게 먹고 마을 사람들에게 기별해라. 오늘 저녁은 우리 집에서 자고 내일 새벽이라도 찾아나서야 한다."

달수와 경수가 신발 끈을 졸라매고 동네 사람들에게 기별을 나섰다. 방문을 열어놓고 담뱃불을 붙여 문 노인은 참담한 마음을 금할 수 없다. 20년쯤 됐을까…… 멧돼지 목로를 놓으러 갔던 광산골 김상돌이 호환을 당한 이후 처음이다. 아이 어미는 기진해서 자리 보전하고 누웠고, 노인은 온갖 생각에 잠겨 애먼 담뱃대만 빨고 앉았다.

기별을 받은 마을 사람들이 모여들었다. 황망 중에 달려온 사람들 손에는 조선낫이 들려 있다. 낫과 쇠스랑은 산골 사람들의 필수품이고 길동무다. 연장을 손에 들고 나서면 밤길이 든든하다. 조용하던 집 안이 떠들썩하다. 남편을 따라 아내들도 달려왔다. 먼 길을 달려온 여인들은 몸져누운 아이 어미를 돌보고, 한쪽에서는 가마솥에 물을 데우느라 부산하다. 애꿎은 담배만 태우던 노인이 마당에 내려섰다.

"밤중에 기별해서 미안하네. 일이 너무 위중해서 그러니 이해들 하시게. 오늘은 여기서 자고 내일 새벽에 나서도록 하세. 그때까지 눈들 좀 붙이고."

말은 그렇게 했지만 잠잘 분위기가 아니다. 경수 아내가 농주로 담가둔 막걸리를 걸러냈다. 술이 몇 순배 돌자 사람들의 목소리가 살아났다. 친구들이 모여 앉아 위로의 말을 건넸으나 달수의 귀에는 아무 소리도 들리지 않았다. 아이가 눈에 밟혀서 도저히 마음을 진정시킬 수가 없다.

온 산을 뒤집어서라도 기어이 찾아내겠다는 마음뿐이다. 권하는 막걸리를 들이켜기도 하고, 밤하늘을 쳐다보며 눈물을 흘리기도 했다. 마당가에 피워놓은 장작불이 대낮처럼 집 안을 밝혔다. 잘 마른

참나무 장작이 타닥타닥 불꽃을 일으켰다. 지친 사람들이 이리저리 쓰러져 누웠다. 그 틈에 끼인 달수도 술기운을 빌려 눈을 붙였다. 시간은 아무 일도 없었다는 듯 그렇게 흘러갔다.

갈증을 느낀 달수가 잠을 깨니 새벽이다. 눈을 뜨자마자 머릿속에 하얀 슬픔이 북받쳤다. 꿈인가 생시인가, 도저히 믿어지지 않았다. 멍석자리에 이리저리 떨어진 친구들이 한없이 고맙다. 하루 종일 논밭에서 일하고 고단한데도 자기 일처럼 발 벗고 나선 친구들이 있어서 든든했다. 부엌에 들어가 찬물을 벌컥벌컥 마셨다. 빈속에 마신 술 창자가 자리를 잡으면서 정신이 돌아왔다. 하늘에는 빛바랜 그믐달이 허연 얼굴로 서쪽 하늘에 걸려 있다.

아내를 깨웠다. 하룻밤 사이에 완전 다른 사람이 되어 있다.

"얼른 일어나보소. 사람들 산에 가는데 밥은 먹여야지."

"형님은 더 주무시게 두시오. 밥은 우리가 할 터이니."

사람 소리에 잠을 깬 덕삼의 아내가 달수를 만류한다.

밤사이 온 집안을 환하게 밝힌 장작불이 사그라지고 잿불만 남았다. 달수가 헛간에서 마른 장작을 안아다 불씨를 살렸다. 친구들이 부스스한 얼굴로 하나둘 일어났다. 하나같이 피곤에 찌든 몰골이다. 고된 농사일 끝에 편한 잠을 자지 못했으니 오죽할까. 사람들이 둘러앉아 새벽밥을 먹고 길 나설 준비를 마쳤다. 동쪽 하늘이 희끄무레 밝아오는 새벽이다. 노인이 길 떠나는 사람들에게 당부했다.

"아이가 살아 있다면 천명이지만 기대가 난망이다. 일을 당했다면

뼈라도 찾아야 한다. 하룻밤에 천 리를 간다는 짐승이지만 멀리는 안 갔을 것이다. 산에 들거든 여러 사람이 뭉쳐 다녀라. 당한 일은 당한 일이고, 성한 사람은 탈이 없어야 한다."

사람 머리를 헤아린다. 주인까지 도합 열 명이다. 온 산골짜기 사람들이 총동원됐다.

"그래, 이런 일에는 사람이 많을수록 좋다. 모두가 연장을 하나씩 챙겨 들어라. 낫도 좋고, 상배처럼 쇠스랑도 좋다. 연장을 들고 있으면 든든해지는 법이다. 그런데 어느 골로 먼저 가는 게 좋겠느냐?"

"어르신 말씀대로 하겠습니다."

장군터 박수돌이 대꾸한다.

"그러면 이렇게 하자. 우리 집 뒷산으로 올라가서 너뱅이골을 거쳐서 바람골로 가거라. 마지막으로 깔딱고개를 넘어서 아이가 없어진 콩밭 근처에 가서 낱낱이 살펴라."

"어르신, 깔딱고개 콩밭골부터 찾으면 안 될까요? 아무래도 거기서 변을 당했으니 그쪽부터 찾아보는 게 좋을 듯해서요."

"옛날 김상돌이도 20리나 떨어진 진조산 막창에서 유골을 찾았다. 이번에도 깔딱고개 근처에는 얼씬도 안 할 것이다. 깔딱고개는 맨 나중에 가거라."

"찾으면 어찌할까요?"

"어찌하기는? 안고 와야지. 큰짐승이 사람을 해코지해도 반드시 유골을 남긴다. 그때도 머리 유골을 찾았다. 의복이든 유골이든, 찾거든 수습해오거라. 특히 높은 바위나 사람의 손이 닿지 않는 절벽을 눈여겨봐라. 큰 바위가 있거든 반드시 그 위를 확인해라. 큰짐승은 덩치 큰 황소도 물어 던지고, 사람이 못 올라가는 높은 곳에 올라가는 버릇이 있다. 호환을 당한 사람들은 하나같이 높은 바위에서 화를 당했다. 그리고 날이 저물면 꼭 횃불을 들어라. 산짐승은 불을 무서워한다. 미리미리 관솔을 준비했다가 날이 어두워지거든 불을 들도록 해라."

노인의 주의를 들은 일행은 줄레줄레 길을 나섰다. 달수네 집은 큰빛내 개울이 내려다보이는 언덕 위에 있다. 삽짝을 나서면 곧바로 내리막길이고 집 뒤로 난 소로는 산으로 올라가는 길이다. 여름이라 해도 밤사이 내린 서늘한 이슬이 발목을 적셨다. 발길에 차이는 게 온통 가시덩굴이고 죽어 넘어진 나뭇둥걸이다. 새벽잠을 깬 고라니가 인기척에 놀라 달아났다.

계곡물이 수정처럼 맑다. 잔잔한 물웅덩이 속이 훤하게 들여다보인다. 먹이를 찾는 가재가 굴삭기 주걱 같은 앞다리를 세우고 물속을 기어다닌다. 새벽안개가 스멀스멀 피어오르는 소나무 잎에서 차가운 이슬이 우수수 떨어졌다. 사방 어디를 둘러봐도 평화요, 고요함이다. 그러나 달수의 마음은 지옥이다. 어쩌다 이처럼 참혹한 지경에 이르렀는가? 콩밭이 대관절 뭣이라고 그 어린 것을 혼자 재워놓고 방심했단 말인가.

아이를 생각하면 금세 눈시울이 따가워졌다. 오솔길로 접어들어

앞서거니 뒤서거니 한 줄로 걸었다. 앞장선 사람이 길을 텄다. 가시 덤불을 쳐내고 넘어진 나뭇등걸을 타고 넘었다. 사람 하나가 겨우 빠져 다닐 수 있는 오솔길은 토끼나 너구리 길이다. 그러나 사람도 그 길을 다녔다. 눈 오는 날은 토끼몰이를 했고, 나물 뜯고 산열매를 딸 때도 그 길로 다녔다. 아무도 말하는 이 없이 그저 걷기만 할 뿐이다.

상대는 사람이 당해낼 수 없는 무서운 짐승이다. 사람을 헤친 짐승을 잡으러 가는 길이 아니고, 그 짐승이 해코지하고 남긴 사람의 흔적을 찾아 헤매고 있는 것이다. 너뱅이골을 지나도록 아무 흔적도 찾지 못했다. 큰 능선을 하나 더 넘었다. 해가 중천에 떴다. 너뱅이골을 지나 바람골에 들어섰다. 시원한 계곡물을 두 손으로 움켜 마셨다. 떡 본 김에 제사 지낸다고 앉은 자리에서 점심 보따리를 풀었다. 감자가 섞인 쌀밥이다. 아이 잃은 어미의 고마운 마음을 담은 쌀밥이다. 등짐으로 지고 온 막걸리 통을 열었다. 땀 흘린 후 마시는 막걸리는 꿀맛이다.

달수가 입을 열었다.

"고생시켜서 미안하네. 너뱅이골도 허탕치고 남은 곳은 깔딱고개 뿐인데…… 거기까지 찾아보고 없으면 그만두세. 힘들지만 조금만 더 고생하세."

"우리 고생이 문제가 아니고, 큰빛내는 거의 다 뒤졌는데 흔적도 없으니 답답하구먼."

"그러면 나 여기 있으니 잡아가시오 하고 나서기라도 할까?"

"성급하게 생각지 말고 차근차근 왔던 길을 되짚어보세."

시원한 물가에 잠시 드러눕거나 혹은 발을 담그기도 했다. 동네 사람들이 다 모이고 보니 소광리 동네를 몽땅 옮겨온 느낌이다. 모두들 30 청년을 전후한 젊은 나이다.

휴식을 마친 일행이 일어섰다. 썩어 넘어진 나뭇등걸 속도 들여다보고 키가 훤칠한 늙은 소나무도 올려다보았다. 숲이 우거져 음침한 골짜기는 일일이 숲을 헤치며 바닥을 훑었다. 그러나 어디에서도 아이의 흔적은 찾지 못했다.

깔딱고개를 넘어서자 제법 널찍한 밭뙈기가 눈에 들어왔다. 사건이 난 달수네 콩밭이다. 집에서 멀리 떨어진 게 흠이지만 소출이 많이 나는 화전밭이다. 콩밭에 들어서자 달수 가슴에서 쿵 하는 소리가 났다. 만석이를 눕혔던 자리에 달려가 다시 한 번 살폈다.

"여기가 그 자릴세."

아이를 눕혔던 자리를 지목했다. 콩밭 이랑과는 100여 보가 안 되는 거리지만 밭고랑이 굽어지는 바람에 한눈에 보이지 않는 외진 곳이다.

"이 홑진 산에다 아이를 눕혔다니, 자네가 잘못했구먼."

"안 그러면 일은 누가 하고. 자네는 딴 세상 사람인가?"

"시답잖은 콩밭 때문에 아이를 간수하지 못한 아비가 잘못일세."

"자, 모두들 담배 한 대 태우고 일어나세. 여기까지 와서 이말 저

말 해봤자 소용없는 일일세. 서두르세. 혹시 누가 아는가? 아이가 살아 있을지도 모르는 일이고."

"자네 말이 옳으이. 그러니 빨리 움직이세."

일행이 다시 길을 나섰다. 깔딱고개를 넘어 불선골로 들어섰다. 불선골은 강원도 삼척과 경상도 봉화군의 경계에 있는 깊은 골짜기다. 그 계곡에 들어서면 오늘 해 중으로 집에 가기는 틀렸다. 그토록 골이 깊었고 나무가 우거졌다. 해가 뉘엿뉘엿하도록 골짜기를 헤매고 다녔으나 헛일이었다.

"안 되겠네. 이러다가 밤새우겠네. 이쯤해서 그만두세."

기진맥진해진 일행에게 달수가 단호하게 말했다. 새벽에 집을 나서 긴긴 여름해가 넘어가도록 헤매고 다녔어도 흔적조차 찾지 못했다. 바람골 능선에서 너뱅이골로 접어드니 해가 졌다. 밝혀 든 횃불에 의지해서 얼마를 걸었을까. 달수네 집이 저만치 보였다.

모두가 지쳐서 길섶에 짐승이 엎드려 있다 해도 지나칠 판이다. 그때 눈앞에 커다란 바위가 들어왔다. 올 때도 분명 그 자리에 있었을 텐데 보지 못했던 바위다. 그 바위 난간에 헝겊 조각이 걸려 있다. 달수가 바위로 뛰어갔다. 희끗하게 보이던 헝겊 조각은 아이가 입었던 저고리로, 피칠갑이 되어 바위에 걸려 있었다.

바위 위에는 차마 눈 뜨고 볼 수 없는 참혹한 광경이 펼쳐져 있었다. 잘 드는 칼로 잘라낸 듯한 아이의 두개골이 아비를 빤히 쳐다보고 있었다. 달수의 무릎이 풀썩 꺾였다. 후들후들 떨리는 손으로 아이를 품어 안았다. 그리고 하늘이 무너지는 울음을 토했다. 뒤따라온 일행들이 경악했다. 아이 머리를 가슴에 안고 있는 달수의 눈초리에서 불길이 펄펄 일었다. 남들이 알아듣지 못하는 소리를 혼자서 중얼거렸다. 그 짐승이 여기까지 아이를 물고 와서 집이 빤히 내려다보이는 바위에서 해쳤다. 사람의 속마음을 들여다보기라도 하듯이 사람들을 철저히 농락했다.

"호환을 당한 사람을 호식총으로 쓰지 않으면 저승에 가지 못한 영혼이 또 다른 사람을 해코지한다. 준비할 일이 많다. 아비 너는 양초와 창호지 서너 장을 찾아놓고, 덕삼이는 헛간에 가서 못 쓰는 떡시루를 꺼내오게. 달석이는 마루 밑이나 헛간에 가서 쇠꼬챙이가 있나 찾아보고, 그게 없거든 물푸레나무 작대기를 깎아오거라. 빨리 빨리 해라, 시간이 없다."

노인이 서둘렀다. 준비물을 확인한 노인이 앞장을 섰다. 아이가 호환을 당한 바위로 갔다. 노인이 너럭바위 아래에 터를 잡았다. 사람을 시켜 낮은 곳은 흙을 채우고 높은 곳은 깎아내려 터를 닦았다. 노인이 막걸리를 부어놓고 달수더러 절을 하라 시켰다.

"절을 해라. 아이의 원혼을 달래는 호식총을 모셔야 한다."

엉거주춤하게 서 있던 달수가 절을 했다. 창호지에 정성 들여 싼 아이의 유골을 놓고 떡시루를 뒤집어씌웠다. 구멍 뚫린 떡시루에 물푸레나무 꼬챙이를 꽂아놓고, 산돌을 주워 돌무덤을 쌓았다. 왼새끼를 돌무덤에 둘러치고 창호지를 접어 새끼 매듭 사이사이에 끼웠다. 호식총이 완성되었다.

"쇠꼬챙이를 꼽는 것은 억울하게 죽은 창귀를 막는 부적이다."

허무했다. 어제와 오늘이라는 하루 사이에 꽃봉오리 같은 어린 생명을 묻고 돌아서는 달수의 마음은 천 갈래 만 갈래 찢어졌다. 자식은 가슴에 묻는다는 말이 절실하게 와 닿았다. 장가들어 얻은 첫아이인데 세상에 드문 호환을 당하다니…… 하늘이 원망스러웠다. 아이를 위해서 아무것도 해주지 못했던 자신이 너무 슬프고 초라했다. 일이 손에 잡히지 않았다. 밥을 먹어도 목구멍에 걸리고, 잠을 자도 악몽을 꾸었다.

어디선가 아이가 금방 튀어나올 것 같고, 아이의 옹알이가 귀에 걸리고 눈에 밟혔다. 아프다는 핑계로 몇 날 며칠을 드러누워도 보았고, 못 마시는 술도 마셔보았다. 그러나 곰실곰실 방 안을 기어다니는 아이의 환영 때문에 아무 일도 할 수가 없다. 이대로 가다가는 산 사람이 먼저 죽을 판이다.

며칠을 끙끙대던 달수의 아내는 의외로 강한 모습을 보였다. 아직도 아이의 환영에 시달리고 있는 달수에 비하면 훨씬 매몰차고 강했다.

"얼른 일어나시오. 당신이 그런다고 죽은 아이가 살아오겠소? 정작 앓아누울 사람은 나요. 열 달 동안 배 아파 낳은 어미도 멀쩡한데 아비인 당신이 왜 그러시오? 당신이 배를 아파 봤소, 젖을 물려

봤소? 안 할 말로 자식은 또 낳으면 되는데, 젊은 사람이 왜 그러는 게요?"

이렇듯 정신을 수습하지 못하는 남편을 모지락스럽게 쏘아붙였지만, 달수에게 만석이는 이녁에서 떨어진 분신이요 핏줄이기 때문에 쉽게 잊을 수가 없었다.

그러나 무심한 세월은 그렇게 흘러갔다.

## 해원

"아무래도 신고를 해야겠다. 내일 서면 순사주재소에 갔다 오너라."

"신고를 하다니요, 뭘 신고해요?"

달수가 의아한 표정으로 아버지를 쳐다보았다.

"본래 사람이 죽으면 주재소에 신고를 해야 한다. 늙어서 자연사하지 않는 한 왜 죽었는지, 그 경과는 어떠한지 등등을 먼저 신고하고 순사가 검시(檢屍)한 후에 매장해야 한다. 이번처럼 호환으로 아이를 잃었는데 신고하지 않았다가 무슨 봉변을 당할지 모른다."

날이 새자 달수는 잰걸음으로 집을 나섰다. 우는 아이도 그친다는 주재소에 가보기는 태어나서 처음이다. 주재소는 울진읍으로 가는 한길 옆에 있다. 큰길 한가운데는 차단기가 걸려 있고, 그 옆자리에 지붕이 뾰족한 초소가 있다. 순사가 있을 줄 알았는데 초소 안은 비어 있다.

주재소 미닫이문을 열고 들어서니 정면에 걸린 일장기가 보였다. 내선일체(內鮮一體)라고 쓴 붓글씨가 길게 걸려 있다. 무슨 죄라도 지은 사람처럼 허리를 굽히고 문 앞에 앉은 소년에게 다가섰다. 소년이 물었다.

"무슨 일로 오셨소?"

"신고하러 왔소만."

"지금은 순사 나리들이 안 계십니다. 여기 잠시 앉아 계십시오."

나무 의자에 엉덩이를 걸치고 앉아 있자니, 잠시 후 문이 열리며 젊은 순사가 들어왔다.

"무슨 일이냐?"

"이분이 신고하러 왔다는데요."

"신고라고? 무슨 신고?"

무섭게 생긴 일본 순사가 아니라 한결 마음이 놓인다.

"호랑이가 아이를 물어가서……."

"호랑이가 아이를 물어갔다 했소?"

눈이 번쩍 뜨이는 모양이다. 그때 허리에 긴 칼을 찬 순사가 들어서다 두 사람의 대화를 들었다. 금테 안경을 콧등에 걸친 인상이 날카로운 일본 순사다. 그는 달려들듯이 달수 앞으로 다가와 큰소리로 물었다.

"호랑이가 사람을 물어갔다 그 말이오? 육하원칙에 의해 자세히 말해보시오."

벌렁벌렁 뛰는 가슴을 진정시키고 사고의 전말을 설명했다.

"틀림없는 사실이오? 거짓말하면 혼날 줄 아시오!"

일본 순사가 엄포를 놓으며 전화기를 들고 어디론가 통화를 했다. 합! 합! 소리를 연발하는 걸 봐서는 상대가 높은 사람인 듯했다.


보름 후 큰빛내에는 일본군 극동군사령부에 근무하는 특급 사수 혼다 중위가 파견되었다. 그는 함경북도 무산에서 조선호랑이 세 마리를 잡은 베테랑이다. 그가 사용하는 장총은 10리 밖의 목표물을 정확히 쏠 수 있는 저격용이다. 야간 투시경까지 딸려 있어 캄캄한 밤중에도 표적의 움직임을 훤히 내다볼 수 있는 최신식 장총이다.

사건 현장으로 파견된 혼다 중위는 달수네 집에 여장을 풀었다. 혼다의 경험담에 의하면, 호랑이가 이동할 때는 산의 8부 능선을 탄다고 한다. 후각이 발달해서 수십 리 밖의 화약 냄새를 맡는 귀신 같은 짐승이다. 혼다의 호랑이 포획작전은 지구전이다.

그가 무산에서 호랑이 사냥을 할 때는 호랑이 길목에 은신처를 마련하고 숨어 있었다고 한다. 한 사람이 겨우 몸을 숨길 수 있는 구덩이를 파고 들어앉아서 숙식은 물론이고 대소변까지도 그 속에서 해결했는데, 그렇게 장시간을 뒹굴고 나서야 사람 몸에서 나는 특유의 체취가 없어진다는 것이다. 자연과 같은 모습으로 위장하고 바람같이 몸을 숨겨도 귀신같이 찾아내는 조선호랑이 때문에 죽을 고비를 수도 없이 넘겼다.

실수로 잘못 버려진 대변 때문에 큰 봉변을 당한 일도 있었다. 혜산진에서 조선호랑이를 추적할 때의 일이다. 호랑이가 다니는 길목에 은신처를 정한 지 3개월째 되던 어느 날 밤. 스무 날이나 햇빛 구경을 못한 끝이고, 가을 햇볕이 너무 좋아서 은신처를 나와 용변을 본 후 서투르게 처리한 게 탈이다. 풀숲에서 울던 풀벌레 소리도 잠잠해진 밤중에 사박사박 호랑이 발자국 소리가 들렸다.

혼다의 온 신경이 바깥으로 뻗쳤다. 그가 은신해 있는 비트 지붕에 올라선 호랑이가 갑자기 으르렁거리며 바닥을 긁어댔다. 벌어진 지붕 틈새에서 흙과 모래가 우르르 쏟아졌다. 머리카락이 하늘로 뻗치면서 공포가 엄습했다. 숨을 멈췄다. 호랑이 특유의 그르렁거리는 거친 숨소리와 쉭쉭 냄새 맡는 콧김 소리에 간이 오그라들었다.

한동안 비트 지붕을 신경질적으로 긁어대던 호랑이가 갑자기 흥분하여 앞발로 지붕을 내리쪽었다. 혼다의 머리 위로 흙과 먼지가 쏟아져 내렸다. 무너진 틈 사이로 영롱한 별빛이 들어왔다. 호랑이의 체중을 견디지 못한 서까래가 뿌지직 부러지면서 혼다를 덮쳤다. '이렇게 죽는구나!' 하는 순간, 부러진 서까래가 혼다의 머리를 쳤다. 이대로 의식을 놓으면 성난 호랑이 발톱에 갈가리 찢겨질 것이라는 생각에 정신줄을 놓지 않으려 애썼다.

호랑이와 혼다 사이에 가로놓인 것은 무너진 서까래가 유일한 가림막이다. 혼다는 눈을 질끈 감았다. 유도를 배우면서 익힌 마인드 컨트롤에 들어갔다. 마음을 평온하게 하고 복식호흡으로 상황을 제어했다. 눈을 감고 아름다운 꽃밭을 연상하며 듣기 좋은 음악을 마음속으로 그렸다. 찬바람이 휘익 몰려드는 순간, 뻣뻣한 호랑이 콧수염이 따라 들어와 혼다의 얼굴을 스쳤다. 손을 뻗으면 야간 투시경이 장착된 장총을 잡을 수 있지만 그럴 수가 없었다. 팔을 뻗으면 무시무시한 호랑이 발톱에 온몸이 찢겨나갈 두려움이 앞섰기 때문이다.

눈을 깜빡이는 것도, 숨을 쉬는 것도 멈췄다. 온몸의 운기(運氣)를 일시적으로 정지시켰다. 이내로 가면 영락없이 죽은 목숨이다. 그러나 달리 방법이 없었다. 몸과 마음을 한가지로 내려놓았다. 순간이지만 마음에 평화가 왔다. 그나마 다행이라면, 밖에서 불어드는 바람 덕분에 사람 냄새가 밖으로 나가지 않았고, 무너진 서까래가 혼다의 몸을 온전히 막아주고 있었다.

그대로 얼마의 시간이 지났을까, 일각이 여삼추를 넘어 천 년 맞잡이다. 분노에 식식대던 호랑이가 발걸음을 옮겼다. 사박사박 호랑이 발자국 소리가 점점 멀어져갔다. 긴장이 풀린 혼다는 그대로 의식을 놓았다. 새벽이 지나 날이 훤하게 새도록 혼다는 이승과 저승을 헤매고 있었다. 열에 아홉은 죽을 목숨인데 서까래 하나에 몸을 기대고 목숨을 건졌다.

그처럼 치열한 호랑이와의 싸움에서 살아남은 혼다 중위였다. 호랑이와의 싸움이라면 누구에게도 지고 싶은 마음이 없는 그였다. 혼다는 옛 경험을 살려서 삿갓재와 불선골을 넘나드는 8부 능선에 땅굴을 파고 들어앉았다.

어른이 올라서도 무너지지 않게 지붕을 덮고 잔디를 심었다. 사람이 굴러도 쿵쿵 소리가 나지 않아야 한다. 그런 후에 작은 구멍을 냈다. 그 구멍으로 총을 쏠 것이고, 그 구멍으로 바깥을 내다볼 것이다. 시간과의 싸움이 시작됐다. 그러나 만사가 허사였다. 깔딱고개에서 만석이를 물고 간 호랑이는 두 번 다시 나타나지 않았다.

혼다 중위가 은신처에서 숨어 지내기를 한 달여가 지나던 달밤이다. 초저녁부터 은신처에 수상하리만치 팽팽한 긴장감이 돌았다. 보통 때라면 이른 졸음으로 깜빡 졸기도 하는 시각이다.

겹겹으로 둘러싸인 삿갓재 깊은 산속은 조용하기만 한데, 멀리서 처절한 호랑이의 울음소리가 들려왔다. 땅굴 속에 들어앉은 혼다가 귀를 쫑긋 세웠다. 그 소리는 인간을 향한 경고가 분명했다. 그것으로 끝이다. 그 이후로 호랑이의 울음소리는 일체 들려오지 않았고 어떠한 자취도 찾을 수 없었다.

사람을 물어간 호랑이는 반드시 다시 나타난다고 했다. 그러나 이번에는 인간들의 행동을 미리 알아차리고 깊은 산으로 숨어버렸는지 일체 기미가 없다. 마을은 여느 때와 마찬가지로 조용했다. 땅굴에 들어앉은 혼다 중위의 존재도 점점 희미해져갔다.

혼다가 땅굴에 들어앉은 지 어언 반년이 지났다. 혼다의 기다림은 극도의 긴장 상태에서 풀어져 마음이 해이해졌고 기약 없는 지루함으로 이어졌다. 땅굴 생활 8개월 후 혼다 중위가 철수했다. 인간의 지혜로는 호랑이의 동물적인 감각을 따를 수 없는 모양새가 되고 말았다.

혼다 중위가 사냥을 포기하고 철수하면서 달수에게 정보를 주었다. 그가 이루지 못한 과업의 바통은 달수에게 넘어왔다. 이제부터는 아이를 해코지한 호랑이를 잡는 일은 달수의 마음 여하에 달렸고, 그럴수록 혼다가 하지 못한 일을 자신이 하고 말겠다는 의지를 굳혔다. 그에게는 자식을 잃은 아비의 원한이 사무쳐 있었다.

달수는 혼다 중위와 전연 다른 방법을 썼다. 혼다 중위가 사냥총을 쓰는 현대식이라면, 달수는 온전히 원시적이다. 순전히 조선식으로 덫을 놓기로 했다. 달수는 호랑이 덫 전문가로 소문난 용한식 노인을 찾아 협조를 구했다. 용 노인은 호랑이 덫으로 이름을 날린 전문 사냥꾼으로, 해방이 되면서 남쪽으로 이주해 살고 있는 80대의 노인이다. 우연한 기회에 러시아 사람에게서 사냥 기술을 배웠던 용 노인이 평생 동안 잡은 호랑이가 열 마리나 된다. 그러던 용 노인은 마지막 사냥에서 치명타를 입었고, 그를 빌미로 호랑이 사냥에서 손을 뗐다.

백두산 일대에 출몰하는 백두라는 호랑이 한 쌍이 있었다. 특별히 머리만 흰색이어서 붙여진 별명이다. 용 노인에게 사냥을 가르쳐준 러시아인의 평생소원이 그 백두를 잡는 일이었으나, 바람처럼 나타났다가 연기처럼 사라지는 백두를 잡을 재간이 인간에게는 없는 것 같았다. 날고 기는 사냥꾼이라도 평생에 한 번 그 백두와 조우한다면 영광이라 할 정도로 호랑이 사냥꾼들에게 백두는 신적인 존재다.

결국 시베리아 사냥꾼도 백두를 잡지 못하고 세상을 떴고, 그 사냥꾼에게 사냥을 배운 용 노인에게 백두를 잡는 일이 일생의 과업으로 남겨졌다. 드디어 그날이 왔다. 반년도 넘게 백두가 다니는 길목에 비트를 설치하고 기다리던 어느 날, 그곳으로 다가오는 백두를 발견한 용 노인이 백두의 양미간 급소를 정조준했다. 허공에 걸린 그믐 달빛이 찬바람에 얼어붙을 때 밤하늘을 찢어놓는 한 방의 총소리로 전설의 백두를 명중시켰다.

그 순간 끝없이 펼쳐진 백두 준령 어디에선가 애절한 호랑이 울음소리가 밤새도록 끊이지 않았다. 백두의 반려인 암컷이다. 그로부터 몇 달 후, 백두를 잡았다는 만용과 방심이 용 노인을 죽음의 계곡으로 밀어넣었다. 거뭇한 저녁노을이 산줄기를 스멀스멀 내려오는 초저녁이다. 여느 때처럼 비트에 들어갈 준비를 하고 있던 노인 앞에 시뻘건 입을 벌린 호랑이가 화등잔 같은 불을 켜고 서 있었다. 상식도 통하지 않고 호랑이의 습성에도 어긋나는 현실이 눈앞에서 벌어졌다.

호랑이 기세에 눌린 노인이 선 자리에서 그대로 얼어붙었다. 짧은 순간이지만 백두의 암놈이라는 사실을 직감했다. 호랑이 눈에서 불줄기가 쏟아졌다. 거세게 토해내는 숨소리에 호흡이 멎을 것 같았다. 올 것이 왔다는 체념을 하는 순간, 집동만 한 황소도 일격에 쓰러뜨린다는 공포의 앞발이 노인을 후려쳤다. 눈에 불이 번쩍하며 썩은 고목처럼 풀썩 쓰러졌다. 졸지에 당한 일격이라 어깨에 메고 있는 장총에 손을 댈 틈조차 없었다. 그러나 그 절체절명의 순간에도 호랑이 사냥에서 익혀진 자동반사적인 노인의 사격 솜씨가 빛을 발했다.

호랑이의 일격을 받고 쓰러지는 그 순간, 무의식적으로 방아쇠를 당긴 장총 소리에 놀란 짐승이 혼비백산 달아났다. 저승 문으로 한 발을 들여놓았던 순간에 단 한 방의 총소리가 용 노인을 살렸다. 노인이 깨어난 때는 무심한 달빛만 교교히 흐르는 깊은 밤이었다. 정신을 수습한 노인이 몸을 일으키자 왼팔이 덜렁덜렁했다. 호랑이의 일격으로 어깻죽지가 뜯겨나간 것이다. 상처에서 흐르다 멈춘 핏덩어리가 끈적끈적하게 말라붙어 있었다. 어쨌든 천우신조로 건진 생명이다.

호랑이 사냥에서 그토록 화려한 경력을 가진 용 노인이 사냥을 접고 남쪽으로 내려와 자리를 잡은 곳이 통고산 심미골이다. 산삼이 무보다 흔하다는 심미골에 초막을 짓고 살았다. 전후 사정을 보아서 용 노인에게 호랑이 사냥을 권유하는 일은 쉽지 않았다. 말도 꺼내지 못하게 손사래를 치던 노인이 달수가 겪은 사정과 혼다 중위의 실패담을 듣고서야 어렵사리 마음을 열었다. 호랑이는 여느 짐승과 달라서 사람을 해친 경우가 아니면 함부로 잡아서는 안 된다는 것이 노인의 지론이다.

호랑이는 사람의 마음을 꿰뚫고 있어서 어설프게 대처했다가는 당하기 십상이다. 철저하게 위장하고 완벽하게 미끼를 놓아야 한다. 용 노인이 만석이를 해친 현장과 깔딱고개로 이어지는 능선을 찬찬히 돌아보았다. 때는 혼다 중위가 철수하던 그해 늦가을이다. 춥고 눈이 오기 전에 서둘러야 했다. 덫을 놓을 자리가 정해졌다.

용 노인은 현대식 장총으로도 잡지 못한 호랑이를 덫을 놓아 잡을 심산이다. 장총의 화약 냄새를 수십 리 밖에서 감지하고 절대 움직이지 않는 영물을 이번에는 지극히 원시적인 방법으로 포획할 작정이다.

소나무와 잡목이 적당히 우거져 시야를 가리는 길목에 구덩이를 팠다. 웬만하게 파면 뛰어넘을 우려가 있어 서너 길이 넘도록 깊게 파고 바닥에는 물푸레나무를 깎아서 촘촘하게 세웠다. 나무를 잘라 지붕을 덮고 잔디를 심어 흔적을 감추었다. 호랑이는 의심이 많아서 안전이 확인되지 않는 길은 가지 않는다. 늘상 다니던 길도 냄새를 맡고 주위를 살피는 버릇이 있어서 땅속에 굴이 있다는 정황을 들켜서는 안 된다. 함정을 숨긴 산자락에 움막을 짓고 살아 있는 돼지 한 마리를 철사로 묶어두었다. 그리고 현장에 사람의 흔적을 지웠다. 이제 기다림만 남았다.

겨울이 깊어가면서 눈이 내렸다. 삿갓재와 불선골, 큰빛내, 작은빛내 할 것 없이 폭설이 내렸다. 눈 때문에 먹이를 찾는 산짐승이 마을로 내려왔다. 동지가 코앞으로 다가온 어느 날 밤, 산골짜기가 쩌렁쩌렁하도록 울부짖는 짐승의 소리가 들렸다. 그 소리는 먹이를 낚아채는 포효가 아니라 분노가 폭발하는 처절한 울음소리였다.

아랫방에서 등잔불이 켜졌다. 달수도 어렴풋이 짐승 소리를 들었고, 이제나 저제나 이불 속에서 웅크리고 기다리는 중이다.

"아비 자느냐? 안 자거든 좀 건너오너라."

달수가 마당에 내려서니 눈이 내리고 있다. 방문을 열고 들어서니 아버지도 용 노인도 일어나 있었다. 달수 아버지는 곰방대를 물고 있었고, 담배를 피우지 않는 용 노인은 눈을 감고 무언가를 골똘히 생각하고 있었다. 엄숙한 기운이 방안에 흘렀다. 분위기에 눌려 윗목에 조용히 앉았다. 잠시 후 노인이 입을 뗐다.

"일이 잘된 것 같으이. 자네도 그 소리 들었지?"

"예."

"놈이 덫에 걸렸어. 내 평생 저놈들의 울음소리를 많이 들었지만 저토록 분노에 찬 울음소리는 처음일세. 몇백 년 묵은 대호(大虎)임이 분명하네."

"이제 어떻게 하지요?"

"더 기다리세. 제풀에 지쳐 쓰러질 때까지 기다려야 하네."

달수의 가슴에서 뜨거운 무엇이 불끈 치솟았다. 원수를 갚았다는 생각이 드는 순간 아이가 보고 싶어졌고 눈물이 솟았다.

"날이 밝거든 마을 사람들을 불러오게. 많을수록 좋으이!"

그때 다시 길고 처절한 호랑이 울음소리가 긴 여운을 남기고 잦아들었다.

"호랑이가 마지막 몸부림치는 소리일세. 가만두었다가 내일 아침에 끌어올리면 되네. 이 집 식구들은 날이 밝을 때까지 바깥 출입을 하면 안 되네."

용 노인의 일처리에 믿음이 갔다. 저토록 용의주도한 일처리로 열마리가 넘는 호랑이를 잡았을 것이다. 날이 밝자면 더 있어야 하겠지만 앉아서 기다릴 수는 없었다. 달수는 어둠이 걷히는 새벽길에 횃불을 들고 나섰다.

발걸음이 빨라졌다. 내리막길이 끝나고 개울을 건널 때다. 달수 앞을 휙 가로질러가는 무엇이 있었다. 머리카락이 곤두서고 오금이 얼어붙었다. 제자리에 선 채 횃불을 빙빙 돌리고 있을 뿐이다. 얼마 후 삿갓재 높은 봉우리에서 해가 떴다. 달수는 그때까지도 등줄기가 흥건히 젖도록 식은땀을 흘리고 서 있었다.

"길게 말할 시간이 없네. 우리 집에 가세. 이야기는 가면서 하고."

홈다리를 시작으로 불선골, 너밭, 장군터, 광산골에서 친구들을 데리고 돌아오니 한낮이다. 산에 갈 채비를 하고 있는 달수에게 용 노인이 물었다.

"달수, 자네 집을 나설 때 이상한 일 없었는가?"

용 노인의 말을 들으며 달수는 움찔했다. 그가 집을 나서면서 겪은 일을 방 안에 있는 용 노인이 어찌 알았을까? 용 노인의 무서운 예지력에 놀랄 뿐이다.

"안 그래도 여쭤볼 참이었는데요, 그걸 어찌 아셨소?"

"아는 수가 있네. 그게 다 큰일을 겪은 나머지가 아닌가. 그래서 내가 집안사람들은 바깥출입을 삼가고, 자네는 횃불을 들고 가라 했던 걸세. 불 앞에는 짐승이 달려들지 못하거든."

달수가 겪었던 일을 듣고 난 노인이 잠긴 목소리로 말했다.

"자네를 보내놓고 금방 후회했어. '아차! 내가 잘못했구나. 지금은 그럴 때가 아닌데. 분명 어디선가 그 짐승이 나타날 것인데. 때가 맞아떨어지면 큰 해코지를 당하는데' 하고 걱정을 했었네. 무사했으니 천만다행일세."

"무슨 영문인지 저는 통 모르겠네요."

"호랑이는 영물이라고 내가 여러 번 말했지? 덫에 걸린 짐승이 울면 그 반쪽이 달려오는 법일세. 덫에 걸린 놈이 암놈이면 수놈이 왔을 것이고, 수놈이면 암놈이 왔을 걸세. 준비됐으면 출발하세."

달수가 앞장을 섰다. 사람들이 잔뜩 호기심 어린 눈을 반짝이며 뒤따랐다. 현장은 노인의 말 그대로였다. 함정에 빠진 호랑이는 깎아 세운 물푸레나무에 찔려 죽어 있었다. 짝을 구하려 달려온 놈이 움막 속의 돼지를 물어뜯고 발버둥을 친 흔적이 어지럽게 남아 있었다.

용 노인이 밧줄을 매고 구덩이에 내려가 죽은 호랑이를 확인했다. 금방이라도 무시무시한 입을 벌리고 달려들 것만 같았다. 사람을 시켜 호랑이를 끌어올리고 자세히 살폈다.

"유두를 보게. 암컷일세. 이것 보게, 젖이 퉁퉁 불어 있잖은가. 아무리 짐승이지만 이건 아닌데…… 내가 실수를 했네. 그러나 어쩌겠는가, 사람을 해친 짐승이니 잡아야지. 황소만 한 멧돼지도 한입에 물어 명줄을 끊어놓는 무지막지한 힘이 어디서 나겠는가. 비수 같은 어금니를 세우고 달려드는 모습을 상상해보게. 생각만 해도 몸서리쳐지지 않는가? 흰 수염 하나에 사람 목숨 하나라는 말이 있네. 흰 수염이 많을수록 사람을 많이 해쳤다는 증거일세."

달수는 정신이 아득해졌다. 호랑이의 흰 수염에서 죽은 만석이의 그림자가 어른거렸다. 생각 같아서는 죽은 호랑이라도 타고 앉아 한풀이라도 하고 싶었다.

"호랑이를 잡으면 술잔을 올리는 게 관습일세. 막걸리 잔을 채워놓고 절을 하게. 다시는 인간 세상을 넘보지 말고 두 번 다시 인간의 목숨을 탐하지 말라는 주문을 하면서 절을 하게. 그래야 후환이 없다네."

달수가 절을 했다. 자식을 잡아먹은 짐승을 잡아놓고 그 영혼을 위로한다며 절을 하고 있는 자신이 한심했다. 그러나 지난일은 지난일이고, 산중에 살고 있는 한 앞으로 같은 일이 닥치지 말라는 보장도 없다. 달수는 지성으로 빌었다. 다시는 인간 세상의 경지를 넘나들지 말라고. 그리고 다시는 우리 만석이와 같은 어린 생명에 못된 짓을 하지 말라고 빌고 또 빌었다.


"김상이 호랑이를 잡았단 말이오?"

신고를 받고 출동한 주재소 기무라 순사가 달수와 용 노인을 번갈아 쳐다보았다.

"대단합니다. 호랑이 전문가 혼다 중위도 포기한 호랑이를 총 한 방 쏘지 않고 덫으로 잡다니, 믿기지 않습니다. 당장 총독부에 보고해야 합니다."

기무라 순사는 눈앞에 놓인 거대한 호랑이를 보고도 믿기지 않는다는 얼굴이다. 더구나 사람을 해친 호랑이를 여든 살 먹은 노인이 잡았다는 사실에 놀라움을 금치 못했다.

만석이 사건으로 치안에 소홀했다는 문책을 받았던 주재소 소장도 만족한 표정이다. 저번의 실수를 만회할 절호의 기회라는 생각으로 달수와 용 노인을 번갈아 쳐다보며 칭찬의 말잔치를 벌였다. 보기 드문 구경거리가 생긴 마당에 지역을 관할하는 헌병대장까지 출동했다. 사람마다 용 노인과 달수를 영웅처럼 치켜세웠다.

현장에서 수습된 호랑이는 총독부로 이송되었고, 달수와 용 노인은 조선총독의 표창장과 자전거 한 대씩을 부상으로 받았다. 자전거는 달수에게는 그림의 떡이다. 일일이 발로 걸어다니는 큰빛내에서 자전거는 소용없는 물건이다. 듣기로는 자전거를 타면 세금도 내야 한다. 산골에서 세금 낼 돈이 어디 있다고⋯⋯.

달수는 상으로 받은 자전거를 팔아 송아지 한 마리를 샀다. 이 사건 이후 달수는 유명인사가 되었다. 그러나 달수의 마음 한구석은 언제나 허전했다. 비록 아이의 원수를 갚았다는 위안을 해보지만 그게 무슨 소용인가. 사고를 막지 못한 아비로서의 죄책감은 날이 가고 달이 바뀌어도 변하지 않았다.

# 화전

사람들의 삶은 고달팠다. 일제가 물러간 자리에 남은 것은 지독한 가난과 굶주림이었다. 머슴 살던 김 서방, 이 서방이 보따리를 싸서 만주로 떠났다. 달수의 사정은 그나마 좋은 편이다. 눈 뜨면 밭에 나가 땅을 파먹는 두더지 같은 삶이지만 그래도 배는 곯지 않았다. 화전(火田)밭 덕분이다. 올봄에는 해동이 되는 대로 눈여겨봐둔 광산골 양지머리에 한 뙈기 더 일굴 작정이다.

달수의 아내는 그해 봄이 들면서 만석이 동생 천석이를 낳았다. 알토란 같은 아들이다. 식구가 늘었으니 농사 또한 많이 지어야 했다. 가끔씩 산림 순찰을 나오는 간수만 피하면 먹고사는 입걱정은 없다. 학교가 따로 없어서 아이를 까막눈으로 만들까 그게 걱정이지만 그래도 이만하게 사는 게 어디냐고 스스로를 위로해본다. 등 너머 한 집, 물 건너 한 집, 5리에 하나 10리에 하나로 떨어져 있는 화전민촌이지만 형제처럼 서로가 의지하다 보니 외롭지 않았고, 탈 없이 커주는 아이가 귀엽고 소중했다.

말매미가 시끄럽게 울어대는 저녁, 마당으로 행색이 남루한 사람들이 들어섰다. 땅거미가 가뭇하게 내릴 시각이라 마당 끝에 선 사람 얼굴이 아삼아삼하게 보였다. 대충 세어보니 어른이 세 명이고 고만고만한 아이들이 딸렸다. 전에 없던 일이라 당황스러웠지만 행색으로 봐서 사람을 해칠 사람들은 아닌 것 같았다. 길 가는 나그네가 하룻밤 묵어가자는 모양이다. 그들 가운데 한 사람이 나섰다.

"초면에 실례가 많습니다. 혹시 김달수 씨가 아니신가요?"

"내가 김달수요만, 무슨 일로 그러시오?"

"아, 그러시군요. 바로 찾았네요."

초면인 사람들이 달수를 찾았다. 궁금증은 차차 따져보기로 하고 우선 자리를 권했다.

"이야기는 나중에 하고…… 이리 좀 앉으시오."

처마 끝에 놓인 평상을 마당으로 끌고 와서 사람들을 앉혔다. 주섬주섬 행장을 수습한 일행 중 한 사람이 앞으로 나섰다.

"우리는 같은 마을에 사는 일행들이오. 여기 가면 밥은 먹고산다기에 체면 불구하고 찾아왔습니다. 저는 이맹출이라 합니다. 이리들 오게, 주인장께 인사부터 드리세."

평상에 걸터앉았던 사람들이 일어섰다.

"이 사람은 이동백이고, 저 사람은 박정팔이라 합니다. 저희들 고향은 소백산 밑에 있는 예천군 상리면이고요."

길 가는 나그네들이 하룻밤 묵어가자고 하는 줄 알았는데 설치는 품새가 자못 심각했다. 적잖이 당황스럽다. 그러나 어찌 된 사연이지 이야기나 더 들어보자.

"먹고살 방도가 없어서 이렇게 찾아왔습니다."

"황당해서 무슨 말을 먼저 해야 할지 모르겠소. 미안한 말이지만 나도 그럴 여유가 없소. 보다시피 여기는 산중이라 논도 없고 밭도 부족하오. 더구나 이렇게 많은 식구들이 한꺼번에 몰려오면 대책이 없소. 먼 길 오셨으니 오늘은 우리 집에서 주무시고 내일은 떠나도록 하시오."

"다 알아보고 왔습니다. 우리와 같은 동네에 살다가 삼척군 풍곡으로 들어가 화전을 하는 친구가 있는데, 그 친구가 여기를 소개합디다. 올 데도 갈 데도 없는 몸들이니 죽은 목숨 살리는 셈치고 거두어주시면 은혜는 잊지 않겠습니다. 형씨가 우리를 박대하면 우리는 죽는 길밖에 없소."

이야기는 절박했다. 사람들의 행색으로 봐서 그대로 내쳤다가는 정말로 죽을 수도 있겠다 싶은 생각이 들었다. 그런데 당장 방법이 없으니 그게 고민이다. 뾰족한 대책도 없지만 그렇다고 무조건 박대만 하는 것도 사람 노릇이 아니다.

"그런데 거느리는 식솔은 몇 명이나 되오?"

"나는 네 살짜리 딸아이와 젖 먹는 아들이 하나 있고, 이 사람 동백이는 돌 지난 아들 하나 있소. 그리고 정팔 씨 내외는 딸아이가 하나 있소."

"여기는 깊은 산중이라 낮에는 들에 나가고 해가 떨어지면 들어와 잠자는 게 일상이오. 이웃도 없을뿐더러 들고 나는 사람조차 없는, 세상과 등진 곳이란 말이오. 그리고 제일 절박하기로는 아이들을 가르칠 방도가 없소. 학교도 없고 글을 가르칠 선생님도 없다 보니 아이들 교육은 생각도 못하고 있소. 자식새끼 낳아서 높은 학교는 못 보내도 까막눈을 만들 수는 없잖소. 먹고사는 것이야 죽이든 밥이든 굶기야 하겠소만 목구멍에 풀칠하는 것으로 끝이오. 사람이 밥만 먹고살 수는 없잖소. 100년을 살아도 희망도 없고 장래도 없다 그 말이오. 그래도 여기서 사시겠소? 초면에 너무 딱딱한 이야기를 했소. 그건 그렇고 아직 저녁 전이지요? 여보, 삶은 강냉이라도 내오시오. 허기라도 면하게."

"그렇잖아도 강냉이하고 감자를 삶고 있네요. 거의 다 익었을 거요, 조금만 기다리세요."

달수 아내가 금방 찐 강냉이와 삶은 감자를 한 소쿠리 내왔다. 어른 아이 할 것 없이 광주리에 둘러앉아서 먹는 데 열중이다. 광주리에 가득하던 강냉이와 감자가 금세 동이 났다. 머리에 이고 등짐으로 지고 하루 종일 걸어온 뒤끝이라 찰진 강냉이와 감자는 꿀맛이었을 것이다.

예로부터 먹는 데서 정이 나고 곳간에서 인심 난다 했다. 뭐니 뭐니 해도 배고픈 것보다 더 서러운 것도 없다. 달수가 큰빛내 살림살이를 있는 그대로 말해주었다. 사람들은 달수의 말을 듣고도 대꾸가 없다. 어느 사이 날이 저물고 캄캄한 밤하늘에 별빛이 초롱초롱했다. 사람들은 하늘을 쳐다보며 한숨을 쉬기도 하고 죄 없는 곰방대만 뻑뻑 빨았다.

같은 시각 안방에서는 아낙네들이 달수 아내와 마주하고 앉았다. 서로가 초면이라 무슨 말을 해야 할지 분위기가 어색했다. 그래도 집주인인 달수 아내가 먼저 입을 열었다.

"여기는 너무 산중이라 힘들 것인데, 어찌 살려고 그러시오?"

돌아앉아 아기에게 젖을 물린 아낙이 기어들어가는 소리로 말을 받았다.

"우리야 남정네를 따를 뿐이지요. 치마 두른 여자들이 뭘 알겠소. 그저 받아만 주시면 고마울 따름이지요."

산골에서 화전민으로 살아가는 것은 애먼 목숨을 끊지 못해서 억지춘양인데, 왜 자청해서 화전민이 되겠다고 하는지 안타까웠다. 이어지는 침묵. 바람 한 점 없이 텁텁한 날씨가 소낙비라도 한 줄기 퍼부을 징조다. 훌쩍이는 소리가 나서 돌아보니 아이에게 젖을 물린 아낙이 눈물을 훔치고 있었다. 이불 보따리 하나 짊어지고 산골을 찾아드는 행색도 처량하지만 눈물을 본 달수 아내는 더욱 측은

한 생각이 들었다.

"그만 진정하소. 설마하니 죽기야 하겠소? 이밥은 못 먹어도 배는 곯지 않으니 걱정은 놓으시오. 남은 일이야 남정네들이 알아서 할 일이고."

눈물을 훌쩍이던 아낙 얼굴이 금세 펴졌다. 천생 여자는 여자다. 달수 아내의 위로와 덕담을 듣고 금방 기분이 좋아진 모양이다. 고만고만한 또래의 여인 네 명이 모였으니 어찌 이야깃거리가 없겠는가. 근심과 걱정으로 잔뜩 흐려졌던 방 안 분위기가 슬그머니 쾌청한 날씨로 변했다. 하하 호호 웃음소리가 마당가 평상으로 날아들었다.

"여러 가지로 어려우시겠지만 저희들은 진정으로 갈 곳이 없습니다. 안 된다고 내치시면 저희들은 죽은 목숨입니다. 세간을 정리하고 떠난 고향으로 돌아갈 수도 없고, 그렇다고 우리를 반갑다 받아줄 친척도 없습니다. 죽으나 사나 여기서 목숨을 걸어야 합니다. 정말로 어려우시겠지만 저희들을 받아주십시오."

맹출이 갑자기 달수 앞에 무릎을 꿇고 앉았다. 이를 지켜본 다른 사람들도 어기적어기적 무릎을 꿇었다. 난감해진 달수는 이러지도 저러지도 못했다.

"아니, 왜들 이러시오? 얼른 바로 앉으시오. 모두들 자리하고 앉아서 이야기나 해봅시다. 여기서도 먹고사는 문제는 자기가 할 탓이오. 부지런하면 먹고살고 더 잘하면 살림도 모을 수 있소. 그러나 산중에서 살다 보면 이런저런 어려운 일이 한둘이 아닐 텐데, 그것을 이길 자신이 있는지 없는지 그게 문제요."

"받아주시기만 한다면 저희들은 각오가 되어 있소. 그저 내치지만 않는다면 무슨 일이라도 할 각오를 하고 있으니 염려하지 마시오. 그러니 부디 우리를 받아주시오."

"사정이 딱하기는 합니다. 나로서는 자신이 없지만 여러분의 사정이 정 그러시다면 한번 해봅시다. 하다가 안 되면 어쩔 수 없지만 하는 데까지 해봅시다."

달수가 아내를 불러 먹다 남은 농주를 내왔다. 달착지근한 강냉이술이 서너 순배 돌았다. 밀밭 근처에도 못 간다는 동백을 제외하고 한 잔씩 했다. 혀에 착착 붙는 강냉이술을 처음 마시는 일행은 연거푸 술잔을 비웠다. 술은 역시 술이다. 찬바람이 썰렁하던 분위기가 봄볕의 수양버들처럼 하늘하늘 늘어졌다.

달수가 말을 이었다.

"앞으로 할 일이 많지만, 중요한 것은 마을 사람들과 친목을 도모하는 일이오. 큰빛내와 작은빛내 일대에서 화전을 하는 가구는 나를 포함해서 총 아홉 가구요. 옆집에 사는 경수가 제일 가깝고 딴 이웃은 멀게는 10리 아니면 5리 밖에 살고 있소. 그러니 사람을 만나기도 어렵고, 어려운 일이 생겨도 상의하기도 어렵소. 마실을 가자면 산길 10리는 보통이오. 밤길을 걸으면 호랑이 새끼 개호주도 만나고 오소리와 너구리는 길동무요. 그러니 산에 사는 사람들끼리는 협조가 잘 되어야 한다 그 말이오. 이왕 한솥밥을 먹기로 했으면 나이를 따져서 아래위를 정했으면 하는데, 어떻겠소?"

"좋습니다. 우리가 귀한 인연으로 만났는데 연배를 따져봐야지요. 자, 차례대로 나이를 말해보시오. 형님 하겠다고 민적을 속이면 안 됩니다."

앉은 자리에서 나그네와 주인 간에 나이를 따져서 형과 아우를 정했다. 맏이는 달수이고 막내는 경수다. 남자들이 정한 형과 아우의 서열은 그대로 아내들에게도 유효했다. 천 리 객지에서 들어온 사내들은 처음 먹는 강냉이술에 취해서 마음을 풀어놓았고, 토착민으로 맏형님 대접을 받은 달수는 아우가 무더기로 생겨서 좋았다.

밤이 깊었다. 중천에 걸린 달은 밝았고 하늘은 맑았다. 소쩍새가 구슬피 우는 산골 마을에 농주에 취한 사람들이 이리저리 얽혀서 잠이 들었다.


조용하던 큰빛내 골짜기가 시끌벅적했다. 아이들은 아이들대로 놀았고 어른들은 앞날을 계획하느라고 머리를 맞댔다. 누구보다 달수의 어깨가 무거웠다. 한꺼번에 세 가족이나 늘어나고 보니 생계 대책이 막연했다. 화전밭은 토질이나 현지 조건에 따라 개간이 되는 땅이 있고 안 되는 땅이 있다. 또 화전이 된다 해도 화전을 일구는 행위는 불법이다. 달수는 머리가 지끈거렸다.

한 가족이 한 해를 먹고살자면 적게 잡아도 천 평은 갈아야 하는데 한꺼번에 그 넓은 땅을 어떻게 마련한단 말인가. 처음부터 안 된다고 내칠 것을 그랬나 싶었다. 자신의 입만 쳐다보는 사람들을 생각하니 가슴이 답답해졌다. 말이 쉬워 그렇지, 한 가족의 살림을 차리는 일은 결코 쉬운 일이 아니다. 집 마련에서부터 씨 뿌릴 농토까지…… 만만한 일이 하나도 없다. 화전은 여러 사람이 모여 살아서는 안 된다. 등 넘고 재 넘어 드문드문 한 집씩 살아야 한다.

그리고 화전은 한 번 일궜다 해서 영구적인 밭이 아니다. 연이어 경작하다 보면 땅심이 떨어져 소출이 안 난다. 그러면 그 밭은 버리고 다른 곳으로 옮겨야 한다. 화전을 일군 사실이 적발되면 경우에 따라서는 감옥을 가기도 하고 벌금을 물기도 한다. 제일 조심해야 할 일은 산림간수가 순찰을 돌 때 적발되지 않아야 한다. 그 문제는 그때 가서 해결할 문제이고 지금 당장 해야 할 것은 새 식구들의 양식을 해결할 화전을 일구는 일이다.

고향에서 전답을 팔아서 다소간에 여유가 있는 박정팔은 홈다리 인근에 농토를 장만해서 한시름 놓았지만, 당숙지간인 맹출과 동백은 적수공권(赤手空拳)이다. 농토는 고사하고 일용할 용돈도 없다. 그야말로 철저하게 빈손이다. 당장은 달수네가 편리를 봐줄 수 있지만 이 사람들이 살림을 차리자면 최소한 3년은 걸린다. 급한 대로 헛간으로 쓰는 아래채를 설거지하고 두 가족이 들어갈 방을 만들었다.

남은 문제는 화전밭이다. 달수네 큰빛내 화전밭만 해도 적발될까 가슴이 조마조마한데, 두 가족이 먹고살 화전밭을 일구는 일은 간단하지 않다. 물 맞은 땅은 이미 개간되었고 제법 쓸 만한 땅은 거리가 멀었다. 달수네 집에서 한 나절이나 좋게 산속으로 들어가서 눈독을 들인 자리가 있기는 하지만 거리가 너무 멀었다. 삼척으로 넘어가는 광산골 막창 양지편이다.

거리가 멀어서 흠이지 나무랄 게 없는 땅이다. 화전밭 불 놓기 작업은 눈 올 때를 기다리기로 하고 집 지을 준비를 했다. 지붕은 굴피로 덮을 작정이다. 굴참나무 껍질을 벗겨 다듬어서 지붕을 덮으면 굴피집이다. 굴피집은 여름에는 바람이 잘 통해서 시원하지만 겨울에는 외풍이 심해서 나쁜 점도 있다. 그러나 산골에서는 굴피 지붕이 아니면 너와 지붕이다.

달수가 사람들을 데리고 굴피 채취에 나섰다. 달수가 굴참나무 수피 벗기는 시범을 보였다. 껍질이 두꺼운 굴참나무를 골라서 눈짐작으로 크기를 정하고 가장자리를 도끼로 찍어서 벗긴다. 벗긴 굴피는 햇빛이 들지 않는 음지에 겹쳐 쌓고 돌로 눌러 잠을 재운다. 겨울 동안 잠을 재운 굴피를 기왓장처럼 일정한 규격으로 손질해서 이으면 굴피 지붕이 완성된다. '천 년 기와, 만 년 굴피'라는 말이 있듯이 굴피로 지붕을 덮으면 오래도록 쓸 수 있어서 좋다.

맹출네 집은 굴피 지붕을 덮었으나 동백이 집은 너와 지붕을 덮기로 했다. 너와는 통나무를 얇게 쪼개서 만든 판자 조각이다. 굴피보다 잔손질이 많이 가는 게 흠이지만 모양새가 좋다. 비오는 날은 습기를 머금어 건강에 좋고 겨울에는 찬바람을 막아주는 기능이 뛰어나서 좋다. 산골에서는 대개 통나무를 얽어 귀틀집을 짓는다. 통나무 아귀를 맞춰 벽채를 올리고 빈틈은 황토 흙을 발라서 바람을 막았다. 귀틀집은 방 안에 화덕이 있는 단칸방이지만 통나무로 지어져서 튼튼하고 산짐승도 막을 수 있어 쓸모가 있다.

산골에 눈이 왔다. 한 번 시작하면 이틀이고 사흘이고 폭설이 계속된다. 눈 내리는 날을 골라 화전밭에 불을 놓기로 한 바로 그날이다. 여름을 나는 동안 나무와 풀을 베어 말려두었기 때문에 불을 놓아 태우기만 하면 된다. 일찌감치 맹출과 동백이 준비를 하고 나섰다. 눈밭을 걷는 설피를 신고 토끼털로 만든 귀마개를 하고 나서니 영락없는 화전민이다. 산속에서는 모양이나 맵시보다는 무엇이든지 실용적이면 그만이다.

"준비는 다 됐는가?"

"그런데 형님, 석유는 뭣에 쓰시오?"

"가보면 아네. 서두르세, 두 군데나 다니자면 해가 모자랄 걸세."

맹출이 길을 텄다. 오금까지 빠지는 눈을 헤치고 걸었다. 화전밭을 일굴 산비탈이 눈앞에 펼쳐졌다. 밭 가운데 여기저기에 불태울 나뭇가리가 쌓여 있다.

"내가 하는 걸 보고 잘 배우게."

달수가 석유 병 마개를 따서 나뭇가리에 흘어 뿌리고 불을 붙였다. 가을바람에 달그락 소리가 나도록 건조된 나뭇가리에 시뻘건 불기둥이 치솟았다. 눈 때문에 경계선 밖으로 나갈 위험이 없어 안심이다.

"불은 언제나 조심해야 하네. 지금처럼 눈이 왔을 때는 걱정 없지만 잘못하면 불을 놓치는 수가 있어. 특히 조심해야 할 것은 화전에 불을 놓았다가 끝까지 확인하지 않고 산을 내려가면 안 되네. 이런 산협에 사는 사람들은 자나 깨나 산불을 조심해야 하네. 그리고 불 타고 남은 재는 화전밭에서는 유일한 거름이니 밖으로 날아가지 않도록 해야 하네. 내가 달밭골 화전을 일굴 때였네. 비가 부슬부슬 내리는 날을 잡았는데도 어떻게 알았는지 영림서에서 나왔더라고. 그래서 오늘은 연기를 내지 않으려고 조금씩 조금씩 불을 놓았네."

화전밭 불 놓기 작업도 만만치 않다. 낙엽과 잔가지는 모두 태웠으나 굵은 나뭇등걸은 타지 않는다. 타지 않은 나뭇등걸은 밭 주위에 쌓았다가 다시 태우든지 밖으로 들어내야 한다. 봄이 오고 땅이 풀리면 소를 몰아 밭을 일군다. 땅에 박힌 나무뿌리를 캐내고 굵은 돌은 골라냈다. 맹출과 동백은 이를 악물고 일을 했다.

고향에서 농사짓는 일은 화전밭 일에 비하면 쉬운 편이다. 그렇지만 그 농사가 어디 자신들 것이었던가. 등허리가 휘도록 일해봐야 비료 대금이다, 농자금이다, 소작료다 해서 알곡을 털어 바치고 나면 겨울 한철 나기도 바빴다. 끝이 보이지 않는 살림살이를 정리하고 산중으로 들어왔으니 그를 보상받기 위해서라도 열심히 일을 해야 했다. 난생 처음 화전밭을 장만한 맹출과 동백은 일하는 재미에 푹 빠졌다.

힘들여 일군 화전밭에 서숙과 감자가 한창 자라는 여름 어느 날, 달수네 집에 불청객 염라대왕이 찾아왔다. 큰빛내를 담당하는 영림서 직원이 순찰을 나온 것이다. 달수는 정신이 번쩍 들도록 긴장했다. 번개처럼 스치는 한 가지 생각, 화전밭을 일군 일이 마음에 걸렸다. 그러나 벌써 햇수로 치면 2년 전 일인데 무슨 일이야 있을까 하는 요행을 믿었다.

일행은 두 사람이다. 앞선 사람은 허리가 구부정한 원 주사가 확실한데, 뒤따라오는 사람은 처음 보는 얼굴이다. 달수가 마당 끝으로 나서면서 꾸벅 인사를 했으나 못 본 체한다. 원 주사 표정이 어둡다. 뭔가 잘못됐구나 하는 생각이 들었다. 겸연쩍고 무안해서 엉거주춤하게 서 있는 달수에게 낯선 사람이 말을 걸었다.

"당신이 김달수 씨요?"

엉겁결에 대답했다.

"예, 그렇습니다만."

"나는 울진 영림서에 근무하는 박창식이오. 당신이 불법으로 화전밭을 했다는 신고가 들어와 조사차 나왔소. 지금부터 문답서를 작성할 터이니 사실대로 말해주시오."

설마하던 일이 터졌다. 아하, 그래서 원 주사 표정에서 찬바람이 났구나. 어찌한다? 불을 놓았다고 솔직하게 말할까? 그러면 감옥을 가겠지. 아니다, 끝까지 모른다고 발뺌을 할까? 그러면 온 산을 다 뒤져서라도 찾아내겠지. 어찌한다? 광산골 맹출에게 도망가라 시킬까? 안 돼, 그것도 안 돼! 그러면 어쩐다? 그래, 우선 정신을 차리고 보자. 호랑이에 물려가도 정신을 차리라 했는데……. 그 짧은 순간에 별의별 생각이 다 들었다.

'설마 사람이 하는 일인데 대책이 없겠는가.'

마음을 다잡고 애써 밝은 표정을 지었다.

"손님, 누추합니다만 평상으로 앉으시지요."

평상 위에 어지럽게 흩어져 있는 잡동사니를 치우고 걸레 빗질을 했다. 저만치 서 있던 원 주사가 물을 청했다. 얼른 부엌에 들어가 물을 떠왔다. 물 한 대접을 단숨에 들이켠 박창식이 가방에서 서류를 꺼내놓고 달수를 불러 앉혔다.

"내가 묻는 말에 사실대로 진술해주시오."

"무슨 말씀인지 잘 모르겠습니다만, 제가 대체 뭘 잘못했다고 이러십니까?"

"김달수 씨가 화전밭을 일궜다는 진정서가 들어왔다고 하지 않았소? 여러 말 시키지 말고 묻는 말에 대답이나 하시오."

"저는 그런 일 없습니다."

이판사판이다 하는 심정으로 강하게 나왔다.

"이 양반이! 혼 좀 나봐야 알겠소? 조사하면 드러날 일인데 왜 거짓말을 하고 그래요?"

단단히 벼르고 나온 듯했다. 하지만 그것은 어디까지나 댁의 사정이고 나는 일단 부인할 것이다. 처음부터 잘못을 시인하면 봐주고 싶어도 그러지 못할 일이 생길지도 모른다. 이 문제는 나 한 사람으로 그칠 일이 아니라 적어도 세 가족의 사활이 걸린 문제다. 그러니 발등의 불을 끄자고 경솔하게 대답해서는 안 된다. 마음을 다잡은 달수는 어떤 위협과 회유가 있어도 굴하지 않으리라 다짐했다.

"김달수 씨, 지난해 12월경 큰빛내 광산골에서 화전밭을 개간한 사실이 있지요?"

"그런 사실 없습니다."

"거짓말해도 소용없어요. 사실대로 말하시오."

"그런 일 없습니다. 저는 할아버지 때부터 여기에 살면서 한 번도 나라 법을 어긴 일이 없습니다. 제가 무단으로 화전을 했다면 여기서 살았겠습니까. 절대로 그런 일이 없습니다. 정 못 믿겠으면 원 주사님께 물어보십시오. 내가 어떤 사람인지 아실 겁니다."

조서를 쓰던 박창식이 난감한 표정을 짓는다. 곁에 앉은 원 주사가 박창식을 데리고 마당가로 나갔다. 두 사람은 담배 한 대 피울 시간이 지나서 돌아왔다.

"오늘은 이만하고, 내일 현장을 조사한 후 다시 하겠소."

그만큼 시간을 벌게 되었다. 오늘 저녁에서 내일 아침까지 어떻게 하든지 사건을 무마시켜야 한다. 달수가 암탉 두 마리를 비틀어 아내에게 건네며 저녁 준비를 하라고 일렀다.

"제가 잘못한 게 있으면 벌을 받겠습니다. 누추하지만 하룻밤 쉬어가십시오."

달수가 얼른 세숫대야에 발 씻을 물을 떠왔다. 사양하던 박창식이 양말을 벗고 발을 씻었다. 어쩌면 일이 잘 풀릴지도 모르겠다. 지켜보고 섰던 달수가 안방 장롱을 뒤져 안동포 수건을 꺼내들고 나왔다. 어머니가 대마 농장에서 품 팔고 받아온 삼베다. 곁을 지켜 섰던 달수가 안동포 수건을 내밀었다.

여름 날씨다. 산골이라지만 여름은 여름이다. 특히 해질녘이라 더욱 무더웠다. 앉아 있어도 등허리로 땀이 줄줄 흘렀다. 달수네 집은 사방이 산으로 둘러싸여 있어 바람이 잘 통하지 않는다. 거센 바람과 눈 많은 겨울을 생각해서 집을 낮게 앉힌 탓이기도 했다. 두엄더미에 베어다놓은 여뀌 풀을 안아다 모깃불을 피웠다. 긴 여름날의 하루해가 지고 말매미가 목청을 돋우는 시각, 마당에는 희뿌연 저녁 안개가 스멀스멀 내리고 있었다.

"산골 음식이라 어떨지 모르지만 성의로 생각하시고 맛있게 드십시오."

달수가 뜨거운 닭다리를 찢어서 먹기 좋게 놓아주었다. 안주가 좋은데 술이 빠질 수 없다. 지난 가을 송이철 때 담가둔 송이술을 헐었다.

"술 한 잔 받으시지요. 송이술입니다."

박창식의 눈이 번쩍 뜨인다. 그는 잔이 넘치도록 받은 송이술을 혀끝으로 음미했다.

"이게 송이술입니까? 처음입니다."

"앞뒷산 전부가 송이 밭입니다. 잠시 올라가도 한 자루는 땁니다. 작년에는 송이가 풍작이 드는 바람에 송이를 따다 판 돈으로 송아지 한 마리를 샀습지요."

저녁 밥상이 술자리로 변했다. 권커니 잣거니 하는 바람에 송이 술이 바닥났다. 한 동이의 송이술을 마시고도 모자라는 바람에 주둥이를 꽁꽁 봉해둔 더덕술을 헐었다. 송이술과 더덕술에 씨암탉까지 삶아내는 수고로움을 겪고 있지만 작은 노력으로 큰 봉변을 면할 수만 있다면, 한 사람의 고초로 다른 사람들의 삶이 편해질 수만 있다면 기꺼이 그 일을 감당할 작정이다.

그뿐이 아니다. 이 산중에서 화전을 파먹으며 살고 있는 한, 화전민의 명줄을 쥐었다 해도 과언이 아닌 그 사람들을 친하게 알아둘 필요가 있었다. 지성으로 대하면 마음을 움직일 수 있을 것이다. 저녁 밥상으로 시작된 술자리가 밤이 깊도록 이어졌다. 분위기가 무르익자 원 주사가 박창식에게 달수가 일제 때 호랑이를 잡은 주인공이라고 소개했다.

"옛날이야깁니다. 호랑이는 내가 잡은 게 아니고 용 노인이 잡았지요. 나는 노인을 따라 심부름이나 했을 뿐이고요."

"사람 잡아먹은 호랑이는 콧수염이 하얗게 센다던데, 정말 그렇던가요?"

"용 노인도 그런 말을 합디다만."

"달수 씨 아이를 물어간 호랑이라고 어떻게 믿지요?"

"호랑이가 사람을 해치면 그 자리에 다시 온다고 하대요."

술자리를 파하고 대취한 박창식을 잠자리로 안내한 원 주사가 달수와 마주 앉았다.

"김 형, 일이 어떻게 된 거요? 나한테는 사실대로 말해보시오."

"그보다는 영림서에 누가 뭐라고 진정서를 넣었대요?"

"진정 넣은 사람이 누군지는 모르고, 다만 김달수가 광산골에 큰 화전을 일궜으니 처벌해달라는 내용이었소. 혹시 마음에 짚이는 사람 없소?"

"이 마을에서는 나를 욕할 사람이 없는데 이상한 일이오. 사실은 지난해 여름에 객식구가 들어오기는 했소. 버려진 묵밭에 돌자갈을 긁어내고 감자 몇 평을 심은 일 말고는 새로 일군 화전밭은 없소. 원 주사님도 알다시피 내가 어디 그런 사람이오? 이날 입때까지 영림서 일에 협조 안 한 일이 있습니까? 진정서만 믿고 다짜고짜로 조서를 닦으니 당하는 내 입장에서는 섭섭합니다."

"박창식 주사는 전라북도 남원에서 전근 오신 분이라 이쪽 사정은 잘 몰라요. 그래도 김 형과 관련된 일이라 소장님께 말씀드리고 내가 따라온 것이오. 김 형이 인사할 때 모른 체한 것도 박 주사님 앞에서 잘 아는 체할 수가 없어서 그랬던 것이오."

"좌우간 일은 벌어진 것 같은데 어찌하면 좋지요?"

"깐깐한 분이라 현장을 조사하면 그냥 넘어갈 리가 없는데, 그게 걱정이오. 처음부터 거짓말하는 것은 불가능하니 버려진 화전에 감자 몇 포기를 심었다고 하세요. 그러면 나머지는 내가 어떻게 해보겠소. 불을 놓아서 새로 밭을 일구는 것과 묵밭을 긁어 감자 몇 포기 심는 일은 큰 차이가 있으니 그리합시다."

"말씀대로 할 터이니 현장은 안 가도록 막아주십시오."

짧은 여름밤이 환하게 새도록 손님들은 늦잠을 잤다. 손님이 일어나기를 기다렸다가 산삼 뿌리와 대추를 넣고 달인 물을 권했다. 오래전에 달밭골에 갔다가 캐놓았던 애기 삼이다. 약통이 작은 것이 흠이지만 적어도 20년은 넘은 천종삼이다. 산삼 달인 물을 마신 박창식 주사가 매우 흡족해하는 눈치다.

해가 중천에 뜨고 서야 길을 나서는 손님 앞에 벽장에 감춰둔 꿀한 병을 내왔다. 달밭골 바위 속에서 딴 석청이다. 석청은 야생 꿀벌이 수십 년 동안 따 모은 꿀이라서 귀하기가 산삼에 버금간다. 일생에 한 번 만날까 말까 한 귀한 약재다. 박창식은 체면상 사양했으나 싫은 표정은 아니다. 살기등등하던 어제와는 다르게 분위기가 봄바람처럼 부드러워졌다.

달수가 뒷머리를 긁적이며 일행 옆에 바짝 붙어 섰다. 화전 이야기를 슬쩍 내비칠 속셈이다. 분위기가 유리하게 돌아가는 판이라 이참에 쐐기를 박아두자는 의미도 있다.

"어제는 너무 당황스럽고 겁이 나서 말씀을 못 드렸는데, 사실은 얼마 전에 묵밭을 일군 적이 있습니다. 오래전에 버려진 묵밭이라서 풀만 베어내고 감자를 심었는데 5리에 하나 10리에 하나씩 싹이 났습디다."

"그 말이 사실이오?"

"왜 거짓말을 하겠습니까. 제가 40평생을 여기서 살고 있는데 무슨 거짓말을 하겠습니까. 앞으로 김달수라는 인간을 겪어보시면 알게 될 것입니다. 이번 한 번만 용서하시면 다시는 이런 일이 없도록 하겠습니다."

"원 주사님, 이분을 믿을 수 있나요?"

"협조가 많은 분입니다."

"김 형 말을 믿고 오늘은 돌아갑니다. 앞으로 많은 협조를 부탁드립니다."

하룻밤 사이에 박창식의 태도가 완전히 돌아섰다. 달수가 새로운 화전민 이웃을 받아들이는 첫 과정은 이렇듯 순조롭게(?) 끝났지만, 새로 화전민이 된 세 가족의 산골 생활은 순탄치 않았다.

화전밭은 깊은 산속에 있었고, 애써 일군 밭이라도 거름발이 떨어지면 농사가 잘 되지 않았다. 농사를 짓는 게 아니고 노동에 시달린다 해야 옳을 것이다. 그러나 고향을 등지고 이런 산골로 들어올 때는 이만한 고생쯤은 각오하지 않았던가. 새벽별을 보고 들에 나가면 하루 종일 허리가 휘도록 일해도 조밥에 감자를 면하기 어려웠고, 동구 밖 나들이는 꿈도 꾸지 못했다.

　고향에서는 소작농으로 살망정 친구들도 만나고 술잔이라도 나누며 살았는데 이곳은 그럴 수도 없다. 사방을 둘러봐도 보이는 것은 오로지 산과 나무뿐이다. 마실을 나서도 10리는 걸어야 했고, 한 달이 가고 두 달이 가도 사람 구경조차 할 수 없을 때도 있다. 등가죽이 벗겨지도록 죽어라 일해봤자 떨어지는 것은 서숙 가마니와 알량한 감자 섬뿐이다.

　그럴수록 맹출은 어금니를 깨물었다. 화전밭을 가꾸는 이력이 나서 해가 갈수록 소출이 좋아졌다. 눈이 녹자 농사를 서둘렀다. 산골짜기에는 아직 눈이 있고, 날씨 변덕이 심한 산골이지만 봄은 봄이다. 마당에서 이것저것 손보던 아내가 말을 걸었다.

　"여보, 작년에 망친 감자 농사를 올해 또 할 작정이오?"

　"씨감자를 잘못 써서 그랬지. 뭘 알기나 하고."

　맹출이 잘난 체하며 아내에게 통박을 준다.

　"씨감자가 잘못됐다니, 그게 무신 말이오?"

　"거참, 감자 농사 한두 해 짓는 것도 아닌데, 아직도 그걸 몰라?"

　"모르니까 묻잖소."

　아내가 퉁명스럽게 되받았다. 감자 씨 때문에 때 아닌 언쟁이 붙었다. 맹출의 행동거지가 말라비틀어진 참나무 장작 같다. 말 한마디에 천 냥 빚을 갚는다는데 어째 말끝마다 퉁명스럽다. 맹출은 별 뜻 없이 지나가는 말로 했는데 아내가 오해하고 소리를 내질렀다.

"그렇게 잘난 양반이 서숙 농사는 왜 망쳤소?"

묵은 씨를 뿌리는 바람에 서숙 농사 망친 것을 두고 하는 말이다. 아무래도 남편이 항복(?)해야 수습될 것 같다. 뒤틀린 아내 심기를 눈치챈 맹출이 목소리를 낮췄다.

"감자 씨는 고랭지 것을 써야 하는데 잘못 써서 그리된 것이오. 설마 한 해는 어떨까 했는데 그게 잘못됐던 게요. 그래서 올해는 달수 형님과 상의해서 강원도 고랭지 씨감자를 구해볼 작정이오."

"……"

이어 아내의 화를 풀어줄 심산으로 너스레를 떨었다.

"우리 이쁜 할망구, 오늘은 더 이쁘요."

먹은 맘 없이 한마디 했는데 타는 불에 기름을 쳤다.

"이 양반이, 왜 아침부터 사람 부아를 돋우고 그러요? 당신 시방 사람을 놀리는 거요?"

"내가 왜 임자를 놀리나? 마누라 이쁘다 했는데, 내가 뭐 못할 말 했어?"

"생전에 안 하던 짓을 하니 그렇지."

맹출은 아내 눈치를 슬금슬금 보며 일손을 털고 마당을 나섰다.

"달수 형님네 갔다 올 거요. 점심은 거기서 얻어먹고 올 테니 그리 아시오."

부부싸움은 그렇게 싱겁게 끝이 났다.

올봄에는 반드시 대관령 씨감자를 구할 것이다. 그래서 감자 농사

한번 푸짐하게 지어볼 것이다. 다짐을 하던 그날 저녁, 동네 사람들이 맹출의 집에 모였다. 화전뙈기 진정 사건을 잘 마무리한 달수 형님께 고마움을 표하기 위해 마련한 자리다. 남편들이 정담을 나누는 사이 부엌에 든 아낙네들은 음식 만들기에 바쁘다. 고소한 음식 냄새가 마당까지 흘러나왔다.

"형님, 제 술 한 잔 받으시오."

집주인 맹출이 내놓은 머루술이다.

"어이, 마누라. 아직 멀었소?"

맹출은 부엌에 대고 소리를 질렀다.

"조금만 기다리시오. 곧 들어가요."

보기는 좋지만 독한 술이라 금방 소식이 왔다. 유리잔에 담긴 머루주의 매혹적인 색깔만 보고 홀짝홀짝 마셨다가는 낭패 보기 십상이다. 구수한 냄새를 풍기는 백숙이 나왔다.

"이 자리는 달수 형님께 고마운 마음을 전하려고 동백이와 제가 마련한 자리요. 늘 도움만 받고 대접 한 번 못해드렸는데 진정서 사건도 무사히 넘겼고 겸사겸사해서 이렇게 모셨습니다. 차린 것은 없지만 동생들의 성의라 생각하시고 맛있게 드셨으면 좋겠소."

맹출이 나서서 인사치레를 했다.

"별로 한 일도 없는데 대접을 받으니 미안하네. 아우들에게 고마운 말씀을 전하고, 앞으로도 늘 건강하고 농사 잘되기를 다같이 기원하세."

"벌써부터 형님 한번 모시자고 별렀으나 차일피일하다 보니 그리 됐네요."

동백이 인사를 거들고 나섰다.

"나는 아무것도 한 일이 없는데, 여기 앉을 자격이나 있는지 모르겠소."

새살림을 차리는 데 적잖이 도움을 준 경수가 한마디 거들었다.

"경수 아우는 듣는 사람 섭섭하게 그런 말씀을 다 하시는가. 말은 해야 하고 고기는 씹어야 맛이라 했듯이, 사실 달수 형님하고 경수 아우님이 도와주지 않았으면 우리가 어찌 감당했을까? 행여 그런 말씀일랑 하지 마시게."

과분한 칭찬에 겸연쩍기도 한 경수가 앞에 놓인 술잔을 비우고 달수에게 권했다.

"아, 이 사람아. 이러면 나 오늘 집에 못 가네."

오랜만에 모인 이웃 간에 허리끈을 풀어놓고 마셨다. 두 집 살림 밑천인 화전밭을 장만해서 한시름 놓는가 했는데, 난데없이 진정 사건이 터지는 바람에 모든 꿈이 깨질 뻔했다. 달수 역시 진정 사건을 무사히 넘긴 안도감과 화기애애한 분위기에 빠져 술잔을 거푸 비웠다. 이날만큼은 취하도록 마셔보자는 마음에 술맛이 달았다. 질펀한 방 안 분위기 못지않게 부엌에서도 아낙네들의 웃음소리가 끊이지 않았다.

"아니 형님, 한 가지 물어봅시다."

거나하게 취해서 혀가 제대로 돌아가지 않는 맹출이 달수를 쳐다보며 말을 걸었다.

"동생은 뭐가 궁금한가? 우리 부부 잠자리 이바구만 빼고 다 물어보게. 내 뭣이든지 속 시원하게 대답할 터인즉, 하하하."

달수도 흥에 겨워 농담을 한다.

"형님, 그게 아니고요. 저번에 산림간수들 왔을 때요, 어찌 그런 생각을 하신 게요?"

"그런 생각이라니?"

"직접 보지는 못하고 말로만 들었지만 그 왜 있잖소, 안동포 수건 말이오. 그 안동포는 형님 어머님께서 먼 옷(壽衣)으로 장만한 것이라 들었는데, 어떻게 그 귀한 물건을 산림간수 발 닦는 데 내놓을 수 있느냐 그 말이오. 거기서 나는 형님이 우리 아우들을 생각하는 정성이 하늘에 닿았구나 하는 생각을 했소. 형님, 참으로 고맙고 존경스럽소."

"이 사람아, 그게 뭐 그리 대단한 것이라고. 눈앞에 위험이 닥치는데 안동포가 문제던가. 그보다 더한 것이라도 내놓았을 걸세. 사람이 살고 봐야 할 것 아닌가. 사실 그렇게 닦달하지 않았으면 자네나나나 지금쯤은 감옥에 들어가 있을지도 모르는 일이고, 하하하."

"형님의 속마음을 알고 저는 감복했소. 형님, 참으로 고맙소."

"어디 그뿐이오? 그 귀한 석청은 또……."

동백이 거들고 나섰다.

"그 말은 그만하세. 술맛 떨어지는구먼. 맹출이 자네도 한잔 하게."

"그런데 형님, 올해 감자 씨는 어디 가서 구한다요?"

"나한테 생각이 있네. 그런 걱정은 내일 해도 늦지 않으니 오늘은 술이나 마시게."

그때 경수가 얼큰하게 취한 표정으로 좌중을 둘러보더니 맹출에게 시선을 고정시켰다. 뭔가 몹시 궁금해 하는 눈치다. 그런 경수와는 달리 맹출은 달수의 곁에 바짝 붙어앉아서 무슨 이야기를 나누는지 사뭇 진지했다. 경수가 들고 있던 술잔을 훌쩍 비우더니 새 술을 가득 채워서 맹출에게 다가앉았다.

"맹출이 성님, 고맙소. 우리 달수 형님을 대접하는 형님의 고마운 마음씨에 감복했소. 더구나 아무 도움도 못 준 저까지 초대해주니 더욱 고맙소. 그런데 이 경수 아우가 평소에 맹출이 성님에게 궁금한 게 있소. 지금부터 이 아우의 궁금증을 좀 풀어주시오."

"아따, 경수 아우님이 취했구먼. 큰일이야 달수 형님이 해주셨지만 소소한 일은 경수 아우님이 다 하지 않았는가. 일일이 말을 못해서 그렇지 동백이나 나나 경수 아우님의 고마움을 잊지 않고 있네."

"맹출이 성님, 그게 아니고요. 이 경수 아우가 궁금한 것은 말씀이오, 형님 성명 3자가 항상 궁금했던 게요. 언젠가 동장이 호구조사를 할 때 형님의 함자를 가만히 들여다보니 맏 맹자에 날 출 자를 쓰더라고요. 그게 이상타 그 말이지요."

"아따, 참! 경수 아우는 별것을 다 챙기고 그러는구먼. 내 이름자는 족보에도 없는 특별한 이름이라네. 족보에 쓰는 항렬자는 재(在) 자나 희(熙) 자를 써야 하는데 맹출이라고 이름을 지은 데는 특별한 사연이 있네. 지금부터 그 이야기를 할 터이니 잘 들어보시게."

맹출이 특별한 비밀이라도 말하려는 듯이 술잔을 훌쩍 비우더니 짐짓 엄숙한 표정을 지으며 입을 열었다.

"아버님이 장가든 지 3년 만에 나를 낳았다니 얼마나 기다리던 아들인가. 아들만 낳았어도 좋은데 거기다가 태몽 꿈이 너무 좋아서 꿈 따라 이름을 지으셨다네."

"태몽 꿈이 어땠는데요?"

"어머님이 나물을 뜯으러 산에 갔다가 호랑이가 품에 안기는 꿈을 꾸고 나를 낳았다네. 태몽으로 호랑이를 봤다면 길몽이 아닌가. 내로라하는 사람들도 호랑이 꿈을 꾸고 낳았다지 않던가. 잔뜩 기대에 부푼 아버지께서 작명가에게 해몽을 시켰더니 장차 집안에 큰 인물이 태어날 꿈이라는 말을 듣고 사람들을 불러 술잔치까지 벌였다네."

어지간히 술이 오른 맹출이 앞에 놓인 술잔을 거푸 비웠다.

"그래서 지은 이름이 무엇인고 하니 이맹출(李孟出)이다 그 말일세. 자네도 생각해보게. 꿈에서 호랑이를 보았으니 맹호출림(猛虎出林)이 아닌가. 그런데 호랑이는 사나운 짐승인지라 사람 이름자에 사나울 맹(猛) 자를 쓸 수가 없어서 발음이 같은 맏 맹(孟) 자를 써서 지었던 게지."

"그래서 이름자 덕은 좀 보셨나요?"

"덕은 무슨. 자네도 생각해보게, 이름 덕을 봤으면 내가 이렇게 살겠는가?"

"하긴 그러네요. 그래도 장래 일을 어찌 압니까. 형님 당대에 이루지 못한 꿈을 자식들이 이뤄줄지 누가 압니까? 희망을 가지세요."

"죽은 고목에 꽃 필 날을 기다리는 게 낫지, 이 사람아. 몽땅 부질없는 일일세."

"그런데 맹출이 성님은 그렇다 치고 동백이 성님은 또 왜 동백으로 지었을까요?"

"자네, 오늘 보니 별 희한한 일에 관심이 많구먼. 그러면 자네는 왜 경수라고 지었는가?"

"그야 돌림자를 따서 지었을 테지요. 우리 큰형님이 태수, 둘째 형님이 정수, 그리고 동생 이름이 한수, 막내 여동생은 희수라고 지었으니까요."

"그래, 이름자는 족보에 올리는 항렬자를 따르지만 맹출이 동생처럼 특별하게 짓는 경우도 있네. 새삼스럽게 이상한 일은 아니고."

맹출과 경수의 대화를 듣고 있던 달수가 한마디로 교통정리를 해주었다. 경수가 분위기를 바꾸려는 듯 술잔을 들고 일어섰다.

"여러분, 존경하는 달수 형님께서 건배 제의를 하시겠습니다. 여러분, 박수!"

달수가 못 이기는 체 자리에서 일어섰다. 똑바로 서도 다리가 풀려 휘청거린다. 자세를 바로 하고 술잔을 치켜들었다.

"자, 아우님들. 내가 '건배' 하거든 아우님들은 큰소리로 '위하여' 하고 소리치시게."

달수가 핏대를 세우며 건배를 외쳤다. 방 안이 떠나가도록 맘껏 내지르는 소리가 마당까지 울렸다. 이어서 경수가 일어섰다.

"형님들! 우리들만 이렇게 아니고 형수님들도 부릅시다."

경수가 부엌으로 나가 아낙네들을 불러들였다. 남정네들이나 잘 노시라고 사양하더니 못 이기는 척 방으로 들어왔다. 장내가 정리 되자 경수가 분위기를 주도했다. 부끄러움을 떨치기로는 술이 제일 이라는 너스레를 떠는 경수가 뒤늦게 들어온 아낙들에게 머루주를 권했다. 여자가 어찌 외간 남자 앞에서 술을 마시냐고 정색을 하는 달수 아내에게 경수의 권주사가 이어졌다.

"형수님, 이 잔을 받으시오. 이 술은 술이 아니라 경수 아우의 마음이요, 여기 모인 시동생들의 사랑을 담은 마음의 잔이오. 이 술 한 잔 받으시고 만수무강하십시오."

경수의 권유에 달수 아내가 술잔을 비웠다. 농주를 마시기로는 이따금 있는 일이지만 오늘처럼 외간 남자들 앞에서 술을 마시는 일은 드물다. 아내가 술 마시는 모양을 대견하게 바라본 달수가 박 수를 쳤다.

"그래, 우리 마누라 최고여! 잘했소. 그 술잔을 얼른 제수씨들에 게 권하시오."

세상 모든 일이 다 그렇듯이 처음이 어렵지 이력이 나고 보면 쉬운 일이다. 제일 큰 형님이 술잔을 비우는 모습을 지켜본 아낙들이 줄줄이 잔을 비웠다. 더 이상 좋은 분위기가 있을 수 없었다.

"자자, 여러 형님들. 그러면 이번에는 우리의 영원한 달수 형님께서 노래를 하신답니다. 모두 열렬한 박수로 환영합시다, 짝짝짝!"

달수가 불콰하게 술이 오른 얼굴로 일어섰다. 이런 일에 대비해서 머릿속으로 열심히 노래 곡목을 찾았으나 얼른 떠오르지를 않았다. 달수가 흠흠 하고 목청을 가다듬었다. 안 하던 노래를 부르자니 어색했다. 방 안 사람들이 모두 자기를 쳐다보고 있어 더욱 그랬다. 에라, 모르겠다. 콩쿨대회도 아니고 잘못하면 어떠랴. 돼지 멱 따는 소리라도 내지르고 보자. 마음을 굳히고 나니 배짱이 생겼다.

"여러분! 큰빛내 김달수가 한 곡조 읊겠소. 노래할 곡목은 〈유정천리〉요."

달수가 잔뜩 폼을 잡았다. 그때 또 경수가 끼어들었다.

"잠깐만요. 달수 형님이 노래하시는데 마이크가 없어야 되겠소. 이걸 마이크로 쓰시오."

경수가 내민 것은 숟가락 마이크였다. 경수가 건네주는 숟가락 마이크를 받아든 달수가 흠흠 하고 목청을 가다듬었다. 지금 달수가 부를 〈유정천리〉라는 노래는 사연이 깊은 노래다. 혼례를 치르고 처가에 갔을 때, 처가 동네 젊은이들이 신부를 훔친 도둑이라며 묶어 놓고 발바닥 타작을 할 때 벌값으로 부른 노래다. 신혼 때 부르는 노래치고는 슬프고 애잔한 노래였지만 달수의 성격이나 인생관이 노랫말과 닮았다. 세상 사람들에게 자신을 드러내지 않는 산골에서 아이 낳고 조용히 사는 것이 달수의 생각이었는지 모른다.

그러나 오늘같이 분위기가 좋은 날 슬픈 노래를 불러도 되나 하는 생각도 들었지만 딱히 아는 노래가 없었다. 달수는 눈을 질끈 감고 감정을 한껏 실어서 아랫배에 힘을 줬다.

가련다 떠나련다 어린 아들 손을 잡고
감자 심고 수수 심는 두메산골 내 고향에
못 살아도 나는 좋아 외로워도 나는 좋아
눈물 어린 보따리에 황혼 빛이 젖어드네

슬픈 노래다. 기분이 좋아서 시작한 노래가 눈물을 불러왔다. 달수의 눈에도 눈물이 맺혔고, 젓가락 장단을 맞추던 사람들도 목소리가 떨렸다. 무릇 노래는 시대정신을 반영한다. 그 시대정신은 사람들의 의식주와 직결된다. 쌀독에서 인심 난다 했듯이, 의식주가 풍부하면 여유가 생기고 그렇지 않으면 심성이 강퍅해진다.

나라님의 상전은 백성이고, 그 백성에게 양식은 하느님이라 했다. 그 양식이 부족하면 민심은 떠난다. 500년 조선왕조가 패망하고 이 땅에 남겨진 유산은 배고픔과 절망이었다. 노래 가사 마디마디에 민초들의 삶이 들어 있었다. 노래 가사 1절이 끝났는데도 사람들은 노래 속에 갇혀 있었다. 그때 누군가 2절을 흥얼거렸다. 2절은 합창으로 이어졌다.

세상을 원망하랴 내 아내를 원망하랴
누이동생 혜숙이야 행복하게 살아다오
가도 가도 끝이 없는 인생길은 몇 구비냐
무정 천리 눈이 오네 유정 천리 꽃이 피네

화기애애하던 술자리가 슬프고 가슴 저린 분위기로 바뀌었다. 정 든 고향을 떠나 첩첩산중으로 기어든 자신들의 행색을 대변한 가사에 목이 메었다. 측은한 노랫가락이 자신들의 인생을 대변하는 것 같아서 더욱 슬펐다. 누군가 코를 훌쩍이는 소리가 났다. 그 소리는 이내 작은 흐느낌으로 바뀌었다. 방 안에 있던 아낙네들이 이마를 맞대고 훌쩍거렸다. 돈 없고 가진 것 없는 신세가 되어 산골로 들어온 신세타령이 이어졌다.

밤은 그렇게 깊어갔고 방 안 분위기는 천 길 바닷속처럼 가라앉았다. 기분 좋다고 시작한 일이고 흥에 겨워 부른 노래가 때아닌 눈물바다를 이뤘다. 모두가 고단한 인생살이의 한 단면이다.

# 전쟁

"공연히 피난 간다고 설치지 말고 정신들 차려라. 범한테 물려가도 정신만 차리면 산다. 아무리 독한 인민군이라 해도 무고한 백성을 해코지하겠느냐. 그리고 아비는 가솔들 간수 잘해라, 쓸데없이 밖으로 나돌지 말고. 나라에서도 무슨 조치가 있을 게 아니냐."

"소재지 사람들은 피난 간다고 하는데 우리는 어쩔까요?"

"피난은 무슨. 그리고 또 간다 한들 갈 데는 있고?"

"그렇다고 가만히 앉아 있기도 뭣하고……."

"그래, 미구(未久)에 여기도 인민군이 닥친다 하더냐?"

"전쟁이 나기는 지난달 6월 25일이라 하대요. 이승만 대통령이 국민들은 안심하고 생업에 종사하라는 방송도 했답니다. 그런데 소재지 사람들은 이삿짐을 싸던데요?"

노인은 불 꺼진 장죽에 잎담배를 꼬기꼬기 비벼넣고 앉았다. 미루나무에 붙은 말매미가 늘어지게 울고, 마당가 거름더미에서 모이를 쪼고 있는 병아리를 보면 전쟁이라는 말이 실감나지 않았다. 눈에 보이는 모든 것이 평화로웠다.

　"인력으로 못 막는 큰물은 구경이 제일이다. 입 다물고, 눈 감고, 귀 막으며 세상 돌아가는 터수만 지켜볼 수밖에."

　"아이들이라도 피난을 시켰으면 좋겠는데 마땅한 곳도 없고요."

　"허참, 소용없는 일이라도 그러네. 세상 바뀐 게 어제오늘 일이 아니라는데 어디 간들 날이 새겠느냐? 그런데 천석이는 어디 갔느냐? 이 난리통에 집에 붙어 있지 않고. 얼른 찾아봐라. 청년들을 잡아갈지 누가 알고."

　"어디 마실이라도 갔겠지요. 그런데 아버님, 면 소재지 사람들이 그러는데 피난을 가도 걱정이고 안 가도 걱정이라 하대요."

　"그건 또 무신 소리고? 가도 걱정, 안 가도 걱정이라니."

　"피난을 안 가면 인민군이 좋아서 안 갔다 할 것이고, 피난을 가면 인민군이 싫어서 갔다고 닦달할 거라는 사람도 있더라고요."

　"참 한심한 사람들이다. 아무리 어려워도 중심을 잡고 살아야지, 뭣 때문에 간에 붙었다 쓸개에 붙었다 하는고. 모두가 부질없는 짓이다."

　문 밖에서 인기척이 났다. 방문을 열어보니 장군터에 사는 이원수가 마당에 들어서고 있다. 동갑이라며 친한 척해도 썩 믿음이 가지 않는 사람이다. 충청도 어디가 고향이라 했는데 말씨도 아니고, 행동거지도 미심쩍은 데가 많은 사람이다. 소작을 부쳐 먹고 살았다는 사람이 세상일에 모르는 것이 없을 정도로 유식했다. 너무 혼자 잘난 체하는 바람에 마을 사람들이 싫어했다. 말이 많은 사람은 신용이 떨어지는 법이다. 말이 앞서면 행동이 따라가지 못하고, 행동이 따르지 못하는 사람은 믿을 수 없는 사람이다.

이원수가 그랬다. 그런 사람이 전쟁이 터진 이 엄중한 순간에 느닷없이 달수 집에 나타났다. 마당에 들어선 이원수는 금방 무슨 일이라도 벌일 것처럼 기세가 등등했다. 더욱 가관인 것은 팔뚝에 붉은 완장을 차고 있었다. 그에게서 섬뜩함이 느껴졌다.

평소 알고 지내던 이원수가 아니다. 눈빛이 전과 달랐고 행동거지가 엄청 낯설고 위압적이다. 심상찮은 분위기를 느낀 달수가 얼른 마루로 나섰다.

"원수 자네가 어쩐 일인가. 왜, 무슨 급한 일이라도 있는가?"

이원수가 갑자기 목소리를 높였다.

"달수 동무, 세상이 바뀌었소. 영용한 인민군대가 남조선을 해방시켰소. 오늘부터 우리 마을은 내가 책임지고 해방시킬 것이니 동무의 적극적인 협조를 부탁하오."

충격이다. 동무는 무엇이고, 영용한 인민군대는 또 무엇인가. 그리고 팔뚝에 찬 붉은 완장은 무엇을 뜻하는가. 도대체 갈피를 잡을 수가 없다. 달수는 호랑이에 물려가도 정신을 차리라는 속담을 되새기며 마음을 다잡았다.

두 사람 사이에 어색한 침묵이 흘렀다. 마당에 버티고 선 이원수는 그렇다 치고, 마루에 서 있는 달수 또한 당황스러웠다.

이원수 자신도, 인민군대가 남조선을 해방시켰다는 우쭐함에 앞뒤 가리지 않고 달려왔으나, 오랜 친구 앞에 서고 보니 계면쩍기는 마찬가지였다. 정신을 수습한 달수가 조용히 입을 뗐다.

"뭔지 모르지만 올라오게. 그리고 내가 알아듣도록 차근차근 말해보게."

마루 끝에 엉덩이를 걸치고 앉아 뜸을 들이던 이원수가 무게를 잡고 입을 열었다.

"자네도 소식 들었겠지만 이제 남조선은 해방됐네. 영용한 인민군대가 남조선 해방전쟁에서 승리하고 있네. 머지않아 남반부가 인민공화국이 된다 그 말일세. 그러니 자네도 조국 해방 사업에 떨쳐나서야 하지 않겠는가."

"뭔 소린지 잘 모르겠지만, 내가 뭘 어떻게 해야 하는가?"

"자네는 그저 내가 하는 일에 협조만 하면 되네."

"자네가 뭘 하는지도 모르는데 어떻게 협조를 해?"

"세상이 바뀌었네. 유불리(有不利)를 따지지 말고 내가 하는 일에 무조건 '옳소' 하면 되네. 이것도 자네와의 옛정을 생각해서 미리 연통하는 것이니 그리 알게. 그럼 나는 바빠서 이만 가네. 달수 자네, 내 말 명심하게."

이원수는 그렇게 혼잣말을 쏟아놓고 휑하니 바람을 일으키며 마당을 나갔다. 그의 모습을 멍하니 바라보던 달수가 아버지 앞에 앉았다.

"아버님, 큰일 났습니다. 이원수가 찾아와 인민공화국 세상이 되었으니 무조건 협조해야 한다고 다짐을 두고 갔습니다. 열 길 물속은 알아도 한 길 사람 속은 모른다더니 그 꼴이 났습니다. 저 사람이 빨간 물이 들었을 줄 누가 알았겠습니까. 장차 이 일을 어찌하면 좋겠습니까?"

이원수의 행동거지를 지켜본 노인은 애꿎은 장죽만 빨았다. 이 환란을 헤쳐나갈 궁리를 찾지 못하고 있으니 막막하기만 했다. 말로만 듣던 빨갱이 세상이 눈앞에 펼쳐졌다. 부정할 수 없는 현실이 눈앞에 닥치고 있었다.

"세상이 변했구나. 변해도 너무 많이 변했어. 말이 좀 많은 게 탈이지 겉으로는 괜찮은 사람이었는데 어째서 저리 됐단 말이냐. 저 사람이 저 모양이 되도록 정녕 몰랐단 말이냐? 귀신이 곡할 노릇이다. 장차 이 일을 어찌하면 좋으냐……."

이원수가 나간 뒤를 이어 경수가 마당에 들어섰다.

"이 사람아, 세상이 난리가 났네. 조금 전에 이원수가 찾아와서 인민공화국 세상이 되었으니 협조하라며 한바탕 소란을 피우고 갔네. 이게 뭔 일인가."

"세상이 뒤집힌다더니 참말인 모양이네요. 그런데 이원수가 왜 그랬을까요?"

"난들 알겠는가? 그런데 원수가 언제부터 저쪽 사람이 되었을꼬? 우리는 아버님 뜻도 그렇고 해서 그냥 눌러앉을 참인데 자네는 어쩔 셈인가?"

"피난을 가도 그렇고 안 가도 그럴 바에는 그냥 있을 작정이오. 지은 죄가 없는데 인민군인들 멀쩡한 사람들을 어쩌겠소?"

담배 연기가 자욱한 방 안에 앉아 있는 사람들은 나름대로 생각은 많았지만 뾰족한 대책이 없다. 몸은 땅에 있어도 마음은 하늘에 둥둥 떠다니고 있었다. 경수가 볼일이 있다면서 일어서자 달수도 따라나왔다. 안방에서는 아내가 옷장을 열어 이것저것 챙기고 있다.

"당신 지금 뭐하노?"

"보면 모르요? 피난 갈 준비를 하잖소."

"그만둬라. 가면 어디로 간다고. 아버님과 상의했는데 그냥 있기로 했다."

"당신은 참 태평이오. 전쟁이 터졌다는데 열 손 재배하고 앉아 있겠단 말이오?"

"낸들 왜 아니겠나. 갈 곳이 없으니 답답해서 하는 소리지."

"갈 데가 왜 없소? 남들 가는 데로 우리도 따라가면 되지. 전쟁이 났다는데 어느 정신 나간 사람이 나 잡아 잡수시오 하고 가만 앉아 있을까."

"천석이는 어디 갔소?"

"아침나절에 아랫마을 청년들과 천렵한다며 갔소. 당신도 맥 놓고 있지 말고 짐 싸는 거 좀 거들어주소."

"일단 짐은 싸놓고 보자. 이불하고 옷가지나 챙기소. 이럴 땐 금붙이가 제일인데."

"챙길 금붙이가 어디 있다고."

피난 짐을 대충 우그려 싸놓고 마당에 내려서니 두엄더미에 매인 황소가 눈에 들어왔다. 지난봄에 목맨 송아지를 사다 먹인 것이 어미 소가 되었다. 전쟁이 터진 사실을 아는지 모르는지 왕방울 같은 눈을 껌뻑이며 되새김질을 하고 있다. 목줄기에 달아놓은 워낭 소리가 오늘따라 더욱 청아하게 들린다. 등허리를 쓰다듬으니 화답이라도 하는 듯 푸푸 콧김을 내분다. 황소는 인간들의 욕심으로 벌어진 전쟁이 어떤 것인지 모른다. 거기에는 정의도 진리도 없고 오로지 네가 아니면 내가 죽는다는 이분법적 전쟁 논리만 있을 뿐이다.

머지않아 큰빛내 산골에도 전쟁이라는 먹구름이 몰려들 것이다. 이 시각 달수가 할 수 있는 일은, 빗장에 꼽힌 쇠빗을 찾아들고 황소의 등줄기를 빗질하는 일뿐이다. 들려오는 소식은 점점 더 암울했다. 전쟁이 터진 지 사흘 만에 서울이 떨어지고 어제는 춘천과 원주가 넘어갔다고 한다. 떠도는 소문으로는 인민군 탱크를 막지 못해서 그렇다고도 하고, 이승만 대통령이 정치를 잘 못한 탓이라고도 했다.

어느 말이 맞는지 알지 못한다. 그러나 한 가지 분명한 것은, 전쟁이 나면 점심은 평양에서 먹고 저녁은 압록강에서 먹을 것이라는 대통령의 장담이 헛말이었다는 사실이다. 이승만 대통령이 서울을 버리고 부산으로 도망갔다고도 하고, 코쟁이 미군이 들어오면 전쟁은 끝날 것이라는 소문도 들려왔다.

동네 사람들이 식솔을 건사하고 논밭에 나가는 동안에도 전쟁은 계속됐다. 전쟁이 났다 해도 멀리 있는 남의 일로만 치부했는데, 오늘 점심때는 소문으로만 듣던 대포 소리가 귀청을 때리는 바람에 깜짝 놀라 풀썩 주저앉았다. 삼척인가 태백인가, 어디서 쏜 포탄이 경수네 집 앞 논바닥에 떨어졌다. 그만하니 다행이다. 경수네와 달랑 두 집뿐인 달수네 마당에라도 떨어졌다면 앉아서 개죽음을 당할 뻔했다.

말로만 듣던 전쟁이 눈앞에 닥쳤다. 생전 처음 보는 비행기가 앞산 꼭대기에 닿을 듯 말 듯 날아오더니 삿갓재 너머 어디에 폭탄을 퍼붓고 날아갔다. 세상 물정 모르는 아이들은 비행기 구경에 신이 났고, 어른들은 기겁하며 아이들을 단속했지만 그때뿐이다. 비행기가 기총을 쏘아대고 대포알이 머리 위로 쉭쉭 날아다니는 전쟁이 이런 것인가 싶었다.

그리고 또 며칠이 지났다. 달수가 경수를 불러 콩밭을 매고 있는데 뒷산에서 한 떼거리 군인들이 내려왔다. 군인들은 금방 쓰러질 정도로 지쳐 보였고, 열대여섯 살밖에 안 돼 보이는 소년 군인은 제

키보다 더 큰 장총을 땅에 끌고 왔다. 밭 매던 사람들이 콩밭골로 몸을 숨겼다. 군인들을 인솔하던 장교가 소리쳤다.

"동무들! 우리 인민군대는 인민들의 편이니 안심들 하시오. 동무들이 콩밭에 숨었다는 사실을 다 알고 있소. 얼른 나오시기요."

어른들은 콩밭을 나왔지만 천석이는 숨겨두었다. 달수에게 인민군 장교가 다가왔다.

"동무가 이 집 주인이오?"

"그렇소만."

"우리 인민군대는 남조선 해방전쟁을 치르고 있소. 동무네 집에서 며칠 쉬어갈까 하는데 협조해주시오. 그리고 우리 전사들이 배가 고프니 밥도 좀 해주시오."

"쌀이 없어서……."

"그런 걱정은 하지 마시오. 우리 군량미를 주겠소."

인민군 장교가 말 잔등에 싣고 온 쌀을 내려 달수에게 주었다. 마당에는 야전병원이 차려졌다. 머리를 다쳐 붕대를 감은 군인과 옆구리에서 피가 홍건히 배어나오는 부상병도 있다. 간호병이 부상병을 돌보고는 있으나 뼈가 부러지고 살갗이 찢겨진 부상병의 신음 소리가 그치지 않았다.

그런가 하면 구석 자리에 쪼그리고 앉아 훌쩍훌쩍 울고 있는 소년 병사도 있고, 피투성이로 고래고래 소리를 질러대는 부상병도 있다. 마당에는 온통 피비린내가 들끓었다. 피 냄새를 맡은 쇠파리가 웽웽 날아들었다. 쉬고 있던 장교가 달수에게 다가왔다.

"동무, 저기 감나무에 매인 소가 누구네 것이오?"

"우리 손데 왜 그러시는지……."

"잘됐소. 우리 동무들이 오랫동안 고기를 먹지 못했소. 동무네 소를 우리가 접수하겠소. 소 값은 군표로 지불할 것이니 조국 해방전쟁이 끝나면 현금으로 바꾸시오."

"그 소는 우리 집 살림 밑천인데……."

"충분히 보상한다 하지 않았소? 성스러운 조국 해방전쟁에 나선 인민군대에 협조하기 바라오."

더 이상 거부하면 무슨 봉변을 당할지 몰라 입을 다물었다. 말이 좋아 보상이지 앞일을 누가 안다고. 그리고 누가 그 말을 믿을까? 그러나 지금 이 현장에서는 그들의 행위가 곧 법이고 명령이다.

"동무, 저 소를 끌고 오시오."

한 병사가 감나무에 매인 황소를 끌고 왔다. 또 다른 인민군들은 부엌에서 가마솥을 뽑아들고 나왔다. 마당으로 옮긴 가마솥에 장작불을 지폈다. 쇠죽을 끓여 먹이던 가마솥에 쇠고기를 끓일 물이 펄펄 끓었다. 인민군 병사가 마당으로 끌고 온 황소 머리에 소총을 발사했다. 집채 같은 황소가 털썩 쓰러졌다.

열 일꾼 부럽지 않는 농우를 들이기 위해서 갖은 고생을 했는데 인민군의 총 한 방에 허무하게 죽어갔다. 죄 없는 소가 죄 짓는 인간 싸움에 끼어들어 억울하게 죽었다. 달수는 자식 같은 황소가 죽는 꼴을 차마 보지 못하고 외면했다. 남조선이 해방되는 날 비싼 값으로 보상하겠다는 인민군의 약속쯤은 안 지켜져도 좋다. 가난한 농가의 살림 밑천인 황소를 잃을지언정 결코 저들 세상이 되어서는 안 된다.

달수는 마음속으로는 피눈물을 흘리면서도 밖으로는 드러내지 않았다. 날이 선 대검을 뽑아든 인민군이 황소의 가죽을 벗겼다. 제법 이력이 난 칼잡이다. 벗겨낸 가죽을 뒤집어놓고 장작불을 지폈다. 황소의 각을 뜨고 살을 저미서 쇠죽솥에 넣고 끓였다.

칼잡이가 펄펄 끓는 가마솥에서 황소의 생식기를 대검으로 건져 장교에게 건넸다. 군침을 삼키며 지켜 섰던 장교가 당번병이 건네준 고기를 게걸스럽게 씹었다.

"오늘 밤에 인민회의가 있으니 한 사람도 빠지지 말고 나오시오!"

붉은 완장을 찬 이원수가 마을을 돌면서 외친다. 인민군 세상이 되면서 인민반장이라는 감투를 썼다. 지도원이라는 사람이 그를 인민반장으로 내세웠다. 오늘은 꼭 무슨 일이 날 것만 같다. 저 망나니가 무슨 짓을 저지를까? 사람들이 불안해했다.

전쟁 이후 마을에서는 인민위원회가 만들어지고 여성동맹이 결성됐다. 사흘 걸러 하루씩 인민위원회가 열렸고, 그때마다 사람들은 서로를 고발하고 비판해야 했다. 화전뙈기를 부쳐 먹는 순박한 농민들이 뉘우쳐야 할 잘못도 없었지만, 그래도 그들은 자아비판이라는 회의를 열어 서로가 서로를 의심하고 불신하도록 만들었다. 남의 잘못을 감춰주는 게 우리 미풍양속인데 그들은 반대로 행동했다. 비판거리가 없으면 공화국에 충성을 다하지 못했다는 억지를 써서라도 비판하게 했다. 자신을, 이웃을, 심지어 한 부모에게서 태어난 동기간이라도, 그도 저도 없으면 한 이불을 덮고 자는 내외간이라도 잘못을 자복하고 비판하도록 강요했다.

그 살벌한 자아비판의 현장에는 언제나 북에서 내려온 지도원 동무라는 사람이 있었다. 그 사람은 인민복 차림에 일제 때 고등계 형사들이 쓰던 도리우치를 깊이 눌러쓰고 있어서 그의 눈동자를 정면으로 바라본 사람은 아무도 없다.

사람의 인간 됨됨이를 보려거든 사람의 눈동자를 보라 했다. 눈동자가 어둡고 맑지 못하면 인성이 어둡고 음흉하다. 인성이 어두운 사람은 비밀이 많다. 그런 지도원 동무 뒷자리에는 언제나 이원수가 따라다니며 사람들을 닦달했다. 그 지도원이라는 사람이 마을에 들어오면서 첫 번째로 벌인 사업은 인공기 걸기였다. 순박한 농촌 사람들이 인공기가 어떻게 생겼는지 알 턱이 없다.

"동무들, 인공기는 조선민주주의인민공화국의 성스러운 깃발이라는 사실을 잊어서는 안 되오. 전 인민은 해 뜨기 전에 게양했다가 해가 지면 내려야 하오. 그 약속을 어기는 동무는 엄중히 처벌할 것이니 명심하시오."

그날부터 마을 사람들에게 일거리 하나가 더 생겼다. 눈 뜨면 들에 나가고 해 지면 집으로 들어오는 게 농촌의 일상인데 무슨 재주로 때맞춰서 인공기를 내건단 말인가. 사람들은 불평불만이 많았으나 속으로만 새길 뿐이었다.

어느 날 기어이 일이 터지고 말았다. 덕거리 백정만이 나락 논에 물꼬를 보느라고 인공기를 내걸지 못한 게 원인이었다. 매일 아침 동네를 순시하던 이원수의 눈에 그것이 걸려들었다. 평소에도 사이가 좋지 않았던 이원수가 문제를 삼고 나섰다. 그날 저녁 인민반 회의 때 일이다.

"백정만 동무, 앞으로 나오시오."

지도원 말투에 가시가 박혔다. 꾸벅꾸벅 졸고 앉았던 백정만이 지도원의 첫 마디를 얼른 알아듣지 못했다.

"백정만 동무! 앞으로 나오란 말 못 들었소!"

옆 사람이 백정만의 옆구리를 쿡 찔렀다.

"백 동무는 이리 좀 나오시오."

백정만이 굼뜬 동작으로 걸어나왔다. 꾸벅꾸벅 졸다가 영문도 모른 채 불려나온 백정만이 지도원 앞에 엉거주춤하게 섰다. 독기를 잔뜩 품은 지도원이 쏘아붙였다.

"백정만 동무, 동무가 왜 여기에 불려나온 줄 아시오?"

"글쎄요, 잘 모르겠는……."

백정만의 대답이 채 끝나기도 전에 지도원은 백정만의 귀싸대기를 철썩 올려붙였다. 깜짝 놀란 백정만이 털썩 주저앉았다.

"백정만 동무, 얼른 일어나시오. 이래도 모르겠소?"

지도원 얼굴에 잔인한 미소가 스쳤다. 사람들은 숨을 죽이고 하회(下回)를 기다렸다.

백정만이 일어서자 이번에는 주먹이 날아들었고, 백정만의 코에서 코피가 주르르 터졌다.

"동무, 꾀병 부리지 말고 얼른 일어나시오. 그리고 동무가 뭘 잘못했는지 비판하시오."

터진 코피를 수습한 백정만이 다시 일어섰다.

"내가 뭘 잘못했다고 이러시오?"

"아직도 동무의 과오를 모른단 말이오? 어이, 이원수 동무! 이 동무를 당장 내무서로 연행하시오. 거기까지 가서도 발뺌을 하는지 봅시다."

방 안에는 적막이 흘렀다. 앉은 사람들은 잔뜩 긴장한 채 저마다 잘잘못이 없는지 가늠하느라 정신이 없다.

"동무들, 저 백정만 동무가 뭘 잘못했는지 아시오?"

"모릅니다."

누군가 기어들어가는 목소리로 대답했다.

"그럼 이원수 동무가 말해보시오. 백정만 동무가 무엇을 잘못했는지를 말이오."

"백정만 동무는 오늘 아침에 인공기를 게양하지 않았소."

"그렇소, 바로 그 점이오. 인공기는 위대한 조선민주주의인민공화국의 국기란 말이오. 그 신성한 국기를 아침에 게양하고 저녁에 내려야 한다고 입이 닳도록 교육했는데 실천하지 않았단 말이오. 그러니 마땅한 죄과를 받아야 하지 않겠소?"

사람들이 웅성웅성하는 사이에 이원수가 앞으로 나서며 큰 목소리로 외쳤다.

"옳소! 마땅한 벌을 받아야 하오!"

"백 동무, 이제야 동무의 잘못을 알겠소?"

"새벽에 들에 나가는 바람에 그리됐습니다. 앞으로는 주의하겠습니다."

백성만이 기어들어가는 목소리로 대답했다.

"좋소. 동무의 솔직한 자아비판이 마음에 드오. 앞으로는 절대로 이런 일이 없도록 하시오."

얼떨결에 봉변을 당한 백정만이 사람들 틈을 헤집고 뒷자리로 가서 앉았다. 그의 눈에서 눈물이 주르르 흘렀다. 인공기를 걸지 않았다고 손찌검을 당하다니…… 그것이 공산주의의 실상이고, 전쟁에 패한 국민들이 겪어야 하는 슬픔이요 굴욕이었다.

"에, 오늘 동무들을 모이게 한 것은 다름이 아니고 농지 분배에 관한 건이오."

지도원 입에서 농지 분배란 말이 나오자 사람들이 웅성거렸다. 농지 분배는 북한에서 쓰는 정책이다. 같이 일하고 같이 먹고 산다는 공산주의의 대표적인 정책이다. 부자도 없고 가난한 사람도 없으며 직업의 귀천도 없는, 공동생산 공동분배를 주장하는 공산주의 자들이 내세우는 정책의 근간이다.

일제에서 해방되자 북쪽을 점령한 공산주의자들이 가장 먼저 내놓은 정책이 농지 분배다. 자기 소유 농지를 갖겠다는 꿈이 모든 농민의 소망이라는 것을 간파한 공산주의자들의 얄팍한 노림수다. 수많은 사람들이 그 감언이설에 속아서 붉은 깃발을 들고 거리로 몰려나와 환호했다. 그러나 그것은 허울 좋은 개살구요, 속 빈 강정인데도 사람들은 열광했다. 모든 토지의 소유자는 국가이고 그 경작권만 배분하는 알맹이 없는 정책임에도 농지 소유에 한이 맺힌 이 나라 백성들은 열광하고 있었다.

"동무들도 알다시피 우리 북반부에서는 이미 오래전에 경자유전 정책을 쓰고 있소. 그래서 말과 현실이 맞아떨어지는 지상낙원을 이루고 있소. 영광스러운 당 중앙에서는 남조선을 해방시킨 성과로 농지의 무상 분배를 실시하고 있소. 그러니 여러 동무들이 경작하고 있는 농지를 하나도 빠짐없이 인민반에 신고해주기 바라오."

지도원의 말을 듣고 있는 사람들 표정이 시큰둥하다. 사람들의 표정에 감격스러움이 없다. 대광천은 천봉답이나 돌무지를 들어내고 화전뙈기를 개간한 게 전부다. 지주도 없고 소작농도 없다. 분배 농지든 소작농이든 자신이 경작하고 있는 농지를 신고하느라고 불필요한 또 하나의 일거리가 생겼을 뿐, 그들에게 경자유전이라는 정책은 의미가 없다.

"앞으로 여러 동무들은 다같이 일하고 다같이 먹고살게 될 거요. 부자도 없고 가난한 사람도 없는 공평한 세상이 될 것이오. 농장에서 생산된 곡물은 똑같이 분배받게 될 것이오."

듣는 사람이야 흥미가 있든 없든 지도원이라는 사람은 주민을 상대로 열을 올렸다.

하늘에는 비행기가 쌩쌩 날고 땅에서는 무고한 사람들이 죽어나가는 전쟁을 치르고 있지만 인간 세상과 무관한 농작물은 잘 자랐다. 그러나 그때까지 논밭에서 자라고 있는 농작물이 누구의 몫이 될지는 아무도 몰랐다.

무더운 여름날 일어난 전쟁이 석 달을 넘기고 있다. 소문은 흉흉했다. 전쟁이 터지고 한 달도 안 되어 대부분의 남한 땅덩어리가 적화되고 대구와 부산만 남았다.

승리를 확신한 전쟁 원흉 김일성은 수안보까지 잠행해서 독전했다. 그러나 개전 초기와 달리 소모된 병력 보충을 위해서 남한 청년들을 의용군으로 강제 징집했다. 가을이 주춤주춤 다가설 무렵이 되자 유엔군이 대대적인 반격을 준비하고 있다는 소문이 돌았다. 조금 더 기다리면 승리하게 될 것이라는 발 없는 소문이 바람처럼 떠돌았다.

바깥세상의 어수선한 정세는 남의 이야기인 양 달수네 마을은 차분하게 가을을 준비하고 있다. 어저께 일이다. 논두렁에 심은 양대콩 몇 포기 때문에 동네가 발칵 뒤집혔다. 양지마을에 사는 김성일이라는 젊은이는 법 없이도 산다는 양심 고운 청년이다. 이 사람이 논두렁에 심은 양대콩을 거두면서 문제가 생겼다.

김성일은 자기 논두렁에 심은 양대콩이니 당연히 자기 것이라 생각하고 거둬들였다. 이원수로부터 그 사실을 보고 받은 지도원이 노발대발했다. 오늘 반상회도 그 일 때문에 열렸다. 일을 저지른(?) 김성일이 풀 죽은 얼굴로 사람들 앞에서 자아비판을 했다.

말더듬는 버릇이 있는 김성일이 단상에 올라섰다.

"지, 지도원 동무, 자, 잘못했습니다. 요, 요, 용서해주시소. 앞으로는 아, 안 그러겠습니다."

김성일의 자아비판 끝에 지도원 동무가 나섰다.

"김성일 동무가 자아비판을 했소. 나는 동무의 모범적인 자아비판 태도를 높이 평가하오. 혹시 여러 동무들도 논두렁에 심은 양대콩 몇 포기가 무슨 대수냐 하겠지만, 바늘 도둑이 소도둑 된다고 작은 실수를 바로잡아야 큰 실수를 안 하는 법이오. 이제 동무들이 땀 흘려 지은 농사를 수확할 때가 왔소. 추수철을 맞이해서 이처럼 작은 사건을 그냥 넘기면 이보다 더 큰 잘못을 저지를 수 있기 때문에 오늘 특별히 임시 반상회를 열게 된 것이오. 동무들은 두 번 다시 김성일 동무와 같은 실수를 해서는 안 될 것이오. 이번에는 처음이라 그냥 넘어가지만 앞으로 또 이런 일이 있으면 그때는 가차 없이 처벌할 것이오."

알뜰한 농사꾼은 한 뼘의 땅이라도 놀리지 않고 논밭 두렁에 콩을 심는다. 논두렁 밭두렁에서 거둬들인 낱알은 심은 자의 몫이다. 몇 알 안 되는 양대콩조차도 인민의 것이라고 빼앗아가는 게 공산주의자들의 실체였다.

사람들이 고개를 흔들었다. 논두렁에 심은 양대콩을 가지고도 저토록 소란을 피우는데 장차 추수철이 되면 어찌할 것인가. 겉으로 일일이 말은 못하지만 사람들 속마음은 꺼멓게 타들어가고 있었다. 하루빨리 국군이 반격해서 이 지긋지긋한 인민공화국 정치를 벗어나야 한다. 말로만 천국이네, 지상낙원이네 해도 겉 다르고 속 다른 이 정치를 빨리 벗어나야 한다. 이웃과 이웃을, 사람과 사람을 갈라놓고, 인간의 정신을 황무지로 만드는 이 무시무시한 정치가 빨리 끝나야 한다.


인민군이 마을로 들어오던 그날, 콩밭에 숨었던 천석은 저녁 안개가 깔릴 때쯤 콩밭에서 나와 뒷산 토굴로 들어갔다. 차갑고 어두운 토굴에서 떨고 있던 천석은 한밤중에 집으로 들어갔다. 마당에는 황소를 잡아 포식한 인민군이 세상모르게 잠들어 있다. 마루로 통하는 쪽문으로 까치발을 디디며 들어서자 이제나 저제나 아들을 기다리던 어머니는 금방 천석임을 알아차렸다. 한걸음에 달려나간 어머니는 아들을 감싸안아 들여놓고 밥상을 차려왔다. 인민군들이 내준 군량미로 지은 쌀밥이다.

배고픔에 떨고 난 뒤끝이라 고봉으로 담긴 쌀밥에 쇠고깃국을 한순간에 먹어치웠다. 몸을 숨길 방도를 찾아야 했다. 달수네 집 구조는 마루를 가운데 두고 왼쪽은 안방이고 오른쪽은 사랑방인데, 그 옆에 소를 키우는 외양간이 붙어 있다. 외양간 위에 잡동사니를 올려놓는 다락이라는 공간이 있다. 천석이 피신할 장소다. 다락방 잡동사니를 정리하고 안쪽 깊숙한 자리에 멍석을 깔았다.

일부러 올라가지 않으면 밖에서는 보이지 않는다. 앉으면 머리가 닿아 불편했지만 한 사람이 숨기에는 안성맞춤이다. 그날부터 다락에 은신한 천석은 낮에는 잠을 자고 저녁이나 인기척이 없으면 내려왔다. 마당에 주둔했던 인민군도 철수했고 유엔군이 반격한다는 소문이 돌았지만 달수네 동네는 변화가 없다. 마을 사람들은 아무 일도 없었던 것처럼 들녘에 나가서 일했다.

무서리 때문에 때 이른 콩 추수를 하던 날, 지도원을 앞세운 이원수가 찾아왔다.

"달수 동무! 동무의 아들 천석이도 우리의 해방전쟁에 나가야 하지 않겠소?"

뜨끔하게 놀란 달수가 애써 천연스럽게 대꾸했다.

"친구들하고 천렵을 나간 아이가 그길로 소식이 없네. 자네가 알거든 좀 알려주게. 내가 그놈을 잡기만 하면 의용군에 나가라고 떼밀 작정이네."

"달수 동무, 말 돌리지 말고 바른대로 말하기요. 이것은 매우 중요한 문제요. 좋게 말할 때 아이를 찾아서 의용군에 보내시오. 오늘은 이만하고 돌아가지만 3일 후에 다시 오겠소. 그때까지 천석이를 찾아내지 못하면 동무에게 책임을 묻겠소."

지도원이 엄포를 놓고 돌아갔다.

전투 상황이 불리하니 인민군으로서는 병력 소모가 심했다. 후방 조달 군수물자도 거덜나고 보충 병력이 부족해서 남쪽 청년들을 의용군이라는 이름으로 강제로 징집했다. 젊은 사람은 보이는 대로 잡아갔다. 전쟁이 불리하게 돌아가는 판국에 의용군으로 끌려가면 열에 아홉은 죽은 목숨이다. 제공권을 장악한 유엔군을 상대로 인민군이 승리할 확률은 극히 낮아 보였다. 그 전선에 투입되는 의용군은 말 그대로 총알받이 신세를 면치 못한다.

맥아더 장군이 인천상륙작전에 성공해서 인민군을 포위했다는 소문이 돌았다. 달수는 고민에 빠졌다. 아무리 지도원 동무가 엄포를 놓는다 해도 금쪽 같은 새끼를 죽음으로 내몰 수는 없다. 그러나 피도 눈물도 없는 지도원이라는 인간이 결코 그냥 해보는 소리는 아닐 것이다.

그들의 태도로 봐서는 달수가 천석이를 숨겨놓고 있다는 의심을 하고 있음이 확실했다. 달리 방법을 강구해야 했다. 다락에 그대로 있다가는 독 안에 든 쥐가 된다. 궁리 끝에 천석이를 낮에는 뒷산 동굴에 숨기고, 해가 지면 집 안으로 들였다.

자정이 막 넘어서는 시각에 이원수가 낯선 청년 두 명을 앞세우고 들이닥쳤다. 수인사도 없이 다짜고짜로 외양간 2층 다락을 뒤졌다. 조금 전 뒷산에서 내려온 천석이가 저녁을 먹고 막 잠자리에 든 시각이다. 앉은 자리에서 철커덕 수갑을 채우더니 등을 밀쳐 앞장세웠다. 달수 아내가 이원수를 잡고 늘어졌으나 소용없었다. 이원수가 마당을 나서면서 옛정을 생각해서 이 정도로 끝내는 것을 고맙게 생각하라며 엄포를 놓았다.

　푸시시한 얼굴로 두 손이 묶인 채 마당을 나서는 아들을 바라보던 달수 아내가 혼절했다. 첫아이를 잃은 아픔 끝에 얻은 아들이기 때문에 더욱 애틋했다. 쥐면 터질까 불면 날아갈까 애면글면 키운 아이다.

　천석이가 그렇게 끌려가던 그날 이후 달수 아내는 눈물을 달고 살았다. 먹는 것이 생겨도 아들 생각이고 좋은 입성이 보여도 천석이 생각났다. 빈 하늘에 걸린 달만 보아도 아들 때문에 눈물을 쏟았고, 비 오는 소리만 들어도 잠을 이루지 못했다. 어미의 눈에 보이고 입에 드는 모든 것이 천석에게로 이어졌고 끝내는 눈물 바람을 일으켰다.


　며칠째 조용하던 전남조 여맹위원장이 새파랗게 날을 세우고 사람들 앞에 섰다. 전남조는 인민반장 이원수의 부인이다. 그 사람은 사람 앞에 나서기를 좋아했고, 산골 아낙이라고 할 수 없을 정도로 유식했으며, 한번 말을 시작하면 일사천리였다. 세상에 모르는 것이 없을 정도로 박식해서 동네 사람들이 전남조 변호사님이라 할 정도였다. 그런 사람이 전쟁이 터지던 새벽바람에 인공기를 맨 처음 내달았다. 동네 사람들은 까맣게 몰랐던 전쟁 소식을 그녀는 진즉부터 알고 있었다. 고정간첩과 내통했거나 북한의 지령을 받았을 것이다. 전쟁이 터지기 전에도 좋은 세상이 온다는 알 듯 모를 듯한 말을 흘렸지만, 산골 살림살이가 워낙 팍팍하다 보니 그냥 해보는 소리로만 들었다.

그 전남조가 인민군이 마을에 들어오자마자 여성동맹을 조직하고 위원장 자리를 차고앉았다. 남편 이원수가 남자들을 상대하는 일을 한다면 전남조는 부녀자와 아이들을 상대로 북한 체제를 선전하는 일에 앞장섰다. 언제나 흰 저고리에 검정 치마 차림으로 아이들과 부녀자를 모아놓고 김일성 장군 노래 가르치기, 철 지난 노동신문 읽어주기 등 북한을 선전했다.

"동무들, 용감한 우리 인민군대는 남조선 해방을 위해서 피를 흘리고 있소. 조국 해방이 눈앞에 보이는데 후방에서 편안하게 살고 있는 우리는 무엇을 해야 하오?"

한번 시작하면 누에가 명주실을 뽑듯이 쏟아내는 전남조의 열변에 사람들은 정신이 팔렸다. 여맹이라는 모임도 전남조 혼자 북 치고 장구 치는 그런 모임일 뿐이다. 여자들의 반응이 없자 이번에는 조금 더 목청을 높였다.

"동무들, 어제는 김달수 동무 아들 김천석 동무가 의용군에 나갔소. 우리는 달수 동무의 영웅적인 의거를 높이 평가해야 하오. 자식 귀하지 않는 부모가 어디 있겠소. 자식을 의용군에 자진 입대시킨 장한 어머니께 우리 모두 박수를 보냅시다."

숨어 있는 천석이를 찾아내서 전쟁터에 내몰아놓고도 자진 입대라고 선전했다. 손바닥으로 하늘을 가리는 행위다. 생떼 같은 아들을 의용군에 빼앗긴 천석이 어머니를 영웅이라며 치켜세운다. 그녀는 가까스로 참았던 울음을 터트렸다.

"동무들, 이제 조금만 참으면 남조선 해방을 보게 될 것이오. 국방군과 미군 괴뢰들을 남해 바다에 수장시키고 완전한 조국 해방을 쟁취할 그날이 다가오고 있소. 그때까지 우리 여맹 동무들은 인민군대를 열성으로 도와야 하오."

방 안에 잡혀 앉은 부인네들은 종일토록 논밭에서 일한 뒤끝이라 여맹위원장의 말이 귀에 들어오지 않았다. 사람들은 약 먹은 병아리처럼 꾸벅꾸벅 졸고 있었지만 전남조의 연설은 계속되었다.

"동무들, 오늘로서 우리 마을에 여맹을 결성한 지 벌써 석 달이 넘었소. 우리 앞에는 고쳐야 할 일들이 많이 남아 있소. 그 첫 번째가 여성도 남성과 동등하게 대우를 받자는 것이오. 남자는 되고 여자는 안 된다는 생각은 버려야 하오. 그것은 어디까지나 봉건왕조가 남긴 폐습이오. 우리 북조선에서는 여성도 남녀의 차별을 받지 않소. 인민군대에도 나가고, 산업 전선에도 떨쳐 나서며, 지하 막장에서 채탄 작업도 하고 있소. 여자라서 안 된다는 생각은 버려야 하오. 특별히 오늘은 남조선 여성들의 사회 참여에 관해 토론하겠소."

천석이 끌려간 전선은 국군의 사활이 걸린 포항 영일지구다. 국군도, 인민군도 현 전선에서 이기는 쪽이 전쟁에서 승리하는 절체절명의 전선이다. 국군은 인민군의 대공세에 맞서 화력을 집중하고 있지만 인민군 또한 전쟁의 승패가 걸려 있는 건곤일척의 결전장이다. 하룻밤을 자고 나면 고지의 주인이 바뀌기를 수십 차례, 적을 죽이지 않으면 내가 죽는 인간 살육장이다.

한 치 앞도 보이지 않던 전선에서 변화의 조짐이 보였다. 맥아더 장군의 인천상륙작전 성공으로 퇴로를 차단당한 인민군이 대공세를 펼쳤지만 전선의 균형은 이미 깨지고 있었다. 패색이 짙어진 인민군들의 후퇴가 비밀리에 시작됐다. 그 행렬 속에 천석이가 끼어 있다. 벌써 며칠째 진행되는 후퇴작전이다. 날이 어두워졌다. 낮에는 미군기의 폭격을 피해 잠을 자고 저녁이면 행군을 했다.

기약 없이 끌려가는 길이라 동서남북을 분간할 수도 없다. 이대로 가다가는 분명히 38선 이북으로 끌려갈 것이다. 그러면 죽은 목숨이다. 천석은 도망칠 틈을 노렸지만 워낙 경계가 엄중하여 빈틈이 없다. 밤을 도와 행군하고 날이 밝자 잔솔밭에 은신해서 잠을 청했다. 걸음을 멈추면 선 채로 잠이 들 정도로 지쳤다. 무의식적으로 발걸음을 떼고 있지만 눈은 감겨 있다. 비몽사몽간이다.

"천석아, 여기 있으면 죽는다. 빨리 피해라!"

천석이 할아버지 목소리에 깜짝 놀라 눈을 떴다. 주위를 둘러보니 장총을 거꾸로 멘 초병도 졸고 있다. 앞뒤 가릴 것 없이 냅다 뛰었다. 발소리에 놀란 인민군 초병이 총을 쏘았다. 엎어지며 자빠지며 그냥 앞만 보고 달렸다.

그때 난데없이 포탄이 날아와 천석이 앉았던 자리에 떨어졌다. 조금 전까지 그 자리에 앉았던 사람들이 형체도 알아볼 수 없는 살점 덩어리로 찢어져 흩어졌다. 피비린내가 진동했다. 그 자리에 앉아 있었다면 폭사를 면치 못했을 것이다. 아련한 꿈속에서 할아버지가 현몽한 덕분에 천석은 살았다. 조상이 솔밭에 들었단 말이 이때를 두고 하는 말인가.

사태가 수습되자 천석은 다시 잡혔다. 개머리판으로 얻어맞고 발길로 차이고 안 죽을 만치 얻어맞으면서 야간 행군은 계속됐다. 그렇게 또 며칠을 끌려갔다. 그러던 어느 날, 기회가 왔다. 행군이 잠시 멈춰진 틈을 타서 초병을 따돌리기로 했다. 바지를 끌어내리고 용변을 보는 체하면서 눈치를 살피니 초병이 돌아앉아 담배를 피우고 있었다.

묶였던 손목도 풀렸고, 더구나 초병은 동생뻘 되는 소년 군인이다. 이판사판이다. 바지춤을 추스르면서 슬금슬금 초병에게 다가갔다. 초병은 눈치채지 못했다. 천석의 눈에 절구통만 한 돌덩이가 눈에 띄었다. 돌덩이를 번쩍 들어 초병에게 내리꽂았다. 발걸음에 운명을 걸고 내달렸다. 동서남북도 알 수 없는 곳으로 무작정 뛰었다. 돌에 걸려 넘어지고 나뭇가지에 팔다리가 찢겨져도 아픔을 느끼지 못했다. 솔숲을 지나고 작은 능선을 넘었다. 숨이 차서 더 이상 달릴 수가 없었다. 땅바닥에 벌렁 드러누웠다. 그때서야 목도 마르고 배도 고팠다.

무수히 많은 별이 우수수 쏟아질 것 같은 한밤이다. 예나 지금이나 다름없는 별빛이다. 억천만겁을 하루같이 떠 있는 별들이 인간들의 전쟁을 알 리 없다. 얼마나 시간이 흘렀을까. 먼 데 하늘에 희뿌연 기운이 뻗쳤다. 그러나 천석이 쓰러진 자리는 사방을 분간할 수 없는 깊은 산중이다. 배가 고팠다. 이렇게 굶으면 며칠 만에 죽을까? 그런데 그보다 정말로 여기가 어딜까? 야간 행군을 시작한지 일주일도 넘은 지금 나는 어디에 있는 것인가?

정신을 수습했다. 산에 들어 길을 잃으면 능선을 타고 사람이 다녔던 흔적을 찾아야 한다. 아무리 깊은 산속이라도 반드시 사람이 다닌 길이 있고, 그 길은 마을로 이어진다. 별빛을 따라 능선으로 난 길을 더듬어 걸었다. 다리는 감각이 무디고 눈꺼풀은 저절로 내려 감겼다. 어디에서 닭 우는 소리가 희미하게 들렸다.

막혔던 귀가 번쩍 트이고 온몸의 신경세포가 올올이 살아나는 듯했다. 사람 살리라고 소리라도 치고 싶었지만 목소리가 나오지 않았다. 어렴풋한 저 마을에 인민군이라도 있으면 만사가 헛일이다. 힘겹게 내디딘 발자국에서 철퍽 하는 물소리가 났다. 물이다. 마을 앞을 흐르는 작은 도랑물이었다. 도랑에 엎드려 물을 마셨다. 말라붙은 목구멍까지 차오르도록 마셨다. 살았다는 안도감에 힘겹게 붙잡고 온 정신줄을 놓아버렸다.

## 인민재판

이원수가 동네방네 다니며 외친 대로 소광리 인민재판이 열렸다. 사람들이 불안한 표정으로 모여들었다. 10리에 하나 5리에 하나 산골짝 여기저기에 흩어져 살다 보니 마을 사람들이 한꺼번에 모이기도 어렵다. 오랜만에 보는 얼굴들이지만 반가운 기색이 없다. 심상찮은 일이 벌어질 듯한 불안함이 사람들 사이에 감돌았다.

지도원이라는 사람이 앞으로 나섰다. 언제나 그랬던 것처럼 인민반장 이원수가 뒤를 따랐다. 사람들 시선이 그들을 따라 멈췄다. 팽팽한 긴장감이 연속되는 분위기와는 반대로, 하늘에 높이 걸린 보름달 속에는 마당 끝 미루나무 그림자가 출렁대고 있었다.

"동무들, 먼 길 오느라 수고가 많았소. 특별히 오늘 동무들을 모이게 한 것은 반동분자에 대한 인민재판을 열기 위함이오. 지금부터 반동분자에 대한 인민재판을 시작하겠소. 오늘 인민재판을 받는 반동은 홈다리 강만석, 덕거리 김진배, 광산골 정재철 동무요. 반동들에 대한 죄상은 이원수 동무가 고발할 것이오.”

지도원 말이 끝나자 낯선 청년들이 세 사람을 끌고 나왔다. 그들은 이미 반죽음이 돼 있었다. 어떤 고문을 당했는지 몸을 가누지도 못했다. 맨발로 끌려나오는 그들의 너덜거리는 옷자락은 핏자국에 얼룩져 있다. 가까이 얼굴을 보지 않으면 누군지 알아볼 수 없을 정도로 얼굴이 상해 있었다.

사람들은 숨을 죽였다. 무표정한 괴한들이 팔려가는 망아지 새끼처럼 끌고 나온 세 사람을 평상 앞에 세웠다. 독사눈을 뜨고 째려보던 지도원이 평상에 올라섰다. 그는 언제나 짤막한 막대기를 들고 다니면서 손바닥을 툭툭 치는 버릇이 있다. 듣기로는 인민군 장교로 근무할 때 들인 버릇이란다.

평상에 올라섰지만 워낙 작은 키 때문에 앞사람의 머리통 하나만큼만 커 보였다. 팔뚝에 차고 나온 붉은 완장이 푸른 달빛을 받아 거무죽죽한 핏빛을 닮았다. 손에 쥔 막대기로 손바닥을 툭툭 치고 난 지도원이 입을 열었다.

“오늘 여러 동무들은 남조선 혁명 과업에 걸림돌이 되는 반동들의 인민재판을 보게 될 것이오. 동무들의 열화와 같은 찬동이 있길 바라오. 반동들에 대한 죄상은 이원수 동무가 고발할 것이오. 나는 이 동무의 고발을 듣고 여러 동무들이 결정하는 바에 따를 것이오.

여러분들의 현명한 판단이 필요하오. 그럼 인민반장 동무, 앞으로 나오시오."

"반동들에 대한 죄상을 고발하겠소. 첫 번째 홈다리 강만석 동무요. 강 동무는 여러 동무들이 알고 있는 바와 같이 소쾅리에서 제일가는 부자요. 부자는 우리 인민의 적이고, 무산자 계급의 원수요. 부자는 노동자 농민을 착취해서 재산을 모은 반동이오. 강만석은 성스러운 남조선 해방전쟁을 수행하는 인민군대를 지원하지 않았소. 동무들! 이자를 어떻게 처단하면 좋겠소?"

사람들은 말이 없다. 이원수의 고발에 동조하는 사람은 한 사람도 없다. 사람들이 모여 선 마당에는 바늘 떨어지는 소리도 들릴 듯 조용했다. 땅바닥이 금방이라도 꺼져버릴 것같이 긴장된 살얼음판이다. 그때 한 사람이 나섰다.

"옳소! 인민의 적 강만석을 처단합시다. 강만석은 노동자와 농민을 착취해서 부자가 되었소. 인민의 피와 땀으로 모은 재산을 나라에 바치지 않았소. 남조선 해방전쟁에 떨쳐나선 인민군대에 군량미를 바치라는 당의 명령을 거부했소. 인민의 재산은 국가 소유라는 당의 강령을 위반했소. 강만석은 인민의 적이오. 강만석을 인민의 이름으로 처단합시다!"

소리 나는 쪽을 돌아보니 낯이 선 그 청년들이다. 주민들의 의사와는 무관하게 사전에 짜여진 각본대로 움직이는 꼭두각시 연극이 시작되고 있었다.

강만석 노인이 부자인 것은 사실이지만 인민을 착취해서 부자가 된 것은 아니다. 머슴을 둘씩이나 부리고 있지만 남들보다 세경도 후하게 챙겨주었다. 집에서는 자린고비였을지 몰라도 써야 할 곳에는 반드시 돈을 썼다. 흉년이 드는 해는 곳간을 털어 구휼미를 내놓았고 일제 때는 남모르게 독립자금도 희사했다.

농토가 부족한 산골에서 천석꾼 부자가 되기는 어렵다. 강 노인은 할아버지 때 죽변 어시장 근처로 이사를 갔다. 그곳에서 갖은 고생을 다한 끝에 오징어잡이 통통배 선주가 되었고, 6·25전쟁 직전에는 어선 다섯 척을 소유한 대 선주가 되었다. 소광리에서 농사로 벌어들이는 돈보다 수십, 수백 배 많은 수입이 있었지만 끝내 소광리를 뜨지 못했다. 그가 태어난 고향이고, 장차 그가 죽어서 돌아갈 곳이기 때문이다.

강 부자가 모내기를 하는 날은 동네 잔칫날이다. 한 동네 사람은 물론이고 인근 마을 거지들까지 몰려와 주린 배를 채웠는데 이제 와서 노동자 농민을 착취했다니, 사람들이 인정하지 않았다. 부자라도 남의 원한을 사지 않은 부자인데 노동자 농민을 착취했다니, 사람들이 믿지 않았다.

사람들의 반응이 없자 이원수는 물론이고 도끼눈으로 지켜보던 지도원의 입가에 싸늘한 비웃음이 비쳤다. 예상치 못한 분위기를 느낀 지도원이 이원수를 제치고 앞으로 나섰다.

"좋소! 동무들에게 묻겠소. 강만석 동무가 유죄요, 무죄요? 양단

간에 대답을 해보시오."

사람들이 또 묵묵부답이다. 그때 누군가가 소리쳤다.

"이의 있소!"

"동무는 누구요?"

지도원이 신경질적으로 물었다.

"나는 사복수라는 사람이오. 강만석 어른이 죄가 있다고 하는데 그렇지 않소."

"그게 무슨 소리요?"

지도원이 도끼눈으로 째려봤다.

"강만석 어른이 천석꾼인 것은 맞소. 그렇지만 강 부자를 나쁘다 할 수는 없소. 흉년이 들면 쌀도 나눠주고 돈도 꾸어주는 분인데, 인민을 착취했다고 할 수는 없잖소?"

"이 동무가 정신이 나갔구만그래."

생각지도 못한 방향으로 상황이 틀어지자 지도원은 당황했다.

"동무는 반동이오! 우리 공화국에서는 개인의 의견 따위는 인정 되지 않소. 오직 당에서 결정한 정책에 찬성할 의무만 있소. 지금 동무의 행동이 우리 당 강령에 위배된다는 사실을 알고나 있소?"

지도원의 거센 반격에 사복수가 고개를 웅크렸다.

"이원수 동무의 고발에 나는 찬동이오. 반대하는 동무는 손을 드시오."

그의 닦달에 놀라 곁눈질하며 엉거주춤 손을 드는 사람도 있고,

이럴까 저럴까 망설이는 사람도 있다. 눈치 빠른 지도원이 재빨리 선언했다.

"모두가 찬동하는 것으로 알겠소. 그러면 반동분자 강만석을 인민의 이름으로 처단키로 하겠소. 죄인의 마지막 말은 들어야 하오. 강만석 동무는 최후 진술을 해보시오."

끌려나올 때부터 초죽음이 된 강 노인이다. 터진 입술 사이로 이빨이 드러나고 핏물이 엉겨붙어 정신 있는 사람이라면 바로 쳐다볼 수 없을 지경이 되어 있었다. 이원수가 강 노인을 재촉했다.

"이게 동무 자신을 위한 마지막 변명이오. 무슨 말이라도 좋소, 얼른 해보시오."

강 노인이 마당에 모여 선 사람들을 둘러봤다. 노인의 얼굴에서는 삶을 체념한 듯한 표정이 읽혔다. 무슨 말을 하고 싶은데 입술이 말라붙어 말이 나오지 않았다. 어렵게 입을 열었다.

"죄인이 무슨 할 말이 있소. 죽는 것은 서럽지 않지만 이유라도 알려주시오."

강 노인의 말을 듣고 있던 지도원이 발끈하고 나섰다.

"아니, 이 동무가! 정말로 안 되겠구면."

"죽음 앞에 선 사람이 변명한들 무슨 소용이 있겠소만, 군량미만 해도 그렇소. 50가마는 이미 공출했고, 나머지 50가마는 다음 장날에 사서 주겠다고 한 죄밖에 없소."

"아니, 이 동무가 어디서 헛소리를 하고 그래? 이원수 동무, 이 동무를 빨리 처단하기요!"

말이 궁해진 지도원이 이원수를 재촉했다. 그때 강 노인의 아내가 까무러치듯 달려들었다.

"지도원 동무 선상님, 살려주시오. 우리 영감 좀 살려주시오. 하라는 대로 다 할 터이니 제발 목숨만 살려주시오. 돈을 달라면 돈을 줄 것이고 땅을 내놓으라면 땅을 내놓겠소. 아니, 오징어 잡는 통통배도 모두 내놓겠소. 그러니 제발 우리 영감 목숨만은 살려주시오."

강 노인의 아내가 이원수의 바지 자락을 붙잡고 늘어졌다.

"할머니 동무, 이러지 마시오. 여기는 신성한 재판정이오."

이원수가 호통을 쳐보지만 움켜쥐고 있는 바지 자락을 놓지 않았다. 한동안 할머니의 넋두리는 계속됐고 이를 지켜보던 지도원이 버럭 소리를 질렀다.

"이원수 동무, 뭘 꾸물대고 있소. 이 할망구를 빨리 끌어내시오."

분위기가 심상치 않음을 느낀 지도원이 누군가에게 눈짓을 했다. 사람들 뒷자리에 장승처럼 버티고 섰던 괴청년들이 앞으로 나섰다. 손에는 끝이 뾰족하게 다듬어진 죽창이 들려 있다. 소광리에서는 구경조차 할 수 없는 어른 팔뚝만 한 대나무를 깎아 만든 무기다. 괴청년들이 강노인의 두 손을 뒤로 돌려 묶고 남은 줄로는 다리를 묶었다. 노인을 묶은 밧줄 끝자락을 쥐고 있는 괴한이 눈짓을 했다.

옆자리에 섰던 괴한이 죽창으로 노인의 옆구리를 푹 찔렀다. 시뻘건 선혈이 왈칵 쏟아졌다. 강 노인의 단말마적인 외마디가 밤하늘에 울려퍼졌다. 사람들이 고개를 돌렸다. 강 노인은 처절한 비명을 남기고 썩은 고목처럼 풀썩 쓰러졌다. 옆에 섰던 괴한이 쓰러진 강 노인을 구둣발로 이리저리 굴리더니 들고 있던 죽창으로 노인의 심장을 찔렀다.

핏줄기가 분수처럼 뿜어져 올랐다. 차마 눈 뜨고 볼 수 없는 인간 도살이 자행되고 있었다. 상반신을 벌떡 일으켜 세우던 강 노인이 마지막 숨을 몰아쉬었다. 헐떡이는 숨결을 따라 몸속에 남은 피가 쿨럭쿨럭 쏟아졌다. 이원수에게 끌려나갔던 할머니가 비명을 지르며 달려들었다. 피를 쏟고 쓰러진 지아비를 온몸으로 끌어안은 채로 할머니 역시 기절했다.

"이원수 동무! 뭐하고 있소? 저 늙은 것들을 빨리 치우시오."

절명한 줄 알았던 강 노인이 피범벅이 된 가슴을 움켜쥐고 누군가를 애타게 불렀다. 그러나 그 소리는 입 안에서만 맴돌 뿐이다. 지도원이 뻘쭘하게 서 있는 사내들에게 눈짓을 보냈다. 서둘러 일을 끝내라는 신호다. 마지막 숨을 몰아쉬는 노인에게 다가선 괴한 두 명이 노인의 가슴을 향해서 동시에 죽창을 내리 찔렀다.

노인의 동공이 활짝 열리면서 고개가 푹 꺾어졌다. 노인은 절명했다. 하늘에서는 대낮처럼 밝은 보름달이 짐승 같은 인간의 행동을 낱낱이 내려다보고 있었다. 피비린내가 사방에 진동했다. 죽창을 휘

두른 괴한들 얼굴에 강 노인이 쏟아낸 선혈이 튀어올라 저승길 야차 같았다.

먹을 것 안 먹고, 입을 옷 안 입고 벌어 모은 재산 때문에 강 노인은 비명횡사했다. 인민군대에 군량미를 공출하지 않았다는 죄목으로 노인은 억울하게 죽었다. 선동·선전에 부화뇌동하지 않았다는 이유로 노인은 한을 품은 채 억울한 죽음을 맞이했다.

"동무들!"

지도원이 충혈된 눈으로 좌중을 위압했다. 강 노인의 시신을 끌어낸 괴한들이 천연덕스럽게 앞줄에 도열했다. 그의 앙칼진 목소리가 이어졌다.

"동무들, 이게 우리식 사회주의요. 이게 강만석의 죄과에 대한 인민들의 심판이란 말이오. 노동자 농민을 착취하는 반동의 최후를 잘 보았을 것이오. 이원수 동무는 계속해서 재판을 진행하시오."

그도 인간인지라 강 노인 참살에 따른 죄책감 때문인지 표정이 복잡해 보였다. 조금은 양심의 가책을 받는 모양이다.

"동무들, 강만석 동무 일은 유감이오. 이번 일을 계기로 다시는 이와 같은 과오를 범하는 동무가 없길 바라오. 공화국 국법이 얼마나 엄중한지를 알았을 것이오. 계속해서 재판을 진행하겠소. 덕거리 김진배 동무는 앞으로 나오시오. 김진배 동무는 나와는 개인적으로 친한 사이요. 그러나 사회주의 국가에서 개인적인 친분은 소용이 없소. 어디까지나 나랏일이 우선이기 때문이오. 김진배 동무가 마을 공동으로 쓰는 물꼬를 혼자 차지하는 바람에 동네 사람들이 농사를 망쳤소. 생각해보시오. 물꼬를 독점한 김 동무의 처신이 옳다고 생각하는 게요? 그때 기분으로는 총이라도 있었으면 쏘았을 것이오. 김진배 동무의 행동은 공동생산 공동분배를 주창하는 사회주의 이념에 역행하는 행동이오. 동무들! 김진배 동무를 어찌하면 좋겠소?"

사람들은 묵묵부답이다. 지도원의 눈길이 군중 속 이학원 동장에게 이르렀다. 지도원의 눈길을 받은 동장이 고개를 숙였다. 그러나 지도원의 재촉을 받은 이상 없던 일로 넘길 수는 없다. 마을을 대표하는 동장 입장에서 무슨 말이라도 해야 할 판이다.

"가뭄에 혼자 물꼬를 차지한 행동은 잘못된 일이오."

기껏 용기를 내서 한 말이다. 더 세게 주장했다가는 강 노인과 같은 참사가 벌어질 것이 두려워 조심했다. 지켜보고 섰던 지도원의 눈썹이 꿈틀했다. 그의 태도로 봐서 큰 사단이 벌어질 게 분명했다.

"동무들, '옳소' 하고 외쳐주시오."

이원수가 사람들을 충동질했다.

눈치를 보던 사람들 여기저기서 '옳소' 하는 반응이 나왔다. 마지못해 하는 소리란 걸 모르는 사람은 없다. 사람들 앞자리에는 강 노인을 찔러 죽인 괴한들이 피 묻은 죽창을 짚고 서 있다. 정말로 위협적인 분위기다. 인민재판에서는 죄인의 범죄 사실이 고발되면 적극적으로 반응토록 각본이 짜여 있다. 그러나 오늘 인민재판에서는 어떤 호응도 일어나지 않았다. 가난한 사람을 돕는 정 많은 강 노인을 죽창으로 찔러 죽이는 무리수를 둔 때문이다.

지도원이 이원수를 손짓으로 불렀다. 단상에서 내려온 이원수와 귓속말을 나누더니 고개를 끄덕이며 단상에 올라섰다. 그런데 이원수의 태도가 달라졌다. 거만하게 배 두둑을 내밀던 행동을 감추고 약간은 조심스러워하는 듯 보였다.

"동무들, 진정합시다. 이번에는 순서에 따라 김진배 동무의 자아비판을 들어보겠소."

단상 앞에 서 있던 괴한이 김진배를 묶었던 손목을 풀었다. 김진배가 마당에 털썩 꿇어앉았다. 두 손을 땅에 짚고 지도원에게 머리를 조아렸다. 지도원의 표정이 묘하게 변했다. 마당에 엎드린 김진배가 큰소리로 울부짖었다.

"지도원 동무, 살려주십시오! 죽을죄를 졌습니다. 혼자만 살려고 물꼬를 독점해서 남의 농사를 망쳤습니다. 한 번만 살려주시면 은혜는 잊지 않겠습니다!"

상처투성이 몸으로 맨땅에 엎드려 목숨을 구걸하고 있는 김진배의 참혹한 몰골을 보고 서 있는 사람들이 고개를 돌렸다. 그러나 아무도 거들고 나서는 사람이 없다. 그를 두둔했다가는 무슨 봉변을 당할지 몰라 두려웠기 때문이다. 그것이 세상인심이다. 김진배의 행동은 농촌에서는 흔한 일이다. 농사짓는 사람치고 누군들 자기 논에 먼저 물꼬를 대지 않겠는가. 더구나 그 일도 이미 오래전에 끝난 사건이다. 지도원이 나섰다.

"인민반장 동무, 김진배 동무가 잘못을 뉘우치는 모양이오. 한번만 용서해줄 수 없겠소? 잘못을 뉘우치는 동무는 관대하게 용서한다는 사실을 알려주기 바라오."

"이 동무를 용서하자는 데 반대하는 동무가 있으면 말해보시오."

"동무들 의견이 없으면 김진배 동무에게는 죽창 50대를 치기로 하겠소. 집행위원 동무는 형 집행을 준비하시오."

죽창을 움켜쥐고 선 괴한들이 집행위원이다. 지도원이 죽이라면 죽이고 때리라면 때리는 기계인간들이다. 김진배를 평상에 엎어놓고 바지를 까내렸다. 허여멀건한 엉덩이가 달빛에 드러났다. 괴한 둘이 마주보고 섰다. 이원수의 구령에 따라 죽창을 내리쳤다. 이미 초벌죽음으로 얻어맞은 상처 위에 죽창이 떨어질 때마다 김진배의 비명이 터졌다.

그러나 그 비명도 반을 넘어서자 조용해졌다. 사람이 죽었는지 살았는지 알 수 없는데도 50대를 채우는 매질은 계속됐다. 찰싹찰싹하던 매질 소리가 퍽퍽 하는 소리로 바뀌자 죽창 끝에 핏방울이 튀었다. 눈 뜨고 보지 못할 참상이다. 이원수의 "50이오" 하는 구령이 끝나기도 전에 김진배는 혼절했다. 괴한들이 달려들어 개 끌듯 끌고 나갔다. 그게 끝이다.

"에, 다음은 광산골 정재철 동무 차례요. 정재철 동무는 3년 전에 같은 마을에 사는 박대길 동무의 과오를 고발한 적이 있소. 달밭골 국유지에서 소나무를 잘라 외양간을 고쳤다는 고발이었소. 그 일로 박대길 동무는 벌금을 물었소. 정재철 동무 자신이 관재를 도벌한 죄과를 감추려고 한 짓이오. 정재철 동무를 고발하는 바요."

"정재철 동무가 잘못했소. 산협에 살면서 나무 한두 그루는 베어 쓸 수 있는 일인데 고발은 너무했소. 더구나 자신의 죄를 숨기려고 한 짓이라니 더욱 그렇소."

"다른 의견이 없으면 정재철 동무에게 죽창 30대를 때리겠소. 형을 집행하시오."

국유림 나무를 잘라서 외양간을 고쳤다는 혐의로 죽창 30대를 맞은 정재철은 초죽음이 되어 사람들에게 업혀 나갔다. 그는 다른 사람에 비해서 가벼운 처벌이었는데도 일주일도 못 가서 상처가 덧나는 바람에 불귀의 객이 되고 말았다.

지도원이 이처럼 무리한 인민재판을 열어 강만석 노인을 반동으로 몰아 죽이고, 물꼬 싸움에 지나지 않은 사건을 끄집어내서 피투성이가 되도록 구타하고, 소광리같이 깊은 산골에서 나무 한두 그루 잘라 쓰지 않은 사람이 없을 것인데 이를 빌미로 못된 짓을 저지르는 저의는 다른 데 있었다.

전쟁 초기만 해도 한 달이면 부산을 점령하고 추석은 해방된 서울에서 쇠겠다고 호언장담했던 김일성의 계획이 틀어지고 전세가 불리하게 돌아가자 흩어지는 민심을 다잡을 목적으로 일을 크게 벌인 결과였다. 광기 어린 전쟁놀음에 애꿎은 사람들만 고초를 당한 것이다. 이것이 김일성식 사회주의공화국의 실상이다.

인민군이 쫓겨가자 마을 사람들이 이원수를 잡아놓고 실랑이를 벌였다. 가해자를 먼저 용서하자는 달수 아버지 말에 사람들은 턱도 없는 처사라며 흥분한다. 당장 물고를 내도 분이 안 풀릴 터인데 세상이 바뀌었다고 용서하자는 말은 어불성설이라고 흥분했다. 특히 인민재판 끝에 죽창에 찔려 죽은 강만석 노인의 큰 아들 강현식이 눈에 불을 켜고 달려들었다.

"어르신! 그렇게는 못합니다. 입장을 바꿔놓고 생각해보시오. 어르신이 변을 당했어도 그렇게 말씀하시겠소? 무슨 말씀을 하셔도 나는 기어이 저놈의 목줄을 따야겠소. 아비 죽인 원수와는 같은 하늘 아래 못 삽니다!"

흥분한 강현식이 이원수에게 달려들었다.

"지금부터 나를 말리는 자는 저놈과 한통속이오. 내 눈에 흙이 들어가도 나는 저놈을 살려둘 수 없소!"

"거듭 부탁인데 순리대로 하시게. 저놈들이야 무법천지로 사람 사냥을 했지만 우리까지 똑같이 그러면 안 되네. 우리에게는 엄연히 법이 있다는 사실을 알려주는 뜻에서도 사사로이 사람을 죽여서는 안 되네."

그러나 극도로 흥분한 사람들에게 노인의 말은 귀에 들어오지 않았다. 그들은 이원수를 때려죽여서라도 원수를 갚겠다는 생각뿐이었다. 인민군 치하에서 고초를 당하지 않는 사람은 없지만 사람에 따라서 정도가 달랐다. 강만석 노인처럼 억울하게 목숨을 잃은 처지는 개인적인 원수를 갚아도 모자랄 일이지만, 원수를 원수로 갚아서는 안 된다는 말도 일리가 있다. 극도로 흥분한 강현식을 뜯어말리는 사람들도 결코 마음이 편치 않았다.

사람들과 몸싸움을 하던 강현식이 두엄더미에서 쇠스랑을 뽑아들고 이원수의 등짝을 내리찍었다. 마당에 꿇어앉은 이원수가 풀썩 쓰러졌다. 사람들은 눈을 질끈 감았다. 이원수가 피를 쏟으며 쓰러지는 광경이 연상됐다. 비수 같은 쇠스랑이 이원수의 등짝을 뚫으리라고 짐작한 사람들이 눈을 질끈 감는 순간, 강현식은 사람들의 예상을 뒤엎고 쇠스랑 날을 눕혀서 이원수의 등짝을 후려쳤다. 그토록 흥분한 가운데서도 이성을 잃지 않은 강현식의 행동이 한 사람을 살렸다. 천만다행이었다.

사람들이 그제야 달려들어 강현식을 떼어놓았다. 분을 삭이지 못한 강현식이 발버둥을 쳤다. 몇 사람이 강현식을 떼어 안고 자리를 떴다. 사람들에게 이끌려 마당을 나서는 강현식이 통한의 울음을 터트렸다. 비명에 간 아버지를 향한 서러움이기도 했고, 원수의 명줄을 끊어놓지 못한 통곡이기도 했다. 소란스럽던 장내가 진정되는가 싶더니 누군가 고래고래 소리를 지르며 들어왔다.

대나무 죽창 50대를 맞고도 죽지 않은 김진배와 30대를 맞은 후유증을 견디지 못하고 죽은 정재철의 아들 정인국이다. 두 사람은 이미 술에 만취되었다. 손에는 도끼 자루에 맞춤한 물푸레나무 몽둥이를 하나씩 들고 있었다. 김진배가 핏대를 세우며 울부짖었다. 화승총에 어미 잃은 짐승의 울부짖음이었다.

"이 빨갱이 놈의 새끼야, 오늘이 네놈 제삿날이다. 인민공화국이 그렇게 좋으면 따라가지 왜 안 갔냐? 죄 없는 사람을 뼈추림해놓고 네놈은 무사할 줄 알았더냐? 이 죽일 놈아!"

그렇게 김진배는 울분과 억울함으로 몸부림을 쳤다. 이어 술에 만취한 정인국이 나섰다. 죽은 정재철이 일찍 장가들어 얻은 첫아들로 당년 18세다. 심장에 더운 피가 동이채 쏟아질 뜨거운 나이다.

"우리 아버지 원수를 갚으러 내가 왔다! 빨갱이와 붙어서 벌통시 만난 들개처럼 설치더니 꼴 좋다. 천하의 이원수 동무가 어쩌다 이 꼴이 되었소. 빨갱이 똥구멍 핥아준 끝이 겨우 이거냐?"

몸은 취해 비틀거렸지만 목소리는 또랑또랑했다. 정인국은 손에 든 몽둥이로 이원수의 등줄기를 후려쳤다. 이미 강현식의 쇠스랑부림에 혼이 빠졌던 이원수가 픽 쓰러지자 김진배가 발길로 걷어찼다. 옆자리에 섰던 정인국이 사람들을 향해 나섰다.

"내가 하는 일에 아무도 나서지 마시오. 억울하게 돌아가신 아버지의 원수를 갚는 일이오!"

정인국이 장작 패는 모탕에서 지게꼬리를 풀어 들고 이원수를 묶어놓고 헛간에 들어가더니 새끼 뭉치를 들고 나왔다. 사람들이 넋을 놓고 바라보는 가운데 들고 나온 새끼줄로 이원수의 발목을 묶고,

종아리를 묶고, 무릎을 묶고, 엉덩짝을 묶고, 허리를 묶고, 가슴을 묶고, 마지막으로 양팔을 꽁꽁 동여묶었다. 사람이 죽어서 치르는 대렴 의식이다. 이원수의 형태는 그대로 관에 넣으면 바로 장사지낼 수 있는 송장 묶음이다. 살아 있는 이원수를 대렴으로 묶어 장사를 치르겠다는 의지의 표현이었다.

아비 잃은 자식의 절절한 원한을 사람들은 아무 말도 못하고 바라만 보고 있을 따름이다. 새끼줄 대렴을 마친 정인국이 이원수를 묶은 지게꼬리를 끌고 마당을 돌았다. 사람들이 일제히 비켜섰다. 정인국의 한 걸음 한 걸음에는 억울하게 돌아가신 아버지의 영혼이 실려 있었다. 비 오듯 눈물을 쏟으며 지게꼬리에 묶인 이원수를 끌며 마당을 돌았다. 거꾸로 묶여 끌려가는 이원수의 옷자락이 해어져 너덜거렸다. 마당에 박힌 돌을 지날 때는 움찔움찔 경련을 일으켰다.

두 번째 바퀴째는 등줄기 옷자락에 핏물이 비쳤다. 사람 잡겠다는 걱정은 접어두고 아무도 선뜻 나설 수가 없었다. 정인국을 지켜보는 사람들은 눈은 뜨고 있어도 손발은 움직일 수 없는 최면에 걸렸다. 너무나 엄숙하고 너무나 결연했기에 감히 그의 앞에 나설 수가 없었다.

"이것으로 아버님의 원수를 갚았습니다. 저는 이제 고향을 뜰 생각입니다. 비명에 가신 아버님의 슬픈 영혼이 머물고 있는 여기서는 더 이상 살고 싶지 않습니다."

정인국이 고개를 숙여 인사하고 마당을 떠났다. 사람들은 여우에게 홀린 것처럼 한동안 아무 말을 하지 못했다.

"저런 놈은 죽어도 싸다!"

"그렇게 좋으면 인민군 따라가지, 뭐 빨 게 있다고 남았어?"

"인정사정 볼 게 뭐 있어. 이깐 놈은 때려죽여야 해!"

"그래도 이 사람아. 세월이 원수를 갚는다는데 앞일을 어찌 알고."

"하늘을 두르는 재주가 있는 줄 알았는데 네놈도 별수가 없구나."

"네놈 마누라는 어디 갔어? 두 연놈을 한 줄로 묶어서 매달아야 하는데!"

사람들이 저마다 말로써 분풀이를 해댔다.

마당에 나뒹군 이원수는 기절을 했는지 미동도 없다. 머리에서도, 등에서도 피가 흘렀다. 쇠스랑과 몽둥이로 얻어맞는 등뼈가 어찌 됐는지 굴신을 못했다. 그대로 두면 죽을 목숨이다.

"이 사람들아, 사람 잡겠다. 그만하면 됐다. 원수를 원수로 갚아서는 안 된다. 아비야, 저 사람을 일으켜세우고 새끼줄을 풀어라."

"놔두게. 나 같은 놈은 맞아 죽어도 싸네."

기절한 줄 알았던 이원수가 깨어 있었다. 걱정했던 사람들이 그래도 다행이라는 눈치다. 적 치하에서 갖은 행패를 부린 그였지만 엄연히 법이 있는데 사사로이 사람의 목숨을 해칠 수는 없다. 그래서 세월이 원수를 갚는단 말이 생긴 모양이다.

"이 사람, 일어나게. 그리고 사람들에게 진심으로 용서를 빌게."

정신을 수습한 이원수가 마당에 무릎을 꿇었다. 등가죽이 벗겨져 피떡이 눌어붙었다.

"죽을죄를 졌습니다."

그 순간 양대콩 사건의 주인공 김성일이 나섰다. 말을 더듬는 버릇은 여전하다.

"이놈아! 네, 네놈 마누라를 잡아와서 마, 마당에 꿇어앉혀라. 논두렁 양대콩까지 조사하던 빼, 빨갱이는 어디 가고 비굴하게 모, 목숨을 구걸하느냐!"

"성일이, 그만하게. 의용군에 끌려가 생사조차 모르는 천석이도 있는데."

경수가 말을 거들었다.

노인이 흥분한 마을 사람들을 진정시켰다.

"지난일은 잊어버리고 새로 살게."

"어르신, 아무도 모르는 곳으로 떠나겠습니다."

"사람이 한평생을 살자면 온갖 풍상을 다 겪는 법일세. 세월이 이만하니 그래도 다행일세. 온전한 인민군 세상이 됐으면 어쩔 뻔했는가."

"이놈을 놓아주면 안 됩니다! 이놈한테 받은 고초가 얼만데요. 지서에 끌고 가든지 주리라도 틀어야 한이라도 풀지요."

"네놈 여편네가 지도원 동무놈과 붙었다며? 알면서도 네놈이 눈 감아주었다며? 남조선 해방을 위해서 수고하시는 지도원 동무를 위한 일이라면 못할 게 없다 했다고 아양을 떨었다며? 사실이거든 말 좀 해봐라, 이놈아."

"토지 신고할 때 줄 맞은 전지(토지 대장에 등재된 토지)는 몽땅 네놈과 지도원 이름으로 이전했다던데 그게 사실이냐? 이 천하에 죽일 놈아!"

분풀이를 못다한 사람들이 고삐 풀린 황소처럼 뜨거운 콧김을 내뿜었지만, 원수를 갚으면 또 다른 원수를 만들 뿐이라고 타이르는 노인의 설득에 조금씩 수그러드는 분위기다.

"그나저나 자네 처 되는 사람은 어디 갔는가?"

"월북했을 겁니다."

"자네는 처음부터 알고 있었는가?"

"전쟁이 터지던 날 새벽에 처음 알았소."

"우리 천석이가 끌려간 후로 소식이 없네. 자네는 알지 않는가?"

"지도원이 주도한 일이라 저는 잘 모릅니다. 포항 어디로 갔다는 말만 들었지요."

"무사히 돌아와야 할 텐데 걱정일세."

"제가 죽일 놈입니다. 어르신이 베푼 은혜를 원수로 갚았습니다."

"자네도 아내를 잘못 만나 그렇지. 그래서 사상이라는 게 무서운 게야."

"드릴 말씀이 없습니다."

"어디 생각해둔 곳이라도 있는가?"

"어디 가든 불쌍한 목숨 하나 건사 못하겠습니까?"

"잘 생각했네. 여기 있어봐야 두고두고 원수가 될 터이니, 아무도 모르는 곳에 가서 새 인생을 살도록 하게. 그리고 세상이 또 어떻게 변한다 해도 앞에 나서지 말게. 빨갱이들이 하는 말이 새빨간 거짓이란 걸 이번에 경험하지 않았는가. 사람이 사는 세상은 조금 덜 먹고 조금 못 살아도 인간답게 살아야 하는 법일세. 그 가운데 가장 중요한 것이 인륜지도덕을 숭상하는 일인데, 어미 아비를 보고 동무라며 반말로 덤비니 그게 어디 사람이 할 짓인가?"

"어르신 말씀 새겨듣겠습니다. 건강하십시오. 그리고 여기 계신 모든 분들, 고맙습니다. 아무도 모르는 곳에 가서 조용히 살겠습니다. 여러분들이 베풀어주신 은혜는 죽을 때까지 간직하겠습니다."

전쟁 미치광이의 불장난으로 촉발된 6·25전쟁은 수백만 명의 인명을 살상한 끝에 그렇게 막을 내리고 있었다. 한 민족을 재기 불능 상태로 전락시킨 전쟁은 그렇게 끝나가고 있었다. 인간 본연의 존재 가치를 근본적으로 부정한 전쟁이었고, 천만 이산가족을 만들어 서로를 미워하고 비방하는 감정의 골을 깊게 파놓은, 우리 민족사에서 두 번 다시 일어나서는 안 되는 나쁜 전쟁이었다.

# 굴구지

"당신, 언제까지 이렇게 살 거야? 동네 창피해서 못살겠어."

"여편네가 새벽바람에 재수 없게 무슨 앙탈이야. 잔소리 그만하고 꿀물이나 타 와."

눈 뜨자 아침부터 집 안에 큰소리가 났다. 남편이 어제저녁에도 혀가 꼬부라지도록 술을 마시고 고래고래 소리를 지르는 바람에 동네 창피를 샀다. 병호의 술 취한 행동이야 어제 오늘 일이 아니지만 요즘 들어서 부쩍 잦아졌다. 연탄 화덕 뚜껑을 열자 눈이 따갑고 코가 먹먹했다. 마당에는 하얀 무서리가 자부룩하게 내렸다. 남의 집 문간방으로 내려앉은 지 1년도 안 돼서 끼니 걱정을 해야 했다.

병호는 고생 근처에도 안 가보고 자란 탓으로 자립하지 못하고 사람들로부터 손가락질을 받는 무능한 가장이 되어 있었다. 몸이라도 건강하면 공사판 잡부라도 나설 판인데 근력이 부족해서 막노동할 처지도 못 되었다. 하루를 일하면 사흘을 앓아눕다 보니 살림살이는 전적으로 명희가 맡아야 했다.

"집에만 있지 말고 밖에 좀 나가보소. 뭐라도 해야 먹고살지 않겠소? 소문에 들으니 최 사장네 산판에서 일꾼을 구한다던데 거기라도 가보든지."

명희가 남편을 채근했다. 험한 산에서 나무를 벌채하는 일이 고되기는 해도 특별한 기술이 없는 막노동꾼에게는 좋은 일자리다. 성화에 못 이긴 병호가 제재소 사장을 만난 끝에 산판 인부로 들어갔다.

고기도 먹던 놈이 더 먹는다고, 산판일이 처음인 병호는 하나에서 열까지를 배워야 했다. 나무도 자르는 방향이 다르고 톱을 쓰는 기술도 익혀야 했다. 숙달된 인부라도 한눈을 팔면 사고가 나는 것만 봐도 절대로 호락호락한 일이 아니다. 그런데도 병호는 산판일에 잘 적응했다. 건설 현장 막노동판에서는 일주일도 못 버티던 사람인데 산판일은 싫증을 내지 않고 곧잘 했다. 그런 걸 보면 힘만으로는 안 되는 일이 있는 모양이다.

병호가 산판에서 일하는 동안은 그럭저럭 가족의 생계를 꾸려갔다. 병호 자신도 일거리가 생기면서 술도 자제하고 가족을 먹여 살린다는 자부심이 생겨서 좋았다. 그러던 중에 산판 사장이 도벌 사건을 일으켜 구속되고 병호는 일자리를 잃었다. 당장 생계가 걱정되었고, 할 일을 잃은 병호는 다시 술에 빠져들었다.

생계가 막막해지고 보니 1년에 쌀 두 가마니 값으로 얻은 전셋집도 내놓고 아무 연고도 없는 굴구지로 이사했다. 전에 살던 집주인이 도회지로 나가고 집만 지켜주는 조건으로 얻은 집이다.

굴구지는 통고산 자락에 앉은 산골 마을이다. 짧게는 30리, 시간상으로는 한나절 이상 발품을 팔아야 버스가 다니는 행길로 나갈 수 있는 오지다. 마을의 시작은 조선시대까지 올라가고, 고풍스러운 기와집이 옹기종기 모여 앉은 화성 김씨 집성촌이다. 개화기에 들어서는 신식 문물을 일찍 깨우친 덕분에 엘리트 지식인을 적잖이 배출한 반촌이다.

감나무 잎 사이로 올된 홍시가 얼핏얼핏 비치는 가을이다. 유례없는 태풍이 연거푸 찾아와 다 된 농사를 망치는가 했는데 그래도 늦가을 날씨가 좋아서 끝마무리는 좋은 편이다. 이삿짐이라 해봐야 덮고 자는 이불 하나, 부엌에 걸었던 솥단지가 전부다. 일곱 살 먹은 상구는 앞세워 걸리고 젖먹이 진구는 들쳐업었다. 신새벽에 남부여대(男負女戴) 길을 나서고 보니 죄 짓고 도망가는 꼴을 면치 못했다.

초행길은 멀었다. 버스 길에서 차를 내려 물길을 따라 걸었다. 한 구비 돌 때마다 왕피천 물 건너기를 반복했다. 가을 해가 중천에 기울어서야 마을에 도착했다. 집은 허술했다. 담장은 무너졌고 사람이 밟지 않은 마당에는 잡초가 무성했다. 그중에 다행이라면 겉보기가 멀쩡한 슬레이트 지붕인데, 이 역시 여름을 나봐야 알 일이다.

병호네가 살 집은 동네에서 한갓진 언덕배기에 있다. 마당이 넓고 이웃집과도 적당하게 떨어져 있어서 좋다. 솥단지가 걸렸던 자리가 시커먼 입을 벌리고, 문짝 뜯겨진 찬장이 바람벽에 걸려 덜렁거렸다. 솥을 뗀 자리에 가지고 온 솥단지를 걸어보니 아귀가 딱 맞았다. 부엌 바닥에 흩어진 장작개비로 불을 지피고 물을 끓였다.

호롱불 심지를 돋워놓고 삶은 고구마로 저녁을 때웠다. 칭얼대는 아이를 다독여 아랫목에 눕히고 파김치가 된 병호 내외가 빈자리를 찾아 머리를 눕혔다. 시간이 흘렀고 동네 닭들이 홰를 치며 울어댔다. 그렇게 이사한 첫날이 밝았다.

문을 열고 나섰다. 산중 공기는 더할 수 없이 맑고 상쾌했다. 내친김에 앞산에 올라보니 마을을 돌아 흐르는 왕피천이 그림처럼 걸려 있다. 이 집에서 자란 큰아들은 중앙 관청의 높은 자리에 올랐고, 동생은 억수로 큰 부자가 되었다는 소문이다. 명당 집터로 이사했으니 좋은 일만 있었으면 좋겠다.

아침을 먹고 마당에 수북한 망초 꽃대를 뽑았다. 새싹일 때는 나물로 쓰이지만 아무 데나 비비고 들어서는 바람에 거추장스러운 풀이다. 그래도 가을이면 새하얀 꽃을 소담하게 피워올리는 꽃대를 보고 계절을 짐작하기도 한다.

병호가 옷매무새를 고치고 집을 나섰다. 산중이지만 화성 김씨 일족들이 문호를 차리고 사는 반촌이라 행동거지를 조심해야 한다. 화성 김씨 종가 댁을 찾았다. 연세 높은 문장 어른은 한학에 밝은 유학자다. 종가 댁은 푸른 이끼가 내려앉은 고가였고 일상 출입하는 솟을대문은 낯선 사람에게 위압감을 주었다.

노인은 폭신한 보료 위에 장죽을 길게 물고 앉았다. 조선시대를 거슬러오른 느낌이다. 무릎을 꿇어앉은 병호에게 노인이 물었다.

"젊은이는 관향을 어디로 쓰시는고?"

병호의 성씨와 고향을 물었다. 그나마 다행히 어른들의 인사말 정도는 귀동냥으로 얻어들은 덕분에 머뭇거림 없이 대답할 수 있었다.

"성씨는 동해 정가이고 이름은 병호라고 합니다. 선대 어른들은 부산에 사셨고요."

"동해 정씨라…… 음, 양반이지. 그래, 시하(侍下)신가?"

"연전에 양친을 여의었습니다."

"젊은 나이에 양친을 일찍 잃었구먼."

예전에 어떤 젊은 군인이 맞선 본 여자 집을 방문했을 때 여자의 할아버지가 군인에게 "시하신가?" 하고 물었다. 말뜻을 이해하지 못한 젊은이가 엉겁결에 "육군본부에 있습니다" 하고 대답했다. 묻는 뜻을 이해하지 못한 군인이 CIC, 즉 방첩대를 묻는 걸로 착각하고 엉뚱한 대답을 한 것이다. 고개를 끄덕인 노인장이 다시 물었다.

"안행(雁行)이 몇이신고?"

형제가 몇이나 되느냐 하는 질문이다.

"외손입니다."

"자손이 귀한 집안이로구먼."

"네."

"초면에 말을 놓아 미안하지만, 젊은이가 우리 집 가아(家兒)와 동무인 것 같아서 그러니 오해는 마시게."

"어르신 편하신 대로 하십시오."

"가만있어보자, 동해 정씨라면……."

노인은 병호와 문답을 하다 말고 한서가 빼곡하게 꽂힌 서가에서 책 한 권을 찾아들고 돋보기를 콧등에 걸쳤다. 표지에 『전고대방(典故大方)』이라고 쓰여 있다. 역대 인명에 대한 전거(典據)를 기록한 책이다. 현대적으로 해석하자면 인명사전에 해당한다.

"음, 여기 있구먼. 그러니까 동해 정씨는 아조(我朝, 조선조)에서 상신(相臣, 영의정·좌의정·우의정)이 열일곱 분이고, 문과 급제자만 200분을 넘게 배출한 명문일세. 거기에 삼정승 부럽지 않은 대제학을 두 분이나 모셨으니 가히 조선의 대성이라 할 만하구먼. 젊은이 안태고향이 어디라고 했지?"

"조부 때까지 부산 기장에서 살았습니다."

"그런 명문 자손이 어쩌다가 울진까지 밀려왔던고?"

"자세한 내막은 모르겠지만, 조상님 한 분이 역관으로 중국에 드나들면서 밀무역에 연루되는 바람에 그리되었다고 들었습니다."

"역관이라면 고관대작은 못 되지만 그렇다고 상것도 아닐세. 그런데 밀무역에 종사했다면 물려받은 재산이 상당했을 터인데, 살림은 어찌하고 산협으로 들어왔는고?"

"일이 그리되었습니다."

"허허 참, 딱한 일일세. 집 아이한테 듣자 하니 젊은이는 몸만 달랑 왔다던데, 장차 이 산골에서 뭘 해먹고 살 작정이고?"

"아직은 계획이 없습니다. 살아가면서 약초도 캐고 날품도 팔아볼 작정입니다. 어르신께서 많이 도와주십시오."

"남의 가정사에 콩 놔라 팥 놔라 할 수는 없지만, 사람은 뚜렷한 생업이 있어야 하는 법이거늘. 먹고사는 일이 반듯해야 사람의 도리를 한다는 말일세. 그동안 생업은 뭣을 했고?"

"이것저것 해봤습니다. 아버님 돌아가시고 가세가 기우는 바람에 전지를 팔아서 생계를 꾸리다 보니 이렇게 되었습니다."

"사정이 딱하구면. 그렇지만 젊은 나이에 무엇이 걱정일까. 실망하지 말고 바르게 살면 희망은 언제라도 있는 법이거늘."

"말씀 명심하겠습니다."

"참, 우리 마을에 살자면 몇 가지 지켜야 할 규약이 있네. 나중에 들어보면 알겠지만, 이웃 간에 친목을 제일로 치네. 이 마을이 호수는 작아도 유서가 있는 마을일세. 부락민 20여 호 가운데 서너 집을 제외하면 모두 우리 화성 김문(金門)일세. 그러다 보니 타성바지를 홀대하는 일이 없도록 늘 깨우치고 있지만 쉬운 일은 아닐세. 그렇다고 젊은이가 기죽을 일도 없지만 사리에 어긋나는 행동을 해서는 안 되네. 워낙 산중이다 보니 산에서 일어나는 일이 많기도 하고, 특히 산불도 조심해야 하고, 나무를 함부로 베어서도 안 되네. 산협에 사는 사람들에겐 산이 곧 농장이거든. 산이 높으니 골이 깊고, 농토가 척박하니 소출이 적고, 그러다 보니 사람들이 산으로 간단 말일세. 그래도 여기처럼 깊은 산협에서는 야지의 시시한 농토보다 산이 더 값지다네. 어떤 해는 송이 따는 돈이 농사 돈보다 많기도 하고. 젊은이도 앞으로 산에 의지해서 살 텐데 조심해야 할 일이 많지. 오늘은 이만하고 물러가시게. 가아와도 친하게 지내도록 하고."

"고마운 말씀 새겨듣겠습니다. 종종 찾아뵙고 좋은 말씀 듣겠습니다."

노인의 방을 물러나오니 마을 청년들이 기다리고 있다. 신참주(新參酒)라도 내야 할 것 같다. 이사다 뭐다 하는 바람에 며칠 동안 술 구경을 못한 처지라 목구멍이 컬컬했다. 참새가 방앗간을 그냥 지나칠까. 처음 인사를 튼 사람들을 안동(眼同)해서 동네 구판장으로 자리를 옮겨 앉았다.

남자들 세계는 술이 있어야 오고 가는 말씨가 고와지는 법이다. 데면데면하던 사이가 술잔이 오고 가면서 십년지기처럼 가까워졌다. 동장이 동네 사람 몇몇을 더 불러들이는 바람에 구판장 술이 동났다. 술값은 당연히 신참주를 내는 병호 몫이다. 초면에 외상을 긋자고 하니 매장 아주머니가 난감해했지만, 동장이 보증을 서는 바람에 이사 첫날부터 구산 3리 주민으로 인정받았다.


자정을 넘기고서야 혀가 꼬부라져 돌아온 남편을 부축하는 명희의 표정은 모든 걸 포기하고 있었다. 산골로 쫓겨온 주제에 첫날부터 부어라 마셔라 하는 남편이 야속했다. 억지로 끌어다 눕힌 잠자리에서 금방 숨이라도 멎을 것처럼 심한 코골이를 하는 남편을 바라보는 명희의 눈에서 서러운 눈물이 떨어졌다. 남편 술버릇이야 새삼스러울 것도 없지만 빈손으로 산중으로 쫓겨온 처지에 살아갈 궁리는 안 하고 인사불성으로 퍼마시고 들어온 남편은 남편이 아니라 원수다.

그래도 시간은 흘렀고 창문이 훤하게 밝았다. 술이 덜 깬 남편이 물을 찾았다.

"상구 아버지, 얘기 좀 합시다."

"무슨 얘기를?"

"당신, 언제까지 이렇게 살 거요?"

"갑자기 그게 뭔 소리고?"

"갑자기가 아니라 벌써부터 묻고 싶었소."

"이 여편네가 미쳤나? 새벽부터 사람을 닦달하고 지랄이야. 할 일 없으면 자빠져 잠이나 잘 것이지. 나라고 맘 편한 줄 알아?"

"맘이 편찮다는 인간이 이사 첫날부터 고주망태가 되도록 술을 퍼마시나?"

"누가 술을 퍼마셨다고 그래? 동네 사람들이 한두 잔 권하는 바람에 그리됐지."

"당신은 소갈머리도 없소? 당신은 남자로서 자존심도 없고, 가장으로 책임감도 없소? 당신은 벼룩의 간만큼도 양심이 없는 인간이오. 입이 있으면 말 좀 해보시오."

새벽바람에 세게 나오는 아내 기세에 눌려 병호의 대꾸가 없다. 잠시 뜸을 들인 명희가 말을 이어갔다.

"내가 언제 당신 하는 일에 일일이 간섭했소? 물려받은 재산을 술 마셔 탕진했을 때도 내가 이럽디까? 생각이 있는 사람이라면 이런 행동을 하겠소? 식솔들이 먹고살 일은 내 모른다 하고, 밤낮으로 술판만 벌이는 당신이라는 사람하고 언제까지 살아야 돼?"

"그만 좀 해라! 나도 죽을 맛이다."

"말 좀 해보시오. 사람을 산골로 끌고 와서 굶겨 죽일 작정이오?"

명희의 푸념을 듣고 있던 병호가 이불자락을 걷어젖히고 벌떡 일어섰다.

"그만 좀 하라니까! 안 그래도 오늘은 울진 내려가서 일자리 알아볼 작정이다."


산판일은 그가 잘하는 일 중 하나다. 최 사장 산판은 고개 하나 넘은 곳에 있었다. 산속에서 하는 작업이라 현장에서 먹고 자는 함바집에서 숙식을 했다. 병호가 산판에서 하는 일은 잘라놓은 원목으로 사각 기둥을 만드는 작업이다. 병호는 열심히 일했다. 산판일이 늘 그렇지만 현장일이 끝나면 수입이 없어지므로 먹고살기가 빠듯했다. 산판 작업이 끝나던 날 최 사장이 병호를 따로 불렀다.

"내가 정 씨 일하는 것을 지켜보니 맘에 들었소. 제재소 한번 들르시오. 좋은 일이 있으니 상의 좀 합시다."

"뭔 일인데 그러십니까?"

"지금은 남의 눈이 있어서 좀 그렇고, 제재소에 한번 꼭 들르시오. 그때 이야기합시다."

병호는 최 사장의 제안에 응답을 해놓고도 곧 잊어버렸다.

산판일이 끝났다. 일하던 사람이 먹고 놀면 팔다리가 쑤시고 몸살이 나는 법이다. 하는 일 없이 빈둥거리기만 하니 온몸이 근질근질했다. 그래도 아직은 산판에서 번 돈이 남아 있으니 몇 달은 견딜 것이다. 병호가 나들이 차림으로 집을 나섰다. 그동안 못 본 친구를 만나 회포라도 풀 작정이다.

그길로 집에는 소식을 끊었다. 병호가 집을 비운 한 달은 술에 찌든 일상이었다. 주머닛돈을 탈탈 털어 없애고 들어온 병호를 명희는 본체만체했다. 병호 말이라면 콩으로 메주를 쑨다 해도 믿지 않았다. 아내에게 그런 홀대를 받으면서도 매일 술을 마셨다. 구판장 아주머니에게 거짓말을 둘러대고 외상술을 마셨다. 구판장 술값 외상장부에는 한 달 노임을 털어도 모자랄 술값이 착실하게 기록되고 있었다.

고주망태가 되도록 술을 퍼마시고 돌아온 이튿날 아침, 부엌에 들어간 병호는 냉수 한 바가지를 마시고 집을 나섰다. 왕피천 개울물을 열 번도 넘게 건너서 읍내 가는 버스를 탔다. 빈 뱃속에서 꼬르륵 소리가 났다. 사무실에 앉아 있던 최 사장이 반색을 했다.

"기다리다 눈 빠지는 줄 알았소. 정 씨를 보자 한 것은 다름이 아니고, 정 씨가 내 일을 좀 도와주었으면 좋겠소."

"제가 사장님 일을 돕다니, 그게 무슨 말씀이오?"

"굴구지 산판 있잖소? 정 씨가 일했던 그 산판 말이오. 산판 허가를 받는다고 돈이 많이 들었는데 막상 끝나고 보니 적자가 났소. 그래서 하는 말인데…… 나무를 더 실어낼까 생각 중이오."

"산판이 끝났는데 나무를 실어내다니, 무슨 말씀이오?"

말끝에 잠시 뜸을 들인 최 사장이 말을 이어갔다.

"솔직히 말하면 이렇소. 정 씨가 일한 산판과 붙어 있는 국유지 있잖소. 산판 길도 닦아놓은 김에 국유림 나무를 좀 실었으면 해서 말이오."

"국유림은 산판 허가를 받아야 할 게 아닙니까?"

"그 일은 내가 알아서 할 일이고, 정 씨는 현장 일만 해주면 되는 거요."

"저보고 국유림을 도벌하라 그 말씀이오?"

"도벌은 무슨, 허가를 받아서 할 거요. 이미 손을 써놨으니 정 씨가 걱정할 일은 아니고 정 씨는 일만 해주면 되는 거요. 나머지 일은 내가 다 알아서 할 거요."

최 사장 말은 국유림을 도벌하자는 것 같은데, 그러다가 발각되면 징역을 가야 한다. 그런데 지금 내 형편이 너무 절박하다. 몇 달은 산판일로 그럭저럭 지냈지만 이 겨울이 끝나기 전에 양식은 동이 날 것이고, 그러면 또 내년 봄 춘궁기는 무슨 재주로 날 것인가.

산판 허가를 받는 일은 최 사장이 알아서 한다고 하니 이참에 눈 한 번 딱 감고 일을 저질러볼까 하는 생각이 스쳤다. 짧은 순간에 별의별 생각이 다 들었다.

"품값은 어떻게 주겠소?"

"품값이 아니고 원목 한 트럭에 쌀 한 가마니를 주겠소."

"잘못되면 누가 책임지고?"

"잘못될 게 없소. 문제가 생기면 모두 내가 책임질 테니 걱정하지 마시고……."

나무 한 트럭에 쌀 한가마니라, 잘만 하면 한밑천 잡을 수 있겠다. 겨울이라 달리 할 일도 없고, 또 산속에서 혼자 하는 일이니 다른 사람이 알 수도 없는 일이다. 설사 알려진다 해도 뒷일은 최 사장이 책임진다 했으니 열심히 일만 하면 될 일이다. 넉넉잡아 열흘에 한 트럭은 할 수 있으니 한 달이면 세 트럭, 그러면 쌀이 세 가마니, 두 달이면 여섯 가마니고 석 달이면 아홉 가마니다.

우리 식구 몇 년은 끄떡없겠다. 수지맞는 일이 아닌가. 뒷일은 최 사장을 믿어보자. 나 혼자 고생해서 한밑천 잡으면 도회지로 나가 작은 구멍가게라도 차렸으면 좋겠다. 그런데 아내에게는 뭐라고 할까? 그리고 또 상구가 물으면 뭐라고 하지? 그래, 딱 한 번뿐이다. 병호는 스스로에게 다짐을 하고 명희와 마주 앉았다.

"당신에게는 면목도 없고 가장 구실도 못하지만, 달리 사는 방법을 만들어야겠소."

"무슨 말을 하려고 사설이 그렇게 길어요?"

"내가 일전에 제재소 최 사장을 만나지 않았소?"

"술 퍼마시고 온 게 무신 자랑이라고."

"그게 아니고 내 말 좀 들어보소. 내가 이 말은 안 할라 했는데, 제재소 최 사장이 나보고 나무를 좀 베어달라고 하더라고. GMC 한 대당 쌀 한 가마니를 준다면서."

"그건 또 무슨 뜬금없는 소리요?"

"국유림 벌채를 하자는데……."

"당신보고 도벌하라 그 말이오?"

"내가 그랬지. 뒷일을 책임질 거냐고. 사건이 발각돼서 감옥 가는 일이 생기면 어쩔 거냐고 물었더니 뒤를 봐주는 사람이 있어서 그럴 일은 없다고 장담하더라고."

"당신이 없이 살아도 법은 안 어겼는데, 이제는 나쁜 짓까지 할 작정이오? 돈 없이는 살아도 죄 짓고는 못 사는 법인데. 동해 정씨가 양반이다 뭐다 하면서 나쁜 일로 이름을 버릴 거요? 내 모르게 엉뚱한 짓을 하는 날은 마지막인 줄 아시오!"

명희의 반발이 심했지만, 이 답답한 현실을 벗어날 방법이 있다면 기꺼이 그 길을 갈 것이다. 그 발걸음이 비록 위법이라 해도 가족이 굶어죽을 형편이라면 법에도 눈물이 있을 게 아닌가. 지금은 선불 맞은 멧돼지처럼 펄쩍 뛰고 있지만 막상 일이 진행되고 나면 이해할 것이다. 자식 버리는 부모 없고 남편 안 따르는 여인네가 없다고 했다.

사람마다 백만장자요 고관대작이라면 세상에 무슨 걱정이 있겠는가. 타고난 재주가 다르고 누리는 복록이 서로 달라서 다투고, 그것을 얻기 위해서 온갖 수단과 방법을 쓰는 것이 세상일이다. 하늘이 채워주지 못한 복록을 스스로 찾기 위해 나는 그 길을 갈 것이다. 그곳에는 오로지 내가 원하는 재화를 얻는 일만 있을 뿐이다.

명희와 말다툼을 하던 그날 저녁. 이 생각 저 생각으로 뒤척이다가 깜빡 잠이 들었다. 하늘을 가릴 정도로 소나무가 빽빽하게 들어선 산속이다. 가장 잘생긴 소나무에 톱질을 했다. 나무 둥치에서 시뻘건 피가 쏟아졌다. 그 피가 병호의 몸을 적시고 눈으로 튀어드는 바람에 세상이 온통 핏빛으로 비쳤다. 천둥같이 우렁우렁한 목소리가 산골짜기에 울렸다.

"병호, 네 이놈! 썩 물러나지 못할까?"

형체도 안 보이는데 목소리는 우렁우렁하다. 톱자루를 내던지고 뛰었다. 발걸음에 나뭇가지가 걸리고 가시덤불에 감겼다. 헛발을 딛는 바람에 낭떠러지로 떨어졌다. 깜짝 놀라 깨고 보니 꿈이었고 이부자리가 축축하게 젖어 있다. 불길한 꿈이다. 꿈속 소나무 몸통에서 쏟아지던 붉은 핏줄기가 머릿속에서 지워지지 않는다.

꿈은 현실과 반대라지 않던가. 애써 무서운 꿈을 지워버리려 했으나 그럴수록 점점 더 선명하게 나타났다. 자리를 털고 일어나기에는 너무 이른 새벽이다. 마음의 갈등을 겪으면서 범죄를 꾸미고 있다는 죄책감에 무서운 꿈까지 꿨다. 그러나 주사위는 던져졌다. 문을 열고 나섰다. 바람이 쏴아 밀려들었다. 노란 생강나무 단풍에 하얀 서리가 내려앉은 늦가을 신새벽이다.

상구가 동네 길목에서 낯선 아저씨를 만났다.
"어이, 학생. 네 이름이 뭐냐?"
"정상구요."
"정병호 씨 집이 어디냐?"
속으로는 깜짝 놀랐지만 상구는 태연하게 대꾸했다.
"모르는데요. 그런데 아저씨는 누구세요?"
"그건 알 거 없고."
참새골 도벌 때문에 아버지를 찾고 있는 것 같았다. 다리가 떨렸다. 그 시각 아버지는 집에서 잠을 자고 있었다. 아저씨가 집으로 가면 들킬 게 뻔했다. 그런데 어찌 된 일인지 그 아저씨는 더 이상 묻지 않고 윗동네로 갔다. 아저씨가 고개를 넘는 것을 끝까지 지켜본 상구는 한걸음에 집으로 달려갔다.
너무 급히 서두르는 바람에 마당에 신발을 벗어던지고 안방으로 뛰어들었다. 그러곤 세상모르게 잠을 자고 있는 아버지를 깨웠다. 상구 이야기를 들은 아버지가 한참 생각하더니 옷가방을 챙겨 집을 나섰다.

"내 없는 동안 낯선 사람이 찾아오거든 모른다 해라."

아버지는 해가 뉘엿뉘엿 저문 날 집을 나갔고, 겨울이 깊어지도록 아무 소식도 없었다.

그러던 어느 날 저녁, 아버지가 도둑고양이처럼 돌아왔다. 날짜를 따져보니 아버지가 집을 나가던 때가 겨울 초입이었는데, 벌써 이틀 밤만 자면 음력 설날이다. 그동안 어디서 무엇을 했는지 구레나룻이 덥수룩하게 자라 있었다. 집을 나간 이후로 수염을 깎지 못한 듯했다.

아버지가 돌아온 집 안에는 오랜만에 웃음이 돌았다. 이번 설에는 무슨 옷을 사주실까? 돈도 없는데 알록달록한 나일론 양말 한 켤레면 그만이지 뭐. 모르긴 해도 아버지가 돈을 많이 벌어오신 눈치던데, 장난감 자동차를 사달라고 조를까? 상구는 이런 저런 생각으로 밤중이 넘어서야 잠이 들었다.

꿈속에서 상구와 아버지가 경찰관 아저씨께 쫓기고 있었다. 아버지는 어딘지 모르는 산속으로 상구의 손목을 잡아끌고 도망치고 있었다. 마음만 급할 뿐 발걸음이 떨어지지 않았고 그러다가 아버지 손을 놓치고 말았다. 경찰관 아저씨는 호루라기를 불면서 쫓아오고 아버지와의 거리는 점점 멀어졌다. 아버지 손을 놓친 상구는 울음을 터트렸다. 그때 덜커덩 방문이 열렸다. 얼음장같이 찬바람이 방 안으로 몰려들었다.

"정병호 씨 일어나시오."

잠결에 들어도 지난번 동네 골목에서 만났던 목소리다. 첫소리가 섞인 기분 나쁜 목소리. 상구는 겁에 질려서 자는 척하고 가만히 있었다. 아버지가 주섬주섬 옷을 입는 모습이 희뿌옇게 날이 밝아오는 창문에 비쳤다.

"정병호 씨, 당신을 참새골 국유림 도벌범으로 체포합니다."

싸늘한 쇠고랑이 아버지 손목에 채워졌다. 놀란 어머니는 아버지를 붙들고 울고, 선잠을 깬 동생은 영문도 모르고 울어댔다. 그때까지 상구는 아저씨께 한 거짓말이 들통날까 겁이 나서 꼼짝도 못하고 자는 척 엎드려 있었다.

"옷이라도 입고 갑시다."

잠이 덜 깬 아버지의 목소리가 들렸다. 아버지가 그 사람에게 이끌려 마당에 내려서자 마루 밑에서 잠만 자던 순돌이가 따라나섰다. 순돌이가 짖기라도 했다면 아버지가 쉽게 잡혀가지는 않았을 터인데. 꼬리를 흔들고 서 있는 순돌이를 발길로 걷어찼다. 아버지가 잡혀간 데 대한 화풀이다.


"주사님, 담배 한 대만 주세요."

병호는 자신을 신문하는 산림주사에게 담배 한 개비를 얻어서 깊이 빨았다. 어찌한다? 나 혼자 했다 해도 사람들이 곧이듣지 않을 것이고, 더구나 이미 조사를 다 했다지 않는가. 거짓말하면 거짓말한 죄까지 받아야 한다는데, 그래도 최 사장과는 남자 대 남자로 한 약속인데 어길 수는 없지 않은가. 병호는 최 사장과의 약속 때문에 심한 마음의 갈등을 느꼈다. 그때 다시 산림주사가 다그쳤다.

"거짓말해도 소용없어요. 이미 최정호 사장한테서 당신과 공모했다는 진술을 받아놨거든요. 기회는 이번 한 번뿐이니 잘 생각해보고 바른대로 진술하세요."

"사실은…… 읍내 제재소 최 사장이 트럭 한 대당 쌀 한 가마니를 준다고 했습니다."


몹쓸 겨울이 가고 왕피천 버들가지에 물이 오르는 봄이 왔으나 아버지에게서는 소식이 없다. 아직은 찬바람이 부는데 얼마나 추우실까, 감옥은 한겨울에도 냉방이고 콩밥을 준다는데 참말일까, 나쁜 사람들이 괴롭히지는 않을까, 아버지는 언제쯤 나오게 될까, 그리고 아버지는 돌아와서도 또 도벌을 할까, 그러면 나는 어떻게 해야 할까 등등, 상구는 수많은 생각에 머릿속이 복잡했다.

뒷산에 올라가 화목을 짊어지고 돌아와보니 이상한 일이 벌어졌다. 아버지를 잡아간 아저씨가 와 있었다. 상구는 아저씨를 쳐다보지도 않고 나뭇짐을 모탕에 부렸다. 어머니도 부엌에 들어가 나오지 않는 것을 보니 상구와 같은 심정인 듯했다.

"상구야, 오랜만이다. 너 아저씨 알지? 전에 한 번 만났잖아."

'알기만 해? 아버지를 잡아간 나쁜 아저씬데 내가 모를 줄 알고?

그런데 또 무슨 일로 왔지?'

상구도 아저씨가 미웠다. 아저씨가 인사를 건네는데 대답도 하지 않고 딴청을 피웠다.

"상구 어머니, 아저씨 일은 미안하게 됐습니다. 진정서가 들어와 우리도 어쩔 수 없었습니다. 그리고 아주머니, 여기 쌀 한 부대를 들고 왔습니다. 아이들 밥이나 해주세요."

마루에 놓인 쌀부대가 궁금했는데 아저씨가 들고 온 것이었다. 사람을 잡아갈 때는 언제고 쌀은 또 왜 들고 왔는가. 병 주고 약 준다더니 정말 그 꼴이다. 쌀 한 부대면 상구네 식구가 한 달은 먹을 수 있는 양식이다.

"아이들 아버지도 안 계신데 이래도 되는지 모르겠소."

어머니는 고맙다는 인사도 아니고 어정쩡한 말투로 얼버무렸다.

"사건은 사건이고 산 사람은 살아야지요. 사건 기록을 좋게 만들었으니 곧 나올 겁니다. 그리고 내일부터 참새골에 나무를 심는데 상구도 데리고 나오세요."

그날 상구네는 쌀밥을 먹었다. 몇 달 전 할아버지 제사 때 이후로 처음이다.


참새골에 나무 심는 작업이 시작됐다. 작업을 하기 전에 임정식 주사 아저씨는 사람들을 모아놓고 나무 심는 방법을 교육했다.

"나무를 잘 심는 방법은 구덩이를 넓게 파고 꼭꼭 밟는 것입니다. 뿌리에 바람이 들면 묘목이 말라 죽습니다. 한 포기 한 포기 정성 들여 심어서 모두 살려야 합니다. 지금은 이 나무들이 손가락처럼 가늘지만 앞으로 50년, 100년 후에는 엄청 큰 나무로 자랄 것입니다. 오늘 여러분들이 고생해서 심은 이 나무는 여러분들의 손자가 거둬들일 것입니다."

나무 심는 일은 상구네만 처음이지 그 동네 사람들은 익숙해 있었다. 사람들이 한 줄로 늘어서서 못줄을 치고 나무를 심었다. 큰 나무가 잘려나간 자리에 어린 묘목이 새롭게 심겨졌다. 임 주사 아저씨는 넓은 산을 이리저리 뛰어다니며 나무 심기를 지도했다.

사람들은 웃고 떠들며 잘못 심긴 나무를 고쳐 심고 몸이 불편한 어른을 거들기도 했다. 상구는 나무를 심으면서도 아버지가 도벌하지 않았으면 이런 고생은 하지 않아도 될 텐데, 아버지의 잘못으로 많은 사람들이 고생하는 것 같아 마음이 편치 않았다. 아버지의 잘못에 대해 용서를 비는 뜻에서 상구는 더욱 열심히 나무를 심었다.

"정조식으로 나무를 심으면 좋은 점이 많습니다. 이 나무를 베어낼 때쯤 되면 기계가 사람 대신 작업을 하게 될 것입니다. 줄에 맞춰 심겨져 있어야 기계 작업을 할 수 있게 됩니다."

나무를 심으면서 상구는 임 주사 아저씨가 마음에 들기 시작했다. 아버지 일 때문에 미워했지만 아저씨 잘못은 아니다. 아버지의 사건도 서류를 잘 만들어서 법원에 넘겼다지 않는가.

나무 심기를 시작하던 첫날 저녁, 임정식 주사가 묵고 있는 숙소에 동네 사람들이 몰려왔다.

"나는 80 평생을 여기서 산 사람이오, 산골 사람들은 산에서 하는 일이라면 못하는 게 없소. 조림 작업도 해마다 해왔으니 너무 걱정하지 마시오. 나는 늙어서 작업에 못 갔지만 오늘 산에 갔던 우리 집 젊은이 말이, 산림주사께서 열심히 작업을 지도하더라는 말을 듣고 마음이 놓였소. 이전에도 수월찮게 조림사업을 했지만 묘목만 주고 알아서 심어라 했는데, 이번처럼 산림주사가 직접 나와서 일을 시키기는 처음일 거요. 오늘 나무 심은 참새골만 해도 그렇소. 다 아는 사실이지만 참새골 소나무 때문에 도벌 사건이 터졌잖소? 그 일로 상구 아비와 제재소 사장이란 사람이 감옥에 갔고, 좌우간 그 문제에 대해서는 앉은 좌민(座民)으로서 미안하게 생각합니다. 그 사람이 우리 마을로 이사 왔을 때 내가 그랬소. 산에 들때는 산불을 걱정해야 하고, 나무를 함부로 잘라서는 안 된다고 분명히 일렀는데, 생각이 짧아서 그런 것 같소. 지난일을 용서하고 너그럽게 이해해주시면 고맙겠소."

"우리 마을은 화전을 일궈먹고 사는 사람들이오. 말이야 바른말이지 우리는 병호 씨를 욕하지 않소. 식구들이 굶어죽을 판인데 도벌보다 더한 것이라도 있으면 해야지요. 자식새끼를 생짜로 굶겨죽일 수는 없잖습니까. 도벌한 죗값은 받아야 하지만, 나라에서도 산골 사람들 먹고살 방도를 내놔야 합니다."

맘속에 든 말을 참지 못하는 준식이 아버지가 불평 섞인 말을 늘어놓았다.

"무슨 말을 그렇게 하는가? 상구 아비가 뭘 잘했다고 그 사람 편을 들어!"

"가난은 나라도 구제하지 못한다 했습니다. 그렇다고 도벌을 해서는 안 되지요. 그리고 나라에서도 이번 굴구지 나무 심기 같은 공사를 일으켜 여러분을 돕고 있지 않습니까."

문밖이 소란스럽더니 동장과 새마을 지도자가 들어왔다.

"산림주사님이 오셨는데 동장이 가만있어야 되겠습니까. 새마을 지도자와 술추렴을 좀 했습니다. 떡 본 김에 제사 지낸다고 손님을 핑계로 어르신들까지 대접하게 됐습니다. 닭도 두어 마리 잡았고 술은 얼마든지 있습니다. 맘껏 드십시오."

시큼한 막걸리 냄새가 방 안에 퍼졌다.

"암만, 그래야지. 젊은이들 마음 씀씀이가 고맙구면."

술잔이 오고 갔다. 서먹하던 분위기가 누그러졌다. 사람들이 취하다 보니 눌러놓았던 불만이 터지는가 하면 한쪽에서는 노래가 나왔다. 권하는 술잔을 마다할 수 없어서 주는 대로 잔을 비운 임정식도 취기가 올랐다. 술자리가 길어지자 칠성이 할아버지를 비롯한 어른들은 슬그머니 일어섰다.

어르신들을 배웅하고 방 안 분위기가 정리되자 묵묵히 앉아 있던 구산 분교 봉달구 선생님이 입을 열었다.

"임 주사님, 질문이 있는데요."

"예, 선생님. 말씀하십시오."

그때 분위기가 한창 달아오르고 있는 마당에 웬 찬물이냐며 젊은 동장이 볼멘소리를 한다.

"아따, 봉 선생님은 하필 이런 때 질문을 하고 그러시오, 분위기 깰라고."

"술자리를 마무리하고 봉 선생님 이야기나 좀 들어봅시다."

술자리가 길어지면 뜻하지 않은 다툼이 생길 수 있다. 적당할 때 술자리를 마무리하는 것이 모두를 위해서 좋은 일이다.

"저의 고향은 봉화군 동면이라는 산골입니다. 제가 거기서 초등학교를 다닐 때만 해도 우리 동네 산에는 소나무가 유별나게 많았어요. 학교에서 돌아올 때 산에 올라가 물 오른 송기를 꺾어 먹었고, 겨울방학 때는 고주배기(나무를 베어낸 뿌리)를 캐서 군불을 지폈지요. 그때 어린 마음으로는 이담에 커서 소나무를 연구하는 교수가 되겠다는 마음을 먹었는데 아버님이 고집해서 선생님이 되었고, 지금은 굴구지 분교에서 5~6학년 아이들을 가르치고 있습니다. 오늘은 우리 소나무에 대한 공부를 좀 하고 싶어서 왔습니다."

"소나무에 관심이 많으시군요. 소나무는 우리나라 특산종인 금강송을 비롯해서 여러 품종이 있습니다. 가까운 서면 소광리에 가면 금강송 집단지가 있고, 충청남도 안면도에 가면 안면도 소나무림이 있습니다. 그리고 봉 선생님 고향에는 춘양목이 유명하고요. 소광리 금강송은 조선시대 황장봉산(궁궐에서 쓸 관재를 생산하는 산림)으로 지정해서 함부로 벌채하는 것을 막았고, 안면도 소나무로는 전선(戰船)과 세곡선(稅穀船)을 건조했지요. 특히 안면도 소나무는 정조 임금님이 수원 화성을 지을 때 건축 용재로 공급했다는 기록이 있습니다. 그 외에 천연기념물인 정이품 소나무, 세금을 내는 예천의 석송령, 단종 임금과 관련된 영월 청령포의 관음송 등이 있지요. 소나무에 관한 이야기는 며칠을 해도 모자라지만 오늘은 여기까지 하기로 합시다."

70여 헥타르나 되는 넓은 산에 나무가 심겨졌다. 나무 심기가 끝나자 비가 내렸다. 하늘이 어린 생명에 내려주는 단비였다. 감로수 같은 봄비가 내려 가뭄에 시들해진 묘목이 생기를 찾았다. 임정식은 우비도 없이 추적거리는 봄비를 맞으며 조림지를 돌아보았다. 여기 어디쯤이 덕거리 밥집 아주머니가 발목을 다친 곳이고, 저기는 봉식이 할아버지의 재미난 이야기를 들었던 자리다. 홈다리 달식이 청년과 덕거리 이장 아들 찬수가 점심시간에 씨름을 벌인 곳이 저기 어디쯤이고, 또 저 비탈진 계곡은 밭 흙으로 객토를 하고 나무를 심은 곳이다.

돌너덜(돌이 많이 흩어져 있는 비탈) 자리는 심기는 어려워도 뿌리가 내리고 나면 성장에는 오히려 좋다. 나무 뿌리에 산소 공급이 좋아지고 물 빠짐이 좋기 때문이다. 비를 맞아 생기를 찾은 어린 묘목을 들여다본다. 지금은 이렇듯 가냘프고 보잘것없지만 수백, 수천

배로 자라날 것이다. 그렇게 자란 나무는 집 짓는 재목으로 쓰이고, 공기를 정화하고, 짙푸른 녹음을 제공해줄 것이다. 그 속에서 온갖 짐승들이 뛰놀고 예쁜 산새가 노래할 것이다.

다음 능선에 올라섰다. 눈앞이 훤하게 트이는 전망이 좋다. 여기에 조상을 모신 후손이 좌의정에 올랐다는 명당 터다. 통고산에서 발원한 왕피천이 앞으로 흘러드니 산진수회(山盡水回) 형국이라 복록이 무궁하고, 북풍을 막아선 진조산이 등허리를 감싸고 있어 장풍득수(藏風得水) 형국을 이루고 있으니 풍수지리에 모든 조건을 구비한 천하의 명당이란다. 거기에 더하여 땅 좋고 물 맞으니 나무 자라기에 이보다 더 좋은 자리도 없을 것이다.

봄비에 엉클어진 머리카락을 쓸어올렸다. 나무 하나하나를 일일이 보듬어보고 싶다. 야무진 꿈을 안고 산림공무원으로 입사하던 해 처음 심은 첫 작품이기에 더욱 그랬다. 손바닥으로 혼유석(魂遊石)의 물기를 닦아내고 엉덩이를 걸쳤다. 비는 내리고 그 빗줄기를 맞고 선 어린 나무들이 가지를 흔들어 고맙다는 인사를 건네고 있었다.


정병호가 6개월의 형기를 마치고 돌아왔다. 칼바람이 불던 겨울날 새벽에 갔다가 반년 만에 돌아온 것이다. 턱수염이 거뭇하게 자란 것을 빼고는 건강해 보였다. 상구는 아버지에게 참새골에 나무 심은 일과 임 주사 아저씨가 도와준 이야기를 했다. 이야기를 듣는 내내 아버지는 한마디 대꾸도 없이 애꿎은 담배만 태우고 앉았다. 무안해진 상구가 방을 나와 부엌에 들어갔다. 명희는 닭을 잡고 남편이 좋아하는 잡채를 만들었다. 가장이 돌아온 상구네 집에서는 모처럼 웃음소리가 들렸다.

"모두 고생했다. 한 방에 있는 사람들이 촌놈이라며 잘해준 덕택에 고생을 덜했다. 재판받을 때 판사님께도 다시는 안 그러겠다고 약속했다. 이번에 보니 죄 짓고는 못 살겠더라. 배는 곯진 않았지만 밥이 입에 맞지 않아서 고생했다. 차가운 마룻바닥에서 담요 한 장을 덮고 자는 것이 제일 고통스럽더라. 쇠창살로 막아놓은 복도에는 교도관이 지키고 있어서 혼자서는 다닐 수도 없고, 숨 쉬는 일 말고는 혼자 할 수 있는 일이 아무것도 없는 무서운 곳이더라."

병호는 한숨을 내쉬며 담배에 불을 붙여 물었다.

"임 주사가 쌀을 사줬다고? 고마운 사람이구나. 거기서 들으니 사건 서류를 잘 꾸며줘서 징역을 적게 받은 거라고 하더라. 산림법 위반 사건은 1년을 사는 게 보통인데, 나처럼 6개월 형을 받기는 드물다고 사람들이 그러더라. 한 방에 같이 있던 김종수라는 사람은 나와 같은 산림법 위반인데 1년을 받았다고 죽을상을 하더라. 그나저나 최 사장한테서는 연락이 없었나?"

"없었는데요."

"나쁜 사람이다. 그 사람은 돈으로 우기는 바람에 일찍 풀려났다더라. 간이라도 빼줄 것처럼 살살거리더니 기별도 없었다고? 변소

갈 때만 바쁘다는 말이 틀린 말이 아니구나. 내일은 임 주사를 찾아가서 인사라도 해야겠다."

명희가 곁에 앉아 눈물을 훔쳤다.

"당신에게는 미안하다는 말밖에 할 말이 없다. 모두가 내 잘못이다. 앞으로는 남이 밥 먹을 때 죽을 먹는 한이 있어도 도벌은 안할 거다."


집을 나선 병호는 임정식을 만나 인사치례를 하고 최 사장 제재소에 들어갔다. 사무실에 혼자 앉아 있던 최 사장은 반기는 기색이 없다. 제재소는 기계가 돌아가지 않았고 사무를 보는 서기도 없다. 분위기가 썰렁한 게 이상했다.

"정 씨, 고생했소. 내가 먼저 나와 미안하오."

"그런데 사장님은 왜 약조를 지키지 않소?"

"내가 무슨 약조를 했다고?"

"가족을 봐준다 했잖소?"

"그냥 해본 소린데 그걸 가지고……."

"변소 갈 때 바쁘다 그 말이오?"

"무슨 말을 그리 하시오?"

"이치가 그렇지 않습니까?"

"그때는 그때고."

"하기사 내 발등을 내가 찍었으니 누굴 원망하겠소. 사장님은 변소 갈 때 다르고 올 때 다른 그런 사람이었소. 산골 촌놈이라도 인간의 도리쯤은 알고 살았는데, 이제는 달리 살아야겠다는 생각이 드네요."

"……."

"내가 사람을 잘못 봤소. 배 터지게 잘 먹고 잘 사시오."

"그러지 말고 점심이나 먹고 가시오. 정 씨는 나보고 서운타 하지만 내 처지도 말이 아니오. 정 씨도 알다시피 내가 누구요. 이 좁은 울진 바닥에서 최정호라는 이름 석 자를 대면 모르는 사람이 없잖소. 이번 사건으로 제재소도 취소되어 나도 알거지 신세요."

들고 보니 그도 딱했다. 하지만 더 이상 머물 생각은 없었다. 최 사장의 권유를 뿌리치고 일어섰다. 인간 세상은 모두 아전인수 격이다. 사람과 사람 사이에서 일어나는 문제는 대부분 자신에게 책임이 있다. 병호라고 왜 꿈이 없었을까. 그도 젊어 한때는 동해안 해산물을 전국으로 거래하는 화물회사를 운영했지만 실패했다. 부잣집에 태어나서 세상이 험하고 돈이 소중하다는 사실을 알았을 때는 이미 모든 기회가 떠난 다음이었다.

병호가 돌아온 후에도 변한 것은 아무것도 없었다. 상구는 아이들의 놀림을 당하면서도 가기 싫은 학교를 다녀야 했고, 병호는 언제나처럼 동네 구멍가게에 죽치고 앉아 술추렴하는 게 일상사가 되었다.

언제나 고생은 명희 몫이었다. 이집 저집을 기웃거리며 온갖 허드렛일을 거들어주고 끼니를 해결했다. 남남 간에 주고받는 것도 한두 번이지 일상으로 하다 보니 사람으로서 할 일이 아니다. 늦은 저녁때 만취되어 돌아온 병호가 깜짝 선언을 했다.

"이사라도 가야지…… 여기서는 못살겠다."

"외상술을 안 주는 모양이지? 집 안에서 새는 바가지가 들에 나가면 안 샐까?"

"무슨 말을 그렇게 해?"

"지금 당신 입에서 그런 말이 나와?"

"왜 남의 이야기는 들어보시도 않고 그래?"

"들어보나마나지 뭐."

"명색이 남편인데 무슨 말을 그렇게 하나?"

"그러는 남편님께서는 언제 남편 구실을 했소?"

"허허 참! 수염 안 난 여자하고 수작하는 내가 바보지."

"수염 나는 당신은 뭘 잘했다고 큰소리요?"

"내가 언제 큰소리쳤다고 그래?"

"꼭 말을 해야 아나? 명색이 남편이고 가장이란 사람이 이날 입때까지 양식 걱정을 했소, 아이들 공부를 걱정했소. 도대체 당신이라는 사람이 우리 집에서 하는 일이 뭐요?"

"이 사람이, 사람을 어떻게 보고 막말을 하고 그래?"

"막말 안 하도록 해보지 그래요?"

부부싸움이 동그랗게 벌어졌다. 명희도 벼르고 별러왔던 참이라 양보할 기색이 없어 보였다. 명희는 벽을 보고 앉았고 병호는 애꿎은 담배만 태우고 앉았다.

젊었을 때 같으면 열 번이라도 문을 박차고 뛰쳐나갔을 텐데, 병호는 애써 성질을 꾹꾹 눌러 참는다. 철이 든 상구는 진구를 데리고 슬그머니 옆방으로 가고 안방에는 두 내외가 오도카니 대치하고 있다. 누군가는 먼저 말을 시작해야 할 판인데 서로가 눈치만 본다. 그때 마당에서 인기척이 났다. 이웃집 상철이 어머니다.

"밤늦게 신촌댁이 어쩐 일이오?"

"꿀밤 묵을 좀 쒔는데 맛이나 보라고."

"우리 집까지 돌릴 게 있소?"

"맛이나 보라고 그러니 적다고 흉이나 보지 마시오."

"좌우간 잘 먹을게요. 괜시리 늦은 밤 시간에 미안하게."

밤이 이슥할 때이니 뱃속이 헛헛했다. 병호도 초저녁에 먹은 술기운이 말다툼을 벌이는 바람에 깨고 나니 출출했다. 명희가 꿀밤 묵을 요리했다. 마늘과 실파를 다져넣고 양념간장을 만들었다. 고소한 참기름 냄새가 구미를 돋웠다. 명희가 꿀밤 묵사발을 소반에 받쳐들고 방으로 들어왔다. 그때까지 병호는 바람벽에 기대 앉아 골똘한 생각에 빠져 있다. 담배꽁초가 재떨이에 수북했다.

"들어보시오. 신촌댁이 가져온 것이오."

"맛있어 보이네. 같이 먹읍시다. 아이들 줄 것은 있소?"

"내사 부엌에서 맛을 봤고, 아이들 줄라고 조금 남겨놨소."

부부싸움은 칼로 물 베기라 했다. 조금 전까지 아옹 다짐을 벌였지만 급속도로 화해무드가 조성됐다. 분위기를 봐가면서 조곤조곤 상의해도 될까 말까 한데 아닌 밤중에 홍두깨 내밀듯이 아무 준비도 없는 사람한테 불쑥 내뱉으니 어느 누군들 발끈하지 않겠는가.

"내 어렸을 적만 해도 뒷산에 꿀밤이 많았는데 지금도 꿀밤나무가 있는지 몰라."

병호는 혼잣말처럼 옛날을 회상하면서 담배에 불을 붙였다.

"아까는 미안했소. 그런데 그 생각은 오래전부터 해왔던 거요."

"……."

명희는 대꾸할 말이 없다. 이사를 가다니 어디로? 이사를 가면 더 좋아질까? 어디 간들 마음이 중요한데, 주야장창 술에 절어 살 작정이면 어디 간들 희망이 있을까.

"여기서는 희망이 없어. 산판 덕에 그럭저럭 먹고살았지만 또 언제 있을지도 모르고, 그렇다고 돈 나오는 구멍도 없으니 답답한 노릇이지."

"어딜 가면 뾰족한 수가 있소?"

"소도 기댈 언덕이 있어야 비빈다 했소. 체면 없지만 처가 동네라도 갔으면 하는데."

"처가 동네라니, 친정으로 가자는 말이오?"

"왜, 안 될 일이라도 있나?"

"알거지가 돼서 친정으로 간다는 게 말이 돼요?"

"장인 장모가 계시니 산 입에 거미줄 칠까?"

"시집간 딸년이 살림 말아먹고 다 늙어서 친정으로 들어간단 말이오? 나는 그리 못하오. 당신 혼자 가든지 말든지 나는 모르오. 안 그래도 사람들 부끄러워 숨어 사는 사람한테."

"그러면 당신 혼자 여기 살아라. 내 혼자라도 아이들 데리고 갈 터이니."

신촌댁 꿀밤 묵으로 화해를 보는가 했는데 다시 불씨가 커졌다. 병호가 휑하니 문을 차고 나갔다. 밤이 이슥한 시각이라 동네 구판장도 불이 꺼진 지 오래다. 혼자 어스름한 달빛을 받으며 걸었다. 실로 오랜만에 걸어본다. 집 앞 동산에 올랐다. 세상은 죽은 듯이 고요한데 하늘에 걸린 반달은 병호의 마음을 아는지 모르는지 흐릿한 빛을 보내고 있었다.

벌써 며칠째 밥 구경을 못했다. 남편이란 사람은 어디 갔는지 종무소식이고, 두 아이를 건사하는 명희만 남았다. 늘어져 누웠던 명희가 벌떡 일어났다. 사람이 굶어죽을 판인데 뭣인들 못하랴. 명희가 입술을 깨물고 상구를 재촉했다.

"상구야, 어미 따라가자."

"어디 가는데요?"

"가보면 안다."

"엄니 혼자 가소. 나는 배고파 못 가요."

"그러지 말고 따라온나. 먹을 거 구하러 간다."

헛간에 꽂힌 조선낫을 뽑아들고 뒷산으로 올라갔다. 시원하게 불어오는 봄바람에 희부연 송홧가루가 눈보라처럼 날아올랐다. 알을 품은 까투리가 사람 소리에 놀라 푸드득 날아올랐다. 길섶에 탐스럽게 핀 참꽃을 한 주먹 훑어 입에 넣었다. 달착지근한 꽃잎 맛이 혀끝에 남는다. 뻐꾸기 울음소리가 적막한 산골짜기를 울렸다. 뻐꾸기 소리는 언제 들어도 슬프다. 배고픈 계절에 울어서 슬프고, 전해오는 전설 때문에 더욱 슬프다.

뱃속에서 꼬르륵 소리가 났다. 뱃가죽이 등허리에 달라붙었다. 내리 사흘이나 멀건 쑥국으로 끼니를 때웠더니 눈앞이 노래지면서 현기증이 났다. 허리통이 빵빵하게 생긴 소나무를 골라 잡았다.

"상구야, 이 소나무 베어라."

"소나무는 왜요?"

"배고픈데 자꾸 말 시키지 말고 시키는 대로 해라."

상구가 죽을힘으로 톱질한 끝에 굵은 소나무를 베어 눕혔다. 명희가 달려들어 껍질을 벗겼다. 두툼한 겉껍질을 벗기니 뽀얗고 보들보들한 속살이 나왔다. 벗겨진 속살에서 달콤한 송기물이 흘렀다. 상구가 얼른 입을 대고 핥았다. 목구멍에 넘어가는 것은 없어도 달짝지근한 송기물이 배고픔을 잠시라도 잊게 했다. 살 오른 송기를 벗겨 씹으니 떫고 질겼다. 빈 뱃속에서는 씹지도 말고 얼른 들여

보내라고 아우성이다. 우물우물 씹어서 꿀걱 넘겼다. 고무같이 질긴 송기를 씹어 목구멍이 미어지도록 삼켰다. 금방 가슴이 콱 막혔다.

소나무 둥치에서 벗겨낸 송기를 먹을 수 있게 만들자면 몇 날 며칠을 우려내야 한다. 몇 번씩 물을 갈아야 하지만 양식 떨어진 춘궁기에 이만한 먹거리도 없다. 우려낸 송기를 절구에 넣고 부드럽게 찧어서 볶은 콩가루를 묻혀 먹었다. 토실토실 살찐 송기는 맷돌에 곱게 갈아 가루를 만들고 입쌀 한 주먹을 넣고 죽을 쒔다. 솔 냄새가 나는 송기 암죽을 젖을 굶은 아기에게 떠먹였다. 뒷간에 갔던 상구가 어기적어기적 걸어나온다.

"엄니, 똥이 안 나와요."

"똥이 안 나오다니?"

"새벽에 갔는데 여태까지 똥이 안 나와요."

"송기떡을 먹어서 그렇다. 한 번 더 용을 써봐라."

"그래도 안 돼요."

명희가 모탕에서 싸리 꼬챙이를 주워 상구에게 건넸다.

"이걸로 파내봐라."

"아파서 안 돼요, 엄니."

"한 번 더 힘써봐라."

"엄니, 안 돼요! 똥꾸 아파 죽겠어요."

"이리 보자, 어미가 파줄게."

명희가 상구의 바지를 까내리고 들여다보니 똥이 나오다 말고 항문에 물려 있었다. 명희가 싸리 꼬챙이로 똥을 파냈다. 염소 똥처럼 동글동글하게 뭉친 송기 똥을 한 주먹이나 파낸 뒤에야 상구의 얼굴이 환하게 펴졌다.

안방에 눕힌 아이가 자지러지게 울었다. 얼굴이 빨개지도록 용을 쓰는 것으로 봐서 똥을 누는 모양이다. 기저귀를 들춰보니 똥이 나오다 멈췄다. 마음이 급한 어미가 젓가락을 찾아들고 변을 파내다 잘못해서 쏙 들어가고 말았다. 어미가 부엌에 들어가 참기름 한 숟가락을 들고 와 아이 입에 흘려넣었다. 어미 손을 뿌리치던 아이가 고소한 참기름 맛에 입맛을 다시더니 그것도 잠시뿐, 다시 자지러지게 우는 아이에게 말라붙은 젖을 물렸다.

빈 젖가슴을 파고들던 아이가 울다 지쳐 잠들었다. 잠자는 아이를 들여다보는 어미 눈에 눈물이 맺혔다. 세상에 어느 꽃이 이보다 더 이쁠까, 세상에 어떤 보석이 이보다 더 귀할까. 이렇게 귀하고 이렇게 이쁜 내 새끼를 굶기다니 생각할수록 가슴이 쓰렸다.

어미가 깜빡 잠이 든 사이에 아이가 울었다. 얼굴이 빨개지고 금방 숨을 멈출 것처럼 용을 쓰면서 울었다. 기저귀를 헤쳐보니 항문으로 뾰족하게 내미는 것이 보였다. 어미가 얼른 아이 엉덩이에 입을 대고 빨았다. 놀란 아이가 자지러지게 울었다. 까실까실한 송기덩어리가 어미 입 속으로 빨려나왔다. 고소한 참기름 냄새가 입 속으로 따라나왔다.

어미가 뱉어낸 아이 똥 속에는 소화되지 않은 송기 조각이 동글

동글 뭉쳐 있었다. 아이가 울음을 그치고 편안한 얼굴로 잠이 든다. 정신이 몽롱한 어미가 아이를 보듬어 안았다. 세상 모르게 잠든 아이를 어미는 언제까지나 들여다보고 있었다. 가난, 그 가난! 똥구멍이 찢어지는 그 웬수 같은 가난이었다.

# 하늘 그물

울진에서 36번 국도를 따라 70여 리를 가면 울진군 서면 소재지인 삼근리가 있다. 서면 전체 인구가 2천 명 내외이고 면 소재지의 상주 인구는 400~500명에 불과하다. 그래도 초등학교가 있고 중학교에 해당하는 고등공민학교가 있고, 면사무소, 경찰관 파출소, 농협 단위조합, 사설 우체국, 의용소방대 등 면 단위에 있는 기관은 다 있다. 면 소재지에서 다시 영주 방면으로 20여 리를 나가면 소광리 삿갓재에서 시작되는 대광천이 흐른다.

대광천에 놓인 광천교 나무다리는 6·25전쟁에도 견뎠으나 장마가 크게 지던 어느 해 큰물에 떠내려갔다. 그 물줄기를 소광리 사람들은 비가 오나 눈이 오나 건너다녔다. 광천교 다리에서 산모퉁이 하나를 돌아나가면 제법 널찍한 공터가 있다. 어느 날 그 자리에 커다란 건물이 들어섰다. 집채만 한 트럭이 자재를 실어오고 뚝딱뚝 딱 하더니 번듯한 건물이 세워졌다.

그 길을 지나는 사람들이 그랬다. 어떤 사람은 고무신 공장이라 하고, 또 어떤 사람은 생선 통조림 공장이라고도 했지만 정작 바로 아는 사람은 아무도 없었다. 달수도 근처를 지나다니며 구경은 했 지만 고무신 공장은 아닌 것 같고, 그렇다고 생선 공장도 아닌 것 같았다. 콘크리트를 타설하여 기초를 만들고 장방형으로 벌려 세 운 철제 기둥에 슬레이트 지붕을 덮고 나니 웬만한 초등학교 운동 장처럼 벽채 없는 공장이 만들어졌다.

그후 달수는 광천교 건물은 까맣게 잊고 살았는데, 어느 날 달수 네 큰빛내로 처음 보는 남자가 찾아와 광천교에서 제재소를 운영 하는 이정수라고 자신을 소개했다.

달수가 보고 다녔던 건물이 제재소라는 사실도 처음으로 알았 다. 생판 초면인 사람이 먼 길을 찾아와 제재소 준공식에 참석해달 라고 한 부탁도 낯설었지만, 그 사람이 들고 온 쌀부대에 더욱 마음 이 쓰였다. 제재소 사장이라는 사람의 이유를 알 수 없는 친절이 부 담스러웠다. 하지만 제재소 준공식은 어떻게 하는지 궁금하기도 해 서 구경도 할 겸 초대에 응하기로 했다.

아침 일찍 채비를 하고 나섰다. 준공식이 오전 10시에 시작된다 니 일찍 나서야 한다. 장롱을 뒤져서 장가들 때 입었던 양복을 찾 아 입고 신문지에 싸서 마루 밑에 던져둔 구두를 찾아 신었다. 근

30여 리를 부지런히 걸은 끝에 제재소가 보이는 마지막 모퉁이를 돌아서니 행사장에서 틀어놓은 녹음기에서 이미자의 〈동백 아가씨〉 노래가 산골짜기를 찌렁찌렁 울렸다. 널찍한 마당에 차일이 쳐지고 처마 끝에 매달린 만국기가 시골 초등학교 운동회 같은 분위기를 냈다.

길가에는 손님들이 타고 온 자동차가 길게 늘어서고 양복을 차려입은 손님들이 모여들었다. 달수는 제풀에 주눅이 들어 나들이 때 들고 다니는 유지 우산을 꼭 움켜쥐고 사람들 뒷자리에 비비고 섰다. 그때 옆구리를 쿡 찌르는 기척이 있어 돌아보니 뒤실 백윤식 구장이다. 장날처럼 사람들이 복작거리는 가운데서도 용케 알아보고 찾아왔다.

군수와 경찰서장이 소개되고 뒤를 이어 행사에 참석한 기관장들이 차례대로 소개됐다. 마지막 순으로 소광리 1구 백윤식 구장과 큰빛내 김달수가 소개됐다. 당황스럽기도 하고 부담스럽기도 했다. 사회자로부터 큰빛내 지킴이라는 말을 들을 때는 더욱 그랬다. 준공식이 끝나고 이정수 사장이 직접 나서서 공장을 안내했다. 널찍한 저목장에는 미끈미끈한 소나무 원목이 집채처럼 쌓여 있다. 그런데 사람이 사는 집도 없고 목재를 쓰는 공장도 없는 외진 산속에 이처럼 큰 제재소가 왜 필요한지 의아스러웠다.

인근에서 산판 허가가 났다는 소문도 못 들었고 제재목을 대량 소비할 도시도 없다. 그러나 그것은 달수가 걱정할 거리는 아니었다. 넓은 마당에 솥이 걸리고 먹음직한 돼지고기가 푸짐하게 익어갔다. 사람들이 끼리끼리 모여앉아 밥을 먹었다. 달수도 그 틈에 끼어 점심을 먹고 일어서는데 이정수 사장이 다가왔다.

"바쁘신데 오시라고 해서 미안합니다. 식사는 좀 하셨는지 모르겠습니다."

"잘 먹고 좋은 구경하고 갑니다."

달수가 인사말을 건넸다.

"별것 아니지만 기념품입니다. 하나씩 들고 가세요."

이정수 사장이 들려주는 봉투 속에는 '광천제재소 준공 기념'이라고 쓰인 수건 한 장과 서너 근도 넘어 보이는 돼지고기가 들어 있었다. 특별하게 백 구장과 달수에게만 주는 것 같았다.


꾸물거리는 날씨 탓인가, 기분이 몹시 우울한 오후다. 오락가락하던 눈발이 진눈깨비로 변했다. 하늘이 가뭇하게 어두워지는 걸로 봐서는 큰 눈이 올 것 같다.

"형님 계시오?"

문을 열고 내다보니 나들이옷으로 차려입은 경수가 마당에 들어섰다.

"왔으면 들어오지 뭘 하고 있어?"

경수가 머리에 앉은 눈을 털면서 마루에 올라선다.

"형님, 오늘 서면 갔다가 이상한 소문을 들었구먼요."

"소문이라니, 무슨 소문?"

"형님이 들으시면 어떤 기분일까 하고 오는 내내 생각했네요."

"이 사람아, 뜸 들이지 말고 얼른 말하게."

"형님, 그 인간이 죽었다네요."

"그 인간이라니, 누가?"

"이정수가 죽었답니다."

경수 입에서 이정수라는 이름이 나오자 달수는 정신이 번쩍 들었다. 그 사람이 죽었다고? 천년만년 살 줄 알았는데 100년도 못 채우고 죽었다고? 숱한 사람 피눈물 흘리게 해놓고 죽었다고?

부모 죽인 원수를 불구대천의 원수라 한다. 부모 죽인 원수와는 같은 하늘 아래 머리 두고 살 수 없다는 뜻이다. 달수에게 이정수는 비록 부모 죽인 원수는 아니지만 이름 석 자만 들어도 경기를 하게 만드는 인간이다. 달수를 비롯해서 숱한 사람을 등쳐먹은 돈으로 빌딩을 올리고 떵떵거리며 산다고 들었는데 갑자기 죽었다니 실감나지 않는다. 달수에게 아무런 반응이 없자 말을 던진 경수가 오히려 겸연쩍었다.

"경수, 담배 있으면 한 대 주게."

달수가 끊었던 담배를 찾았다.

"형님, 담배 끊었잖소?"

"생각 좀 하려고."

"그래도 끊었던 담배는 좀……."

담배 한 대가 다 탈 때까지 침묵이 흘렀다. 두 사람이 마주 앉은 방 안에는 담배 연기만 자욱했다. 달수가 입을 열었다.

"나는 자네 말이 믿기지 않아. 자네 그 소문은 어디서 들었는가? 그 사람은 절대로 쉽게 죽을 사람이 아니야. 아닌 말로 염라대왕 불알이라도 거머잡고 오래 살 위인이거든."

"처음에는 헛소문인 줄 알았어요. 동업하던 박경필 사장이 그러니까 믿어야지요."

"박경필 사장이 누군데?"

"그런 사람이 있어요."

"하던 이야기나 더 해보게."

"박 사장 말로는 이정수가 제재소 판 돈으로 정선 카지노에서 몽땅 날려먹고, 췌장암이 걸렸는데 수술도 못 해보고 죽었답디다."

"그래서?"

"말로는 병원에서 죽었다지만, 사실은 입원비를 못 내서 병원에 잡혀 있었다네요. 카지노에서 돈을 잃고 교통사고를 당하는 바람에 신장이 터져 혈액 투석을 받았고, 돈이 없어 죽을 날만 기다리다가 마지막 소원이라도 푼다고 마누라가 서둘러 병원에 갔는데, 췌장암 말기 진단을 받고 손도 못 쓰고 죽었답니다."

"그 씩씩하던 아들들은 어디 가고?"

"큰아들은 군대 가서 총기 오발로 전사했고, 둘째는 집을 나가서 행방을 모른답니다."

"……"

"더욱 딱한 것은 이정수가 아들이 복무했던 군부대장을 걸어 소송을 했다가 패소했는데, 부대장 옷을 벗기겠다고 위협해서 위자료를 엄청 많이 뜯어냈답니다."

"자식의 생명과 바꾼 돈으로 뭘 했던고?"

"상가 건물을 지었는데, 빚보증을 잘못 서서 그것도 남에게 넘어갔답니다."

"……"

"형님, 내 말 듣고 있소?"

"듣고 있네. 말해보게."

"그만할라요. 형님 기분이 말이 아니네요."

"그런데 이정수가 몇 살이던가?"

"박경필 사장하고 친구라니 50 중반일 거요."

"아무리 그래도 인명은 재천이라 했고, 아직은 한창 살 나이인데."

"천년만년 살자고 남의 눈에 피눈물 흘리게 하더니, 원 참!"

"하늘 하는 일을 사람이 어찌 알꼬."

사람의 죽음을 앞에 놓고 왈가왈부하는 것은 살아 있는 사람의 도리가 아니다. 사람은 누구나 한 번 죽는다. 그러나 사람의 죽음을 앞에 두고 만인이 울며 보내는 슬픈 죽음인지, 모든 이를 씁쓸하게 만드는 가련한 죽음인지는 구분될 것이다. 두 경우 모두 죽음이라는 사실에는 변함이 없으나 살아 있는 사람들이 느끼는 감정은 서로 다르다. 그 사람이 살아생전에 어떤 행적을 남겼는가에 따라서 극명하게 달라질 것이다.

이정수의 죽음은 사람의 죽음을 되돌아보게 하는 하나의 사건이었다. '천망회회 소이불루(天網恢恢 疎而不漏)'라 했다. 노자의 『도덕경』에 쓰인 말이다. 하늘 그물이 넓고 성글어도 지은 죄는 빠뜨리지 않는다는 뜻이다. '사람은 누구나 한 번 죽지만, 어떤 죽음은 태산보다 무겁고 또 어떤 죽음은 새털보다 가볍다.' 『사기』의 저자 사마천이 한 말이다.


힘깨나 쓰는 기관장을 초청하여 거창한 준공식을 치른 이정수는 본격적인 사업에 들어갔다. 사회가 어수선하니 군인들까지 후생사업이라는 명분으로 공공연히 도벌작전을 벌이던 시절이라, 마음만 먹으면 국유림을 도벌하는 것은 쉬운 일이다. 이정수의 위법 행위는 교묘했고 배짱은 대도(大盜)였다. '

임산물 단속에 관한 법률'은 임산물의 도·남벌 방지를 위하여 제정된 법률이다. 이 법에 따르면 산림에서 생산된 임산물에는 생산 확인표를 붙이거나 생산 확인용 극인을 찍어서 반출해야 한다. 그러나 이정수는 이를 무시하거나 검문하는 경찰관을 푼돈으로 매수해서 부정 반출했다.

그렇게 실어낸 원목은 제재목으로 가공해서 증거를 인멸했다. 돈을 줘서 안 통하는 경찰관에게는 경찰서장 이름을 팔아 친구임을 사칭했다. 단 한 번이라도 돈을 받아 이정수의 비밀수첩에 이름을 올린 경찰관은 거미줄에 걸린 나비 신세다. 돈을 받은 경력이 있는 경찰관이 반출증을 요구하면, 몇 년 몇 월 며칠 누가 어디서 얼마를 주었다는 사실을 적어놓은 수첩을 코앞에 들이대고 흔드는 데 당해낼 경찰관은 없다.

한밤중에 도벌목을 실은 트럭이 제재소에 들어가면 문을 닫아걸어 일체 타인은 출입시키지 않으니 대책이 없고, 밝은 날 단속 공무원이 제재소를 수색하지만 밤사이 판재나 각목으로 제재되었으니 증거를 찾을 길이 없다. 더욱 황당한 것은 정상적으로 생산된 원목에 찍힌 극인을 복사해서 도벌목에 찍는 수법까지 동원했다. 물론 조잡하기 때문에 진위가 판명되지만 허술한 경찰관들이 쉽게 넘어가는 약점을 이용했다. 이정수는 인적이 드문 대광천에 제재소를 세울 때부터 이런 불법행위를 계획하고 사업을 시작했고, 이를 단속하는 공무원들 사이에서는 요주의 1호로 지적되어 있었다.

어느 날 이정수가 큰빛내 달수를 찾아왔다.

"이 사장님이 이 모진 산협까지 어쩐 일입니까?"

"남의 동네로 사업하러 왔으니 당연히 인사하러 왔지요."

"인사는 무슨, 바쁘신 분이 먼 길을 오셨는데 대접할 것도 없고 미안해서 어쩌지요?"

"내가 어제 죽변항에 갔다가 좋은 오징어가 있어 몇 축 사왔소."

"뭘 이런 것을 들고 오셨소. 제재소 준공식 때도 신세를 많이 졌는데요."

"앞으로 김 형 도움을 많이 받아야 할 것 같습니다."

"내가 도울 일이 뭐가 있겠소? 도울 일이 있으면 도와야지요."

"내가 이번에 산판 허가를 받은 찬물내기 37번지 옆에 붙은 산주가 누군지 아시겠소?"

"찬물내기 37번지에 붙어 있는 산이라면 국유림인데요."

"김 형이 그 산 경계를 알 수 있겠소?"

"알기야 알지만 어디 측량만 하겠소?"

"측량까지는 필요 없고, 내 눈에는 경계가 분명하지 않아 물어본 거요."

"국유림 경계 표주를 설치할 때 내가 인부들을 데리고 작업했는데요."

"내일 어때요? 말이 나온 김에 현장을 좀 봤으면 싶은데."

"별일이야 없지만……."

"그럼 됐네요. 내일 아침에 오겠소. 그럼 내일 봅시다."

사람은 누구나 자신의 이로움을 위해서 행동한다. 당장은 아닐지라도 훗날을 기약하고 오늘을 투자하는 것이 상식이다. 그런데 지금 이정수는 시골 사람 김달수에게 미래를 투자하고 있다. 결정적일 때 요긴하게 써먹을 꿍꿍이수작이 분명하다. 이정수가 벌채 허가를 받은 산판은 큰빛내에서 북면 두천리로 넘어가는 십이령 길목인 찬물내기에 있다.

지번은 소광리 산37번지이고 원주인은 큰빛내 살다가 대구로 이사간 박창달 씨 소유다. 걸음을 재촉해서 찬물내기에 도착하니 이 사장이 현장에서 기다리고 있다. 작업복을 챙겨 입은 걸로 봐서 산탈 준비를 단단히 한 모양이다. 인부들이 삶은 돼지머리를 앞에 두고 산신제를 올린다. 지켜보던 이 사장이 두툼한 돈 봉투를 돼지머리에 물려놓고 절을 한다. 돼지머리 수육을 안주로 막걸리를 나눠 마시고 산행을 시작했다. 이 사장이 벌채 구역이 표시된 도면을 펼쳐들고 앞장을 섰다.

솎아 벨 나무에는 흰 페인트가 칠해져 있어서 혼동할 염려가 없고, 연접된 39번지 국유림과의 경계는 노란색 페인트로 표시되어 명확하다. 소광리 지역 소나무는 다른 지역 소나무와 달리 옹이가 없고 재질이 좋아서 목상들이 탐을 낸다. 이정수가 허가받은 사유림 37번지 소나무는 국유림 39번지와 연접되어 있는데도 비교가 안 될 정도로 국유림 소나무가 좋다. 이 사장이 힐끗힐끗 국유림을 쳐다본다.

"김 형, 국유림 나무는 저렇게 굵은데 우리 나무는 왜 이렇게 자잘한 거요?"

"국유림은 베지 않고 가꾸어서 그렇고 사유림은 굵은 것만 골라 베니 그렇지요."

"얼마나 가꾸면 저렇게 되지요?"

"평균적으로 100년은 훨씬 넘을 거요."

"국유림은 100년 동안 손을 안 댔다 그 말이오?"

"간벌을 할 때 나쁜 나무만 솎아내고 좋은 나무는 남겼다는 말이지요."

"참 탐나네요."

"......"

"김 형, 내려갈 때는 국유림 쪽으로 가봅시다."

"국유림에는 왜요?"

"사실 나는 국유림 벌채를 못 해봤어요. 앞으로는 국유림 입찰에도 참여해볼 생각인데 잘 될지 모르겠소."

사유림 벌채지를 둘러본다는 사람이 느닷없이 국유림을 돌아보자니 달수 입장에서는 당황스러웠다. 구경만 하는데 잘못이야 없겠지만 산주의 허락 없이 국유림에 함부로 들어가도 될까 하는 생각도 들고, 한편으로는 자신의 감춰진 속살을 내보이는 것 같은 기분이 들기도 했다. 국유림이 자신의 것이 아닌데도 그렇게 해서는 안 된다는 생각이 마음속에 있었다.

좌우간 기분이 썩 좋지 않았다. 국유림 소나무는 정말 좋았다. 눈에 보이는 모든 나무가 관재로 쓸 만큼 좋았다. 앞서 가던 이 사장이 굵은 소나무를 안아보고 감탄사를 연발한다. 그가 지목한 소나무는 소광리에서도 흔치 않는 적송이다. 겉보기에는 적송을 닮아도 베어놓고 보면 적송이 아닌 경우가 많다.

달수가 아버지로부터 전해들은 적송을 보면, 거북등처럼 껍질이 갈라지거나, 물고기 비늘처럼 자잘하고 촘촘하게 배열되어 있어야 한다. 가장 중요한 것은 붉은 빛을 띠는 속살이 8~9할을 차지하고 있어야 한다. 이런 소나무를 일본 사람들은 아카마쓰(赤松)라 부르며 매우 귀하게 여겼다. 달수가 어른들에게 들은 말로는 큰빛내 일대에도 이런 적송은 1~2할에 지나지 않는다고 한다.

겉껍질은 적송을 닮았어도 속살이 덜 찼거나 나이테가 성근 소나무를 반백(牛白)이라고 했다. 우리나라 소나무는 건조한 토양에서 잘 자라는 특성이 있다. 건조한 토양에서 자라는 식물은 생장이 느리다. 식물의 생체 조직은 수분이 충분해야 성장이 빠르다. 큰빛내 금강송은 나이테가 매우 지밀하다. 나이테가 치밀하다는 것은 생장 속도가 느리다는 증거다. 속살이 잘 익은 금강송은 다른 지역 소나무에 비하여 뒤틀림이나 갈라지는 현상이 적다. 이는 오랜 세월을 거치는 동안 속살이 자연 건조되었기 때문에 수분 함량이 낮다는 것을 의미한다.

"김 형, 이 정도 소나무면 관재가 몇 접이나 나오겠소?"

이 사장이 두어 아름도 넘어 보이는 적송을 안아본다.

"서너 접은 나오겠지요."

"서너 접이면 가격은 얼마나 할까요?"

"임자 만나기에 따라 다르지만 접당 5만 원만 잡아도 20여만 원은 안 받겠어요?"

"대단하네요. 그런데 김 형 죽을 때 입고 갈 관재는 준비해놨소?"

"나 같은 사람이 적송 관재를 어떻게 구합니까?"

인부들이 숙식하는 함바집에 도착하니 점심이 준비되어 있다. 막걸리를 곁들인 점심을 먹고 이야기를 나누다가 일어서는데 이 사장이 봉투를 내밀었다.

"김 형, 이거 얼마 안 되지만 오늘 수고비로 좀 넣었소."

"잘 얻어먹고 산판 구경 잘 했는데 수고비는 무슨……."

"나중에 우리 일 많이 도와주시라고 드리는 거요."

봉투에는 1만 원이 들어 있었다. 산골 사람은 만져보기 힘든 큰돈이다. 쌀 한 가마니에 2,500원 할 때다. 세상에 공짜는 없는데 언젠가는 큰 부담으로 되돌아오는 게 아닌가 걱정이 앞섰다.


뒤실에 볼일이 있어 벌채지 옆을 지나던 달수는 깜짝 놀랐다. 무심코 산을 쳐다봤더니 국유림이 벌채되고 있었다. 벌채 허가를 받은 사유림 37번지와 국유림 39번지는 확실하게 페인트칠을 해두었기 때문에 경계를 오인할 수도 없다. 고의적으로 경계를 넘은 것이 분명하다.

국유림에서 벌채된 원목이 자동차에 실리고 있었다. 국유림 도벌이라는 확신이 서자 뒤실로 가던 볼일을 접고 곧바로 울진으로 내려갔다. 광천교 입구에서 운 좋게 건영화물 트럭을 얻어타고 울진에 도착하니 벌써 오후가 되었다. 달수의 신고를 접한 영림서에 비상이 걸렸다. 사건의 심각성을 인지한 관리소장이 서둘렀다.

"이현창 씨, 출장 준비하세요."

"혼자서는 안 될 것 같은데요."

"직원들이 돌아오면 보낼 것이니 먼저 출발하고, 피의자 신병을 반드시 확보하세요."

달수는 점심 먹는 것도 잊고 오토바이 꽁무니에 붙어 앉아 어두운 밤길을 달렸다. 달수네까지는 40킬로미터가 넘는 거리다. 질퍽한 물길을 건너고 고개를 넘었다. 저녁 늦게 직원 한 명이 증원되었다.

이튿날 이현창은 동료 직원 한 명을 데리고 현장에 잠복했다. 37번지 사유림 산판으로 올라오던 두 사람이 슬쩍 국유림 39번지 쪽으로 넘어왔다. 한 명은 기계톱을 들었고, 다른 한 명은 조수다. 그들은 잠복하고 있는 이현창 일행을 발견하고 깜짝 놀랐으나 별 저항 없이 검거되었다. 현장에서 수갑을 채울까 하다가 기계톱만 증거물로 압수하고 허리끈을 풀게 해서 달아나지 못하게 했다.

현장을 조사했더니 100~300년짜리 소나무 127본, 약 200만 원 상당의 국유 임산물이 도벌당했음이 밝혀졌다. 좋은 소나무만 드문드문 골라 벤 관계로 지나쳐 보면 도벌당한 사실을 알 수 없을 정도로 현장을 속였다.

범인은 강원도 삼척군 하장면에 거주하는 김윤철과 같은 마을에 사는 박준호로 밝혀졌다. 두 사람은 산판을 돌아다니며 벌채 작업을 하는 전문 노동자다. 조사는 이정수의 관련 여부를 밝히는 데 초점을 두었다. 피의자 김윤철과 박준호는 이정수와의 관계를 부정

했지만, 사건의 규모나 현장 정황으로 봐서 이정수 사장이 개입하지 않고는 이루어질 수 없는 일이므로 설득하고 또 설득한 끝에 부인하던 박준호의 진술을 받아냈다.

"다시 한 번 묻겠습니다. 피의자에게 국유림을 도벌하도록 이정수 사장이 시켰지요?"

"……"

"박준호 씨! 이번이 마지막입니다. 사실대로 진술하지 않으면 그대로 검찰에 보낼 겁니다. 그때 가서 후회하지 말고 사실대로 진술하면 정상이 참작될 것입니다."

"사실은…… 이정수 사장이 시킨 겁니다."

"어떻게 된 일인지 말씀해보세요."

"하루는 저녁을 먹고 쉬고 있는데 이 사장이 저를 부르더니, '산판이 적자가 났다. 그래서 보충을 해야겠으니 도와달라'고 그럽디다. '어떻게 도와 드릴까요?' 하고 물었더니, '벌채지에 붙어 있는 국유림에서 좋은 놈으로 몇 대 잘라주소' 그러더라고요."

"뭐라고 대답했죠?"

"그리하겠다고 했지요."

"위법인 줄 알면서 도벌했단 말씀이죠?"

"이 사장 산판에 고정 인부로 따라다니면서 작업을 하는데 어찌 거절하겠습니까."

"국유림에서 도벌한 원목은 얼마나 되죠?"

"본수는 안 세어봐서 모르지만 GMC로 열 트럭은 될 겁니다."

"원목은 어떻게 처분했습니까?"

"광천제재소로 운반했고, 나머지는 현장에 있습니다."

"왜 진술을 번복했지요?"

"잘못을 저 혼자 덮어쓰는 것이 두려웠습니다."

현장에서 검거한 김윤철과 박준호의 진술로 이정수의 혐의 사실을 확인하고 이정수 검거에 나섰다. 김윤철과 박준호를 검거할 때 이정수를 동시에 검거했어야 하지만, 구체적인 혐의 사실을 확인하지 못해 잠시 유보했을 뿐이다. 이현창이 동료 직원의 도움을 받아 서면 광천교에 있는 이정수의 세재소로 출동했지만 한발 늦었다. 예상했던 일이지만 이정수는 부재중이었다. 말로는 출장 중이라 했지만 도주했거나 구명 운동하러 갔을 것이다. 제재소 서기에게는 연락이 닿는 대로 출석해달라는 당부를 하고 철수했다.

피의자를 신문해서 사건 기록을 작성하고 있는 이현창을 찾는 전화가 걸려왔다. 전화를 받던 사환이 누구냐고 물었더니, 본인을 바꾸라며 호통을 친다고 시큰둥한 얼굴로 수화기를 넘겼다.

"전화 바꿨습니다."

"당신은 이름도 없고 성도 없소?"

"누구신데 그러시죠?"

"여기 검찰청이오."

"검찰청에서 무슨 일로……"

"당신이 이정수 사건 담당자요?"

"그렇습니다만."

"이정수의 혐의 사실이 뭐요?"

"국유림 도벌을 교사한 혐의를 받고 있습니다."

"증거가 있습니까?"

"공범으로부터 진술을 받았습니다."

"당신네는 잘못도 없는 사람을 피의자로 몰고 그렇소?"

"국유림 도벌을 교사한 혐의를 받고 있어 수사 중에 있습니다."

"이 사람이 왜 이렇게 말귀를 못 알아들어? 내가 확인한 정보에 의하면 이정수는 혐의가 없는 것으로 확인됐소. 무혐의 처리하든지, 꼭 사건 처리를 해야겠으면 불구속으로 처리하시오."

"구속 기준을 초과해서 곤란합니다."

"하라면 하지 뭘 말이 그리 많아? 당신 이름이 뭐야? 아니, 그보다 당신 소장 바꿔!"

최대한 예의를 갖춰서 응대했으나 막무가내다. 사법경찰관은 검사의 수사 지휘를 받도록 형사소송법이 정하고 있다. 산림법을 다루는 특별사법경찰관은 수사 전문 사법경찰관이 아니기 때문에 수사 업무에 다소 취약한 점이 있다. 그러나 수사 중인 사건에 이처럼 일방적이고 부당한 간섭은 곤란하다. 옆자리에서 통화를 지켜보고 섰던 김정호 소장이 수화기를 건네받았다.

"관리소장입니다."

"나 검찰청 사건과 김병식이오."

"무슨 일로 그러십니까?"

"이정수를 불구속 수사하라는데 사건 담당자가 통 말귀를 못 알아듣소."

"이정수는 아직 신병을 확보하지 못했고, 현장에서 체포한 공범 두 명은 구속 기준이 충족되어 영장을 청구할 계획입니다."

"나머지는 당신들 알아서 하고, 좌우간 이정수는 불구속으로 수사하시오."

"수사가 마무리되는 대로 검사님 지휘를 받겠습니다."

이정수가 검찰에 손을 써서 압력을 행사한 것이다. 출장 간 것이 아니라 검찰청으로 구명 운동을 하러 간 것이다. 수사에 착수하면서 어려움이 예상됐지만 이처럼 노골적인 압력이 있을 줄은 미처 몰랐다.

검찰청 직원의 일방적인 요구대로 주범인 이정수는 불구속하고, 이정수의 사주를 받은 인부 두 명만 구속하면 사건 처리의 원칙과 형평성에 어긋난다. 이정수는 신병도 확보하지 못했을 뿐 아니라 담당 검사가 직접 지휘한 것도 아니고, 일개 검찰 직원의 말을 따르자니 사법경찰관의 자존심이 허락하지 않았다. 구수회의 끝에 김윤철과 박준호에 대한 구속영장을 우선 신청하기로 했다. 두 명의 공범에 대한 구속영장이 발부되면 교사범이자 공동정범인 이정수에 대한 구속영장도 쉽게 발부될 것이라는 기대를 하며 영장 신청서를 작성했다.

이튿날 이현창이 김윤철과 박준호에 대한 구속영장 신청서를 들고 검찰청에 출장간 사이, 피의자 감시에 잠을 설친 직원들이 피곤한 몸으로 잔무를 처리하고 있는 사무실로 이정수가 들어섰다. 산림법 위반 혐의를 받고 있는 사람이 자진 출석했으니 그 경위를 조사해야 한다. 특별사법경찰관 직무를 취급하고 있는 박태서 차석이 이정수와 마주 앉았다.

"김윤철과 박준호의 국유림 도벌 사건과 관련해서 몇 가지 질문하겠습니다."

"그보다 먼저 할 말이 있소. 차석님이라 하셨지요? 높은 분이 수사의 기본도 모르시오? 내가 왜 피의자 신문조서를 받아야 하는지 이유부터 알려주시오."

이정수 앞에 펼쳐놓은 피의자 신문조서 용지를 본 모양이다. 처음부터 기선을 제압하려는 술수가 분명하다. 어설프게 닦달했다가는 무슨 봉변을 당할지 몰라 정신을 차려야 했다. 검찰청과 경찰서를 드나들면서 얻어들은 풍월이 있어서 따지고 드는 데는 이력이 났다. 적반하장도 유분수고 방귀 뀐 놈이 성낸다는 속담이 생각났다. 박태서 차석이 피의자 신문조서를 작성하는 이유를 설명했다.

"이정수 씨는 서면 소광리 산37번지 벌채 현장 인부인 김윤철과 박준호를 시켜 연접된 국유림 39번지에서 소나무 127본, 200만 원

상당을 절취토록 교사한 혐의를 받고 있소."

"내가 그 사람들을 교사했다는 증거 있소?"

"김윤철과 박준호가 이미 진술했어요. 구구한 변명 하지 말고 순순히 진술하시죠."

"그놈들이 죽으려고 환장을 했나. 내가 언제 제놈들보고 도벌하라 했어?"

말이 막히자 대뜸 욕설을 앞세운다. 인부들이 구속되면 자신에게 불리하다는 판단을 하는 듯했다. 박 차석이 다그쳤다.

"그러면 여기는 왜 오셨소? 자수하러 오지 않았소?"

"그럼 내 산판 현장 인부가 붙잡혀갔는데 가만있으란 말이오?"

"죄가 있고 없고는 수사해보면 알 것이고, 주소, 성명과 주민등록번호를 말하세요."

"주민등록증 그대로 적으시오."

"김윤철과 박준호에게 국유림을 도벌하라고 시켰습니까?"

"그런 일 없소."

계속되는 질문에 무대응하거나 딴전을 피우고 있어 신문이 불가능해 일단 귀가시켰다. 이정수가 별실에 대기 중인 김윤철과 박준호 면회를 강력히 요구했으나 허락하지 않았다. 면회를 허락할 경우 그들을 겁박하거나 회유작전에 들어갈 것이 분명했기 때문이다.

밤늦은 시각에 김윤철과 박준호에 대한 구속영장이 발부됐다. 영장을 집행한 두 사람을 경찰서 유치장에 입감시키고 이정수에 대한 증거 확보에 나섰다. 이정수가 김윤철과 박준호를 교사했다는 결정적인 증거를 확보해야 하는데 현재까지는 공범들의 진술 외에 별다른 증거가 없다.

고심 끝에 사건의 정보를 제공한 김달수를 통하여 이정수의 행적을 역추적한 결과, 이정수가 김달수의 안내를 받아 벌채지 경계를 확인하고 도벌이 발생된 국유림을 둘러봤다는 진술을 확보했다. 그러나 간접 증거일 뿐 더 확실한 증거가 필요했다.

이현창이 경찰서 유치장에 수감된 김윤철을 면담해서 설득한 끝에 도벌하는 대가로 이정수로부터 20만 원을 받았다는 진술을 받아냈다. 경찰서 유치장을 나오는 길로 은행으로 달려가 두 사람의 입금 통장 사본을 확보했다. 김달수가 이정수와 벌채지 경계를 확인했다는 진술과 이정수가 김윤철과 박준호에게 도벌한 대가로 지불한 20만 원에 대한 증거자료를 확보한 이현창이 다시 이정수와 마주 앉았다.

"이정수 씨, 산판 작업을 착수하던 날 소광리 김달수 씨와 현장을 둘러봤다면서요?"

"그래요. 그게 뭐 잘못됐소?"

"37번지 산판 경계를 둘러보고 국유림 39번지에 들어가서 나무 구경을 했지요?"

"그런데요?"

"국유림에는 왜 들어갔지요?"

"나무가 너무 좋아서 구경하러 갔는데 그게 뭐 잘못인가요?"

"도벌할 계획을 하고 국유림을 미리 돌아본 거 아닙니까?"

"생사람 잡지 마시오."

"그날 김달수에게 수고비라면서 만 원을 주었지요?"

"내 돈 내가 주는데 당신들이 왜 간섭이오?"

"하루 수고비치고는 너무 많은 돈인데, 김달수의 환심을 사려고 그런 것 아닙니까?"

"왜 남의 뒷조사는 하고 그러요? 언제부터 영림서에서 사람 뒷조사를 했소?"

"이 사건과 관련이 있어 조사하는 거요."

"김윤철과 박준호의 은행 통장에 각각 20만 원이 입금되었는데 도벌해준 대가 맞지요?"

"그 돈은 밀렸던 노임이오."

이정수의 피의자 신문조서 작성은 물음과 대답이 평행선을 달렸다. 본인은 부인하지만 여러 가지 정황 증거로 봐서 도벌을 교사한 것이 확실하여 이정수를 산림법 위반으로 입건하고 구속영장을 신청했다.

이정수에 대한 구속영장 신청서가 접수되자 검찰청의 김병식이 펄쩍 뛰었다. 불구속으로 수사하라고 당부까지 했는데도 영장을 신청했다며 노발대발이다. 그러나 검찰청 직원이라 해도 사법경찰관이 적법하게 수사한 사건 기록을 접수하는 것 자체를 막을 수는 없다.

그날 저녁 늦은 시각에 되돌아 나온 이정수의 구속영장 신청서는 '범죄 행위에 대한 소명이 불충분하고 주거가 확실해서 도주의 우려가 없음. 불구속 수사할 것'이라는 주임검사의 친필 서명이 달린 채 기각되었다. 검사의 수사 지휘를 받는 사법경찰관의 한계가 거기까지였다.

검찰청 김병식은 이정수와 동향이다. 강원도 삼척군 육백산 골짜기가 그들의 고향이다. 김병식이 이정수 사건에 부당 개입할 당시 그의 직급은 검찰청 서무를 담당하는 검찰 서기였다. 공무원 사회는 계급이 중요하지만 다루는 직무가 더 중요하다. 계급보다 맡고 있는 업무가 더 비중 있게 다뤄지다 보니 권력기관에 근무하는 공무원은 상대방을 공무 집행 대상으로만 보기 때문에 대체로 오만하다. 못된 송아지 엉덩이에 뿔나는 격이다.

검찰청 김병식의 비호로 뛰는 범에 날개를 단 이정수는 생각할수록 분했다. 김달수와의 관계도 자기 딴에는 결정적일 때 써먹을 요량으로 온갖 호의를 베풀었으나 돌아온 것은 고발뿐이었다. 이정수 입장에서 본다면 김달수의 행위는 배은망덕이고 철저한 배신이다. 반드시 세상 무서운 것을 깨우쳐주리라 속으로 다지며 김윤철과 박준호가 6개월의 형기를 마치고 출소할 때까지 치솟는 분노를 꾹꾹 눌러 참았다.

이정수가 집을 나섰다. 그의 뒤에는 형기를 마치고 출소한 김윤철과 박준호가 따랐다. 제재소를 출발해서 큰빛내에 이르니 해가 중천에 떴다. 마침 텃밭에 나가려던 달수를 마당에서 만났다. 달수는 마당에 들어서는 이정수를 보자 섬뜩한 기분이 들었고, 보복을 별렀던 이정수는 세상 무서운 줄 모르고 날뛰는 놈, 오늘이 네놈의 제삿날이다 하고 이빨을 갈았다. 인사 첫마디부터 시비를 걸었다.

"아이고, 이게 누구신가. 거룩하신 달수 형님 아니시오?"

"이 사장이 어쩐 일로……."

"그래, 그동안 잘 지냈소? 김 형하고 술 한잔하러 왔소."

"……."

"김달수 씨 잘 있었소? 우리는 김 형 덕분에 학교 가서 잘 쉬다 왔소."

김윤철이 주먹패들이나 하는 언동으로 달수를 조롱했다. 박준호가 짊어진 주루메기에서 35도짜리 제비원 안동소주 됫병을 꺼냈다.

"달수 형님, 술은 들고 왔으니 안주 좀 내오시오."

이정수가 평상에 엉덩이를 걸치면서 말했다. 땡감 씹은 기분이 된 달수가 부엌에 들어가 김치보시기를 들고 나왔다.

"허허 참. 술이 있으면 술잔이 있어야 할 게 아니오. 아 참, 촌구석에 술잔인들 있겠소. 그냥 대접 하나 들고 오소. 번거롭게 여러 잔 마실 게 있나, 화끈하게 한 대접 하고 끝내지 뭐."

달수가 다시 부엌에 들어가 이빨 빠진 사기대접을 들고 나왔다.

김윤철이 됫병 소주를 콸콸 부어 이정수에게 내밀었다.

"아니, 이 사람아. 주주객반(主酒客飯)이란 말도 못 들었는가. 술은 주인이 먼저 마시고 밥은 손님에게 대접한다는 말이지."

"이 사장 먼저 드시오. 나는 술을 잘 못해서."

"그래도 한 잔은 받으셔야지. 힘들게 짊어지고 온 사람 성의를 생각해서라도."

술잔을 얼른 받지 않고 주춤하게 서 있는 달수를 째려보던 이정수가 나섰다.

"그만두시오. 정 안 마신다면 내가 마시지 뭐."

대접에 가득한 소주를 단숨에 들이켠 이정수가 김치보시기에 담긴 무쪽을 손가락으로 집어 우적우적 씹었다.

"내가 한 잔 했으니 이젠 김 형이 할 차례요. 사양치 말고 한 잔 쭉 드시오."

분위기로 봐서 안 먹겠다고 꽁무니를 빼봤자 소용없는 일이다. 호랑이에 물려가도 정신을 차려야 한다는 각오로 술잔을 받았다. 소주를 대접으로 마셔보기는 난생 처음이다.

누런 이빨을 드러낸 김윤철이 회심의 미소를 날리며 대접이 넘치도록 술을 따랐다. 달수가 눈을 질끈 감았다. 목구멍을 활짝 열고 숨을 멈추며 소주를 들이켰다. 목구멍이 따끔거리며 술이 넘어갔다. 목줄기에 불이 붙는 듯했다. 죽기 아니면 까무러치기다 하는 오기로 소주 한 대접을 비우며 가는 데까지 가보자는 결기를 보였다.

"못 마신다더니, 안 주면 섭섭할 뻔했구먼."

이정수가 비아냥거린다.

"자네들도 한 잔씩 하게."

"사람을 감옥에 보내놓고 편히 잠이 왔던가 몰라."

대접 소주를 들이켠 김윤철이 무쪽을 우적우적 씹으며 빈정댔다. 본격적으로 시비를 걸 작정이다. 그냥 웃고 넘어갈 분위기가 절대로 아니다. 달수는 정신을 바짝 차렸다. 자신 곁에는 아무도 없었다. 하필 경수도 아침나절에 면 소재지에 볼일이 있다고 나갔고, 아내는 달밭골 콩 타작하러 갔다. 이대로 꼼짝없이 당하게 생겼다. 그러나 대낮인데 무슨 일이야 있겠는가. 달수는 스스로를 다독이며 차분하게 대응했다.

"그 일은 미안하게 됐소. 나도 일이 그렇게 커질 줄은 몰랐소."

"사람을 죽여놓고도 미안하다면 그만이오?"

"그러니 미안하다 안 하오."

얼굴에 불콰하게 술이 오른 이정수가 정색을 하고 따졌다.

"내가 자존심 상해서 이 말은 끝까지 안 하려고 했는데 말이 나온 김에 해야겠소. 내가 오늘 여기 온 이유는 당신이 나를 배신한 이유를 알고 싶어 온 거요. 이런 험한 꼴 보자고 돈 주고 쌀 주었겠소? 은혜를 원수로 갚은 변명이라도 해보시오."

"배신이라니 무슨 말씀을 그렇게 하시오. 나는 이 사장님께 도움을 요청한 일도 없고 더구나 은혜를 원수로 갚은 일도 없소. 내가 언제 이 사장님께 돈을 달라 했소, 밥을 달라 했소? 국유림 도벌 사건만 해도 그렇지. 눈앞에서 도벌이 벌어지는데 가만히 앉아 있으란 말이오? 이 사장님이야 일 끝나고 훌쩍 떠나면 그만이지만, 우리 동네 사람들은 앞으로도 여기서 쭉 살아야 된단 말이오."

"말이라도 곱게 하면 봐줄라 했더니 안 되겠구먼. 이 사람들아, 해진다. 얼른 설거지하고 내려가자."

이정수의 알 듯 모를 듯한 말을 신호로 담배를 피우고 앉았던 김윤철이 마당가 모탕으로 가더니 팔뚝만 한 몽둥이를 주워들고 달수의 등허리를 내리쳤다.

"이 개새끼야, 너도 한번 죽어봐라."

달수가 푹 꼬꾸라졌다. 마당으로 꺼꾸러지는 달수를 보던 김윤철이 몽둥이를 버리고 발길질을 했다. 옆자리에 서 있던 박준호가 달려들어 합세했다. 평상에 걸터앉은 이정수는 눈앞에서 벌어지고 있는 폭행을 못 본 체 먼 산을 바라보고 앉았다. 마당에 꺼꾸러진 달수를 무참히 짓이겨놓고서야 분이 풀렸는지 팽 하고 코를 풀며 담배를 뽑아 문다.

"어이, 이 사람들아. 그러다가 사람 잡겠다. 그만하게."

집단 폭행을 당하면서도 달수는 정신줄을 놓지 않았다. 내가 뭘 잘못해서 이런 수모를 당하는가. 도벌을 신고한 일이 몰매를 맞을 만큼 잘못한 일인가. 입에서 비릿한 냄새가 났다. 입술이 터져 피가 흘렀다. 맞을 때는 몰랐는데 등줄기와 옆구리가 뜨끔뜨끔했다.

"이런 놈은 안 죽을 만치 두들겨 패야 해."

"그만하면 됐네. 이 정도 했으면 제놈이 뭘 잘못했는지 알 걸세."

"어이, 준호. 잘난 놈 먼지 한번 털어보세."

김윤철이 박준호를 데리고 집 뒤로 돌아간다. 뭔가 꼬투리를 잡을 모양이다. 달수는 지난봄에 외양간을 고쳤다. 기둥과 서까래는 뒷산 국유림에서 잘라 썼다.

"잘난 체하는 놈도 별수 없네. 외양간 기둥하고 서까래는 어디서 도벌했소?"

김윤철이 엄청난 것이라도 발견한 양 달수를 다그쳤다.

"그건…… 저번 산판에서 가져온 거요."

"겁은 나는 모양이지. 어느 산판이오? 대보시오. 당신, 증거 좋아하잖아."

"그만합시다. 내가 미안하게 됐소."

"알긴 아는구먼. 그래도 이걸로는 안 되지. 당신도 우리가 당한 만큼 당해봐야 돼."

"자, 그만하면 뭘 잘못했는지 알아들었을 테니 그만하자."

이정수가 일어섰다.

불과 한두 시간 전, 이정수가 달수네 마당에 들어서면서 벌어진 일이었다. 그 혹독하다는 일제 때도 이런 일은 없었고, 인공 시절 인민반장을 하던 이원수가 붉은 완장을 차고 돌아칠 때나 있을 법한 변을 당했다. 법치 국가인 대한민국에서 대명천지에 린치를 당한 것이다. 법은 멀고 주먹은 가까웠다.

"개 값이다."

이정수가 마당을 나서면서 봉투 하나를 툭 던졌다. 개 값이라니? 그게 무슨 말인가? 궁금했지만 봉투를 들여다볼 엄두가 나지 않았다. 그나마도 위안이라면 가족들이 없는 시간에 벌어진 일이라 다행이다.

이번 일은 한여름 소낙비처럼 잠깐 사이에 일어난 사건이지만, 달수에게는 눈을 감는 순간까지 잊히지 않을 대사건이었다.


달수가 끝내 병원에 입원했다. 어깻죽지와 갈비뼈의 심한 통증을 억지로 참았으나 사흘째 되던 날은 실신하는 지경까지 갔다. 경수가 달수를 들쳐업고 멀고도 험한 대광천 물길 40리를 내리 달렸다. 갈비뼈가 두 대나 부러졌고, 부러진 뼛조각이 폐를 찔러서 긴급 수술에 들어갔다. 정신을 수습한 달수는 세상이 무서웠고 사람이 싫어졌다. 낯선 사람만 봐도 깜짝 놀라는 신경과민증이 걸렸다.

달수 아내는 남편이 왜 끝내 입을 다물고 있는지 이유를 알 수 없다. 낯선 사람과 시비가 붙었을 뿐이라고 변명하는 달수의 속마음을 이해할 수가 없다. 이정수가 저지른 행패가 분명한데 당사자가 말을 하지 않으니 하소연할 곳도 없었다.

참다 못한 달수 아내가 경찰서에 진정을 넣었다. 그러나 형식적으로 들락거리던 형사들은 폭행을 가한 범인을 잡지 못했다는 문서

한 장 달랑 보내고 사건을 종결해버렸다. 이정수의 로비를 받은 경찰이 쉬쉬하는 가운데 김달수의 백주 폭행 사건은 그렇게 묻혀갔다. 사건 현장에서 "개 값이다" 하고 던져준 봉투가 끝내 궁금했는데 황망 중에 어디 갔는지 기억에도 없다.

목재는 부피가 크고 중량이 무거워서 운임이 저렴한 선박 반출이 유리하다. 동해안 목재 반출의 거점 항인 죽변항, 덕신항, 사동항, 대진항, 강구항에는 언제나 산지에서 수송된 원목이 산더미처럼 쌓여 있다. 선적 작업은 항구에 운반해놓은 원목을 배에 싣는 작업이다. 화주로부터 선석 반출 신청서가 접수되면 담당 공무원이 부두에 나가 선적 수량을 확정하고 반출을 허가하는 절차다.

이현창이 선박 반출 확인 차 죽변항으로 출장을 갔다. 그런데 문제가 생겼다. 원목의 화주(貨主)인 이정수가 출장자 몰래 소나무 원목 400㎥를 적재할 선박에 200㎥를 사전 선적해놓았던 것이다. 소나무 원목 200㎥를 부정 반출할 목적이다. 몰래 선적된 원목의 수량 확인을 위해서는 전량 하선시켜야 했다. 이정수가 불만을 쏟아냈다.

"이 주사님, 왜 이러시오. 어디 장사 한두 번 하시오? 그냥 좀 넘어갑시다."

"안 됩니다. 전량 하선시켜 검척해야 합니다."

"인부들이 모르고 작업을 한 모양인데 한 번 봐주시오."

"안 됩니다."

선박 반출은 한두 시간에 끝나지 않는다. 선적 물량이 많으면 며칠씩 작업이 계속된다. 큰 물량이 아니고 수량 확인이 가능하다면 간혹 편리를 봐줄 수도 있지만 상대가 이정수일 경우는 다르다. 이정수와 일을 도모할 때는 잘해줘도 수첩에 올라가고 못해줘도 수첩에 기재된다. 편리를 봐줄 때는 쓸개라도 빼줄 것처럼 곰살갑다가도, 세(勢)가 불리해지면 사실관계를 기록한 수첩을 꺼내들고 같이 죽자고 덤비는 판이라 법과 규정대로 할 수밖에 없다.

이정수는 사전 작업을 묵인해줄 것을 요구하고, 이현창은 하선시키지 않으면 선적 작업을 할 수 없다고 맞서는 가운데 시간만 흘렀다. 떼를 쓰고 협박을 해도 꿈쩍도 안 하는 이현창에게 이정수가 두툼한 봉투를 내밀었다.

"같이 먹고삽시다. 왜 이러십니까? 작업 끝나고 한턱 쏠게요, 좀 봐주시오."

"안 됩니다. 자꾸 이러면 오늘 작업은 못합니다."

화가 난 이정수가 죄 없는 작업 인부들을 닦달했다.

"왜 시키지도 않은 일을 해놓고 지랄들이야. 어이, 김 서기. 오늘 작업 안 해! 인부들 철수시켜!"

보다 못한 이현창이 한 발 양보했다.

"이 사장님, 그러지 말고, 점심 먹고 올 테니 하선시켜두세요."

이현창이 동료 직원 김경우와 부두를 벗어난 식당에서 느긋하게 점심을 먹고 나오니, 이 사장은 물론 작업 인부들조차 보이지 않았다. 일방적으로 철수하면 또 무슨 트집을 잡을지 몰라 기다렸다. 두어 시간이 지난 후 잔뜩 술이 취한 이정수가 비틀걸음으로 나타났다. 오늘 선적 작업은 틀린 것 같다. 그보다는 이정수의 술주정을 어떻게 받아주느냐가 더 문제였다. 혀가 꼬부라지도록 술에 취한 이정수가 독설을 퍼부었다.

"어이, 이 주사. 당신 뭐가 그리 잘났소? 다른 놈들은 다 그렇게 하는데 왜 당신만 잘난 체하는 게야? 같이 좀 먹고살자는데, 왜 남의 밥그릇에 재를 뿌리고 지랄이야. 한번 붙어볼 거야? 시팔, 누가 이기나 한번 해봐!"

"점심시간에 하선시켜놓았으면 오후 작업을 하겠는데…… 오늘은 안 되겠소."

"안 되면 어쩔 건데?"

"현장이 정리되거든 다시 작업합시다."

"아, 시팔! 더러워 못 해먹겠네. 돌아가든지 말든지 니들 맘대로 해라, 시팔!"

이현창이 부두를 벗어나자 이정수의 욕설이 귓전을 때렸다.

"어떤 놈인지 밤길 조심해라이!"

찜찜한 기분을 달래며 사무실에 도착하니 관리소장 표정이 구겨져 있다.

"이현창 씨, 현장에서 뭔 일 있었어?"

"일이 좀 있어서 선적 작업을 못하고 돌아왔습니다."

"어떻게 된 일인지 설명해보시오."

이현창으로부터 사건의 경위를 보고받은 관리소장이 난감하다는 듯 말했다.

"참 딱한 사람이구먼. 그런 일을 경찰서장에게 일러바치면 어쩌겠다는 거야!"

"무슨 말씀이세요, 일러바치다니요?"

"정보과 형사한테서 전화가 왔었소. 선적 나간 직원들이 너무 까다롭게 하는데 편리 좀 봐주도록 지시하라고 말이오."

"거참! 방귀 뀐 놈이 성낸다더니."

"걱정할 것 없소. 우리는 법과 규정대로 하면 되는 것이오."

이정수가 자신이 일으킨 소동을 출장 직원들에게 뒤집어씌우고는 관리소장에게 압력을 넣어달라며 경찰서장에게 전화한 것을, 경찰서장은 정보과 담당 형사를 시켜서 관리소장에게 전달토록 한 것이다.

3일 후 이정수의 선적 작업 신고서가 접수되었다. 출항지는 죽변항이고 도착지는 인천항 제3부두 원목 집하장, 선적 수량은 소나무 원목 400m³이다. 몰래 선적했던 원목 전량이 하선되었음을 확인하고 선적 작업을 시작했다. 작업을 마치던 날, 오해를 풀자는 뜻에서 이현창이 저녁 자리를 마련했다.

"이 사장님, 화 푸시고 저녁이나 합시다."

"목상이 어디 사람입디까? 위대하신 산 간수 나리들이 까라면 까야지요."

"왜 그러십니까? 다음에는 잘해봅시다."

"어이, 아줌마. 여기 골뱅이잔 치우고 맥주잔으로 바꿔주시오."

서두는 폼이 심상찮다. 그렇다고 대접하는 입장에서 자리를 파할 수도 없어 진퇴양난이다. 맥주잔에 가득한 소주를 단숨에 들이 켠 이정수가 이현창에게 잔을 권했다. 옆자리에 앉은 김경우가 눈짓을 보낸다. 술잔을 받지 말라는 신호다. 그러나 이현창은 서른 중반의 젊은 오기가 발동해서 물러서지 않았다.

"어이, 이 주사님. 내가 한 잔 했으니 높으신 주사님도 한 잔 하시지요."

이현창은 맥주잔이 넘치도록 따른 소주를 단숨에 마셨다. 지고 싶은 생각이 추호도 없었다. 옆자리에 앉은 김경우가 이현창의 소 매를 끌어당겼다. 술에 취한 이정수가 비틀거리며 일어서더니 어디론가 나갔다. 화장실에 가던 이현창이 전화기를 붙잡고 누구에겐가 고래고래 소리를 지르고 있는 이정수를 보았다. 건성으로 얻어들은 통화 내용은 심각했다.

"아, 시팔! 사람 말귀를 못 알아먹네. 확 뭉기란 말이다! 뭣이라고? 까짓, 놈들 개 값 물어주지 뭐. 너는 시키는 대로만 해, 개새끼야. 뭔 말이 많아, 시팔!"

무슨 사단이 날 것만 같다. 이정수를 피해 방으로 들어온 이현창이 김경우를 눈짓해서 일어섰다. 뒤따라 들어온 이정수가 이현창의 팔을 잡고 늘어진다.

"왜 벌써 가시려고? 그렇게는 안 되지. 술 마시자는 사람이 먼저 가면 쓰나."

"이 사장님, 늦었습니다. 일어섭시다. 갈 길도 멀고."

"아, 시팔! 기분 더럽네. 오늘 사고 한번 칠까 말까. 어이, 이 주사. 당신 나하고 한번 붙어볼래?"

"이 사장님, 취했으니 오늘은 그만합시다."

서둘러 일어서는 이현창을 막아선 이정수가 주머니에서 손바닥만 한 수첩을 꺼내더니 이현창의 코앞에 대고 흔들었다.

"어이, 이현창! 당신 이게 뭔지 알아? 이게 이정수식 살생부야. 여기에 이름 적힌 놈들 모가지는 몽땅 내 손 안에 있거든. 이현창 주사님도 이름을 올렸나 어디 한번 볼꺼나?"

소문으로만 듣던 이정수의 비밀 수첩을 본 역사적인(?) 순간이다. 마누라한테도 안 보여준다는 그 수첩을 꺼내 들고 흔드는 이정수는 이미 만취 상태다. 술 취한 사람을 상대해서 왈가왈부하다가는 무슨 봉변을 당할지 모른다. 오해를 풀자고 만든 자리가 더 큰 화근을 불러왔다. 처음부터 잘못 시작한 일이다. 상식으로 상대하면 안 되는 특별한 사람인데 보통 사람처럼 상식으로 대했으니 잘못된 일이다. 눈에는 눈, 이에는 이라는 맞대응법칙을 적용해야 겨우 감당되는 무뢰한인데 말이다. 자리를 파하고 돌아서는 이현창의 등 뒤로 "어이, 주사님들. 잘 먹고 잘 살아라" 하고 고래고래 소리를 지르는 이정수의 목소리가 비수처럼 꽂혔다.

죽변에서 울진은 가까운 거리다. 이현창은 술도 마셨고 피곤하기도 해서 택시를 탔다. 폐차된 군용 지프차를 개조한 시발택시다. 덜덜덜 소리가 나는 모양새가 금방이라도 퍼질러 앉을 것 같다. 얼마를 달렸을까, 잘 달리던 택시가 갑자기 무엇에 부딪치면서 논바닥으로 굴러 떨어졌다. 오토바이 한 대가 택시 앞을 가로막아 서는 바람에 급브레이크를 밟고 핸들을 꺾어도 소용없었다. 사람이 이렇게도 죽는구나 싶어 눈을 질끈 감았다. 조수석에 탄 이현창은 택시에서 튕겨져 나와 논바닥에 처박히고, 뒷자리에 탄 김경우는 차 안에 갇혔다.

운전수는 어디를 다쳤는지 운전석에 엎드려 꼼짝을 못했다. 논바닥에 나뒹군 이현창이 정신을 수습하고 김경우를 찾았다. 김경우가 무사한 것을 확인하고 나니 그제야 옆구리가 결리고 뒷머리에서 끈적한 것이 흐르는 것을 느꼈다. 손바닥으로 쓸어보니 피였다. 머리가 어딘가에 부딪혀 찢어진 것이다.

택시 운전사가 뒷목을 부여잡고 차에서 내렸다. 50줄에 든 운전사는 이현창과 김경우를 번갈아 쳐다보며 어쩔 줄을 몰라 한다. 달리는 택시를 막아서다 논바닥으로 굴러 떨어진 오토바이 운전자는 물이 질퍽한 논바닥에 퍼질러 앉아 혼잣소리를 중얼거렸다. "시팔, 내 이럴 줄 알았어. 이럴 줄 알았다니까."

택시 운전사가 오토바이 운전자를 일으켜 세우는데 술 냄새가 코를 찔렀다.

"당신 술 먹었어?"

"아, 시팔! 내 돈 주고 내 술 먹는데 왜 지랄이야."

"젊은 사람이 못쓰겠네. 당신 누구야?"

"알아서 뭐 할래?"

"이 자식 안 되겠네. 누가 얼른 신고 좀 하소. 이놈 잡아넣어야지 안 되겠구먼."

그때 교통경찰이 경적을 울리며 달려왔다. 순찰차에서 내린 경찰이 부상자를 살피고 무전으로 구급차를 불렀다. 의사와 간호사가 달려오고 이현창과 김경우는 들것에 실려 병원으로 후송됐다. 논 가운데 엎어져 혼잣소리로 중얼거리던 오토바이 운전자가 경찰에 끌려가면서 고래고래 소리를 질렀다.

"그것 봐, 내 이럴 줄 알았다니까. 안 한다 했는데 자꾸 시키더니만. 꼴좋다, 시팔!"


가해자 김형만은 죽변항을 거점으로 폭력을 휘두르는 폭력배 형제파의 조직원이다. 이현창이 탄 시발택시를 덤프트럭으로 깔아뭉개라는 이정수의 교사를 받은 가해자가, 갑자기 덤프트럭을 구하지 못해서 오토바이를 타고 택시로 돌진한 살인미수 사건이다. 가해자 이정수에겐 실패한 공작이지만 이현창으로서는 위기일발을 모면한 대사건이었다. 뒤늦게 사건의 위중함을 간파한 경찰이 쉬쉬하며 덮어버린, 토착 권력이 비호하는 폭력 사건의 전형이었다.

## 애물단지

달수와 마주 앉은 아내가 말끝을 흐린다. 간단하게 말해서 이야기는 이렇다.

지난여름에 큰빛내 개울로 야영 온 읍내 고등학생과 딸아이 명희가 연애를 했고 급기야는 임신을 했다는 것이다. 마른하늘에 날벼락이다. 아무리 개화된 세상이라 해도 시집도 안 간 처녀가 임신을 하다니, 어떤 이유로도 정당화될 수 없는 사건이다. 백방으로 수소문한 끝에 상대방 학생의 신분은 확인했으나 해결점을 찾지 못했다.

그 집안은 대대로 지방 토호를 지낸 덕분에 살림살이는 먹고살 만했으나 완고한 할아버지 때문에 중매를 통하지 않는 결혼은 언감생심이다. 더구나 깊은 산골의 무식한 처녀를 손자며느리로 맞이할 수 없다는 것이다. 그러는 사이에 명희의 배는 불러오고 대책 없는 시간만 흘렀다. 그쪽 사정과는 별개로 달수 입장에서도 무턱대고 시집보낼 생각이 없었다.

양반 상놈으로 따지면 달수네 고조부도 무과 급제자 출신으로 판관 벼슬을 지낸 뼈대 있는 집안이다. 그렇다고 대놓고 집안싸움 할 형편도 아니고 딸 둔 죄인이라 부글부글 끓는 속을 울며 겨자 먹기로 다독였다. 들리기로는 학생이 공부는 뒷전이고 여학생 후리는 데는 선수라 했다. 조상 덕분에 부족한 것 없이 살다 보니 놀고 먹는 데 이골이 나서 공부에는 취미가 없고, 소위 노는 학생들과 어울리는 바람에 학교생활도 엉망이라는 소문이다.

눈에 넣어도 아프지 않을 딸자식을 난봉꾼에게 시집보내야 한다니. 그러나 그게 아니면 방도가 없는데 어쩌겠는가. 뱃속에 든 아이만 아니라면 눈 한 번 감으면 그만이지만 그럴 수도 없는 노릇이다. 축복받은 생명은 아닐지라도 뱃속에 든 어린 생명을 지우면서까지 두 사람을 떼놓을 생각은 없다.

몇 날 며칠을 생각하고 또 생각한 끝에 달수는 결론을 내렸다. 속으로는 오장육부가 올올이 뒤틀리고 어제 먹은 밥알이 목구멍까지 올라왔지만, 세상살이가 어디 기분만으로 되는 일이던가. 생각 같아서는 경찰서에 처넣고 싶지만 그 또한 인간으로서는 할 짓이 아니다. 그렇다고 무작정 기다릴 수도 없는 노릇이다. 뱃속에 든 생명을 살리는 방향으로 마음을 정했다.

후회는 언제나 뒤에 오는 법이다. 쏘아놓은 화살이요, 엎질러진 물이다. 딸아이 명희의 고생은 그때부터 시작되었다. 억지로 등 떠밀어 보낸 결혼이지만 그런대로 몇 년은 잘 살았다. 젊어 한때는 티격태격하면서도 살아가는 것이 보통 사람들의 결혼이다. 문제는 홀로 설 의지도 없고 노력도 하지 않는 사위에게 있었다. 결혼을 하고도 놀고먹는 자리만 찾다 보니 탄탄하던 재산도 한계가 있었다. 어릴 때부터 세숫물까지 대령시키는 버릇이 있어 일일이 챙겨주지 않으면 옷 하나 제대로 입지 못하는 무능력자가 되어 있었다.

결혼하고 10년도 안 돼서 재산은 바닥이 났고, 결국 빈손으로 나앉았다. 자투리로 여기저기 남아 있던 소소한 돈거리는 술 마시고 노름빚을 탕감하고 나니 조석을 걱정해야 할 형편이었다. 명희는 사흘이 멀다 하고 친정에 달려왔다. 시집간 딸년이 끼니를 거른다는데 어느 부모가 모른다 하겠는가. 쌀가마니도 수월찮게 실어 보냈고 적잖은 푼돈도 쥐어줬다. 가난은 나라도 구제 못한다 했는데, 결국 달수도 두 손을 들고 말았다.

딸아이와 소식을 끊고 산 지가 십수 년째다. 근래 몇 년 사이는 부모 자식 간이 아니라 원수지간이 되어 있었다. 근남면 굴구지 어느 폐가에 들어가 산판일로 연명한다는 풍문만 들었을 뿐, 더 이상 알려고도 하지 않았고 듣고 싶지도 않았다. 그래도 뼈와 살을 나누어준 자식인데…… 달수는 이따금 먼 데 하늘을 바라볼 때면 가슴이 먹먹해지곤 했다.

그런 자식이 느닷없이 처가 동네로 이사를 왔다. 찌든 이불 보따리와 솥단지를 이고 지고, 큰놈은 걸리고 작은놈은 둘쳐 업고 일가족이 야반도주라도 한 듯 솔가해왔다. 아무리 눈 밖에 난 자식이라지만 그마저 뿌리칠 용기는 없었다. 그 삶이 얼마나 신산스러웠으면 젊디젊은 딸아이가 환갑 넘긴 노인처럼 주름살투성이다.

이삿짐 보따리를 아래채에 들여놓던 날, 달수 아내는 참고 참았던 눈물을 펑펑 쏟았다. 애지중지 키운 딸년이 시집살이 10년 만에 알거지가 돼서 돌아왔다. 그러나 어쩌랴, 문전박대한다고 이녁의 혈육이 아닐 것이며, 내 모른다 쫓아낸들 집도 절도 없는 불쌍한 생명들이 어디로 가겠는가.

심호흡으로 마음을 돌려먹고 마당에 노는 암탉을 잡았다. 모처럼 둘러앉은 밥상머리에 웃음소리가 나야 할 텐데 깊은 침묵이 흘렀다. 달수가 분위기를 바꾸려는 듯 입을 열었다.

"사람이 평생을 살다 보면 이런 일도 있고 저런 일도 있다. 그동안 겪은 고생은 돈 주고 사서 했다 생각해라. 너는 돈도 쓸 만큼 써봤고 술도 먹을 만큼 먹었다. 거기에 남들 안하는 별난 경험도 했으니 이제는 맘 잡고 살아봐야 안 되겠나. 산촌이라고 업신여기지 마라. 여기서도 잘만 하면 소도 사고 땅도 산다. 모든 게 제 할 탓이고 잘살고 못살고는 마음먹기에 달렸다. 오랜만에 밥상머리에 앉고 보니 정 서방 면회 한 번 못 간 게 마음에 걸린다. 남의 집 딸아이를 데리고 갔으면 호강은 못 시킬망정 밥이라도 굶기지 말아야 하는데, 남들이 겪지 않는 옥바라지까지 시키는 너를 버린 자식으로 치부했었다. 그때 내 마음은 그랬었는데, 시간이 지나고 보니 더러운 게 핏줄이더라. 네가 이런 꼴이 되어 소광리 골짜기로 기어드는 꼴을 보고 원망도 기대도 접었다. 이제 너에게 바라는 것은 아무것도 없다. 사람의 명줄이 언제가 끝인지 알 수는 없지만 사는 동안 병들지 말고, 나쁜 짓해서 남의 입방아에 오르지 말고, 너희들 식구 오순도순 사는 게 나의 마지막 바람이다."

"죄송합니다. 열심히 살겠다는 말씀밖엔 드릴 말씀이 없습니다."

밥상머리에서 무릎을 꿇고 앉은 사위를 보는 달수도 명치가 막힌다. 그 곁에서 눈물만 찍어내는 딸아이를 토닥이는 아내도 수심이 가득하다.

밤이 이슥했다. 달수는 사위와 아이들을 데리고 건넌방으로 옮겨 잠자리를 폈다. 안방에는 오랜만에 만난 어미와 딸이 나란히 누웠다. 어미는 젊은 나이에 중늙은이가 된 딸을 부둥켜안았다. 토끼 같은 새끼들과 오순도순 살아야 할 젊디젊은 딸아이가 서리 맞은 고춧잎처럼 처져 있으니 서럽도록 불쌍했다. 어미는 불 갈퀴 같은 딸아이의 손아귀를 부여잡고 눈물을 흘렸다.

"엄마, 죄송해요. 엄마에게 면목이 없네요."

"아니다, 어미가 죄인이다. 정 서방 소문은 진즉 들었지만 아버지가 정신 차릴 때까지 얼씬도 하지 말라고 엄명을 내리는 바람에 면회도 못 갔다. 부질없는 말이지만 세월을 되돌릴 수만 있다면 얼마나 좋겠느냐. 그때 내가 잠시 잠깐 잘못 생각한 것이 네 인생을 이렇게 만들었구나. 그때 어미가 가슴에 칼을 품고 모질게 나갔어야 하는데 그러질 못했다. 아니 할 말로 그때 너를 다른 곳에 보냈더라면 이런 일은 없었을 터인데. 하나에서 열까지 모든 게 어미 잘못이다. 오늘 네가 이 꼴이 되고 보니 모질지 못했던 어미가 원망스럽다. 어미가 못나서 딸아이 장래를 망친 거다."

"내 잘못이지요. 엄마가 뭘 잘못했다고. 내가 독한 맘을 먹었다면 이런 변은 안 당했을 텐데. 소용없는 일이네요. 지난 세월을 후회한들 뭘 하겠어요."

"그래, 앞으로 어찌할 작정이냐?"

"저 인간 말이, 처가댁에서 몇 년 동안 얹혀살면서 말미를 보사고 하대요."

"내가 하고 싶은 말은, 어디서 뭘 하든지 옛날 버릇은 고쳐야 한다 그 말이다."

"또 그런 짓하면 사람이 아니지요."

"열 길 물속은 알아도 한 길 사람 속은 모른다. 개구리 뜀박질하고 남녀 간에 정분나는 것은 하늘님도 모른다 했는데. 보통 사람이 겪지 않는 별난 고초를 겪었으니 이제는 사람이 되어야지."

"저도 인간인데 생각이 있겠지요."

"지나간 일이지만, 도대체 왜 그런 짓을 했다더냐? 정 서방 이야기라면 네 아버지가 말도 못 붙이게 해서 내 입을 봉하고 살았다만 이제라도 좀 들어보자."

달수 아내는 생각만 해도 징글징글한 정 서방 이야기를 딸의 입을 통해서 듣고 싶었다.

"사연이야 길지요. 이제 와서 누구를 원망하겠어요. 시집가던 첫해만 해도 읍내 시장 목 좋은 곳에 가게를 열어 잡화상도 해봤고 화물도 취급해봤는데, 사고가 안 나면 부도가 나니 당해낼 재간이 없더라고요. 어릴 때부터 부모 재산을 믿고 독립심이 없는 사람이 되다 보니, 이것 아니면 죽은 목숨이다 하는 오기가 있어야 사업도 하고 장사도 할 텐데, 저 인간에게는 그런 게 없어요. 무슨 일이라도 얼렁덜렁 해보다가 안 되면 그만이지, 아버지한테 돈 타면 되지 하는 생각으로 덤비니 각박한 세상에 남이 남을 살게 하나요? 거기에 마음은 물러터져서 물개 똥을 칼로 끊어놓은 것같이 매듭을 지을 줄 모르니 뭐가 되겠어요. 받을 돈은 외상하고 갚을 돈은 꼬박꼬박 현찰로 주다 보니 뭐가 되겠소. 어떤 때는 외상값 받으러 갔다가 돈 가지고 오라고 전화를 한다니까요. 세상인심이 또 그렇데요. 시집갔을 때만 해도 부잣집 며느리라고 일마다 치켜세우더니 아버님 돌아가시고 살림이 기울어지고 보니 언제 봤더라 하는 거 있지요."

"탄탄하던 재산이 갑자기 그렇게 쪼그라들 수가 있느냐. 필시 어딘가 너희들 모르는 곳에 좀 묻어놨을지 모르잖아?"

"아버님은 본래 당신만 믿는 분이시라 남을 안 믿었어요. 돈 문제는 아들은 물론이고 한 이불 덮고 자는 시어머니한테까지 비밀로 했다니까요. 내가 귀동냥으로 들은 것만 해도 남모르게 굴리는 돈이 수억 원이 넘는다 들었는데 정작 당신께서 돌아가시고 나니 땡전 한 푼 남은 게 없더라고요. 빚진 사람이 빚 갚으러 왔소 하고 돈 들고 오는 거 봤어요? 아버님 혼자 모든 일을 처결하시다 보니 증인이 있나, 도장 찍힌 문서가 있나, 그렇다고 아들이나 마누라에게 알리기나 했나. 당사자 간에 꿍꿍이속으로 거래한 뒤끝이라 몽땅 떼였지요. 그게 세상 인심이데요."

"그래도 부동산은 좀 있을 게 아니냐?"

"부동산요? 많았지요. 논이 100여 두락, 읍내 요지에 대지하며, 밭도 여기저기에 수도 없이 많았는데 그것은 몽땅 저 인간 손장난으로 날리고 목구멍으로 넘겼어요. 시아버지 돌아가시고 일마다 실패한 끝이라 사람이 그만 방탕해지더라고요. 나는 뭣을 해도 안 되는 놈이야, 내따위가 뭣을 해, 뭐 이런 생각이 머리에 가득하니 되는 일이 있겠어요? 처음 몇 년은 저러다가 돌아오겠지 하고 기다렸는데 말짱 헛짓이었어요. 그렇게 후후 하면서 세상 물정 모르고 살다 보니 그 많던 부동산을 먹고 마시고 노름해서 허공에 다 뿌리고 알거지가 돼서 나앉았어요. 그동안 밥 먹고 산 게 시아버지 복이었나 싶데요. 저 인간 복으로는 사흘에 피죽 한 그릇도 오감타 하는 생각도 들고요. 그후로는 나도 저 사람에 대한 기대를 접었어요. 내가 움직이지 않으면 새끼들 밥을 굶길 참인데 어쩌겠어요."

"그래도 그렇지, 그 많은 재산이 10년도 안 돼서 알거지가 됐단 말이냐?"

"그런데 참, 지금까지도 궁금한 게 하나 있어요. 아버님 살아 계실 때 읍내 시장 통로 사거리에 있는 건물로 아버님 심부름을 간 적이 있었어요. 아버님 인감도장을 가지고 3층에 있는 사무실로 올라가니 친구 분과 딱 두 분이 앉아 계시더라고요. 인감 도장을 아버님께 드리고 나오면서 두 분 이야기를 살짝 엿들었어요. 확실하게 듣진 못했지만 어림짐작으로 그 건물주가 아버님인 것 같았어요. 아마도 전세 계약서를 작성하는 게 아닌가 싶더라고요. 그분은 읍내에서 사법서사를 하는 분이거든요. 아버님이 건물주가 아니면 건물을 빌려 쓸 일이 없잖아요. 그 건물은 아버님 소유가 분명해 보이는데, 아버님 돌아가시고 그분은 문상도 안 왔더라고요."

"그래서 어쨌냐?"

"아버님 상을 치른 한참 후에 상구 아비에게 이야기를 했지요. 그랬더니 글쎄 저 인간이 그런 중요한 이야기를 왜 인제 하느냐고 펄쩍 뛰면서 난리를 치데요. 나한테 난리굿을 칠 게 아니고 거기 가서 따져봐라, 그 건물은 분명 아버님 재산이다, 그랬더니 무슨 일을 낼 것처럼 부산을 떨더니 얼마 못 가서 흐지부지하고 말더라고요."

"그래서?"

"그래서 내가 아버님 재산이면 등기부를 보면 될 게 아니냐 하고 따졌더니, 그 건물 소유주가 아버님이 맞대요. 근데 아버님 돌아가시기 한 달 전에 지금 건물주에게 매매하고 이전 등기를 마쳤다고 합디다. 자기 눈으로 직접 등기부 등본을 확인했다니 더 할 말이 없지요. 남의 재산을 털도 안 뽑고 통째로 먹은 게지요. 문서에 그렇다고 적혀 있는데 용뺄 재주 있나요? 유리한 증거는 하나도 없고 문서에는 그 사람 소유로 되어 있으니 어디 가서 찾겠어요. 대서방 주인에게 완벽하게 사기당했지요. 저승에 계신 아버님도 지금쯤 크게 후회하고 계실 거예요. 저 위인이 일찍 정신을 차렸더라면 그런 변은 안 당했을 텐데 그 생각만 하면 지금도 가슴이 저려요. 우리 재산이 안 될라고 그런 것 같아요. 아버님이 교통사고만 당하지 않았어도 그런 일은 없었을 게 아니요."

"눈 뜨고 코 벤다는 말은 서울 사람들만 쓰는 줄 알았는데 울진 같은 시골에도 뛰는 놈 위에 나는 놈이 있었구나. 그래, 그 건물 주인은 지금도 살아 있고?"

"웬걸요, 작년인가 재작년인가 암으로 죽었다 합디다. 선한 끝은 있어도 악한 끝은 없다는 말이 왜 났겠어요."

"세상이 공평하지 못한 것 같아도 하늘이 스스로 업보를 갚는 법이다. 자기 욕심 때문에 남의 눈에 눈물 나게 해서는 안 된다."

"……"

"도벌인가 뭔가는 왜 해서 그 고초를 받고 그런지 원."

"그거요? 자기가 저지른 죗값을 받은 거지요."

"제재소 사장이 꾀어냈다는 소문이 돌았는데……."

"그때는 재산 다 털어먹고 생목숨 끊지 못해서 굴구지로 이사

한 뒤였지요. 이사할 때 들고 온 보리쌀 한 말이 열흘도 못 가서 거덜 납디다. 이웃집에 가서 간장 한 대접을 얻어다가 물에 타서 마시면 그게 아침이고 저녁이었어요. 어른은 그래도 참았지만 철없는 아이들이 밥 달라고 우는 광경은 차마 못 볼 일입디다. 그럴 때 제재소 최 사장이란 사람이 쌀가마를 들고 와서 일을 좀 해달라는데 홀홀 장사인들 어쩌겠어요. 내일 당장 어찌 되는 한이 있어도 배고파 늘어진 새끼 입에 밥 먹이는 게 더 중하더라고요."

"그랬구나. 고생 많이 했다, 이 불쌍한 것아!"

달수 아내는 서러움이 북받쳐 딸아이를 껴안고 흐느낀다.

"하도 많이 울어서 이제는 눈물도 말랐고 악밖에 남은 게 없네요. 저 인간이 덥석 잡혀가고 나니 더욱 막막하데요. 첩첩산중이라 날씨는 째지듯이 춥지, 이사간 지 며칠도 안 되는 처지에 양식을 구걸할 일도 아니지, 새끼들은 배고프다 울지, 눈앞에 뵈는 게 없더라고요. 그래서 아이들을 불러앉혀 내가 그랬지요. 이렇게 살면 뭐하냐, 우리 모두 죽자고 울면서 그랬지요. 너거 아부지는 멀리 갔다, 다시는 안 온다, 우리 모두 콱 죽어버리자. 그랬더니 글쎄 상구 저놈이 뭐랬는지 아세요? 어무이, 나는 안 죽을라요, 내가 왜 죽어요? 나는 악착같이 살아서 꼭 부자 될 끼요, 이러더라고요. 그 말을 들으니 정신이 번쩍 들데요. 어린것이 저러는데 죽을힘을 다하면 살지 않겠나? 그래서 이를 악물었지요. 죽을 문이 하나라면 살 문은 열 개라는 말도 있잖아요."

명희가 눈물을 훔친다. 아직도 고단한 삶은 끝나지 않았지만 그때처럼 눈앞이 캄캄한 지경은 아니다. 어렵기는 해도 친정집에 왔고, 또 부자는 아닐지라도 열심히 살면 밥은 굶지 않겠다는 안도의 눈물일지도 모른다.

달수 아내는 눈물을 닦으며 딸을 꼭 끌어안는다. 얼마 만에 안아보는 딸이던가. 아랫도리를 벗고 다닐 때 안아보고 처음이다. 잘났든 못났든 내 배 아파 낳은 내 새끼고, 잘 먹든 못 먹든 한가지로 먹고살아야 할 피붙이다.

돌아누운 딸아이의 뒷모습이 마치 자신의 젊었을 때를 보는 것아 마음이 더욱 애잔하다. 봄은 고난한데 정신은 초롱같이 말똥말똥했다. 이야기는 끝이 없었다. 몇 날 며칠을 세워도 끝이 없을 것이다. 밤은 깊었다. 옆방에서는 코 고는 소리가 들린다.

"이제 그만 자자. 못다 한 이야기는 나중에 하고."

그렇게 큰빛내의 밤은 깊어갔다. 눈에 드는 하늘이 3천 평이라는 큰빛내. 보이는 것은 산이고 나무뿐인 큰빛내로 시집와 살면서, 이녁 속에서 떨어진 하나뿐인 딸아이를 저렇게 만든 게 자기 책임이라는 생각이 들어 달수 아내는 쉽게 잠이 오지 않았다.

"에미 자냐?"

"아니오."

"안 자거든 이야기 좀 더 하자."

"뭔 이야기요?"

"지난 이야기를 해봤자 무슨 소용이 있겠나마는, 혼사 말이 났을 때 말이다. 그리로 치웠더라면 이런 병통은 없었을 것인데 하는 생각이 자꾸 드는구나."

명희가 사고를 치기 몇 달 전에 들어온 중매 이야기다. 봉화군 물야면 소재지에서 밥술이나 먹고 사는 홀아비 자리에 중매가 들어왔지만 거절한 일이 있었다. 그때 그 홀아비한테 보냈더라면 이런 풍파는 겪지 않았을걸 하는 생각이 들어 말을 꺼냈다.

"엄마! 지난 소리는 왜 하고 그래요? 지금 와서 뭔 소용이 있다고. 쏟아진 물이요, 죽은 아이 고추 만지기지. 잘되면 내 복이고 못되도 내 팔잔데 뭣 땜에 그래요, 마음만 상하게."

"하기사 놓친 고기가 더 크더라만 새록새록 속이 상해서 그런다."

달수 아내는 지난일이 새삼스러워 또 눈물을 훔친다. 여자 팔자 뒤웅박 팔자라 했지만, 하나뿐인 딸아이를 시집 한 번 잘못 보내서 제 인생 망치고 부모 가슴에 못 박는 일을 어미 아비가 자초했으니 누구를 원망할까. 그래도 사돈 내외가 살았을 때는 논밭전지를 파는 일까진 없었는데 어른들 하세(下世) 이후로 목맨 송아지 끈 풀리듯 모든 게 제멋대로였다. 딸아이 인생을 부모가 망쳤다는 생각이 들어서 오금 저린 적이 한두 번이 아니었고, 딸아이를 데려올 생각까지 해봤으나 그 역시 사람이 할 짓이 아니었다. 사람 한평생에서 잠자는 시간, 일하는 시간, 걱정하는 시간을 빼고 나면 기분 좋게 사는 날이 며칠이나 된다고. 펄펄 뛰는 젊은 나이에 이리저리 밀려다니는 딸아이의 인생이 뼛골에 사무치도록 아파왔다. 새벽이 왔는가, 마구간 암탉이 활개를 치며 울었다. 그러나 늙은 어미는 잠이 오지 않는다.

"그런데 말이다. 나는 아무리 생각해도 모를 일이 있다. 혹시 정 서방이 딴 살림 차리고 재산을 빼돌린 게 아니냐?"

"엄마는? 자는 사람 깨워서 엉뚱한 소리는."

명희의 반응은 의외였다.

"그래, 자거라. 어미가 괜한 소리를 했구나. 여자 일평생에 가슴 터지는 일이 한둘일까마는, 제일 아픈 게 남편이 시앗 보는 일이다. 오죽했으면 시앗 앞에서는 부처님도 돌이앉는다 했을까."

지나가는 말로 했을 뿐인데 명희가 화들짝 놀라는 것을 봐서는 어미가 모르는 무슨 일이 있는 모양이다. 그래도 본인이 발설하지 않는 한 억지를 써서 토설시킬 수는 없는 일. 어미는 이야기 듣기를 포기하고 잠을 청했다. 두 번째 닭이 울었다. 꼬박 날밤을 새우다 보니 소나기 잠이 몰려왔다. 잠결에 이상한 소리가 들려 돌아보니 명희가 훌쩍거리고 있다.

"아가, 왜 그러냐?"

"엄마, 아까는 말을 못했는데 사실은요…… 정 서방한테 여자가 있었어요."

지지고 볶아도 정 서방에게 여자 있다는 말은 못 들었는데 이 무슨 날벼락인가.

"여자가 있다니, 그게 뭔 소리여?"

"말하기 창피스럽지만 결혼하기 전부터 여자가 있었더라고요. 정
서방 말로는 고등학교 때 사귀던 여학생인데 집안에서 반대해서 결
혼을 못 했다대요."

갈수록 태산이다.

"차근차근 말해봐라. 뭣이 어찌 됐다는 게냐?"

"말하자면 길지요."


그랬다. 병호는 명희와 결혼하기 전부터 사귀던 여자가 있었다. 상
대는 얼굴도 예쁘고 공부도 잘하는 여학교 모범생이었다. 공부 잘하
고 인물 좋은 여학생이 뭣 때문에 병호에게 맘을 주었는지 모른다.
남녀지간에 정분나는 일이야 삼신할매도 모른다 했는데 사실인 모
양이다. 두 사람 사이가 틀어지게 된 원인은 여학생 집안 때문이다.
명문 집안은 아니지만 밥술이나 먹고 사는 병호네 입장에서 쇠백정
집안과 혼사를 틀 수는 없다는 게 그 이유다. 여학생 부모는 대를
이어 내려오는 백정 집안이다.

그러는 사이 여학생은 서울에 있는 국립대학에 장학생으로 진학
했고, 병호는 대학에 떨어져 무직자가 되었다. 태어나서 처음 시작한
사랑이 집안 어른들의 반대에 부딪치자 병호는 엇나가기 시작했다.
사랑하는 여자 하나 건사하지 못하는 남자가 공부는 해서 뭐하고
대학은 가서 뭐하냐 하는 반항심만 커졌다.

남편이 집을 나간 후 어디서 무엇을 하는지 일주일째 소식이 없던 때였다. 명희가 죽변항에 나가 해가 저물도록 오징어 해체 작업을 하고 집에 들어서는데, 초등학생으로 보이는 남자 아이를 앞세운 여자가 대문 앞에서 서성이고 있었다. 여자와 아이를 보는 순간 명희는 직감적으로 불길한 예감이 들었다.

　남편이 숱한 술자리를 벌였어도 여자 문제로 사건을 만든 일은 없는데 이상하다는 생각을 하면서도 눈앞에 벌어진 상황에서는 의심의 눈초리를 거두지 못했다. 이 인간이 어디서 사건을 벌인 게야? 어느 술집 작부에게 씨를 뿌려 일을 벌인 게 틀림없다고 단정했다. 그런데 차림새로 봐서 화류계 여자는 아니었다. 눈에 띄는 인물이 반듯했고 단정했다. 그렇다면 이 여자의 정체는 무엇인가?

　"누구를 찾으세요?"

　"여기가 정병호 씨 댁이 맞습니까?"

　"그런데요, 댁은 누구요?"

　"정병호 씨 아내 되세요?"

　"그런데요?"

　"드릴 말씀이 있는데 시간을 좀 내주시면 안 되겠습니까?"

　"그보다 댁은 누구시오?"

　"그건 차차 말씀드리겠습니다."

　"나한테 볼일이 있소, 우리 아저씨한테 볼일이 있소?"

　"아주머니와 이야기를 좀 했으면 하구요."

"여기서 조금 나가면 큰 여관이 있소. 거기 가 계시오."

일단 여자를 돌려세우고 대문을 들어섰지만 마음이 진정되지 않았다. 그 여자가 손을 잡고 있던 아이는 남편을 판박이로 닮았다. 손발이 후들후들 떨렸다. 이 배신을 어떻게 갚아줄까? 그런데 남편이라는 위인은 어디서 무슨 짓을 하는지 며칠째 소식이 없으니 더욱 분통이 터졌다.

골목길은 콘크리트 포장길인데 명희가 내딛는 발걸음은 높낮이를 구분하지 못했다. 여관까지는 다리 하나를 건너는 가까운 거리인데 천 리 길이다. 남편에 대한 애정은 오래전에 접었지만 아이와 여자 앞에서는 속절없이 여느 아내와 다를 바 없었다.

여자가 든 방을 찾아 마주하고 앉았다. 아이는 침대에서 잠이 들었고 여자는 간편복 차림으로 명희를 맞았다. 보고 또 봐도 화류계 여성은 아니다. 화장을 짙게 하지도 않았고 입성도 평범했다. 나이는 20대 후반이거나 30대 초반으로 보이고 얼굴 표정이 순수했다. 눈매가 부드럽고 말씨가 매우 공손했다. 쉽게 범접할 수 없는 기품이 느껴지는 묘한 분위기를 가진 여자다.

"실례가 많습니다. 장지희라고 합니다."

"그런데…… 무슨 일로?"

"아주머니께 죄송한 말씀을 드립니다. 정병호 씨와는 학생 때부터 알고 지낸 사이입니다."

"그런데요?"

"제 고향이 여기서 가까운 죽변면 봉평리입니다. 중·고등학교는 울진에서 다녔고, 대학은 서울에서 공부했습니다. 지금은 교수님 연구실에서 일을 돕고 있구요."

"댁의 인생 역사를 듣자고 온 건 아니니 요점만 말하세요."

"얘기가 조금 길어질 것 같아서 미리 양해 말씀을 드린 겁니다. 조금 지루하시더라도 제 말씀을 들어주시길 부탁드립니다."

거기까지 말을 마친 여인은 수줍음을 감추지 못하는 표정이 역력했다.

"병호 씨는 제가 고등학교 2학년 때 처음 만났습니다. 결혼을 전제로 교제를 시작했지만 저희 아버지의 직업을 이유로 결혼 승낙을 받지 못했습니다. 그렇지만 어른들이 만류한다 해도 성인이고 정이 들어서 헤어질 생각은 못했습니다."

"그래서요?"

"죄송합니다. 저는 서울에 있는 대학으로 진학하면서 병호 씨와 헤어졌지요. 시골에서만 살던 제가 아는 사람 하나 없는 서울에서 공부하느라 바쁘게 살다 보니 한동안 연락을 못했습니다. 소식이 궁금하던 차에 우연찮게 병호 씨가 결혼했다는 소식을 들었습니다. 결혼을 약속한 사람이 다른 여자와 결혼을 했다는데 마음 편할 여자가 어디 있겠습니까. 한강에 나가 죽을 생각도 해보고, 일주일씩이나 밥을 굶기도 해봤지만 모진 목숨을 끊을 수 없더라고요."

"……"

"졸업반이 되던 겨울방학 때 울진에 내려왔지요. 병호 씨를 만나보고 싶어서 말입니다."

"그래서요."

"그때 저 녀석을 가졌어요."

"그후로도 만났나요?"

"그게 마지막이었어요. 살아 있는 동안 다시는 만나지 말자는 약속을 하고 헤어졌지요."

"그렇다면 그것으로 끝을 내야지, 왜 다시 찾아왔소?"

"제가 내달에 미국으로 유학갑니다. 이번에 가면 못 올 것 같아서 아이에게 고향이라도 알려주고 싶었습니다. 사정을 봐서 아이 아버지께 인사라도 시킬 생각을 했는데 아주머니를 만나보니 그럴 생각이 없어졌네요."

"……아이 이름이 뭐요?"

"장준혁이라고 합니다. 내년에 초등학교에 들어갑니다. 성씨는 저를 따라 장씨라 했고 이름은 우리 조카들 항렬자인 혁자를 넣어서 준혁이라고 지었구요."

"결혼도 안 한 처녀가 아이는 어떻게 키울 작정이오?"

"물론 고생이 되겠지요. 그러나 부모 직업 때문에 결혼할 수 없는 나라에서 살 생각이 없어졌습니다. 소 잡는 백정이든, 놋그릇 깎는 유기장이든 그 사람의 직업일 뿐인데 당사자도 아닌 아들과 딸들이 사랑하는 사람과 결혼도 할 수 없는 그런 사회에서 내 아이를 키우고 싶지 않습니다."

"혹시…… 아이에 대한 양육비라도 청구할 생각이오?"

"물론 아닙니다. 병호 씨가 준혁이를 내놓으라 해도 절대로 그럴수 없습니다. 준혁이는 못다 한 저의 꿈을 이루어줄 보물단지입니다. 그 문제만큼은 안심하셔도 됩니다."

"저희 남편과는 어떤 감정을 갖고 있소?"

"저도 여자인데 왜 아니겠습니까? 더구나 내 일생에 처음으로 사랑한 사람이고, 사랑스러운 준혁이를 선물한 사람인데 어찌 잊을수가 있겠습니까. 그렇지만 더 이상 서로를 연연해서는 안 되는 현실에 있기 때문에 잊기로 했습니다."

"여기까지 걸음했으니 아이 아버지를 만나보고 가시오."

"안 만나겠습니다. 병호 씨한테는 저를 만났단 말씀을 하지 말아주세요. 부탁입니다."

"아이가 크면 나중에 제 아비를 찾지 않을까요?"

"절대로 그런 일은 없을 겁니다. 이번에 미국 가면 안 돌아올 겁니다. 유학을 마치고 학교에 남아 교수로 일하게 됩니다. 그러니 굳이 한국에 돌아올 이유가 없지요."

명희는 할 말이 없었다. 그녀의 상식으로는 도저히 이해가 되지 않았다. 세상만사 뜻대로 안 되는 일이 한둘이겠는가. 결혼은 인륜지대사라고 했는데 책임감 없이 한 남자의 아이를 갖고 마음대로 떠난다? 명희는 여자를 만나러 갈 때까지만 해도 단단히 벼르고 갔는데 사정을 듣고 보니 같은 여자로서 측은한 마음도 생겼다. 그래서 아이 아버지를 만날 것을 권했으나 한사코 거절했다. 생각이 깨인 여자인지, 타고난 본성이 독한 여자인지 알 수가 없었다.

명희가 잠든 아이를 내려다봤다. 쌍꺼풀이 살짝 진 눈매하며 오똑한 콧날 등등이 제 아비를 쏙 빼닮았다. 잠든 아이를 보면서 명희는 아비의 친권이라도 내세워볼까 하는 엉뚱한 생각을 잠시 했다. 그러나 자식의 장래를 책임질 수 없는 친권은 불행의 씨앗이다. 미국이라는 드넓은 나라에 가서 자신의 푸른 꿈을 맘껏 펼치도록 축복해주어야 했다.

명희의 이야기가 끝났다. 문창살이 희뿌염하게 밝아왔다. 암탉이 활개를 치며 울었다. 시집간 딸과 어머니가 끌어안고 울다가 웃다가 하얗게 새운 밤이 그렇게 밝아오고 있었다.

# 무장 공비

큰빛내는 국도에서 버스를 내려 한나절은 넘게 발품을 팔아야 되는 오지다. 인편으로 전해지는 소식이 아니면 바깥소식은 들을 수 없다. 1968년 정초에 벌어진 청와대 무장 공비 침투 사건과 관련해서 정부에서는, 산속에 흩어져 있는 독가촌을 소개시켜 집단부락으로 만드는 정책을 추진했다. 달수가 거주하는 큰빛내 전략촌도 산속에 흩어져 있는 화전민들을 이주 정착시킨 집단촌이다.

상황이 역설적이게도 무장 공비 덕분에 마을에 경비 전화가 설치되었다. 바깥 사람 구경도 못하던 산간 오지에서 면 소재지와 직접 통화를 할 수 있고, 그를 통해서 바깥 세상 정보를 얻을 수 있었으니 마을로서는 천지개벽이 된 셈이다.

무장 공비 31명이 서울에 침투했던 날로부터 9개월 9일 만인

1968년 10월 30일, 울진과 삼척으로 또 무장 공비가 침투했다. 전 군에 비상 경계령이 내려지고 지역예비군에는 갑호 비상 동원령이 발령되었다. 소광리 큰빛내는 무장 공비가 출현한 북면과는 경계를 이루고 있을 뿐 아니라 공비들의 도주로로 예상되는 태백산으로 들어가는 삿갓재가 위치하고 있어 위험한 지역이다.

　비상 동원된 지역예비군에게 피아 식별 방법과 신고 요령을 교육 시켜 대기하고 있던 중 달수는 삿갓재 독가촌에 거주하는 김시호 로부터 다급한 전화를 받았다. 김시호는 삼척시 하장면에서 수년 전에 이주해온 사람으로 말이 없고 매우 침착한 사람이다. 그런 김 시호가 겁에 질려 떨고 있었다. 전화를 받는 순간 달수는 비상 상 황이 발생했다는 것을 직감했다. 다급해진 달수가 선수를 쳤다.

　"묻는 말에 짧게 대답하게. 상황이지?"

　"그러네."

　"몇 명인가?"

　"세 명."

　"지금 뭘 하고 있나?"

　"밥 먹고 자고 있네."

　"어디서?"

　"건넛방에."

　"알았네. 신고는 내가 할 터이니 자네는 시간을 끌게."

　"알겠네."

"그리고 특별한 움직임이 있거든 바로 전화하게."

"알았네."

김시호와 전화를 끊은 달수는, 서면 경찰관 파출소와 직통되는 경비 전화를 돌렸다.

"삿갓재 김시호 집에 공비가 들었습니다."

"몇 명이오?"

"세 명이랍니다."

"현재 상황은 어떻소?"

"밥을 해먹고 자고 있답니다."

"우리 측 피해는 없소?"

"김시호 내외가 인질로 잡혀 있습니다."

"알았소. 상황이 변하는 대로 보고해주시오."

"알겠습니다."

관내 군부대에 차려진 대간첩작전본부에 비상이 걸렸다. 울진과 내륙 지방을 왕래하는 모든 차량에 검문검색이 강화되었고, 군 부대장 주재로 긴급 작전 회의가 열렸다.

"관할 부대장입니다. 예비군 중대장님은 현장 상황을 보고해주십시오."

"무장 공비는 일단 세 명으로 확인되고 있습니다. 공비들은 22시 30분경 김시호 가에 침입해서 밥을 지어먹고 현재 시각 취침을 하고 있습니다."

"주민들 피해는 없습니까?"

"경비 전화가 설치된 장소에 한 사람만 대기시키고, 주민 일곱 가구는 인근 부락으로 소개시켰습니다. 김시호와 직접 통화는 안 되고 김달수 씨가 중계를 하고 있습니다."

"공비가 침투한 집 구조나 주변의 지형지물을 아는 대로 상세히 설명해주세요."

"김시호 집은 산속에 있는 외딴집입니다. 집 앞으로 들어가는 길은 하나 있지만 발길 닿는 모든 곳이 길이므로 작전 계획을 잘 세워야 합니다."

"지역예비군의 적극적인 협조를 바랍니다. 먼저 군부대 병력을 현장으로 이동 배치하고 특전사 병력을 공중으로 투입할 계획입니다."

그때 북면지구 작전 지휘관 박장성 대령이 상황실로 들어왔다.

"수고한다. 상황이 어떤가?"

"공비 세 명이 소광리 삿갓재에 침투해서 밥을 지어먹고 취침하고 있습니다."

"병력 배치 상황은?"

"대대 병력을 출동시킬 준비를 하고 있습니다."

"이제부터 이 작전은 본관이 지휘한다. 귀관은 현지 사정에 밝은 지역예비군의 협조를 얻어 병력 배치에 차질 없도록 한다. 이상!"

작전회의가 끝나고 병력 배치에 들어갔다. 완전무장한 병력을 실은 수십 대의 작전 차량이 미등을 켜고 큰빛내로 이동했다. 일촉즉

발의 긴장 상태가 팽팽했다. 상대는 특수훈련을 받은 무장 공비다. 사람 목숨을 파리처럼 여기는 피도 눈물도 없는 기계인간이다. 자정이 넘어 병력을 실은 선도 차량이 큰빛내에 도착했다. 험한 물길을 뚫고 가파른 고갯길을 넘었다. 사전에 연락을 받은 달수는 약속된 장소에 대기했다.

"김시호의 전화에 의하면 공비들의 움직임은 없답니다."

"현장으로 전화 연결 좀 부탁합니다."

"연락 올 때까지 기다려야 합니다. 우리가 미리 연락하면 위험합니다."

토벌대 배치에 들어갔다. 지역예비군을 제외한 장병들은 현장 사정에 어둡다. 지형지물을 확인할 수 없는 야간이라 더욱 그렇다. 그렇다고 무작정 날이 밝기를 기다릴 수도 없다. 현장 상황을 고려한 작전 계획이 수립됐다.

공격조의 최선봉에는 지역예비군을 세우고 병력을 3개 공격조로 편성했다. 제1 공격조는 김시호 집이 내려다보이는 능선으로 전개한다. 제2 공격조는 너뱅이골로 우회해서 김시호 집 좌측 능선을 따라 매복에 들어간다. 제3 공격조는 광산골로 돌아서 태백산, 청옥산으로 도주할 수 있는 길목을 지킨다. 제3 공격조의 역할이 매우 중요하다. 공비들이 삿갓재를 거쳐 태백산으로 도주할 우려가 있기 때문이다.

달수는 제1 공격조에 편입되어 현지 안내를 맡았다. 그간 김시호

로부터 받은 전화에 의하면 잠에서 깬 공비들이 도주에 필요한 물품을 챙기고 있다. 김시호의 아내는 공비들이 요구하는 물품을 준비한다는 명분으로 일단 풀려났고, 남은 문제는 공격 시점을 언제로 정하느냐가 관건이다. 가능하면 날이 밝을 때까지 시간을 지연시키는 것이 좋다. 낮 시간에 현장을 눈으로 확인하고 작전을 전개해야 아군의 피해를 줄일 수 있다. 아군의 공격 시점은 새벽 04시 00분으로 정하고, 그 시각에 김시호는 안채에서 떨어진 변소간으로 몸을 피하도록 조치했다.

현장에 투입될 특공대는 특공무술 유단자에 특등 사수 자격을 갖춘 정예군이다. 신속한 기동성과 안전을 확보할 수 있는 최소한의 군장을 갖추고 비상 대기에 들어갔다. 출동 명령이 떨어지는 즉시 현장에 투입될 수 있도록 만반의 준비를 갖추었다. 공격 1조와 공격 2조는 예정된 시각에 현장 배치를 완료했지만 광산골로 멀리 우회하는 공격 3조는 공격 개시 직전에 가까스로 매복을 완료할 수 있었다.

김시호의 집은 두 칸짜리 굴피집이다. 마당을 들어서면 왼쪽이 안방이고 오른쪽이 사랑방이다. 사랑방에는 소를 키우는 외양간이 딸려 있다. 마당가에 김장을 묻어두는 헛간이 있고, 헛간 지붕은 수숫대로 엮어 덮었다. 마당 끝 산자락에 맞대어 지은 오두막이 변소간으로 김시호 내외가 피신할 장소다. 무장 공비들은 밥 짓는 솥이 걸린 안방에 들어 있다.

긴장된 시간이 흘렀다. 먼 데서 새벽 첫닭 우는 소리가 들렸다. 날이 밝자면 더 기다려야 한다. 작전지휘본부의 지시와 보고는 무전기를 통해서 이루어졌고, 매복에 들어간 장병들의 눈에서는 독기가 서렸다. 서서히 먼 데 하늘이 밝아왔다.

"여기는 불곰 하나, 현재 시각 04시 00분 송골매를 띄워라, 오버!"

"여기는 송골매. 04시 00분 현재 송골매 두 마리를 띄운다, 오버!"

특공대 출동 명령이 떨어졌다. 현장까지 헬기 운항 시간은 대략 잡아서 20분 내외이다.

"특공대의 공격 목표는 굴퍼집이다. 지상에 전개된 공격조는 특공 헬기가 도착할 때까지 사격해서는 안 된다. 사격 명령은 추후 발령한다. 이상!"

모두가 잠든 새벽 시각 큰빛내, 조용하기만 했던 산골 마을이 잠시 후면 인간이 인간을 죽이는 끔찍한 전쟁터로 변할 것이다.

두두두두.

특공대를 태운 헬기가 새벽을 깨웠다. 지상 배치 장병들이 바짝 긴장했다. 총기를 거머쥔 손아귀에 힘이 들어갔다. 동원된 헬기는 CH-47 대형 수송 헬기로, 지형이 험악한 산악 작전에서 진가를 발휘하는 기종이다.

"사령관이다. 04시 00분 현재 특공 헬기가 출동했다. 제1 공격조와 제2 공격조는 특공 헬기가 현장 상공에 이르는 즉시 목표물에 집중 사격한다. 제3 공격조는 별도의 명이 있을 때까지 대기한다.

이상!"

헬기가 목표 지점 상공에 모습을 드러냈다. 숨 막히는 긴장감이 당겨진 고무줄처럼 팽팽한 가운데 헬기의 로터 소리가 새벽잠에 취한 산골짝을 흔들었다. 목표 지점 상공으로 헬기가 접근하자 지상 부대에서 조명탄을 쏘아올렸다. 희끄무레 밝아오던 산골이 대낮처럼 밝아졌다. 김시호 집을 목표로 지상 매복조의 집중 사격이 시작됐다. 단솥에 콩 볶는 것처럼 어지러운 총소리가 귓전을 때렸다. 굴피 지붕이 풀썩풀썩 벗겨지고 엉성한 벽채에 총탄이 박혔다. 10여 분간 계속된 집중 사격에도 집 안에서는 반응이 없다.

사령관의 얼굴이 어두워졌다. 무장 공비들이 도주했을지 모른다는 낭패감이 스쳤다. 1차 공격이 정리되고 특전대장 박기팔 중령이 헬기 문을 열고 나서는 순간, 따르륵 총소리가 났다. 박기팔 중령이 풀썩 쓰러졌다.

특전대장이 저격당했다. 헬기 조종사가 급격하게 상승을 시도했다. 따르륵 따르륵 연이은 총성이 헬기를 향했다. 조종석 앞 유리에 피가 튀었다. 헬기 조종사가 저격을 당했다. CH-47의 육중한 몸체가 기우뚱했다. 누군가 헬기를 이탈하라고 소리쳤다.

기장이 전사하고 부기장이 조종하던 헬기가 산 중턱에 추락했다. 탑승한 특공대원은 전사하고 기체는 대파됐다. 상공을 선회하던 2번 헬기는 급히 방향을 돌려 안전지대로 대피했다.

"사령관이다. 공격 목표를 변경한다. 마당가 헛간을 집중 사격하

라. 이상!"

박기팔 중령의 전사와 헬기 추락을 지켜본 사령관이 마당가 헛간을 공격토록 명령했다.

헛간으로 집중 사격을 퍼부었다. 바짝 마른 너와 지붕에 총탄 박히는 소리가 요란했다. 그 순간 아군 복장으로 위장한 공비 세 명이 소총을 난사하며 헛간에서 튀어나왔다. 한 명이 집중 사격을 받아 마당에 꼬꾸라졌다. 남은 두 명은 마당을 벗어나면서 소총을 난사했다. 사령관이 은신하고 있는 지점까지 공비들이 쏜 총알이 날아들었다. 연대 병력의 집중 사격에도 그들은 용케도 피해갔다. 공비들이 도주하는 통로를 막고 있던 공격 3조에게 명령이 하달됐다.

"공비 두 명이 제3 매복조 방향으로 도주했다. 진로를 차단하고 섬멸하라!"

공격 1, 2조가 사방을 경계하며 마당에 내려섰다. 풀썩 물러앉은 굴피 지붕을 향해서 화염방사기를 쏘았다. 도깨비불처럼 시뻘건 화염이 뿜어졌다. 김시호가 살던 굴피집이 불길에 휩싸였다. 공비들이 은신했던 헛간을 수색했다. 남아 있는 공비 잔당이 없는 것을 확인한 공격조가 화염방사기를 쏘아 헛간을 불태웠다. 이제 남아 있는 구조물은 변소간뿐이다. 김시호 내외가 피신해 있는 곳이다. 수색조가 변소 문을 열고 김시호 내외를 밖으로 인도했다.

그 시각 도주한 잔당은 이중 삼중으로 둘러친 포위망을 돌파해서 태백산 언저리 청옥산으로 들어서고 있었다. 대퇴부에 총상을 입은 한 명은 승부리 냇가에서 시체로 발견되었고, 포위망을 탈출한 한 명도 결국은 강원도 홍천 가리산에서 교전 끝에 사살됐다.

이 작전으로 특공팀장 육군 중령 한 명을 포함, 헬기에 탑승했던 특전사 요원 열 명이 전사했고, 작전 헬기 한 대를 잃으며 사건은 막을 내렸다.

# 적송 관재

달수는 서둘러 아침을 먹은 뒤 집을 나섰다. 뒤실까지만 걸으면 울진 가는 산판 차를 얻어 탈 수 있어서 걸음을 재촉했다.

부지런히 걸은 끝에 뒤실 마을에 들어서니 원목을 실은 산판 차가 백 씨네 가게 앞에 서 있는 게 보였다. 목도 마르고 쉬어가기도 할 겸 가게에 들어갔다. 가게에 딸린 쪽방에서는 인부들이 노임을 계산하느라 분주했다.

달수와는 상관없는 일이라 막걸리 한 병을 시켜 목을 축이고 앉아 있는데 인부들과 계산을 끝낸 장 사장이 별스럽게 반갑다며 악수를 청했다. 그 사람과는 안면은 있지만 살갑게 인사할 처지는 아니다. 비좁은 운전석에 불편하게 끼어 앉아 울진읍에 도착하니 장 사장이 제재소로 이끌었다.

공장 안은 전기톱 돌아가는 소리가 시끄러워 말하는 입을 보지 않고는 무슨 말을 하는지 알아들을 수가 없었다. 제재소 구경은 처음이다. 운반된 원목을 인부 두 사람이 맞들어 탁자에 올리면 피댓줄에 걸린 띠톱이 돌면서 송판이 되고 각재가 만들어진다. 아무리 굵어도 톱날이 한 번 지나가면 판재나 각재가 되어 나온다.

한참 구경을 하고 있는데 장 사장이 달수의 소매를 잡아끌어 자동차에 태웠다. 장 사장이 직접 운전하는 자가용을 타고 보니 세상에는 이렇게 사는 사람도 있구나 하는 생각이 들었다. 어떤 사람은 화전떼기 비탈밭에 앉아 죽을 고생을 해도 목구멍에 풀칠하기도 바쁜데, 팔자 좋은 사람은 자가용을 타는구나 하는 생각이 들어 자신의 처지가 새삼스럽게 서글펐다.

달수가 따라간 술집은 시장 구석 목로주점이 아니라 여자 종업원을 둔 고급 술집이다. 특별한 이유 없이 과분한 대접을 받아도 되는가 싶었지만 여자 종업원이 있는 술집은 처음이라 호기심도 났고, 돈 없는 촌놈이 공짜 술 한 잔 얻어먹은들 뭣이 문제인가 하는 생각도 들어 묵묵히 따랐다. 문을 들어서니 마담으로 보이는 중년 여성이 코맹맹이 소리로 손님을 맞이했다. 이른 시각이라 그런지 술집에는 손님이 없었다.

한복을 곱게 차려입은 아가씨를 따라 방을 들어서니 번쩍번쩍하는 자개 장롱이 벽면을 차지하고, 안석 뒤편으로는 화초 병풍이 근사하게 둘러쳐져 있었다. 분위기에 압도되어 있는 사이 아가씨가 들어오고 곧이어 갖가지 음식이 차려진 술상이 들어왔다.

시원하게 솟아오르는 맥주 거품이 잔에 넘치고, 그 술에 취해서 노래를 부르다 보니 술자리가 거하게 커져버렸다. 달수에게 맥주는 낯설다. 막소주 아니면 텁텁한 막걸리를 마시다 거품이 보글보글 끓어오르는 말 오줌 같은 맥주를 마셔보니 기분이 상기되었다. 더구나 예쁜 아가씨가 옆자리에 붙어 앉아 살가운 시중을 드니 세상이 돈짝만해 보였다.

잔뜩 주눅이 들었던 초심은 핫바지 방귀 세듯 간 곳이 없고, 간덩이가 뒤웅박만큼 커졌다. 기분이 한껏 고조된 장 사장이 시퍼런 지폐를 빼서 아가씨 가슴에 쑤셔넣었다. 쌀 한 가마니 값을 아무렇지도 않게 아가씨 팁으로 주는 사장이 부러웠다. 짝꿍으로 앉은 아가씨가 억지로 권하는 바람에 달수도 그가 즐겨 부르는 〈홍도야 울지 마라〉를 목청껏 불렀다.

먹고 마시고 노래하는 난리 통에 날은 이미 저물었고, 그날로 집에 돌아가기는 글렀다. 한바탕 들떴던 분위기가 가라앉자 달수는 궁금증에 물었다.

"장 사장님, 오늘 주비(酒費)가 너무 많이 났소. 내가 궁금해서 그러는데, 왜 나에게 이런 비싼 술을 사는지 그걸 모르겠소."

"술 먹는데 무슨 이유가 있소. 그냥 좋은 사람끼리 한잔하고 그러는 게지요."

"분명 이유가 있을 것이오. 술은 그만 마시고 그 이야기나 좀 들어봅시다."

"그딴 생각 하지 말고 술이나 마십시다. 굳이 알고 싶다면 숙소에 가서 이야기합시다."

자정이 넘은 시각에 술자리를 파하고 인근 여관에 들었다.

"김 형, 술집에서는 말을 못했는데 내가 80에 드신 노모를 모시고 있잖소. 연세에 비해 정정하신 편이지만 원체 연로하시다 보니 내일을 기약할 수 없소. 그래서 말인데, 큰빛내 적송 관재를 좀 구했으면 하는데 어찌 좀 안 되겠소?"

"그것이 술 사는 이유요? 그까짓 거야 내가 가지고 있는 것도 있는데 뭐가 어렵겠소."

달수는 장 사장의 마음 씀씀이가 맘에 들어 자신이 가지고 있는 관재를 내줄 요량을 했다. 이전부터 적송 관재 두 접을 가지고 있었는데 한 접은 아버지 상사 때 쓰고 한 접이 남아 있었다. 그 적송 관재도 일제 때 아버지가 산판일을 해주고 얻어놓은 것이다. 큰빛내 적송으로 만든 최상등품이다.

적송 관재를 구할 수 있다는 말에 감격한 장 사장이 무릎걸음으로 다가앉았다.

"김 형, 고맙소. 누구 집에 있다는 소문을 듣고 가보면 진품이 아니고 반백이라 실망한 게 한두 번이 아니었소."

"제재소 사장님이 적송 관재가 없다 하면 누가 곧이듣겠소."

"비슷한 거야 많지만 진짜 적송하고는 질이 다르지요. 그런데 값은 얼마면 되겠소?"

"비싼. 술도 얻어마셨고 모친을 생각하는 마음씨가 고마워서 그냥 드리지요 뭐."

"그럴 수는 없지요."

이튿날 아침, 장 사장이 여관에 찾아와 봉투를 내밀었다.

"김 형, 이거 얼만 안 되지만 내 성의라 생각하고 받아주소."

봉투 속에는 송아지 한 마리를 사고도 남을 큰돈이 들어 있었다. 너무 과한 돈이다. 그 자리에서 열어보고 돌려줄 것을 그랬구나 싶었으나 늦었다.

세상 물정에 빠삭한 사람이 관재 한 접 값을 모를 리가 없다. 더구나 평생 나무를 만지는 사람이 진짜배기 적송 관재 한두 접 없다는 게 말이 되는가? 생각할수록 의문이 생겼다. 그렇다고 새삼스럽게 안 하겠소 하고 물릴 수도 없는 노릇이다. 내가 너무 속물인가. 사람 마음을 어떻게 돈으로만 계산하는가. 늙은 모친을 위해서 구한다지 않았는가. 그래, 좋게 생각하자. 세상만사를 삐딱하게 보기로 하면 밑도 끝도 없다 하며 좋게 생각하기로 했다.


며칠 후 달수는 우시장에 나가 암송아지 한 마리를 사들였다. 새벽녘에 출발해서 당일 돌아오니 한밤중이나 되었다. 하루 종일 산길을 걷는 바람에 송아지가 탈이 나지 않을까 걱정했는데 무탈하다. 집에서 먹이고 있던 암소를 어미처럼 따랐다. 인간은 자식 사랑이요, 짐승은 새끼 사랑이다. 시절도 좋고 논밭에 뿌린 씨앗도 잘 자랐다. 산촌의 안녕과 평화가 이런 것이다 싶을 정도로 모든 게 일상적이었다.

그러던 어느 날, 뒤실 백 구장이 큰빛내까지 나들이를 했다.

"온 동네 소문이 났는데 자네 혼자만 몰랐구먼."

"뭔 소문?"

"도벌해주기로 하고 소 한 마리 받았다며?"

머릿속에 전깃불이 번쩍 했다. 아하! 그거였구나. 너무 당황해서 말을 더듬었다.

"아! 그건…… 그게 아니고……"

"읍내 제재소 장 사장과 짜고 도벌한다는 소문이 동네에 파다하다네. 그게 아니면 아니라고 해명을 하든지. 이러다가 잘못되면 무슨 망신을 당할라고."

할 말이 없었다. 그래, 그때 관재 한 닢 값으로 받은 송아지가 이렇게 비싼 송아지였구나. 그러면 그렇지, 돈 버는 데 이골이 난 사람이 그 정도로 큰돈을 선뜻 내놨을 리가 없지. 진즉에 알았어야 하는데. 그때는 정말이지 몰랐다. 노모를 모신다는 깍듯한 한마디에 속은 것이다. 백 구장과 말씨름을 하고 있을 시간이 없다. 당사자를 직접 만나 해결하지 않으면 큰일이 벌어지겠다는 생각이 들었다.

그길로 예정에 없던 울진 길에 나섰다. 광천교 다리에서 운 좋게 화물차를 얻어타고 가는 도중에도 울분을 참을 수가 없었다. 믿었던 사람에게 뒤통수를 얻어맞은 격이다. 큰빛내 산골에 사는 촌놈이라고 완전 무시를 당했다. 이 인간을 만나면 멱살을 잡고 땅바닥에 패대기를 칠 것이라고 이를 악물었다.

제재소 입구에서 차를 내렸다. 얼마나 급했던지 운전수에게 고맙다는 인사도 하지 못했다. 사무실 문을 거칠게 열고 들어섰다. 고삐 풀린 황소처럼 뜨거운 콧김을 훅훅 내뿜으며 들이닥친 달수를 본 장 사장이 깜짝 놀란다.

"아니, 김 형이 어쩐 일이오?"

"어쩐 일이냐고? 내가 언제 당신하고 도벌했소?"

장 사장의 멱살을 거머잡았다. 믿었던 인간에 대한 배신이라 눈에 보이는 게 없었다.

"김 형, 왜 이러시오. 이 손 놓고 말로 합시다."

"말로 해? 그래, 말 좋아하는 사람이 그따위 사기를 치고 다녀?"

"사기라니 그게 무슨 소리요?"

"몰라서 묻소?"

"모르니 묻잖소?"

"아, 모르시겠다……. 모르면 내가 말해주지. 내가 언제 당신과 도벌하기로 했소?"

"김 형이 뭔가 오해를 한 모양인데, 이 손 좀 놓고 내 말 좀 들어보시오."

그때까지 달수는 장 사장 멱살을 움켜잡고 있었다.

장 사장은 달수가 움켜쥔 멱살 때문에 밭은기침을 했다. 흥분했던 달수도 멱살을 놓고 자리에 앉았다. 두어 평 남짓한 사장실은 어색한 침묵이 흘렀다. 달수는 흥분을 가라앉히는 중이고 장 사장은 달수를 달랠 말을 찾고 있는 중이다. 달수가 담배를 꺼내 물었다. 장 사장이 얼른 라이터를 켜서 불을 붙여주었다. 달수는 깊이 들이마신 담배 연기를 길게 내뿜었다.

고요한 가운데 일촉즉발의 위기감이 감돌았다. 장 사장이 어색한 분위기를 바꿀 심산인 듯 사람을 불렀다.

"김 서기, 고향다방에 쌍화탕 두 잔 시켜라."

"내가 차 얻어먹으러 온 거요? 빨리 해명을 하시오."

달수의 강경한 태도에 놀란 장 사장이 달수에게 돌아앉는다.

"차나 한 잔 하고 봅시다. 뭣이 그리 급하다고 그러시오."

"당신 말이야, 사람을 이렇게 사기 쳐도 되는 게요? 내가 언제 당신하고 도벌한다 했소? 당신이 한 행동을 다 알고 있으니 내 앞에서 낱낱이 밝히시오. 내가 오늘 날밤을 새우는 한이 있어도 당신의 실토를 받을 것이오."

제재소와 붙어 있는 다방이라 종업원이 금방 달려왔다. 아찔한 향수 냄새와 뭉클한 살 냄새가 방 안을 휘저었다. 머리가 어찔했다. 바짝 달라붙어 앉은 마담을 밀쳐냈다.

"마담은 좀 비키시오. 장 사장과 할 말이 있소."

"그래, 마담은 옆방으로 가 있어라."

장 사장과 마주 앉은 달수가 입을 열었다. 흥분했던 분위기가 다소 진정되었다. 달수의 차분한 목소리가 좁은 사장실을 울렸다.

"장 사장, 바른대로 말하시오. 지금 큰빛내 장터골에서 도벌하는 사람들을 누가 보냈소? 장 사장이 보낸 사람들 아니오? 그래놓고 왜 김달수를 들먹이는 게요?"

"그게 아니고, 이럴 땐 뭐라고 해야 좋을지 모르겠소. 저번에 김 형한테서 구한 적송 관재가 너무 좋아서 몇 접 더 구하려고 했는데 구하지 못했소. 그러던 중에 누구 이야기를 들으니 장터골에 죽은 적송이 흔하다 합디다. 관재 욕심이 나서 인부 몇 사람을 보냈소. 죽은 나무는 괜찮다고 인부들을 달래서 보낸 거요. 김 형을 속일 생각은 없었소. 이해 좀 해주시오."

잘못 들으면 그럴듯하고 뒤집어 들으면 말도 안 되는 변명이다. 죽었건 살았건 모든 물건은 주인이 있는 법이다. 장터골은 국유림이다. 국유림을 관리하는 기관이 엄연히 있고, 죽은 나무라도 채취하자면 허가를 받아야 한다.

"죽은 나무는 가져가도 된다고 누가 그랬소?"

"누가 그러는 게 아니고, 죽은 나무는 나라에서도 쓰지 않을 것 같아서."

"그러면 당신이 시켰다고 하면 될 일을 왜 죄 없는 김달수를 팔고 다녀요?"

"그 점은 미안하게 됐소. 큰빛내에서 김 형 협조가 없으면 안 된다기에 그리 말한 것이니 이해 좀 해주시오."

끝까지 잘못이 없다고 버티면 당장 고발이라도 할 작정이었는데, 이야기를 듣고 보니 조금은 이해가 되기도 했다. 그러나 죽은 나무를 수집하라고 시켰다는 장 사장 말은 억지 변명이다. 부엌에서 숟가락을 주웠다는 말과 같다. 손바닥으로 하늘을 가리는 얄미운 짓이지만 이쯤해서 이야기를 마무리하고 싶었다.

"그러면 장 사장이 마을 사람들에게 해명을 하시오. 그 약조만 하면 나는 올라가겠소."

"선약이 있어 오늘은 안 되고 내일 올라가겠소. 그러니 김 형은 날 믿고 올라가시오."

일단 하회가 매듭지어졌다. 말썽의 장본인인 장 사장이 달수에게 잘못을 빌고 동네 사람들에게는 해명을 하겠다는 약조를 받고 달수는 발걸음을 돌렸다.

울진에서 영주를 왕복하는 막 버스가 있지만 마음도 꿀꿀하고 기다리기도 지루해서 십이령을 넘기로 했다. 읍내에서 차를 타면 광천교까지 90여 리, 거기서 다시 대광천까지 걸으면 모두 120~130여 리 정도를 걷게 된다. 그렇지만 북면 두천리에서 십이령 고개로 걸어가면 길게 잡아야 70여 리 안팎이다. 대신 그 길은 처음부터 산길이라 고생은 각오해야 한다.

울진읍에서 북면 두천리까지는 완행버스가 하루에 두 번 왕복한다. 버스를 기다리는 동안 정류소 근처 식당에서 쇠머리국밥으로 요기를 때웠다. 그러고도 또 한참을 기다린 끝에 두천리행 버스를 타고 앉았다. 마침 울진 장날이라 버스가 만원이다. 정해진 시간을 훨씬 넘겨 출발한 버스가 시원하게 펼쳐진 동해 바다를 끼고 달렸다. 산만 보고 사는 달수에게 바다는 별천지로 보였다.

얼마를 달려 버스는 울퉁불퉁한 산골길로 접어들었다. 점심으로 먹은 쇠머리국밥이 저절로 소화되었다. 북면 두천리는 소광리에 버금가는 산골이고, 10여 호가 안 되는 작은 마을이다. 논이 없다 보니 쌀이 귀하다. 이 마을 처녀들이 쌀 한 말을 못 먹고 시집간다는 말이 빈말이 아니다.

과거에는 십이령을 넘나드는 과객을 상대로 물건도 팔고 때로는 숙박도 해서 생계에 도움이 되었으나, 내륙으로 통하는 36번 국도가 뚫리고 나서는 그마저도 옛이야기가 되었다. 십이령 옛길은 어명을 받든 신관 사또가 행차하는 대로였고, 보부상들이 넘나들던 유서 깊은 길이다. 그러나 지금은 그 길을 걷는 사람이 없다 보니 흔적마저 희미해진 잊혀진 길이다.


십이령을 가자면 북면 두천리에서 시작되는 쇠치재 → 세고개 → 바리재 → 샛재 → 너삼밭 → 저진터 → 새넓재 → 큰넓재 → 고치비재 → 맷재→ 배나들재 → 노룻재 → 춘양 장터로 이어진다. 쇠치재에서 큰넓재까지는 울진이고, 거기서 노룻재까지는 봉화 땅이다.

사람이 발로 걸으면 꼬박 이틀은 좋이 걸리는 길이다.

버스에서 내려 마을 구판장에서 빵 몇 개를 사서 주루메기에 넣고 짊어졌다. 부지런히 걸으면 밤중 안으로는 집에 들어갈 수 있다. 마을 앞 개울을 건너서니 고개가 시작되는 언덕바지에 퇴락한 비각이 서 있다. 일평생 등짐을 지고 이 길을 걸었던 보부상들의 행수(行首)를 기리는 비각이다. 기와가 깨진 틈 사이로 잡풀이 수북하게 돋았고 기둥이 비스듬하게 기울어져 위태로워 보였다.

첫 번째 고개인 쇠치재가 코앞에 버티고 있다. 이마가 바닥에 닿을 만큼 가파르다. 옛날 보부상들이 오가며 불렀던 노래를 흥얼거렸다. 노랫가락이 정확한지, 뜻이 통하는지 따위는 알 길이 없고 다만 귀동냥으로 얻어들은 노랫말을 입 속으로 흥얼거렸다.


미역 소금 어물 지고 춘양 장에 언제 가노
대마 담배 콩을 지고 울진 장을 언제 가노
반평생을 넘던 고개 이 고개를 넘는구나
서울 가는 선비들도 이 고개를 쉬어 넘고
꼬불꼬불 열두 고개 조물주도 야속하다
가노 가노 열두 고개 언제 가노 언제 가노
시그라기 우는 고개 이 고개를 언제 가노


길섶에서 자라는 무성한 잡초가 발목에 휘감겼다. 기억 속에 남아 있는 지형이 눈에 익었다. 배가 출출했다. 출발할 때 마신 막걸리 기운이 떨어지고 허기가 돌았다. 가야 할 길은 반에 반도 못 미쳤는데 고갯마루에 해가 걸렸다. 마음이 급하니 발걸음을 헛디뎠다. 걸으면서 빵 조각을 꺼내 씹었다.

가다가 목이 마르면 개울물을 움켜 마셨다. 떡 본 김에 제사 지낸다고, 널찍한 판석 위에 엉덩이를 걸치고 앉아 담배를 피워 물었다. 담배 연기가 밤하늘로 퍼져나갔다. 자리를 털고 일어서면서 관솔이 맺힌 솔가지를 주워들었다. 밤길에 요긴하게 쓸 물건이다. 앞으로 가야 할 길은 험한 산길이 연속적으로 이어지고 그 길목에는 살쾡이며 고라니 같은 숱한 짐승들이 출몰한다.

여우고개에 올라서면서 관솔불을 밝혀 들었다. 사방이 환하게 밝으니 마음이 놓였다. 십리령 고갯길 가운데 제일 험하고 흩진 곳이다. 옛날 보부상들도 여러 명이 모여 함께 넘었다는 무서운 고개다. 살쾡이가 사람 앞을 막아서고 개호주를 만나 혼쭐이 빠졌다는 사람도 있는 산길이다.

장맛비에 내려온 토사가 좁은 길바닥을 덮어버렸다. 발 디딜 곳을 찾아 간신히 발걸음을 옮기는데 산 위에서 와르르 토사가 흘러내렸다. 누군가 뒷덜미를 잡아당기는 것 같고 머리카락이 쭈뼛 선다. 발걸음이 떨어지지 않아서 제자리에 선 채로 담배에 불을 붙여 물었다. 들고 있는 관솔불을 이리저리 휘둘렀지만 아무것도 보이지 않았다. 혓바닥이 깔깔한 담배 연기를 길게 내뿜으니 조금은 진정이 되었다. 그러나 어둠 속 어디에 큰짐승이 숨어서 노려보고 있는 것같이 소름이 끼쳤다.

"신고산이 우르르 화물차 가는 소리에……."

느닷없이 소리를 내질렀다. 이 노래는 첫마디인 '신고산이 우르르 화물차 가는 소리에'를 큰소리로 불러야 제맛이 난다. 노래가 좋아서가 아니고 소리를 질러서 무서움을 쫓으려는 생각이다. 그러나 억지로 지르는 소리가 제대로 나올 리가 없다. 뱃속에서 올라오는 소리가 아니라 목젖에서 가랑가랑 밀려나오는 소리가 되고 말았다.

그때 산 흙이 와르르 무너지면서 시커먼 물체가 산비탈을 타고 달아났다. 너무 놀라 길바닥에 털썩 주저앉았다. 젊을 때는 호랑이도 잡았는데 이까짓 일에 정신줄을 놓다니. 그러나 그때는 그때고 지금은 눈앞에 서 있는 공포가 사람을 옴짝달싹 못하게 만들었다. 불이 활활 타오르는 관솔가지를 움켜잡고 눈을 감았다. 용을 쓰니 온몸이 후들후들 떨렸다. 산비탈을 타고 달아난 짐승은 살쾡이가 분명할 터이다. 인가로 내려와 닭장을 습격하는 짐승을 보고 사람들은 호랑이를 봤다고 허풍을 떨기도 한다.

한바탕 소동을 치른 후 정신을 수습해서 다시 걸었다. 은하수가 정수리 위로 길게 누웠으니 밤은 이미 삼경을 넘었다. 저만치 앞길에 성황당이 보인다. 불 붙은 관솔가지로 당집을 비쳤다. 허물어진 기왓장 사이로 바위솔이 듬성듬성 났지만 모습은 옛날 그대로다. 손을 모으고 남은 길의 안전을 빌었다.

발걸음을 옮겼다. 여기서부터는 수월하다. 숨이 턱에 차는 오르막도 없고, 살쾡이가 출몰하는 곳도 없다. 조금만 가면 오뉴월 삼복더위에도 찬물이 솟아나는 찬물내기다. 거기서 대광천 물길을 따라 내려가면 장군터와 뒤실로 가고, 오른쪽으로 꺾어 오르면 큰빛으로 간다.

부지런히 걸었다. 멀리서 불빛이 어른거렸다. 잔뜩 굳어졌던 몸과 마음이 풀어졌다. 등허리가 스멀스멀하는 것을 보니 흘렀던 땀이 마르는 모양이다. 담배에 불을 붙여 물었다. 모든 것이 잠든 세상이다. 아웅다웅하는 인간 세상 일은 어디에도 없다. 오직 고요와 평화만 있었다. 이 평화스러운 보금자리에서 아무 탈 없이 살던 사람이 적송 관재 때문에 평지풍파를 일으킨 일을 생각하니 가슴이 헛헛해졌다. 환갑에 진갑을 더하도록 살면서 한눈팔지 않고 살았는데, 말도 안 되는 구설수로 남의 입 돋움에 오른 일을 생각하면, 당장이라도 마구간 송아지를 끌어다 주고 싶은 생각뿐이다. 다리에 힘이 빠져 길이 줄지 않았다. 밤은 깊은데 개울물만 졸졸거린다.

주인의 발소리를 알아들은 백구가 달려와 펄쩍펄쩍 뛰어오른다. 초롱불을 내걸고 남편을 기다리던 아내가 문을 열고 나왔다. 마당에 들어서면서 그때까지 들고 있던 관솔불을 쇠죽 솥 아궁이에 던져넣었다.

"왜 인제 오시는 게요?"

먼 길 다녀온 사람에게 수고했다는 말은 못할망정 말 통통이를 주는 아내가 얄미웠다.

"잘 알지도 못하면서 뭔 말이 그래?"

대꾸가 고울 리 없다. 그런데 아내가 그냥 해보는 소리가 아닌 것 같다.

"무슨 일 있어?"

"건넌방에 영림서 손님이 와 있단 말이오."

"손님이라니, 누구?"

"임 주사님이오. 해거름에 왔는데 당신을 꼭 만나야 한다면서……"

임정식은 달수와 막역한 사이다. 그와 처음 만나기로는 무장 공비가 나오던 해 소광리를 담당하면서 안면을 텄다. 그후 달수와는 많은 인연을 쌓았다. 헛기침으로 인기척을 내면서 방문을 열었다.

"임 주사님이 오늘은 무슨 바람이 불어서 먼 길을 행차하셨소?"

"주인 없는 방에 누웠다가 깜빡 잠이 들었네요. 그래, 어디를 다녀오시는 길이오?"

"소관이 있어 울진 갔다 오는 길이오. 그동안 적적했는데 두루 무고하시지요?"

"나야 뭐 그날이 그날이지요. 그런데 울진은 무슨 일로?"

"임 주사님, 세상에 이런 일이 또 있소? 사람들이 나보고 도벌을 했다지 않소."

달수가 흥분했다. 하소연이라도 하는 듯 자신의 억울함을 쏟아놓왔다.

"도벌이라니, 그게 무슨 말이오?"

임정식이 짐짓 되물었다.

"내 말 좀 들어보소. 아, 글쎄……."

달수가 그날 겪었던 일을 처음부터 되새긴다.

"그래, 임 주사님 보기에도 천하의 이 김달수가 도벌할 사람으로 보여요?"

"딱하기는. 실은 내가 그 일 때문에 왔소. 며칠 전에 경찰서 정보 형사로부터 그런 첩보를 받았소. 처음 들을 때는 그럴듯했는데, 김 형 말을 듣고 보니 별것도 아니구먼."

"내가 한 말이 전부요. 하나라도 더하고 뺀 것이 없다 그 말이오. 그러니 빨리 조사를 하든지 수사를 하든지 해서 이 김달수의 억울함을 밝혀주소."

"그야 수사를 해보면 알 일이고. 사실은 김 형이 관여되었으면 어쩌나 고민을 했었는데 한시름 놓았네요."

"듣고 보니 섭섭하네요. 알고 지낸 짬밥이 얼만데…… 아직도 나를 못 믿는다는 말이오? 열 길 물속은 알아도 한 길 사람 속은 모른다더니 그 말이 꼭 맞소. 내가 인생을 헛살았소."

"설마 내가 김 형을 의심했을까. 섭섭하게 들었다면 미안해요. 그 놈들 잡을 궁리나 합시다."

"궁리고 말고 할 게 없소. 이 마을에는 관련된 사람은 하나도 없으니 맘 놓고 잡아들이소. 나도 오늘 장 사장과 담판해서 확답을 받고 왔으니 걸릴 게 없고."

"장터골이 어디요?"

"광산골로 가다 보면 오른쪽으로 작은 계곡 있잖소. 밖에서 보면 좁아도 들어가면 넓은 골이오. 아마 큰빛내에서 관재 나올 적송이 제일 많을 거요. 땅 파먹는 무지렁이로 살다 보니 이런 모함을 받네요. 생각할수록 사는 게 서글프기도 하고, 어째 마음이 짠하요."

"왜 또 그러시오. 듣는 사람 불편하게."

"그게 아니고, 내 말 들어보시오. 이번 사건은 어물어물 넘기면 안되오. 장 사장 말로는 죽은 나무를 수집하라 했다지만 부엌에서 숟가락 줍기 아니오? 철저히 조사해서 영창 보낼 놈은 보내고 장 사장도 처벌해야 합니다. 그 사람이 주모자니까."

# 목청

"상구 어디 있느냐. 할아비가 시킨 준비는 다 했느냐?"

"예, 할아버지. 낫하고 톱은 주루메기에 넣었고요."

"그러면 됐다. 그런데 꿀 종지는 야무지게 챙겨라. 까딱 잘못해 깨지면 죽도 밥도 안 된다. 그리고 헌 비료 포대는 찾았느냐? 쓸데가 있다."

"그런데 할아버지, 꿀 종지는 왜 가지고 가요?"

"가보면 안다. 너는 그저 시키는 대로 하면 된다."

꿀이 바위 속에 들었으면 석청이고 나무에 들었으면 목청이다. 양봉 꿀은 사람이 기르는 양봉이 딴 꿀이고, 석청이나 목청은 야생벌이 모아놓은 꿀이다. 양봉은 꽃에 따라 성분이 다르지만 석청이나 목청은 여러 가지 꿀이 혼합되었고 오랜 시간을 지나면서 수분이

증발되어 꿀 성분만 남았다는 차이점이 있다. 그래서 석청이나 목청은 오래 묵을수록 귀한 대접을 받는다.

물가 너럭바위에 지게를 내리고 점심 보따리를 풀었다. 바람이 술술 드나드는 대나무 바구니에 고구마가 섞인 조밥이 소복하게 담겨 있다. 상구가 개울물을 떠오고 할아버지와 손자가 둘러앉아 점심을 먹었다. 노인이 담배 연기를 길게 내뿜으며 장군바위를 쳐다봤다. 저 높은 바위 어디에 석청이 있단 말인가. 아무리 올려다봐도 석청이 들었음직한 자리가 보이지 않았다. 장군바위에 석청이 들었다는 소문이 헛소문이 아니기를 바랄 뿐이다.

"할아버지, 석청이 어디 있어요?"

"글쎄다, 나도 모른다. 너는 그저 할아비가 시키는 대로 하면 된다. 심성 사납게 종알종알 묻지 말고. 그리고 그 꿀 종지 이리 다오."

노인이 꿀 종지를 받아들고 창호지를 벗겼다. 종자 꿀로 쓸 요량으로 벽장에 달아놓았던 진짜배기다. 노인이 싸리 꼬챙이를 꺾어 꿀 종지를 휘휘 저었다. 쌉쌀하고 달착지근한 꿀 냄새가 사방에 퍼졌다. 노인이 꿀 종지를 머리에 올려놓았다.

상구가 이상하다는 표정으로 할아버지를 쳐다봤다. 꿀 종지를 머리에 인 노인이 길바닥을 오르락내리락했다.

"이게 '마중 꿀'이라는 게다. 조금 있으면 벌이 날아올 것이다. 너는 가만히 섰다가 꿀 먹고 날아가는 벌을 따라가거라."

지루하게 기다렸다. 기다리고 기다려도 벌은 고사하고 파리 한 마리 보이지 않았다. 꿀 종지를 머리에 이고 길바닥을 걷고 있는 할아버지가 딱해 보였다.

할아버지는 심심치 않겠지만 무작정 벌을 기다리는 상구는 더욱 지루했다. 그러고도 또 얼마가 지났다. 그때 벌이 보였다. 틀림없는 벌이다. 한 마리가 날아 앉으니 그 뒤를 따라 또 한 마리가 꿀 종지에 내려앉았다.

"상구야, 벌이 왔지? 소리가 들린다. 날아가는 곳을 잘 봐두어라. 그 끝에 석청이 있다."

"할아버지, 벌이 많이 왔어요. 할아버지 어깨에도 앉았고 꿀 종지에도 들어갔어요."

"먹도록 가만둬라. 그 대신 어디로 가는지 단단히 보거라."

"할아버지, 벌이 날아갔어요. 따라갈까요?"

"그래, 조심해라. 헛발 디디면 다친다."

상구가 꿀 종지에서 날아오른 벌을 따라 갔다. 나지막이 날던 벌이 갑자기 높이 날아가는 바람에 놓치고 말았다. 벌을 따라가던 상구가 되돌아왔다.

"처음은 그렇다. 좀 있다 보면 떼거리로 날아올 게다. 그때 따라가면 된다."

노인은 태연하게 꿀 종지를 이고 높은 데 올라서 산길을 오르락내리락 하고 있다.

다시 한 무리 벌이 꿀 종지에 내려앉았다. 벌은 점점 더 많이 날아왔다. 꿀 종지로 날아오는 벌과 꿀을 먹고 날아가는 벌이 어지럽게 오고갔다. 헤아릴 수 없을 정도로 불어났다.

"상구야, 나하고 바꾸자. 이번에는 할아비가 따라가마."

상구와 교대한 노인은 금방 날아오른 벌을 지목하고 따라나섰다. 벌들이 무리를 이루고 있어서 눈에 잘 띄었다. 벌을 따라 발걸음이 빨라졌다. 바위를 건너고 물길을 따라갔다. 가시덤불에 긁히고 돌에 걸려 넘어지기도 했지만 벌을 따라가는 눈길을 거두지 않았다. 까마득하게 높은 절벽 위로 벌이 날아올랐다.

눈에서 가물가물하게 멀어졌다. 닭 쫓던 개 지붕 쳐다보기다. 열심히 따라왔는데 끝이다. 저 높은 절벽 어디에 석청이 있단 말인가. 눈을 닦고 봐도 석청이 들었음직한 곳이 없다.

'그래, 석청은 아무나 따는 게 아닌 게야.'

노인이 체념한 듯이 앉았던 자리를 털고 일어섰다. 벌을 따라나섰던 길을 되짚어 걷다 보니 상구가 서 있는 곳까지 왔다. 또 한 무리의 벌이 새까맣게 머리 위로 날아갔다. 나 잡아봐라 하고 약을 올리는 것 같다.

'그래, 이번이 마지막이다. 이번에는 틀림없이 찾아내고 말겠어.'

노인이 오던 길을 되잡아 벌을 따라나섰다. 워낙 큰 무리로 움직이는 때문인지 속도가 느렸다. 벌이 날아가는 방향은 장군바위 절벽이다. 까마득한 절벽 아래에 멈춰 섰다. 거기까지가 노인이 걸어갈 수 있는 한계였다. 더 이상 어떻게 해볼 방법이 없다. 절벽 어디쯤에 석청이 들어 있을 법하지만 속내를 알 길이 없다. 그때 노인의 눈에 벼랑 끝에 가물가물하게 버티고 선 고목이 들어왔다.

'혹시 저 고목 속에 석청이 있지 않을까? 아니야, 석청은 돌 속에 있어. 저것은 나무잖아. 그러면 목청이지.'

온갖 생각이 머리를 스쳤다. 노인은 벌을 쫓아가는 대신 고목나무를 지켜보기로 했다. 고목나무가 훤하게 보이는 곳에 자리를 잡고 앉아서 담배를 피웠다. 하늘로 높게 퍼지는 담배 연기가 아롱아롱 멀어졌다. 손바닥으로 햇빛을 가리고 지켜보니 한 떼의 벌 무리가 고목나무 근처까지 날아와서 사라졌다. 혹시 저 나무 속에? 하는 생각도 났지만 높이를 가늠할 수없는 절벽이라 눈으로 보기 전에는 장담할 수가 없다. 조금 더 가까이 가야 했다. 나뭇가지와 돌부리를 붙잡고 절벽에 올라서니 굵은 피나무 한 그루가 쓰러질 듯 벼랑에 서 있었다.

담배 생각으로 주머니에 손을 넣었다가 얼른 뺐다. 양봉 꿀을 채취할 때 연기를 쐬어 벌을 쫓는 것을 보면 짐작할 수 있는 일이다. 입 안에서 군침이 도는 담배 생각을 주저앉히고 고목에 눈길을 모았다. 바둑판 두어 감은 나올 정도로 굵었으나 속이 썩어 바둑판으로는 못 쓰겠다.

피나무 속에 목청이 들었으면 좋겠다. 목청이 들기만 한다면 이까짓 절벽이 문제겠는가. 천 길 절벽이라도 단숨에 타고 올라갈 것이다. 도끼눈을 뜨고 지켜 앉았는데 피나무 썩은 구멍으로 벌이 들어가는 게 보였다. 두 마리, 세 마리 연이어 들어가고 나오는 놈도 있다. 그토록 고생하며 찾아나섰던 목청을 드디어 찾아냈다.

'심봤다!'

산삼은 아니지만 산삼에 버금가는 목청이다. 흥분도 잠시, 그런데 저 높은 절벽에 무슨 수로 올라갈꼬! 대책을 강구해야 했다. 그때까지 꿀 종지를 이고 선 상구는 이제나 저제나 할아버지를 기다렸다. 서둘러 산을 내려갔다. 올라올 때는 험한 절벽이었는데 내려갈 때는 평지처럼 쉬웠다. 마음 내키는 대로 발을 내디뎌도 편했다. 이런 게 사람의 마음일까? 난관을 해결할 희망이 보이면 몸도 마음을 따라 움직이는 모양이다.

"목청을 찾았다. 톱은 나한테 주고 비료 포대를 챙겨들고 따라오너라."

"할아버지, 꿀 종지는 어쩌지요?"

"벌을 찾았으니 됐다. 꿀 종지는 창호지를 덮어 밥통에 넣어둬라."

"할아버지, 지게는요?"

"농사꾼이 지게는 지고 다녀야지."

상구는 궁금한 게 있었으나 더 이상 묻지 않았다. 같은 일을 두 번 물으면 불호령이 떨어지는 할아버지 성격을 잘 아는 관계로.

"점심 먹은 그릇은 여기 두고 가자."

"짊어지고 가면 안 돼요?"

"안 될 거야 없지만 이 길로 다시 올 참인데 뭐하려고. 그 대신 지게꼬리를 풀어 들고 가자."

절벽은 높았다. 어림잡아 어른 키의 서너 배는 넘을 것 같다. 한 발 삐끗하면 생사를 장담할 수 없는 절벽이다. 노인이 지게꼬리 한 끝을 허리에 묶고 다른 쪽 끝은 절벽 위 소나무에 걸었다. 지게꼬리에 목숨을 걸고 절벽으로 내려갈 작정이다. 목숨을 담보로 잡은 모험이다.

"상구야, 저기 피나무 보이지? 할아비가 저 나무로 내려간다."

"할아버지, 위험해요!"

"괜찮다. 이 정도는 일도 아니다. 젊을 때는 호랑이도 잡았다."

"할아버시, 저 나무 속에 정말 꿀이 들었을까요?"

"그야 나도 모르지."

"그런데 왜 위험한 절벽으로 내려가세요?"

"가만히 앉아 있으면 누가 주냐? 너도 봤지? 그걸 믿는 수밖에."

"그래도 위험해서요."

"조금 있거라. 할아비가 목청을 따올 테니까."

피나무 썩은 구멍으로 벌이 들어가는 것을 확인했으나 반드시 꿀이 있으란 법도 없다. 준비를 마친 노인이 절벽을 내려갔다. 한 발만 삐끗하면 낭떠러지로 곤두박질한다. 다행으로 피나무는 지게꼬리가 닿는 거리에 있었다. 절벽이 높다 보니 바람이 불어서 몸이 흔들렸다. 조심스럽게 중심을 잡고 피나무 둥치에 올라섰다.

내려다보니 현기증이 날 만큼 가물가물해서 얼른 눈을 감았다.

벌이 드나드는 구멍이 반질반질했다. 구멍을 들여다보고 있는 순간에도 벌들은 쉬지 않고 드나들었다. 목청이 있는 위치를 찾아야 했다. 구멍 속으로 손을 넣었다. 입구는 좁고 안으로 갈수록 넓어졌다. 벌들이 달려들어 손등과 손목을 무차별적으로 공격했다. 일 삼아 벌침을 맞는 사람도 있는데 이 정도야 참을 만하다.

구멍 입구에서 한 자 정도 깊은 곳에 벌집이 만져졌다. 벌집을 따내자면 나무둥치를 잘라야 했다. 상구를 불러내려야 할지 어떨지를 생각했다. 잘못하면 조손(祖孫) 간에 큰일을 당할 수도 있는데 손자를 앞장세워도 되겠는가? 그러나 그렇게 위험하지는 않다. 밟고 선 피나무가 튼튼하기도 하고, 또 두 사람이 같이 하면 더 쉽게 할 수 있다.

"상구야, 너도 내려오너라. 할아비를 좀 도와야겠다."

"할아버지, 무서워요."

"괜찮다, 이놈아. 이 할아비가 있는데 무섭기는."

"그래도 저는 안 갈래요."

"잔말 말고 할아비가 시키는 대로 해라. 지게꼬리를 던질 테니 너도 할아비처럼 그걸 타고 내려오너라. 할아비가 밑에서 받으마."

보기만 해도 오금이 저리는데 내려오라 한다. 상구는 노인이 시키는 대로 지게꼬리로 허리를 묶어 절벽을 내려왔다.

가물가물한 절벽에 할아버지와 손자가 함께 섰다. 목청이 들어 있는 피나무 둥치를 톱으로 잘랐다. 평지라도 어려운 일인데 높다란 절벽에서 하는 작업이라 더욱 힘들었다. 할아버지와 손자가 교대로 톱질해서 벌집을 뜯어냈다. 밀랍으로 단단하게 지어진 벌집에 목청이 가득가득 들어 있었다. 야생 꿀벌이 수십 년 동안 따 모은 진짜배기 꿀이다.

목청은 솥에서 금방 고아낸 갱엿처럼 꾸들꾸들 굳어 있었다. 수분이 날아가고 꿀 성분만 남아서 그렇다. 한 조각을 떼어 씹으니 달콤 쌉쌀한 꿀 향기가 입 안에 가득히 퍼졌다. 옆에서 상구가 입맛을 다셨다. 노인이 얼른 한 조각을 떼어서 상구 입에 넣어주었다. 정말로 어렵게 딴 목청 꿀이 할아비와 손자의 입 안에 가득했다.

# 옛날 옛적에

해가 뉘엿뉘엿 저무는 저녁나절에 임정식이 출장을 나왔다. 달수와도 두어 달 만에 만나는 길이다. 큰빛내는 거리가 멀고 교통이 불편해서 웬만한 일은 전화로 물어보고 처리하는 경우가 더 많다. 달수는 십년지기를 만나는 기분으로 손님을 맞았다. 살찐 암탉을 삶고 마을 사람들을 불렀다. 워낙 깊은 산골이다 보니 동네 사람들이 다 모여봤자 달수네까지 일곱 가구가 전부다.

큰빛내, 작은빛내, 광산골, 삿갓재, 홈다리 등으로 흩어져 살 때만 해도 큰 마을이었다. 지금 남아 있는 가구는 무장 공비 사건을 치르고 화전밭을 정리하면서 대처로 떠나고 남은 사람들이다. 이 마을 사람들은 아주 특별한 일이 아니면 바깥나들이를 하지 않는다. 마을 밖으로 나갈 일도 없지만 한 달에 한 번 호롱불 켜는 석유 병이

255

나 받아오면 그만이다.

사정이 그렇다 보니 바깥소식이 궁금하고 사람이 그립다. 어쩌다가 외지 사람이 들어오는 날은 세상 돌아가는 소문을 들을 수 있어서 동네 사람들이 다 모인다. 더구나 오늘은 큰빛내 사람들의 생활 터전인 국유림을 관리하는 산림주사가 왔으니 작은 동네에 큰일이 난 것이다. 달수가 차려낸 술상 머리에 사람들이 둘러앉았다.

산골 사람들에게 제일 무서운 산림주사와 마주 앉고 보니 괜히 잘못한 것도 없으면서 입이 떨어지지 않는다. 술이 몇 순배 돌았다. 임정식이 달수를 슬쩍 떠봤다.

"달수 씨! 요즈음 이상한 소문이 있던데요?"

"이상한 소문이라니 무슨?"

"뭐, 별것은 아니고, 수상한 사람이 드나든다는 소문이 있기에 그냥 해본 소리요."

"이 대광천 골짜기에서 김달수가 모르는 일이 뭐가 있다고 그러시오?"

"그래요? 아무 일 없으면 됐고……."

사실은 며칠 전 대구에서 제재소를 한다는 사람이 사위 병호를 찾아와 허튼수작을 부려 퇴짜를 놓은 일이 있기는 하다. 속으로는 찔끔했지만 내놓고 이야기할 일은 아니다. 구석 자리에 끼어 앉았던 병호도 가슴이 철렁했다. 방 안 분위기가 한순간에 썰렁해졌다.

"아무튼 외지에서 들어오는 낯선 사람을 조심해야 합니다. 불미

스러운 일이 있으면 피해 보는 쪽은 주민들입니다. 수상한 사람이 있으면 바로 연락하시고요."

임정식이 오늘 큰빛내를 찾은 이유는, 며칠 전 울진 읍내에서 우연히 소광리 1구 백윤식 구장을 만났을 때 귀띔받은 정보 사항을 확인하기 위해서다.

"열 명이 지켜도 한 도둑을 못 잡는다고, 큰빛내는 여러분이 지켜야 합니다."

"대광천에 김달수가 있는 한 그런 걱정은 안 해도 됩니다. 그동안 아무 일 없이 잘 지내왔는데 새삼스럽게 왜 그런 말이 나오는지 모르겠소."

"그건 그렇고, 여러분 중에 혹시 장군터를 지나는 개울가 바위에 새겨놓은 글씨를 보신 분 계세요?"

"무슨 글씨를 새겼다는데 우리 같은 까막눈이 알 리가 있소."

"이 마을 주민이라면 그 바위에 무슨 말이 쓰였는지 알아야 합니다. 한문으로 말하자면 '黃腸封界 地名 生達峴 安逸王山 大里堂城 山直命吉'이라 쓰여 있어요. 이게 무슨 뜻이냐 하면, '황장봉산의 경계는 생달고개, 안일왕산, 대리당성이고, 명길이란 사람을 산지기로 세워 산을 지키게 했다'는 뜻입니다. 황장봉산은 조선조 궁궐에서 쓰는 관재를 생산하는 산을 말하고, 그 산 경계는 생달고개에서 안일왕산과 대리당성까지라는 뜻입니다. 모두 옛날 지명이라서 지금의 어디라고 꼭 집어 말하기는 어렵지만 대략 큰빛내와 작은빛내를 포함해서 십이령 고개까지를 경계로 했을 거라 추측합니다. 큰빛내서 생산한 적송 관재를 궁궐에 보냈다는 기록은 없지만 조선조 숙종 임금님 때 산지기를 두어 지키게 했다는 사실이 중요합니다. 해방 이후 대한민국 정부가 육종림으로 지정했고, 최근에는 산림청에서 산림유전자원보호림으로 지정·관리하고 있다는 사실 정도는 알아 야 합니다."

"그렇게 중요한 산이면 뭐합니까? 주민들에게 돌아오는 혜택이 없는데."

"그 말도 맞습니다. 그런데 꼭 눈에 보이는 혜택만 혜택입니까? 우리 마을에 조상들이 넘겨놓은 귀중한 유적이 있다는 자부심을 가질 만하지 않습니까. 그보다 더 중요한 사실은 큰빛내 금강송이 우리나라 소나무의 표준이라는 사실입니다. 이런 사실이 알려지면 서 국내는 물론이고 외국의 유명한 산림학자들이 찾아와 연구를 하고 있습니다. 그러니 주민들이 자부심을 가져야 합니다."

"약인지 독인지 먹어봐야 알지요."

"딱딱한 이야기는 그만하고 사람 사는 얘기나 합시다."

사람들이 서로 술잔을 권하자 방 안 분위기가 느긋해졌다.

"김 씨 아저씨, 염소 농장은 재미가 어때요?"

염소를 키우는 김상익 씨는 서울에서 가구 회사를 하다가 부도 를 맞는 바람에 빈 몸으로 들어온 사람이다. 김 씨가 마을에 들어 왔을 때만 해도 엉뚱한 사고나 치지 않을까 걱정을 했다. 그런데 알고 보니 그렇게 착할 수가 없었다. 저런 사람이 쌕쌕이 시장판에서 어떻게 사업을 했을까 싶을 정도로 순둥이였다.

그런 사람이 경험도 없는 염소를 키우면서 갖은 고생을 하더니 요즘에 와서는 탄탄한 기반을 잡았다. 서너 마리로 시작한 염소가 300여 마리로 불었고 축사도 지어 본격적인 전업 농장으로 발전했다. 특히 부인은 음식 솜씨가 좋아서 외지에서 오는 손님들에게 식사도 제공하고, 산에서 캔 산나물과 약초를 팔아 수입이 제법 쏠쏠하다.

"염소는 돌과 쇠붙이 빼고는 다 먹는 짐승이지요. 여름 한철은 산에 풀면 되지만 겨울 사료가 큰 문젭니다."

"키우기 쉽다고 산에 풀어놓으면 안 됩니다. 눈이 많이 오는 산속에서 토끼나 고라니 같은 짐승들이 나무껍질을 갉아먹는 바람에 조림지를 망치는 일이 있으니 조심해야 합니다."

"첫해는 새끼 몇 마리를 산에 풀어놓았더니 곧잘 크데요. 그런데 마릿수가 늘면서 아무것이나 먹어치우는 바람에 이제는 우리에 가둬 키웁니다. 다행으로 지난해는 묵밭 3천 평을 장만해서 사료 작물을 재배하고 있어서 겨울 목초도 해결되었고요."

"김 형은 누구보다 산을 많이 이용하고 있는 만큼 산을 잘 지켜야 합니다. 특히 염소가 조림지에 들어가는 일이 없도록 조심해야 합니다. 그런데 박중삼 씨는 산삼 좀 캤습니까?"

"웬걸요, 산삼은 잡목이 적당히 섞이고 음지와 양지가 7 : 3이 돼야 적지인데, 여기는 소나무가 많고 땅이 척박해서 삼씨가 잘 붙지 못한단 말입니다. 내가 여기서 30년을 넘게 살고 있지만 88올림픽이 열리던 해 애기 산삼 한 뿌리를 만난 게 끝입니다. 말이 나온 김에 내가 강원도 인제군 청옥산에서 산삼 캔 이야기 하나 하지요."

박중삼 씨가 신이 나서 강원도 인제에서 산삼 캔 일화를 시작했다. 마을 사람들은 꽤나 여러 번 들은 이야기다. 처음 듣는 이는 임정식 혼자뿐이다.

"내 나이 열여덟 나던 해였지요. 단풍이 누르스름하게 들던 초가을에 아버지를 따라 인제군 상남면에 있는 청옥산에 올라갔어요. 청옥산은 심마니들이 제일 좋아하는 산이고, 정성 들여 기도하면 빈손으로 보내지 않는다는 영험한 산이기도 하고요. 하루 종일 산을 탔는데 산삼은 고사하고 도라지 뿌리도 구경 못하고 산을 내려오다가 아버지가 나무뿌리에 걸려 넘어지셨어요. 저는 그런 줄도 모르고 뒤에 처져 소변을 보고 있었는데 갑자기 아버지가 '심봤다!' 하고 소리를 치셨어요."

박중삼은 앞에 놓인 술잔을 들이켜고 이야기를 계속했다.

"허겁지겁 달려가보니 아버지가 그러시더라고요. '중삼아, 내가 말이다. 헛발을 디뎌 넘어졌는데 뭉클한 게 손에 잡히더구나. 깜짝 놀라 살펴보니 내장이 훤하게 들여다보이는 백사가 있더구나. 얼마나 힘이 좋은지 한참 씨름을 했다. 백사를 잡아 주루메기에 간수하고 일어서는데, 바로 그 자리에 산삼이 보이더라. 그래서 심봤다고 소리를 질렀다' 하시데요. 산을 내려오는 길로 읍내 한약방에 보였더니 부르는 게 값이라는 천종삼이라 하더라고요."

이야기를 들어주는 사람이 있다는 사실에 신이 났다.

"그런데 며칠이 지나서 주재소 일본 순사가 나와서 산삼을 캤다는데 사실이냐고 묻더라고요. 그런 일 없다고 잡아뗐더니 바른대로 대지 않으면 주재소로 끌고 가겠다고 엄포를 놓더군요. 그래도 그런 일 없다고 잡아뗐더니 나중에는 구경만 하겠다고 통사정을 합디다. 할 수 없이 무 구덩이에 감춰놨던 산삼을 꺼내 보였더니 쌀 한 섬 값에 팔라고 합디다. 값도 값이지만 쌀인들 어디 줄 놈들입니까. 안 되겠다고 거절했더니 순사 놈이 글쎄 손에 들고 있던 산삼을 입에 넣고 우적우적 씹어먹는 겁니다. 눈에 불이 번쩍 나데요. 눈 깜짝할 사이에 집 한 채가 날아갔으니 도저히 그냥 있을 수가 없더라고요. 아버지는 기가 막혀서 말씀도 못하시고 하늘만 쳐다보고 계셨어요. 그래서 내가 그 순사 놈을 납작 들어서 무논 바닥에 패대기쳤지요. 나이가 열여덟 살 때이니 세상 무서운 게 없을 때 아닙니까. 나락이 누렇게 익을 때니 논바닥 물이 오죽이나 차겠어요. 그 길로 나는 걸음아 날 살려라 하고 줄행랑을 쳐버렸지요. 그 덕분에 한동안 숨어 살았지만 속은 후련합디다. 호랑이 담배 먹던 시절이지요."

권커니 잣거니 술이 돌아가자 방 안 분위기가 풀어졌다. 달수가 임정식에게 재미있는 이야기를 해달라고 청을 넣었다.

"임 주사님은 전국 팔도에 안 가본 곳이 없을 터인데 가는 곳마다 재미있는 이야기가 있을 게 아니오. 떡 본 김에 제사 지낸다고 재미있는 경험담 하나 들려주시오."

"재미있는 이야기라…… 내가 전라도 무주로 전근 갔을 때가 생각나네요."

임정식이 해묵은 이야기를 꺼냈다.

"그때가 1969년도 초겨울이었어요. 그해 가을에 산림청 조직이 개편되면서 무주군 설천면에 보호구가 신설되었거든요. 예전부터 무주에 영림서가 있었지만 지역이 너무 넓어서 덕유산 국유림을 관할하는 설천 보호구를 신설했어요. 설천은 구천동 입구에 있는 면 소재지인데 사람들이 순박하고 인심이 참 좋았어요. 개울물 하나를 사이에 두고 이쪽은 전라북도 무주군이고 저쪽은 충청북도 영동군으로 나눠져 있으니 거기 사람들은 하루에도 몇 번씩 전라도와 충청도를 넘나드는 셈이지요. 그해 겨울에는 특별히 눈이 많이 왔어요. 우리 산림간수들은 눈이 오면 겨울방학입니다. 그리고 무엇보다 산불 걱정이 없어서 마음이 편하고요. 눈이 오니 기분도 그렇잖고 해서 면 소재지에 하나뿐인 다방에 갔다가 신문기자를 만났어요. 그 사람은 내가 설천으로 전근 가서 처음 사귄 사람인데 신문기자라는 직업과 어울리지 않게 정이 많은 사람이었어요. 경상도가 고향인 내가 전라도에 내려가 근무하다 보니 객지도 타고 외로울 때 고향 형님처럼 잘해주던 사람이었지요. 얼굴에 털이 많아서 털보 형님으로 통했어요. 내가 털보 형님 뭘 하시오, 하고 전화하면 동상인가? 차나 한잔 하세 하면 그게 다방으로 나오라는 신호로 통했어요. 그 기자가 귀띔하기를 덕유산에 목기(木器) 도벌꾼이 들었다는 정보가 있는데 동상이 좀 알아보소 그럽디다. 언론에 종사하는 사람들이 정보가 빠르잖습니까. 사무실로 돌아와 그 지역 출신 직원에게 물어보니 겨울이면 연례행사처럼 목기 도벌 사건이 반복된다고 합디다. 그런데 곤란한 문제는, 도벌꾼들이 떼를 지어 다니다가 현장에서 발각되면 도끼나 톱 같은 흉기를 들고 대항하므로 단속하기가 매우 어렵다고 하대요. 불법 행위가 버젓이 일어나고 있는데 반항이 무서워서 모른 체한다면 공무원으로서 직무유기다, 어떤 수단과 방법을 쓰더라도 철저히 단속해서 피해를 막아야 한다는 각오를 다지며 유관 기관과 합동 단속 계획을 세웠지요. 구천동에 파견되어 있는 경찰관 파출소와 향토예비군 중대에 협조 공문을 보내고, 본인이 직접 기관을 방문해서 D-day는 향토예비군 훈련 일자에 맞춰서 출동하기로 했어요. 그런데 가는 날이 장날이라고 토벌대가 출동하는 날 눈이 계속 내리는 겁니다. 그러나 어쩌겠어요. 세 개 기관이 합동 작전을 하는데 눈 온다고 그만둘 수도 없는 일 아닙니까."

도벌꾼들이 들어간 계곡은 무주 구천동 소재지에서 3킬로미터 이상 떨어진 덕유산 향적봉 부근이다. 예비군 대원에게는 M1 소총이 지급되었고 경찰관에게는 칼빈소총과 공포탄이 지급되었다. 출동한 예비군을 2개 조로 나누고 각 조에 경찰관 한 명씩을 배치해서 지휘토록 했고 지역 담당자인 임정식이 종합 상황을 관장했다.

토벌대가 구천동 예비군 중대본부를 출발했다. 며칠 전에 내린 눈으로 무릎이 빠지는데 출발한 그 시각에도 계속 눈이 내렸다. 두어 시간이면 충분한 거리를 한나절이나 걷다 보니 길바닥에서 진이 다 빠져버렸다. 막상 계곡 입구에 도착했지만 넓은 산골짜기 어디에 도벌꾼이 들었는지 알 수가 없다. 눈에 보이는 것은 하얗게 내려 쌓인 눈뿐이다.

작전 계획은 고사하고 헛된 정보가 아닌가 하는 의심이 들었다. 도면을 눈밭에 펴놓고 작전을 짜고 있는데, 맞은편 산중턱에서 모닥불 연기가 올라왔다. 도벌꾼이 들지 않았으면 어쩌나 하는 걱정을 하던 차에 모닥불 연기를 보니 아이러니하게도 반가운 마음이 앞섰다. 도벌꾼이 든 것은 확실한데 일거에 일망타진하는 게 문제다. 연기 나는 골짜기를 중심으로 양쪽 능선을 타고 토벌대가 진입토록 계획을 짰다. 임정식은 북쪽 능선을 맡았다.

장비를 점검하고 긴장된 표정으로 출발했다. 임정식이 올라가는 북쪽 능선에는 특히 눈이 많이 쌓였다. 바람에 날린 눈이 능선으로 모인 까닭이다. 능선으로 몰린 눈은 허리까지 빠지고 많은 곳은 가슴까지 차올랐다. 한 발을 내디디면 남은 발이 빠지고 그 발을 빼면 다른 발이 허리까지 빠지는 바람에 마음만 급할 뿐 앞으로 나갈 수가 없었다. 천신만고 끝에 도벌꾼들이 앉아 있는 곳에서 200~300여 미터 정도까지 다가갔다.

모닥불 주위에 앉아 있던 그들이 토벌대를 발견하고선 뛰기 시작했다. 허리까지 쌓인 눈을 뚫고 선불 맞은 멧돼지처럼 뛰었다. 젖 먹던 힘까지 짜내서 "거기 서라!"고 소리쳤으나 소용없었다. 경찰관이 하늘에 대고 공포탄을 쏘니 잠시 주춤하다가 계속 달아났다. 이상한 것은, 쫓기는 사람들은 보통 쉬운 길을 택하는데 이 사람들은 눈을 뚫고 산 위로 달아난 것이다. 산 위로 올라가면 덕유산 향적봉이고, 그 너머는 경상남도 거창이다. 도벌꾼의 뒤를 쫓던 임정식은 기력이 소진되어 눈 위에 쓰러졌다.

남은 힘으로는 숨 쉬기도 버거웠다. 입과 코를 최대한 벌려서 숨을 몰아쉬었다. 가슴에서 북 치는 소리가 났다. 이렇게 죽을 수도 있겠구나 하는 두려움과 심장이 금방 터져버릴 것 같은 통증이 함께 왔다. 그때까지 그의 손에는 도벌꾼을 채우려는 수갑이 들려 있었다. 허무했다. 그리고 허탈했다. 다 잡은 범인을 눈앞에서 놓치다니, 분을 못 이긴 임정식이 쥐고 있던 수갑을 도벌꾼들이 앉았던 자리로 내던졌다. 서너 발자국 날아간 수갑이 눈 속에 파묻혔다.

범인을 잡는 즉시 철컥 소리가 나도록 채워줄 수갑인데 그렇게 눈 속에 파묻혀버렸다. 얼마의 시간이 지나 기력을 차린 임정식이 도벌꾼들이 앉았던 자리에 섰다. 모닥불을 피우던 옆자리에는 만들다 중지한 야구방망이 반제품이 무더기로 쌓여 있고 일부는 지게에 얹혀 있었다. 현장으로 봐서 어제오늘 시작한 일이 아니다. 땅에 떨어진 손도끼를 주워들었다. 손아귀에 쏙 들어오는 작은 손도끼다. 목기를 다듬는 데 쓰이는 도끼다.

"멀리는 못 갔을 겁니다. 먼저 올라간 토벌대가 잡았을지도 모릅니다. 서둘러 갑시다."

눈 위에 늘어져 누운 토벌대를 다독였다. 도벌꾼들이 달아난 눈길을 부지런히 따라 걸었다. 그런데 도벌꾼들이 달아난 눈길에 핏방울이 점점이 떨어져 있다. 혹시 경찰관이 쏜 공포탄에 맞은 게 아닐까 하는 걱정도 들었다. 공포탄이 하늘을 향해 쏘아지는 것을 보았는데 그럴 리는 없다. 그러면 이 핏자국은 뭐란 말인가?

정상은 멀고 눈길은 험했다. 보이는 것은 오로지 하늘과 땅 모두 흰 눈뿐이다. 숨이 턱에 차서 산꼭대기에 올라서니 남쪽 능선으로 올라온 토벌대가 먼저 올라와서 모여 있었다. 그러나 어디서도 도망간 도벌꾼의 모습은 보이지 않았다. 이토록 허망하기는 처음이다. 손 안에 든 고기를 놓친 기분이다. 사람이 눈앞에서 감쪽같이 없어지다니 이해가 안 되는 상황이다.

눈에 묻힌 덕유산 향적봉은 말이 없다. 탈진한 임정식이 눈밭에 털썩 주저앉았다. 눈을 타고 도망을 갔다면 반드시 발자국이 남았을 것인데 그런 흔적은 어디에도 없다. 혹시나 하는 마음으로 거창 지역인 남쪽 비탈을 살펴봐도 흔적이 없었다. 그렇다면 범인은 정상 부근 어디에 있어야 하는데, 사방 어디를 돌아봐도 눈뿐이다. 혹시 저 눈 속에? 설마 사람이 눈 속에 숨을 리가?

눈 위에 퍼질러 앉아 담배를 찾아 물었다. 깊숙이 들이마신 담배 연기를 길게 내뿜었다. 해는 서쪽 하늘로 기울었다. 모든 것이 끝났다. 이제는 출동한 인원을 무사히 귀환시키는 일만 남았다. 인원을 점검하고 앞서거니 뒤서거니 산을 내려갔다. 정상에 남은 사람은 임정식과 동료들뿐이다. 아쉽지만 산을 내려가야 한다. 미련을 떨치고 일어서는 순간 눈 속에서 시커먼 물체가 불쑥 튀어나왔다.

깜짝 놀라 다시 보니 사람 손이다. 그래, 바로 그것이다! 경찰관 친구에게 들은 말이 번쩍 생각났다. 간첩이 추격을 따돌릴 때면 무덤을 파고 들어간다고.

"저놈 잡아라!"

산을 내려가던 사람들이 일제히 돌아보았다. 임정식이 달려들어 체포했다. 한 사람에 이어 또 한 사람이 눈을 털고 일어났다. 삽시간에 네 사람이나 눈 속에서 나왔다. 강시가 나오는 중국 영화를 보는 착각에 빠졌다. 수갑을 채우고 다시 포승줄로 묶었다. 그제야 안심이다. 더 이상 눈 속에 숨는 일도, 도망갈 수도 없다.

"주소지가 어디요?"

"거창군에 삽니다."

"왜 눈 속에 숨었소?"

"도망갈 곳이 없어서."

"왜 눈 밖으로 손을 냈소?"

"눈(眼)에 눈(雪)이 들어가는 바람에."

"눈 위 핏자국은 뭣이오?"

"들고 가던 손도끼에 찍혀서 그렇소."

"언제부터 한 짓이오?"

"보름이 조금 넘었소."

그렇게 덕유산 목기 도벌범을 일망타진했다. 도벌 피의자가 눈 속에 숨은 이야기는 그 사건 이전에도 없었고 그후로도 듣지 못했다. 그 사건을 계기로 덕유산 목기 도벌은 근절됐다.

이야기를 마친 임정식이 술잔을 비웠다. 사람들은 알싸한 더덕술에 취하고 생소한 목기 이야기에 빠졌다.

# 유혹

병호가 큰빛내로 이사온 후로도 몇몇 사람이 찾아와 꼬드겼지만 아내와 가족에게 한 약속 때문에 그러지 못했다. 그렇지만 이번에는 마음이 흔들렸다. 예전에도 그런 생각이 없었던 것은 아니지만 요즘 부쩍 충동을 느끼는 것도 사실이다. 하루 종일 산전에 엎드려 일하고 빈대, 벼룩이 들끓는 토방에서 잠을 설치는 두더지 같은 산골이 갈수록 싫어졌다.

조금 전 그 사람도 몇 달째 조르고 있으나, 그럴 때마다 거절하고 돌아서면 그 순간은 잘했다는 생각이 들면서도 한편으로는 허전했다. 병호는 눈 딱 감고 이번 한 건만 하자는 생각을 먹다가도 도리질을 친다. 본인 마음이 그토록 허공에 떠 있으니 아들 상구의 눈에도 아버지의 행동이 수상하게 보였다. 전에는 낯선 사람이 찾아와도 일

부러 피했는데 요즘은 그 사람들과 어울려 술도 마시고, 무슨 이야기를 하는지 방문을 닫아거는 것이 여간 수상한 게 아니다.

병호가 채비를 하고 나섰다.

"아버님, 울진 장 좀 보고 올게요."

"장에 뭔 볼일이 있다고?"

"큰 볼일이사 없지만 친구도 만나보고 겸사겸사해서요."

"사람은 본심을 가지고 살아야 하는 법이다."

장인의 걱정을 귓전으로 들으며 병호는 땀에 찌든 중절모를 삐딱하게 눌러쓰고 마당을 나섰다. 찬물내기를 지나고 십이령을 넘어 한나절이나 되고 나서야 울진 장거리에 닿았다.

술을 마시기에는 좀 이른 시각이지만 거간꾼 윤대풍 씨와 막걸리 집에 자리를 잡았다.

"뒷일은 걱정할 것 없고 일이나 잘하시오."

"이번만 하고 이제 손 씻을 작정이구먼. 그러니 품값은 두 배로 쳐주시오."

"이 양반이 속고만 살았나? 걱정 말라는데도 그러시네."

"그럼 이야기는 끝났고, 장배기하게 선금이나 좀 주시오."

"얼마면 되겠소?"

"알아서 주시오."

"이만하면 되겠소? 쌀 세 가마니 값이오."

"믿어도 되겠소? 이번에 잘못되면 정말 끝장인데."

"박 사장 뒷줄이야 소문나지 않았소. 사촌이 정보부에 있고, 현역 국회의원이 박 사장 당숙이오. 속된 말로 먼 데 있는 나라님보다 가까운 원님 빽이 더 세다는 말도 있잖소. 그 양반 처조카 되는 사람이 강원도 경찰국장이잖소. 그것 말고도 소소하게 순경이다, 군청 주사다 해서 수도 없이 많다 안하요. 뒷일은 걱정 안 해도 될 거요"

거간꾼과 술자리를 작파하고 보니 갑자기 바다가 보고 싶어졌다. 호기롭게 택시를 잡아타고 망양정 해변으로 나갔다. 시원한 바닷바람이 꽉 막힌 가슴을 활짝 열어주었다. 해변을 따라 길게 늘어선 횟집에 들어섰다.

주인이 낯설다. 단골로 드나들던 횟집인데 그 사이 주인이 바뀐 모양이다. 새삼스럽게 전 주인의 안부를 물을 처지는 아니다. 울진 바닥에서 정병호라 하면 모르는 사람이 없는데 낯선 사람이라 오히려 다행이다. 백사장 너머 멍석말이 파도가 우르르 몰려왔다 밀려나간다. 복잡한 인생사와 무관한 바다는 옛날 그대로다. 주문한 생선회가 나왔다.

소주 한 병쯤이야 나발을 불어도 시원찮을 판이지만 어쩐 일인지 썩 당기지 않는다. 황새 조갯살 까먹듯이 간에 기별도 안 가는 소주잔을 입 안에 털어넣었다. 그것도 술이라고 찌르르하게 목을 타고 넘어갔다. 해삼 한 점을 찍어 입에 넣으니 오돌오돌 씹히는 맛이 입과 귀에 익었다. 혼자 마시는 소주가 쓰다. 연거푸 석 잔을 들이켜고 일어섰다.

시장통으로 걸음을 옮겼다. 행여 길섶에서 아는 사람이라도 만날까 중절모를 깊숙이 눌러썼다. 병호가 산속에서 두더지처럼 숨어 사는 동안에도 시장은 사람으로 붐볐고 활기에 차 있었다. 아이들 옷가게에 들렀다. 겨울옷을 여름이 들어야 벗는 아이들에게 옷 한 벌 사주고 싶었다. 상구와 진구 몫으로는 고동색 골덴 바지와 두툼한 점퍼를 샀고, 달숙이는 예쁜 치마저고리를 샀다.

내친김에 아내에게도 선물을 할 작정이다. 맵시 나는 양장을 할까? 평생 치마저고리만 입던 사람인데 양장이 어울릴까? 아니다, 그래도 한복이 제격이다. 생각을 정리하고 포목점으로 갔다. 때깔 고운 옷감이 산너미처럼 쌓여 있다. 어떤 것을 골라야 좋아할지 알 수가 없다. 옛말에 물건을 모르면 돈을 많이 주라 했듯이 여자 맘은 여자가 알 것이다. 포목점 주인이 권유하는 모본단 치마저고리 감을 끊었다.

아내가 좋아해야 할 텐데. 모르겠다. 보나마나 돈이 어디서 났느냐고 닦달을 하겠지. 그러나 그건 다음 문제. 장가들 때 치마저고리 한 벌 해준 것 말고는 그 흔한 나들이옷 한 번 해주지 못했다. 마음의 짐을 조금이라도 덜었으면 좋겠다.

딸아이 호강은 못 시킬망정 뒤늦게 친정집으로 쫓겨들게 만든 죄가 있어서 장인 장모에게도 선물을 해드리고 싶다. 장모에게는 부잣집 마님같이 부태(富態) 나는 비로드 치마저고리 감을 끊었다. 장인에게는 뭣을 할까? 망설인 끝에 양모로 짠 두루마기 감을 끊고 호박 단추가 달린 마고자를 샀다.

병호는 지금 예전엔 꿈도 꾸지 못했던 가족 사랑을 실천하고 있다. 제 한 몸만 챙기고 살았던 사람이, 아비로서 또는 한 여자의 남편으로서 체면이라도 세울 요량이고, 장인 장모에게는 딸자식을 고생시킨 죄스러움을 한꺼번에 갚기라도 할 듯이 거금을 썼다.

장배기한 물건을 등짐으로 꾸려 짊어지고 길을 나섰다. 일이 잘 풀리느라고 그런지 영주로 가는 화물차를 광천교까지 얻어탔다. 차에서 내리는 길로 집까지는 이마가 땅에 닿는 고갯길과 개울 건너기를 수도 없이 반복해야 했다. 산이 높으니 해가 일찍 진다. 바람은 서늘했고 달빛은 은은했다. 초가을 밤길은 춥지도 덥지도 않아서 좋다. 구름 사이로 내미는 상현달 덕분에 마음이 편했고, 소나무 가지에 앉은 부엉이가 길동무를 해주었다.

장군터에 이르자 제법 반반한 평지가 보인다. 들깻잎 익는 알싸한 냄새가 풍겼다. 고구마 잎이 누렇게 무서리에 데쳐진 사이로 이랑이 떠들썩한 것을 보니 고구마가 여문 모양이다. 엉덩이로 흘러내리는 등짐을 추슬렀다. 사람 도리를 하는 것 같은 자존심 보따리다. 나 정병호는 누구인가? 세 아이의 아버지고, 한 여자의 남편이고, 부모님의 귀한 자식인 내가 지금 걷고 있는 이 길이 과연 옳은 길인가? 걸어온 길도 험했는데 또 그 길을 가겠다고? 그러나 이번 한 번뿐이다. 이 한 번을 끝으로 내 인생은 다른 길을 갈 것이다. 아무도 그 길을 막을 수는 없다. 병호는 스스로에게 다짐했다. 길은 멀었고 밤은 그렇게 깊어만 갔다.

"당신, 정신이 있소 없소? 이게 다 뭣이오?"

남편의 장배기를 풀어보고 놀란 명희가 역정을 냈다.

"나 말이오? 말짱한데. 술 취한 것도 아니고, 정신이 나간 것도 아니고."

"돈이 어디서 났소? 당신 또 못된 인간들과 만났소?"

"그건 당신이 알 바 아니고. 아내는 모름지기 남편 말을 따르면 될 일인데 자꾸 그러네."

"시방 그걸 말이라고 하고 있소? 생쥐 볼가심할 것도 없는 우리 형편은 조선 천지가 다 아는데 두루마기에, 모본단 치마저고리를 걸치고 나서면 사람들이 뭐라 하겠소? 삼시 세 때 죽도 못 먹는 주제에 비단옷이 당키나 한 일이오?"

"당신은 남 때문에 사나? 형편이 닿으면 닿는 대로 사는 게지."

"돈이 어디서 났는지 말해보시오."

떠들썩한 소리에 잠이 깬 아이들이 부스스 일어나 앉았다.

"당신 맘대로 해보시오. 나는 당신 일에 관여하지 않겠소."

볼멘소리로 남편을 쥐어박으며 벌컥 문을 열고 나갔다. 철이 든 상구는 어색한 분위기를 느꼈는지 뻘쭘하게 앉아 있으나, 진구와 달숙이는 장 보따리가 한껏 궁금했다.

"상구야, 엄마 모시고 오너라."

병호가 상구를 시켜 명희를 데려오게 했다. 마지못해 방에 들어온 명희는 그때까지 복잡한 속마음을 달래지 못한 표정이다. 병호가 무게를 잡으며 입을 열었다.

"당신, 내 말 잘 들어. 이것은 내가 처음으로 당신과 우리 가족에게 하는 선물이오. 돈이 어디서 났는지는 묻지 말고 그냥 내 마음이라 생각하고 받아주소. 아이들한테도 아비 노릇 한 번 못했는데 체면이라도 닦을 작정이오. 장인 장모님 것은 내일 날이 밝거든 드리고."

"사람 마음이 변하면 죽는다던데 당신이 그 짝이오."

"죽음을 앞둔 날짐승은 울음이 슬프고, 장차 임종을 맞이하는 사람은 그 말이 착해진다 했소. 그렇지만 나는 금방 죽을 새도 아니고, 곧 죽을 사람은 더더구나 아니오."

"말이라도 못하면 밉지나 않지, 당신은 정말 대책 없는 사람이오."

명희는 말은 그렇게 하면서도 생판 싫지는 않는 기색이다. 상구와 진구는 골덴 바지와 점퍼를 입고 나서고, 달숙이는 치마저고리를 입어본다. 아이들 눈이 샛별처럼 빛나고 벌어진 입이 귀에 걸린다. 아이들을 바라보는 명희가 콧물을 훔친다. 저토록 좋아하는 것을 이날 입때까지 설빔 한 가지 못 해줬던 자격지심 때문이다. 명희가 모본단 치마저고리 감을 손바닥으로 쓸어본다. 내 평생에 이런 호사도 있는가 하는 표정이다. 병호가 명희의 손을 슬며시 잡았다.

"미안하오. 내 모처럼 큰 맘 먹고 저지른 일이니 그리 아시오. 돈이 어디서 났는지, 누구를 만났는지는 묻지 마시오. 나도 생각이 있고 각오가 있으니 당신이 말을 안 해도 다 알고 있소. 미진한 감정이 있더라도 이번만은 모른 체 넘어가주시오."

"내가 왜 당신 맘을 모르겠소. 그러나 이건 아닌 것 같소. 어디서 무슨 돈이 얼마가 생겼는지 몰라도, 이것들을 모두 합치면 수월찮은 돈인데…… 누가 당신보고 이런 큰돈을 주겠소. 아무리 생각해도 당신이 지금 잘못된 길로 들어서고 있는 것 같아서 간이 다 떨린단 말이오. 부디 딴 맘 먹지 말고 우리 이대로 삽시다. 아이들 크는 것 보고 살면 우리도 남처럼 살 날이 오지 않겠소?"

"고생을 시켜서 미안하오. 당신도 한번 생각을 해보시오. 이 산중에서 무엇을 희망으로 삼고 무슨 장래가 있단 말이오? 여기서 짐승처럼 움츠리고 사는 한 우리에게 희망이란 없을 것이고 아이들 장래 또한 없는 게요. 무슨 수를 써서라도 여기를 떠야 하오. 이제 그 길을 찾은 듯싶으니 나를 믿어보시오. 이번만큼은 실패하지 않을 것 같소. 같이 일하는 분이 든든해서 마음을 정한 것이니, 더 이상 묻지 말고 나를 따라주시오. 길어야 두어 달이고 짧으면 한 달 안에 끝날 일이오. 그때까지 당신은 아무 말도 하지 말고 가만있으시오. 죄를 지어도 내가 짓고 벌을 받아도 나 혼자 받을 것이니 한 번만 믿어보시오."

"사람은 타고난 분수대로 살아야 복을 받는 법인데, 당신은 지금 뭣에 홀려서 제정신이 아니오. 좋지 않는 일은 아무리 대 짜고 말 짜듯 해도 탈이 나는 법이오. 잠시는 속일 수 있어도 이틀을 못 넘기는 법인데 그걸 왜 모른단 말이오? 그러니 지금이라도 마음을 고

처먹고 편하게 삽시다. 상구 아버지, 제발 정신 좀 차리시오."

"이 사람이? 왜 남편 말을 헤프게 듣고 그러는가! 난들 오죽 답답했으면 이러겠는가. 잔소리 그만하고 잠이나 자시오."

한 이부자리에 든 내외는 서로 다른 꿈을 꾸고 있다. 남자들은 아낙네의 서러움을 모른다. 병호가 굴구지 사건으로 감옥에 갔을 때 명희가 받은 고통을 병호는 모른다. 멀쩡한 남편을 감옥에 보낸 아내의 아픔은 겪어보지 않은 사람은 헤아리지 못한다. 그 아픔을 남들이 함부로 말해서는 안 된다. 세상 온갖 죄인들이 다 모이는 무섭고도 두려운 그곳에서, 양떼같이 순진한 인간이 받는 고통은 겪어보지 않은 사람은 모른다. 남의 말 좋아하는 호사가들은 당신의 아픔을 안다 하지만, 진정한 아픔이 무엇인지 그들은 알지 못한다. 똑같은 가시에 똑같은 깊이로 찔려보지 않은 사람은 그 아픔을 말해서는 안 된다.

한편 병호의 생각은 이렇다. 아내의 반대를 이해한다. 그러나 이대로, 정말 이대로 살 수는 없다. 희망이라고는 가물치 콧구멍만큼도 없는 산골에서 더 이상 살 수는 없다. 사랑하는 아내와 토끼 같은 자식을 거느린 가장이 이 답답한 현실을 벗어날 궁리를 하지 않는다는 것은 가족 부양에 대한 의무 위반이고 가장으로서의 존재 의미가 없는 것이다. 아내가 반대하든 말든 이번에는 기어이 성공해서 지옥 같은 산골에서 탈출할 것이다. 모든 문제는 그때 가서 따져도 늦지 않다. 아내와 남편의 생각이 이토록 서로 다른 그날 밤, 시간은 속절없이 흘러갔다.

날이 밝았다. 어제의 심각했던 분위기와는 달리 아이들도 즐거운 표정이고, 명희도 별다른 내색을 하지 않는다. 아침상을 물린 병호가 장배기를 들고 사랑방으로 건너갔다. 장배기에 놀란 장모는 눈이 휘둥그레졌고, 말수가 적은 장인 영감이 담뱃대를 탕탕 털면서 입을 열었다.

"이게 다 뭔가?"

짧은 물음에 무거운 속내가 들어 있다. 병호는 겸연쩍은 표정이고, 명희는 아버지의 벼락을 예상이라도 한 듯 멀찌감치 물러나 앉았다.

"울진 장에 갔다가 장배기를 좀 해왔구먼요."

어렵게 말을 해놓고 장인의 눈치를 살핀다.

"돈이 어디서 났는지 그걸 묻는 거네."

"명색이 사위인데 장인 장모님께 해드린 것도 없고, 또 사위도 자식인데……"

"말꼬리 돌리지 말고 바른대로 말해라. 돈이 어디서 났는지."

대답이 시원찮으면 재떨이라도 날릴 기세다. 말끝이 칼날이다.

"장터에서 산판 목상을 만났는데, 그 사람이 선금을 주어서요."

"어떤 시러베 같은 목상이 이런 큰돈을 준단 말이냐?"

"강릉에서 큰 목상을 하는 분인데, 자기 산판에 와서 일하라며 선금을 줬네요. 옳은 산판 기술자도 없고, 고비끼 하는 기술자는 더 더욱 씨가 말랐다 하면서요."

턱도 없는 거짓말로 둘러댔다. 물론 임시방편이지만 여차하면 치도곤을 당할지도 모르는 어려운 판국을 벗어나고 보자는 심보다.

"강릉 목상이라면 나도 대충 아는데 성씨가 뭣이더냐?"

어찌 된 일인지 병호 입에서 강릉 목상이라는 말이 나오자 노기등등하던 장인 영감의 태도가 일순간 수그러들었다. 이때다 싶은 병호가 얼른 애먼 사람의 이름을 들먹였다.

"아버님이 아실지 모르겠는데…… 이름자는 박수성 씨라고 합니다만……."

"박수성이라…… 그래, 나도 젊어 한때 박 사장 산판에서 잠시 일했다. 계산이 분명하고 사리에 밝은 분이다. 그 박 사장이면 믿을 수는 있다만."

병호의 거짓말이 장인 영감에게 먹히고 있었다. 긴가민가하던 명희의 표정도 밝아졌다. 아버지 대꾸로 봐서는 남편 말이 통째로 거짓말은 아닌 모양이다. 장인 영감의 태도가 바뀌면서 명희가 내민 옷감으로 눈길이 쏠렸다. 영 싫지만은 않은 표정이다.

"이 귀한 물건을 사려면 돈이 많이 들었을 터인데."

"얼마 안 줬습니다. 선금을 넉넉히 주는 바람에 효도 한번 해보려고 큰맘 먹었습니다."

"쓸데없는 짓을 했구나. 산협에 살면서 이런 옷이 왜 필요한고. 이렇게 차려입고 한양을 갈 거냐, 벼슬살이를 할 게냐. 괜히 돈 무서운 줄 모르고. 냉큼 가서 바꿔오너라. 그 돈으로 쌀을 팔면 우리 식구 1년 먹을 양식인데 철딱서니 없기는 원."

일이 잘 풀리는가 했는데 오히려 꼬였다. 병호가 얼른 말막음을 하고 나섰다.

"과용한 게 아닙니다. 다 합쳐도 쌀 한 가마밖에 안 됩니다. 돈이 생긴 김에 사람 노릇 한번 하고 싶어서 저질렀으니 심기가 미편하시더라도 용서하십시오."

사위가 들고 온 비로드 치맛감을 연신 손으로 쓸어보던 장모가 나섰다.

"아니, 사위가 효도하겠다는데 왜 그러시오. 이비가 도둑질한 것도 아니고, 목상이 선금으로 줬다지 않소. 내사 좋기만 하구만 괜히 그러시네."

불 꺼진 곰방대를 탕탕 터는 장인이 역정을 냈다.

"할망구는 모르면 가만히 있어. 세상에 공짜 밥이 어디 있다고."

곤경에 처한 사위를 구해주기로는 장모다. 처음부터 거짓말을 작정한 것은 아니다. 그러나 세상 물정을 손바닥처럼 꿰고 있는 장인 앞에 서니 자신도 모르게 거짓말이 술술 나왔다. 돌이킬 수도, 주워담을 수도 없었다. 엎어진 물이요, 시위 떠난 화살이다. 이제는 오직 한 길로 나가는 도리밖에는 없다.

웃는 낯에 침 못 뱉고 먹는 입에 정 난다 했듯이, 때 아닌 선물 잔치로 한바탕 소동을 일으킨 병호는 그날 이후로 행동거지를 더욱 조심했다. 예전처럼 늦잠으로 하루를 허비하는 일도 없고, 일상사에 권태를 느끼던 생각도 바뀐 듯했다. 그러나 이것들은 또 다른 잘못을 저지르기 위한 자기최면에 불과했고, 가족들을 속여먹는 임시방편일 뿐이었다.

아침상을 물린 병호가 가방을 챙겼다. 남편의 행동을 지켜보던 명희가 물었다.

"어디 가려고 그러요?"

"응, 갈 데가 좀 있어서."

"밑도 끝도 없이 갈 데가 있다니, 그게 뭔 말이오?"

"여편네가 남편 하는 일에 뭘 꼬치꼬치 묻고 그러는가."

"뭔 말을 그리 하던고. 여편네니까 남편 가는 데를 알아야 할 거 아니오?"

아침 잘 먹고 부부싸움 할 기세다. 명희도 양보할 마음이 아니다.

"얼른 말하시오. 말 안 하면 아버지께 일러서 못 가게 할 터인즉."

심상찮은 분위기를 느낀 병호가 금방 꼬리를 내렸다.

"오늘이 박 사장하고 약속한 날짜요."

"나는 또 이상한 짓을 하러 가는 줄 알았잖소."

"이번에 가면 한두 달은 있어야 할 게요. 아이들 잘 부탁하고, 내 걱정은 하지 마시오."

"주소나 적어놓고 가시오. 급한 일이 있으면 기별이라도 하게."

"나도 모르오. 삼척 백복령 어디라고 하던데, 오늘 울진 내려가서 알아보고 연락하겠소. 장인어른은 어디 가셨소? 인사라도 하고 떠나야지."

"아버님은 마실 가셨고, 어머니는 정순이네 이바지에 가셨소."

병호가 헛간에 걸어둔 붕어톱을 꺼내 주루메기에 넣고 짐을 꾸렸다. 짧아도 두어 달은 걸리는 외출이다. 명희에게는 삼척이라 했으나 사실은 큰 고개 넘어 불선골로 가는 길이다. 가방을 들고 나서는데 마실 가셨던 장인 영감이 마당으로 들어섰다.

"장인어른, 다녀오겠습니다."

"어디를 간다고?"

그사이 잊어버렸는지 새삼스럽게 묻는다.

"강릉 박 사장네 산판에 갑니다."

"아 참, 그렇구나. 몸조심하고 다녀오너라."

아이들이 따라나선다.

"아부지, 언제 와?"

마당을 나서던 병호가 돌아서서 아이들 머리를 쓰다듬었다.

"엄마 말 잘 듣고 공부 열심히 해라. 아부지 돈 많이 벌어오마."

삼짝머리까지 따라나온 아내가 가방을 건네주며 인사를 한다.

"먼 길에 몸조심하소. 객지 나가면 고생인데 밥 제때 찾아 먹고요."

"이만 들어가라, 내 걱정은 하지 말고. 어디 가면 밥 굶을까? 번번이 당신에게 미안하다. 이게 모두 잘 살자고 하는 일이니 조금만 더 참아라."

그렇게 병호는 가족을 속이고 또 다른 범죄 현장으로 들어섰다. 병호가 집을 떠나고 얼마 후 마을에는 소문이 나돌았다. 발 없는 말이 천 리를 간다고 겉으로 쉬쉬하는 소문은 금세 온 마을에 퍼졌고, 달수가 알았을 때는 이미 늦었다. 그때는 이미 불선골 국유림 도벌 작업이 끝물에 있었으니 돌아오지 못할 다리를 건넌 꼴이다.

아랫마을 전학수가 달수를 찾아왔다.

"자네가 어쩐 일인가?"

"자네 사위 어디 갔는가?"

"월여 전에 산판에 간다고 갔는데, 왜?"

"이상한 소문이 돌아서 말일세."

"소문이라니, 무슨 소문?"

"자네 사위가 불선골 국유림을 도벌한다는 소문이 돌더라고."

"그게 무신 소리여? 강릉 박 사장 산판에 간다 했는데. 자네가 잘못 들었겠지."

"그러면 다행이지만, 아무튼 소문이 그러니 좀 알아보게."

"그 소문 누구한테 들었는가?"

"동장이 그러던데? 자세한 것은 나도 모르네. 동장한테 물어보고 대책을 세우게."

"알았네. 내가 알아보고 내 손으로 직접 잡아 족칠 테니 소문 내지 말게."

"큰일 나지 않게 잘 처리하게."

기가 막혔다. 손발이 부들부들 떨렸다. 병호가 굴구지에서 벌였던 도벌 사건이 퍼뜩 떠올랐다. 그 말을 듣는 순간 가슴에서 쿵 하고 바위 떨어지는 소리가 났다. 생각하기도 싫은 끔찍한 악몽이 다시 벌어졌으니 배신감으로 몸서리가 쳐졌다. 철저하게 속았다. 온 가족이 병호의 기만술에 완전하게 넘어간 것이다.

난데없이 비단옷을 사들고 올 때 알아봤어야 했다. 그때 멱살이라도 잡고 끝장을 내야 했는데, 너무나 천연덕스럽게 거짓말을 해대는 바람에 감쪽같이 속았다. 그러나 한편으로 생각해보니 소문이 그렇다는 것이지, 현장을 내 눈으로 직접 보지 못했으니 사실이 아닐지도 모른다. 그러나 밀찡한 사람이 헛소리하고 다닐 까닭이 없지 않은가. 이를 어쩐단 말인가. 재떨이를 당겨놓고 장죽에 불을 붙여 물었다. 네 맛도 내 맛도 없다.

혓바닥이 깔깔하고 뒷골이 지끈거린다. 눈앞에 아지랑이가 뜨고 귀에서 매미가 울었다. 가슴이 벌렁벌렁하고 숨이 턱에 차오른다. 담배설대로 재떨이를 탕탕 쳤다. 대꼬바리가 폴썩 찌그러졌다. 더 세게 쳤다. 백동으로 깎아 만든 대꼬바리가 똑 부러졌다. 재떨이를 마당으로 홱 집어던졌다. 와장창! 세숫대야에 정통으로 맞았다. 그래도 진정되지 않았다.

이럴 때 마음을 진정시키기로는 『부모은중경』이 제일이다. 가부좌를 틀고 앉아 입 속으로 중얼중얼 외웠다. 참으려 해도 도저히 참을 수가 없다. 터져오르는 분노를 어쩌지 못해 소리를 버럭 질렀다. 쇠꼴을 한 짐 짊어진 상구가 마당으로 들어섰다.

"상구야, 이리 좀 오너라."

"할아버지, 뭔 일이세요?"

상구가 이마에 땀을 닦으며 다가왔다.

"큰일 났다. 네 아비가 또 일을 저지른 모양이다."

"강릉 산판에 가셨잖아요. 그런데 또요?"

"우선 발등의 불부터 끄고 보자. 얼른 가서 동장을 좀 만나고 오너라. 가서 무신 내막인지 자세히 알아봐라. 그래야 대책이라도 세울 게 아니냐. 거참, 열 길 물속은 알아도 한 길 사람 속은 모른다더니……."

마실 나갔던 달수 아내가 마당에 들어서면서 이상한 분위기를 느꼈다. 영감 방에 있어야 할 재떨이가 마당에 뒹굴고, 멀쩡한 세숫대야가 왕창 찌그러져 있다. 사랑방을 들여다보니 목 부러진 대꼬바리가 방구석에 뒹군다. 넋을 놓고 앉아 있는 영감을 보는 순간 큰 사단이 벌어졌음을 직감했다.

자라 보고 놀란 가슴 솥뚜껑 보고 놀란다고, 큰소리만 나도 가슴이 덜컹 내려앉는 아내가 쌍방망이질하는 가슴을 누르며 영감에게 다가갔다.

"영감, 무신 일이오?"

"……."

"사람 답답하구먼. 대체 무신 일인지 말 좀 해보시오."

"좀 조용히 해라. 속 시끄러워 죽겠는데 왜 자꾸 말을 시키고 그러나!"

"무신 일인데…… 재떨이가 마당에 드러눕고 멀쩡한 세숫대야가 박살이 났소?"

"……."

"아니, 영감?"

"거참, 정신 사납다는데 자꾸 그러네!"

더 이상 닦달했다가는 벼락이라도 떨어질 분위기다. 부엌에 든 딸아이 명희도 안절부절이다.

"얘, 에미야! 너거 아부지가 왜 저러시느냐?"

"……."

"말 좀 해봐라, 속 답답해 죽겠다."

"저도 잘 몰라요."

명희가 기어들어가는 소리로 대꾸했다. 동장을 만나러 갔던 상구가 마당에 들어섰다.

"그래, 뭐라더냐?"

"이야기가 참……."

"숨기지 말고 바로 말해라."

조바심이 난 달수가 재촉했다.

"동장이 면사무소 갔다가 천 순경을 만났는데, 거기서 들었대요."

"그렇다면 틀림없구나. 그놈이 환장을 했구나."

긴가민가했는데 사실이다. 상구가 들은 말을 보탰다.

"영림서에서 곧 현장을 덮칠 것이라는 말도 들리고요."

"큰일 났구나. 이를 어쩌면 좋으냐."

"일단 아버지를 피신시켜야지요."

"급한 소나기는 피하고 보자. 네가 가서 아비를 데리고 오너라."

"예, 그러지요."

"내일 새벽에 얼른 다녀오너라. 자식 새끼를 보면 마음이 달라지지 않겠느냐."

부엌문에 기대서서 조손 간의 대화를 엿들은 명희가 나섰다.

"그렇게 맹세했는데 설마 또 그러겠어요? 그 사람이 잘못 들었을 수도 있고."

"쯧쯧쯧, 그래도 그걸 남편이라고."

"제가 갔다 올게요. 정 서방 있는 곳을 알려주세요."

"그럴 거 없다. 밝은 날 상구를 보내기로 했다."


명희는 잠이 오지 않았다. 굴구지에서도 생고생시키더니 또 그 짓을 해? 남편이 아니고 웬수고 도둑놈이다. 마누라 속을 그만큼 썩였으면 전비(前非)를 뉘우치고 있는 듯 없는 듯 묻혀 살 일이지, 달랑 불알 두 쪽밖에 없는 위인이 처가살이도 오감한데 또 일을 저질렀으니, 정말 구제받지 못할 인간이다.

그 짓을 하려고 비단 옷가지를 사들고 온갖 거짓말을 늘어놓았구

나. 생각을 하면 할수록 가증스럽기 짝이 없다. 뜬눈으로 밤을 새운 명희가 새벽밥을 지어놓고 나섰다.

"아버지, 내가 가야겠소. 저 인간을 그냥 두었다가는 조선 망하고 대국 망칠 위인이오. 내 손으로 잡아와서 저 죽고 나 죽고 하든지 양단간에 끝을 봐야겠소."

"기다려보거라, 상구를 보내기로 했다."

달수가 길을 나서는 상구를 불러 앉히고 일렀다.

"이 길로 가서 아비를 데리고 오너라. 당장 돌아오지 않으면 할아버지가 영림서에 고발한다고 일러라. 동네 사람들 모르게 산길로 질러 가거라."

상구가 주루메기를 짊어지고 나섰다. 송아지만 한 백구가 따라나서니 든든했다. 보부천 불선골은 큰 산 하나를 넘어가는 산골이다. 소광리에서 큰빛내를 제외하고 두 번째로 소나무가 많은 곳이다. 아름드리 나무들이 꽉 들어차 있어 한낮에도 컴컴했다. 굴구지 사건 때문에 그토록 고생을 하고서도 또 그 일에 손을 대는 아버지를 이해할 수가 없었다. 가족이 겪어야 하는 고생쯤은 안중에도 없는 아버지가 미웠다. 집을 나서면서 어떤 일이 있어도 아버지를 데려오겠다고 마음을 굳게 먹었다.

인적이 없는 산길에는 가시덤불과 죽은 나무토막이 어지럽게 걸쳐 있고 산짐승의 배설물도 보였다. 숲길을 헤치고 양지편으로 나오니 빨간 열매를 달고 있는 망개 넝쿨이 소나무 가지에 걸려 있다.

진조산 큰 능선에 올라섰다. 건너편 산자락이 불선골이다. 햇빛이 드는 다복솔 곁에 앉으니 목이 말랐다. 마른침을 삼키며 아버지를 생각했다. 그 일로 감옥까지 갔다 왔으면 두 번 보기 싫을 텐데 아버지는 그렇지 않는 모양이다. 상구는 배고플 때는 송기를 꺾어 먹을 수 있어 좋고, 눈 오는 겨울에도 언제나 푸른 소나무가 좋다.

뱃속에서 꼬르륵 소리가 났다. 도시락이 주루메기 속에 있지만 아버지를 만나 먹기로 하고 허기를 참았다. 엉덩이를 털고 일어서면서 무심코 쳐다본 산비탈에서 낯선 광경이 보였다. 칠성이 할아버지 상사(喪事) 때 보았던 널(木棺)처럼 생긴 물건을 사람들이 지게로 져 내리고 있었다.

발소리를 죽이며 산을 내려갔다. 경사면 자갈이 발걸음을 따라 와르르 흘러내렸다. 산비탈을 내려서자 큰 묘지가 있고, 옆자리 편평한 공터에는 각재가 산더미처럼 쌓여 있다. 아버지는 보이지 않았다. 거지꼴을 한 세 사람이 모여 앉아 점심을 먹고 있다. 그때 굴피 조각으로 지붕을 덮은 움막에서 냄비 그릇을 손에 든 아버지가 나왔다. 상구는 묏등 너머로 몸을 숨겼다.

아버지가 입은 옷에는 송진이 묻어 번들번들하고, 머리에 동여맨 수건은 걸레처럼 너덜너덜했다. 잠시 어찌할까 하고 망설였다. 지금 나타나면 아버지가 점심도 못 드실 것이다. 점심을 다 드실 때까지 기다리자.

이윽고 식사를 마친 아버지가 일어서는 순간 상구와 눈이 마주쳤다. 깜짝 놀란 아버지가 다가왔다.

"상구 네가 어쩐 일이냐?"

아버지의 물음에 대답을 할 수가 없었다. 아버지는 얼굴에 수염이 가득했고, 거지 중에 상거지 꼴을 하고 있다. 아버지는 아무 말도 못하고 눈물을 흘리는 상구의 어깨를 감싸안았다. 아버지에게서 지독한 송진 냄새가 났다.

"할아버지가 보내서 왔어요. 오늘 안 돌아오시면 영림서에 고발하신대요."

울먹이느라고 간간이 말을 끊었다. 종이로 담배를 말아 피우는 아버지의 손가락이 가늘게 떨렸다.

"가서 할아버지께 말씀드려라. 다 됐으니 며칠만 더 참으시라고."

아버지가 한 말은 그게 전부였다. 돌아갈 생각이 전혀 없어 보였다. 상구도 이대로는 돌아갈 수 없다. 화를 내시는 할아버지 얼굴도 생각났지만 그보다는 당장 큰일이 벌어질 것 같은 불길한 예감이 들었다. 아버지는 상구를 세워두고 하던 일을 계속했다.

뱃속에서는 꼬르륵 소리가 거푸 났지만 긴장한 탓인지 배고픈 줄도 몰랐다. 아버지가 집에 갈 때까지 한 발자국도 움직이지 않겠다는 각오를 하며 주먹에 힘을 줬다. 누가 이기나 보자 하고 이를 악물고 버티기로 했다.

바로 그때! 낯선 아저씨 두 명이 상구 앞에 불쑥 나타났다. 상구가 아저씨들을 데리고 온 꼴이 되어버렸다. 아버지는 그것도 모르고 톱질을 계속하고 있다.

"정병호 씨, 내려오시오. 도망갈 데 없으니 얼른 내려오시오."

아버지가 깜짝 놀라 돌아보더니 산 위로 냅다 뛰었다. 일하던 사람들도 따로 흩어져 달아났다. 산속에서 추격전이 벌어졌다. 그러나 승부는 곧 결판이 났다. 아저씨들에게 붙잡힌 아버지는 보기만 해도 끔찍한 수갑을 찬 채 끌려왔다.

"어이! 상구, 오랜만이다."

아버지를 앞세운 아저씨가 말을 걸었다. 어디서 본 얼굴인데 얼른 생각이 나지 않는다.

"……."

"정상구, 나 영림서 임 주사 아저씨야."

정말 그랬다. 검은 안경을 벗고 상구 앞으로 다가온 사람은 임정식 아저씨였다. 지난번 굴구지에서 아버지를 잡아간 그 임 주사 아저씨가 이번에도 아버지를 잡았다. 상구는 그 아저씨를 보자 눈물이 왈칵 쏟아졌다.

상구가 임 주사 아저씨 앞에 털썩 무릎을 꿇고 앉았다.

"아저씨, 우리 아버지를 살려주세요. 우리 아버지를 잡아가지 마세요."

"상구야, 이러면 안 된다. 나도 그러고 싶지만 어쩔 수 없다."

겨울 날씨보다 더 으스스한 법정. 산림법 위반 사건으로 구속 기소된 피고인 정병호가 재판을 기다리고 앉았다. 혹시나 하는 마음으로 방청석을 돌아보니 아내 명희가 맨 뒷자리에 앉아 있는 게 보였다. 고맙고 미안한 마음이 겹쳐서 얼른 고개를 돌렸다. 스스로 생각하기로도 양심의 가책을 받았다. 재판장의 신문이 시작됐다.

"……."

"피고인은 마지막으로 할 말이 있으면 하세요."

"잘못했습니다. 선처해주십시오."

"피고인은 3년 전에도 똑같은 말을 했습니다. 뉘우침이 없어 엄벌에 처합니다."

병호는 징역 1년에 처한다는 선고를 받고 항소를 포기했다.

# 지킴이

봄바람은 예로부터 여우 바람이라 했다. 발밑에서 불이 타고 있어도 아지랑이 때문에 보이지 않아서 하는 말이다. 해마다 이맘때면 큰빛내도 산불 비상이 걸린다. 올봄도 무사히 넘겨야 할 텐데 걱정이다. 해마다 순찰대를 만들어 마을을 돌고 있지만 요즈음 사람들은 산불 무서운 줄 모른다.

아무리 큰 산불이 나도 헬기로 물을 뿌려 후딱 꺼버리는 세상이 되었으니 그렇기도 하겠다. 그러나 큰 불머리는 헬기가 잡아도 뒤치다꺼리는 결국 사람이 해야 한다. 산불 당번을 정하고 나서 매일 순찰 활동을 확인하는데 오늘은 해가 중천에 뜬 시각까지 산불 당번으로부터 연락이 없다. 무슨 변고가 있는 모양이다. 궁금한 나머지 경수를 닦달했다.

"경수, 집에 있는가? 이리 좀 건너오게."

담장 너머 김경수를 소리쳐 불렀다.

"형님, 왜 그러시오?"

"오늘 산불 당번이 누군가?"

"광산골 김치국인데요."

"그래서?"

"아직 안 나왔어요?"

"건조주의보가 발령됐던데 어쩔라고."

"무슨 일이 있는 모양이지요."

"일이 있으면 말을 해야지. 그래야 다른 사람이라도 세울 게 아
닌가."

"내가 광산골 밭에 가는 길인데 치국이 집에 들러볼게요."

"그만두게. 오늘은 내가 대신하지."

달수는 서둘러 옷차림을 하고 나섰다. '산불 조심' 모자에 완장
을 차고 나서니 차림새가 그럴듯했다. 사람은 완장을 차면 태도가
달라진다. 초등학교 때 청소반장 완장만 차도 우쭐해지는 것이 사
람의 마음이다. 완장의 위력은 대단하다. 서슬 푸른 일본 특무의 완
장과, 인민반장 이원수가 차고 다니던 붉은 완장은 사람의 오금을
저리도록 만들었다.

달수가 차고 나선 '산불 조심' 완장도 무단 입산자들에게는 경각
심을 준다. 헛간에 들어가 스쿠터를 끌고 나왔다. 홈다리, 광산골,

널밭, 찬물내기, 선바위골, 삿갓재를 지나 봉화군 경계인 오전골까지 돌자면 하루해가 빠듯하다. 스쿠터에 시동을 걸어놓고 먼지를 털어냈다. 파르스름한 연기를 토해내는 배기통을 두드려보고 연료통 뚜껑을 열어본다. 손잡이 백미러에 앉은 먼지를 털다 보니 거울 속에 낯익은 얼굴이 비쳤다. 주름살투성이 늙은이가 거울 속에 서 있다. 얼른 거울을 돌렸다.

집에서 제일 먼 곳 뒤실까지는 한 시간이면 볼일을 본다. 스쿠터가 속도는 느려도 바퀴가 여러 개 달려 있어 안전하고, 면허 없이도 탈 수 있어서 산골 사람들에게는 안성맞춤이다. 오늘은 모처럼 소광리 1, 2구를 돌아볼 작정이다. 뒤실 백윤식을 동네 구판장에서 만났다. 까까머리 아이 때부터 친구로 지내다 보니 격이 없다. 옛날 버릇이 있어서 아직도 백 구장이라 부른다.

"목마른데 술 한잔하세."

"막걸리 한 병만 따게."

막걸리 한 병과 꽁치 통조림을 따놓고 마주 앉았다.

"올봄은 가물다던데 걱정이구먼. 지난달에 벌써 답운재 산불 때문에 난리를 쳤는데."

"참, 그랬었지. 자네는 며칠 고생했다면서."

"숱한 산불을 꺼봤지만 그런 불은 처음 봤네. 땅속으로 불이 타는데 대책이 없더라고."

"땅속으로 불이 타다니?"

답운재(踏雲峙)는 울진군과 봉화군 경계 지역에 걸쳐 있는 고개다. 답운재 산불은 한밤중에 지나가던 운전자 신고로 발견되었다. 우리나라 산불은 낙엽이나 잡초를 태우는 지표화(地表火)가 대부분이다. 지표화가 바람을 타고 나무 위로 올라붙으면 수관화(樹冠火)가 된다. 소나무 숲에서 주로 발생하고 피해도 크다.

지표화가 바람이 불어 나무줄기로 옮겨붙으면 수간화(樹幹火)라 한다. 송지를 채취한 소나무에서 많이 발생하지만 입목이 빼곡하게 들어찬 숲에서도 피해를 입힌다. 답운재 산불처럼 분해가 덜 된 낙엽이나 땅속의 이탄층이 타는 불을 지중화(地中火)라 한다. 불이 땅속으로 느리게 진행되기 때문에 발견이 쉽지 않고 완전 진화가 어렵다. 작은 불씨라도 남아 있으면 재발하기 때문에 충분한 물을 뿌려 완벽하게 진화해야 한다.

"6·25사변 후에도 그런 일이 한 번 있었지. 불꽃이 보이지 않으니 관에서도 몰랐고, 큰빛내 사람들이 몇 날 며칠 끄느라고 고생 좀 했지."

"큰빛내 골짜기는 소를 잡아먹어도 모른다더니 그짝이구면."

그때 달수의 휴대전화가 울렸다.

"큰빛내 김달수요. 이녁은 누구시오?"

"달수 형님, 저 광산골 김치국입니다."

"자네, 오늘 산불 감시 당번이던데 지금 어디 있는가?"

"내가 시방 울산 동생 집에 와 있구만요."

"울산에는 왜?"

"어머님이 위독하시다 해서 바삐 오느라고 전화도 못 했네요."

"자네 모친이 왜?"

"갑자기 쓰러지셨어요."

"병원에는 가봤고?"

"응급실에 모셔놓고 전화하네요."

"의사는 뭐라 하고?"

"검사를 해봐야 알겠답니다."

"걱정이구먼. 여기 일은 내가 알아서 할 터이니 모친 병구완이나 잘하게."

"형님, 미안해서 어쩌지요?"

"미안하기는 이 사람아, 사람이 중요하지 산불이 문젠가? 그렇게 알고 전화 끊네."

"치국이 모친이 위독하다고?"

백 구장이 말을 거들었다.

"그런 모양일세. 치국이 모친 연세가 어찌 되셨던고?"

"우리 어머님하고 친구 사이니 여든쯤 안 됐겠는가."

"나이를 먹을수록 건강해야 하네. 잘못되면 자식들 고생시키니 못할 짓이지. 그건 그렇고, 뒤실은 어떤고?"

"뭐가?"

"뭐긴 뭐야, 산불 말이지."

"마을 사람들이야 늘 조심하지만 밖에서 들어오는 약초꾼들이 문제지."

"여기는 약초도 별로 없잖은가?"

"약초보다 요즈음은 겨우살이를 따러 온다네. 참나무 겨우살이가 암에 좋다, 중풍에 좋다 하면서 TV에서 떠들어대는 바람에 하루에도 여러 명이 찾아오네."

"우리는 아직 그런 일은 없는데."

"시간문제지, 잘 지키게."

"겨우살이든 약초든 입산시켜서는 안 되네. 그렇다고 큰빛내로 쫓아서도 안 되네."

"이 사람, 싱겁기는……."


해방되던 해 통고산 심미골에 큰 산불이 났다. 달수도 아버지를 따라나섰다. 심미골 화전민촌 아이들이 개구리를 구워먹다 산불을 냈다. 당황한 어머니는 사내아이 형제를 껴안고 헛간으로 몸을 피했다. 그러나 산불 한가운데 들었던 초가집은 이내 불길에 휩싸였고 아이들과 어머니가 불에 타 숨졌다. 어린 나이에 끔찍한 산불을 경험한 달수는 그후로 산불 소리만 들어도 두 아들을 껴안고 불에 타 죽은 어머니의 처참한 모습이 눈앞에 어른거려 몸서리가 쳐진다. 달수에게 산불은 일종의 금기 사항이 되어 평생토록 산불과 전쟁을 벌이고 있다. 그 산불을 끄고 돌아오는 길에 "산과 나무는 산중 사람의 목숨이다"라고 하신 아버님 말씀이 달수의 평생 좌우명이 되었다.

사나흘 주기로 돌아오는 당번이지만 집을 나설 때마다 마음은 늘 긴장된다. 스치는 봄바람이 얼굴에 거슬린다. 북면 두천리로 가는 십이령으로 스쿠터를 몰았다. 한참을 내달린 끝에 샛재 고개에 올라서니 멀리 동해 바다가 펼쳐졌다. 시원한 바다를 바라보고 있으니 막힌 가슴이 탁 트인다.

북면 두내골 지역으로 내려갔다. 골이 깊어 녹지 않은 눈이 희끗희끗 남아 있다. 급커브 비탈길에 들어서니 토사가 흘러내려 길을 막았다. 조금은 아쉬웠지만 오늘은 여기까지다. 가던 길을 되돌아서는데 산속에서 인기척이 났다. 스쿠터를 세워놓고 소리 나는 쪽으로 들어갔다. 길가에 경운기가 세워져 있는 것을 봐서 분명 사람이 있다는 증거다.

"거기 누구요?"

가느다란 나무토막을 잔뜩 짊어진 사람이 산에서 내려왔다. 이름이 얼른 생각나지 않았지만 초면이 아니다.

"이게 누구요? 큰빛내 김달수 씨 아니오?"

웃으며 다가오는 사람은 두내골에서 구판장을 하는 권 씨다.

"권 씨가 웬일이오?"

"웬일은, 나무하러 왔지."

"그런데 이 나무는 다 뭣이오?"

"보면 모르요? 도끼자루지."

"도끼자루가 얼마나 필요해서 경운기를 끌고 왔소?"

"답답하기는. 이 많은 걸 어찌 다 쓰겠소. 시장에 팔 거요."

"……."

"김 형, 담배나 한 대 피웁시다."

달수는 산에 들 때는 담배를 절대 피우지 않는다. 피우고 싶은 생각은 굴뚝같지만 명색이 산불 감시원인데, 산에서 담배를 피운다는 게 양심이 허락지 않았다. 뻘쭘하게 서 있던 권 씨가 달수가 차고 있는 '산불 조심' 완장을 보더니 담뱃갑을 슬그머니 집어넣었다.

조금은 미안한 마음도 들었다. 생판 모르는 사람도 아니고 아무도 안 보는 산속에서 그까짓 담배 한 대 태운다 해서 무슨 큰일 날 일도 아닌데. 이래서 완장이 고약한 것이구나 하는 생각이 들었다.

"나는 담배 끊었으니 혼자 태우시오."

"완장 찬 사람 앞에서 담배를 피울 수야 없지."

어색한 분위기를 돌려볼 작정으로 달수가 말을 돌렸다.

"이거 팔면 일당은 나오는 거요?"

"낱개로 팔면 개당 천 원이고 도매로 넘기면 500원을 받소. 하루 종일 고생해봐야 3~4만 원 벌까 말까 하요."

이 일을 못하게 하면 억수바가지로 욕을 먹을 것이고, 모른 체하면 불법 행위를 눈감아주는 꼴이 된다. 그렇다고 뒤돌아서서 신고하기도 그렇다. 나라님 안 속이는 백성이 없다 했는데 이까짓 게 뭔 대수라고. 안 보고 못 본 것으로 마음을 정하고 나니 홀가분했다.

"요즈음 두천은 어떻소?"

"뭐가 말이오?"

"사람 사는 거 말이오."

"사람 사는 거야 거기서 거기지 뭘."

"외지 사람들이 약초다 뭐다 하면서 들어오지 않아요?"

"우리 마을에 약초꾼이 몇몇 있지만 그 사람들은 문제 될 게 없고, 외지 사람들이 문제지."

"내가 오늘 뒤실 백 구장을 만났는데 겨우살이 따러 오는 사람이 많다 하대요. 겨우살이든, 약초든 내가 관여할 일은 아니지만 산불을 낼까봐 그게 걱정이오."

"각자 알아서 해야지, 누가 일일이 지키겠소. 그리고 또 지킨다 한들 이 너른 천지를 어떻게 지킨단 말이오."

"불 낸 사람이야 그때뿐이지만 주민이 고생이지."

"산불 감시원 하면 품값이나 받소?"

"일당이 나오지요. 우리 마을은 돌아가면서 당번을 하고 있소. 몇명 안 되는 주민들이 당번을 서다 보니 없는 놈 제사 돌아오듯 하네요, 허허."

"그런데 여기는 북면 두천 구역인데 어쩐 일로 여기까지 왔소?"

"뒤실까지 갔다가 돌아오는 길에 그리됐소."

시간이 훌쩍 지나 정오가 되었다. 홈다리는 오후에 돌아야겠다는 생각을 하면서 일어섰다.

"김 형, 점심 전이지요? 내가 고구마를 싸온 게 있는데 같이 먹읍시다."

권 씨가 경운기에 매달아놓은 보자기를 풀더니 아이 머리통만한 고구마 한 알을 권했다.

"나는 집에 가면 되는데 권 형 점심을 축내면 되겠소?"

"할망구가 돈벌이 한다고 삶은 모양이오. 막걸리도 한 잔 받으소. 가게에서 팔던 깃이오. 안 팔려서 남은 것은 아니니 안심하시고."

고구마와 막걸리를 개평으로 얻어먹고 왔던 길을 되돌아섰다. 3월이라 해도 아침저녁으로는 쌀쌀하더니 한낮이 되니 완연한 봄날이다. 눈앞에 아지랑이가 아른댄다. 얼마를 달려서 홈다리에 도착했다. 홈다리는 행정구역으로는 소광리 2구에 속한다. 큰빛내도 소광리 2구에 속하고, 마을 일을 보는 동장 역시 홈다리 사람이다. 70년대만 해도 홈다리는 큰 동네였다. 상주 인구가 100여 명이 넘었고 초등학교 홈다리 분교가 있을 정도로 규모 있는 마을이었지만, 지금은 10여 호가 나물 뜯고 약초 캐서 근근이 살아간다.

마을 초입에 사는 이학원 동장도 두어 달 전에 덕거리 김종대 씨 아들 결혼 이바지에서 보고 처음이다.

"오늘은 무슨 바람이 불어서 큰빛내 대통령께서 행차하셨는고?"

큰빛내 대통령은 달수의 별명이다. 정착촌 일을 맡아 하다 보니 주민들이 붙여준 별명이다.

"아니, 왜? 큰빛내 대통령은 홈다리 오면 안 될 일이라도 있던가?"

"완장 찬 걸 보니 감투 썼구먼."

"감투가 아니고 고생보따릴세."

"어영부영 시간만 보내면 월급이 나오는데 고생보따리라고?"

"완장 벗어줄 테니 대신 해볼 텐가?"

"말이 그렇다는 게지. 김 형 고생을 모르겠어?"

"빈말이라도 알아주니 고맙구먼. 그러나저러나 여기는 조용한가? 아까 전에 뒤실 백 구장이 그러는데 거기는 겨우살이 때문에 걱정이라던데."

"여기는 없어. 내 눈에 들키면 요절을 내는 판이라 겁이 나서 못 오는 게지."

"동장이 알아서 하겠지만 외지 사람들 단속 좀 해주소. 제발 산에 들어가지 말라고."

"동장에게 산불 조심하라는 걸 보니 몸이 달긴 단 모양일세."

"농담 그만하고. 저기 표고 재배하는 사정우 씨는 여전한가?"

폐교된 분교를 빌려서 표고버섯을 재배하는 사정우 씨는 서면 하원리에서 농사짓다가 표고 재배로 작목을 바꾼 사람이다.

동장을 앞세우고 표고 농장으로 갔다. 코흘리개 아이들이 한 마당 뛰어놀던 운동장은 잡초만 무성했다.

"사장 계시는가?"

동장이 큰소리로 외쳤다.

문을 열고 나온 사람은 그의 부인이다.

"사장 어디 갔습니까?"

"농촌지도소에 간다고 아침에 나갔어요."

"지도소에는 왜요?"

"종균 신청하러 간다던데요."

"안녕하시오, 큰빛내 사는 김달숩니다."

"예, 안녕하세요?"

"표고농시 잘됩니까?"

"일본으로 수출 길이 열려서 괜찮은 편입니다. 은행 융자금도 많이 갚았고요."

"들어간 돈이 수월찮을 터인데 성공했네요."

"이제 시작이니 앞으로 두고봐야지요."

사장 아내의 안내를 받아 표고 재배장을 둘러봤다. 아이들이 공부하던 교실 벽채를 터서 농장을 만들었다.

표고 재배에서 중요한 문제는 질 좋은 자목 공급과 습도 관리다. 너무 습해도 안 되고 건조해서는 더욱 안 된다. 기온이 올라가고 습도를 조절하면 잠자던 종균이 발아되어 버섯 자실체가 발생된다. 일본과 중국으로 수출 길이 열려서 물량이 달린다니 다행이다. 종균을 접종한 골목이 10만 본이 넘는다니 대단한 규모이다.

표고 재배 자목은 인근 국유림에서 생산된 좋은 자목을 쓰고 있어 원가 절감에 매우 유리하다. 자목을 공급하는 국가와 실수요자인 생산자가 유기적인 협조 체제를 이루고 있어 바람직한 생산 시스템을 구축하고 있다.

어려운 여건에서 시작한 사업이 성공했으면 하는 바람을 안고 재배장을 나서면서 동장과 헤어졌다. 아직은 해가 중천에 있다. 한 곳을 더 둘러봐야 한다. 소광천 널밭(平田)으로 스쿠터를 몰았다. 소광천은 대광천에 버금가는 산골이지만 제법 널찍한 밭뙈기가 많다.

소광천 널밭에는 원주민이라고 할 수 있는 원상태 씨를 포함한 세 가구가 살고 있는데 밥술이나 먹고사는 사람들이다. 원상태 씨는 널밭 두더지라는 별명을 들을 정도로 알뜰해서 아들딸 3남매를 대구로 유학 보낸 억척이다.

"동생, 잘 있었는가?"

"형님, 감투 쓰셨소?"

"돌아가면서 하는데 뭘. 오늘은 치국이가 출타하는 바람에 내가 대신 나섰고."

"치국이가 어디를 갔는데요?"

"울산 계시는 모친이 편찮으시다네."

"그러다가 상사 치르는 거 아니오?"

"응급실에 갔는데 경과는 아직 모르고. 그런데 여기도 약초꾼들이 보이던가?"

"웬걸요. 객지 사람은 코빼기도 안 보이던데요."

"뒤실은 겨우살이 약초꾼들 때문에 걱정을 하더라고. 여기도 그 사람들이 언제 닥칠지 모르니 자네가 수고 좀 해주게."

"내 눈에 걸리면 요절을 내지요."

"나는 이만 갈라네. 여기는 자네가 있으니 안심일세."

"걱정 마시고 다른 데나 신경 쓰소."

스쿠터를 돌려 나오는 길에 시커먼 입을 벌리고 있는 자수정 광산이 눈에 들어왔다.

"저 수정 광산은 잘 되는가?"

"잘 되기는 무슨. 순전히 사기꾼들인데 뭘."

"사기꾼이라니?"

"헛소문 내서 물건을 팔아먹으니 사기꾼이지 뭐요."

"금방 천지개벽이라도 되는 줄 알았는데."

"자수정은 당초부터 나지도 않았어요. 괜히 헛소문을 퍼트려서 장사할 속셈이었지. 내 눈으로 직접 보지는 못했지만 칠레산 자수정을 수입해서 국산이라고 속여 판다더라고요."

그때 휴대하고 있는 무전기에서 호출이 왔다.

"대광천, 여기는 본부. 감 잡고 응답하라. 이상!"

'대광천'은 달수가 사용하는 무전기의 호출 부호다. 올봄부터 산불 위험지구에 무전기가 배정되었다. 매시간마다 순찰 결과를 산불 통제실로 보고해야 한다. 소광리는 산이 높아서 무전이 잘 터지지 않는다.

소광리에서 무전이 터지는 곳은 소광리 1구 뒤실과 장군터, 그리고 널밭이다. 골짜기를 순시하다가 이상 유무 보고 시간이 되면 무전이 통하는 위치로 옮겨서 교신한다. 허리에 찬 무전기를 풀어 들고 통화 버튼을 눌렀다.

"여기는 대광천. 감 잡았다. 이상!"

"대광천은 삿갓재로 이동하여 이상 유무를 보고하기 바랍니다. 이상!"

삿갓재 서북쪽은 봉화군 소천면과 연접된 지역이다. 지대가 높은 임도에 올라서면 주위 일대를 한눈에 볼 수 있어서 관망이 좋지만, 짙은 황사가 내려앉아 시야가 매우 짧았다.

아득히 먼 데서 불연기가 보였다. 망원경을 꺼내 초점을 맞췄다. 석포리 아연 제련소 근처에서 올라오는 연기다. 해당 지역을 관할하는 산불 통제관이 현장을 다급하게 호출하는 교신이 들어왔다. 산불 상황이 발생한 것 같다. 같은 주파수를 쓰는 무전기라 교신 내역을 들을 수 있다. 관내 이상 없음을 산불 통제실로 보고하고 스쿠터를 돌렸다.

삿갓재에서 내려오는 길로 광산골로 들어갔다. 그곳에서 삼척군 지역에서 들어오는 사람을 단속하기 위해서다. 길은 경사가 급하고 돌이나 바위가 길바닥에 드러나 있다. 좁은 길에서 트럭을 만났다. 활석 광산을 운영하는 김재광 사장이 차에서 내렸다.

김 사장은 서면 백청골 안에 작은 절집을 소유하고 있는 재가불자(在家佛子)이고, 광산 일로 소광리에 자주 드나드는 사람이라 달수와도 친구로 지낸다.

"달수 씨가 어쩐 일이오?"

"김 사장님이 직접 차를 몰고 다니시오?"

"그게 아니고, 모처럼 현장에 갔다 오는 길이오."

"산불 때문에 순찰을 돌고 있소."

"차림새가 그럴듯하네요. 김 기사, 저기 어디에 차를 세우고 담배한 대 태우시게."

"지금 뭐라 했소? 이 가뭄에 산에서 담배를 태우라고?"

"아 참, 내가 실수했네. 김 기사, 담배는 이분 안 보는 데서 태우시게. 큰일 나네."

"농담 아니고, 봄 불은 여우라 했으니 조심하소. 기사 양반, 괜히 큰일 벌여놓고 울지 말고 주의하시오. 담배는 안 피우는 것이 좋소."

두 사람은 양지 편에 자리를 잡고 앉았다.

"김 사장, 이사 온다더니 어찌 됐소?"

"아직은 준비가 덜 돼놔서……."

"산골로 오는데 준비할 게 뭐가 있소?"

"그렇긴 해도 이사라는 것이 아이들 장난처럼 쉬운 일도 아니고."

"늘그막에 친구 하나 생겨 좋다 했더니만."

"조금만 더 기다리시오. 지겹도록 보게 될 터인즉."

"그건 그렇고. 김 사장, 광산은 수지가 맞소?"

"초창기는 좋았지요. 생산되는 대로 물건이 팔렸으니 돈도 좀 벌었고."

"그런데?"

"요즈음은 중국 때문에 아무 것도 안 된다니까."

"중국이 왜?"

"고품질 활석이 반에 반값으로 들어오니 국내 활석이 견디지 못해요. 나도 지금까지는 근근이 유지하고 있는데 언제 문 닫을지 모르요."

"그러면 이사고 뭐고 헛일이오?"

"그건 아니고. 이사는 해야 하는데 나도 답답하오."

"내 보기로는 어려울 게 하나도 없구먼. 마나님도 안 계시고 아이들은 출가했고, 혼자 몸인데 뭣이 문제요. 이삿짐이야 트럭에 후딱 실으면 될 일이고. 소뿔도 단김에 빼란다고, 일은 서둘러 해치워야지 질질 끌면 마귀가 타는 법이오. 손 없는 날을 잡아 얼른 해버리시오."

"절집을 매물로 내놨는데 작자가 없소. 그게 팔려야 돈을 좀 만들어서 광산 운영 자금도 하는데, 그게 아직은……."

"그거야 이사하고 나서 천천히 하면 될 일이 아니오?"

"집 지킬 사람도 없는데. 산속에 있는 절집에 사람이 없어보소, 집이 어찌 되는가."

"김 사장은 걱정 없이 사는 사람인 줄 알았는데 그런 걱정이 또 있구먼."

운전수가 지루했던지 차 문을 열고 내다본다. 달수가 일어섰다.

"김 사장, 그만 일어납시다."

"오늘은 김 형 댁에서 하룻밤 신세를 질까 하는데 되겠소?"

"그럽시다. 그럼 이따가 우리 집으로 오시오."

불안했던 하루 해가 진다. 하루 종일 황사 현상 때문에 멀리 내다보지 못해서 불안불안했는데 해가 지고 있다. 오늘 하루도 무사하게 넘겼다. 서쪽 하늘이 벌겋게 물들었다. 저녁노을이 짙으면 날이 가문다 했는데, 밤사이 백병산 신령님 도술로 해동 비라도 주룩주룩 내렸으면 좋겠다.

산불

강원도 삼척시 원덕읍에서 발생한 산불 상황이 매우 심각하다. 더구나 현 상태에서 진압하지 못하면 울진 원전 단지로 비화할 우려가 있어서 특단의 대책이 필요하다. 산불 진화 작업 독려차 현지에 출장한 조은산 산림청장이 진화 상황을 보고받고 있다.

"현장에 투입된 인원과 장비 동원 상황은 어떻습니까?"

"지금까지 동원된 지상 진화 대원은 총 8,500여 명이 투입되었고, 소방차 8대와 헬기 38대가 동원되었습니다."

"현재 기상 상태는 어떻습니까?"

"초속 28미터의 강풍이 불고 있어서 헬기 이륙이 불가능합니다."

"내일 예보는 어떻습니까?"

"오늘 자정을 넘어봐야 안답니다. 강풍으로 안전사고가 우려되어 현장에 투입되었던 진화 인력을 철수토록 조치했습니다."

"진화 작업이 중지되었단 말입니까?"

"그렇습니다. 지상 대원은 안전지대로 대피시켰고, 헬기는 초등학교 운동장에 대기하고 있습니다."

"큰일이군요. 남부지방 청장님, 어디 계십니까?"

남부지방 전진수 청장이 앞으로 나섰다.

"지금 즉시 삼척군 가곡면과 연접된 울진 지역에 특별 진화 기동대를 배치하세요. 산불이 가곡천을 넘으면 안 됩니다."

"진화대장의 보고에 의하면 삼척 산불이 가곡천을 넘어 울진 지역으로 비화되었답니다. 저희 남부청에서는 모든 장비와 인원을 최대한 동원해서 현장으로 전진 배치시켰습니다."

"잘하셨습니다. 진화 대원의 안전에 유의하면서 최선을 다해주시기 바랍니다. 삼척 지역은 일단 큰 줄기를 잡았으나 울진은 반드시 막아야 합니다."

산불이 발생하면 공기가 많이 유입되어 국지적인 기상 이변을 일으킨다. 낮바람은 산 위로 불고 밤바람은 산 밑으로 내리 분다. 가장 효과적인 진화는 바람이 내리 부는 야간작업이다. 그러나 이번 경우처럼 기상 악화와 초대형 산불에서는 안전사고를 우려해서 적절한 대응이 쉽지 않다.

"바람이 진정되면 헬기를 띄울 계획입니다. 만약의 경우를 대비해서 맞불 놓을 수 있는 위치를 찾아봐야 할 것 같습니다."

"맞불은 주의해야 합니다. 잘못하면 오히려 불을 키우게 됩니다. 그리고 현지 지형을 잘 알고 경험이 많은 사람이 있어야 합니다. 맞불 적임자가 있습니까?"

"한 사람 있습니다. 울진 소광리에 사는 김달수라는 사람입니다. 산불도사라는 별명이 붙은 사람입니다. 작년 겨울 통고산 대형 산불도 그 사람이 맞불로 잡았습니다."

"남부청장님은 기상이 호전되면 헬기라도 띄워서 그분을 데려오십시오."

"알겠습니다."

"그런데 소광리 금강송 단지는 안전합니까?"

"바람이 워낙 강해서 맘을 놓을 수는 없습니다."

"어떤 경우라도 금강소나무는 지켜야 합니다!"


울진원자력발전소 대회의실에 마련된 산불진화 지휘본부 사무실.

"전방부대 사단장 출신인 신전진 울진군수가 산불 진화 상황판 앞에 섰다. 산불 상황이 심각해지자 격려차 내려온 박태호 국무총리와 청와대 최정민 비서관, 조은산 산림청장과 이의호 경북도지사가 상황판을 주시하고 있다.

"울진군수 신전진입니다. 어제 저녁 21시 현재 삼척군 원남면 산불이 돌풍을 타고 울진군 북면 응봉산으로 비화되었습니다. 그 불은 두 갈래로 번지면서 한 가닥은 서면 소광리 내륙으로 향하고, 한 가닥은 울진원전 방향으로 불머리를 틀고 있습니다. 현장에는 초속 30여 미터에 달하는 돌풍이 불고 있어 공중 진화는 물론이고 지상 진화 인력도 모두 철수한 상황입니다. 지금 상태로 연소될 경우 원전 경계 지역까지 걸리는 시간은 대략 열 시간 전후가 될 것으로 보고 있습니다."

"원전 경계와는 얼마나 떨어져 있나요?"

박태호 국무총리가 근심 어린 표정으로 물었다.

"원전까지는 16킬로미터 이상 떨어져 있습니다. 그러나 강풍이 불면 현장에서는 큰 의미가 없는 거리입니다."

"상황이 심각하군요."

"산림청장님 의견을 좀 들어봅시다."

박태호 국무총리가 옆자리에 앉은 조은산 산림청장을 돌아보며 의견을 구했다.

"먼저 총리님께 죄송한 말씀을 드립니다. 삼척 산불은 워낙 기상 여건이 불리하여 초동 진화에 실패했습니다. 그러나 울진 지역으로 비화되는 산불 확산 방지를 위하여 경상북도 북부 지역 시·군이 보유하고 있는 인력과 장비를 총동원하고 있습니다. 현재 위치에서 막지 못하면 국가적인 재난이 초래될 우려가 있으므로 현 방어선에서 사수할 것입니다."

"다소 무리가 따르더라도 원전 외곽 경계선을 기준으로 2킬로미터 이내 서 있는 입목을 사계청소했으면 좋겠습니다."

신전진 울진군수의 의견이다. 야전군이 사격 효과를 높이기 위하여 일정 구역 내의 입목을 벌채하듯 산불도 군사작전처럼 밀어붙이자는 의견이다. 박태호 국무총리가 조은산 산림청장을 돌아보았다.

"제 의견은 다릅니다. 원전 외곽 2킬로미터 안에 있는 입목을 제거해도 삼척 산불에서 보았듯이 수관화로 번지거나 돌풍으로 불씨가 날아가는 경우를 가상하면 의미가 없습니다. 또 단시간에 넓은 면적의 입목을 제거하는 작업은 시간적으로나 물리적으로 불가능합니다. 불확실한 상황을 가상하여 대규모로 입목을 제거하는 모험을 할 수는 없습니다."

"그러면 산림청의 대책은 무엇인가요?"

"바람이 잠잠해지는 대로 헬기를 띄우겠습니다. 현장에 동원된 소방 헬기가 총 38대입니다. 이 헬기가 물을 싣고 동시에 출격하면 약 570드럼의 물을 한꺼번에 투하할 수 있습니다. 최악의 경우 수관화로 번진다 해도 산불 진행 방향에 집중적으로 물을 투하하면 수관화로 번지는 것을 막을 수 있습니다. 안전지대에 대피하고 있는 지상 진화 대원을 뒷불 정리에 투입하면 큰 무리 없이 진화할 수 있다고 판단합니다."

"그게 좋겠습니다. 산림청장님의 의견대로 합시다. 그런데 문제는 날씨 아닙니까. 기상대 날씨는 알아봤습니까?"

"울진 기상관측소에 근무하는 권기상입니다. 산불진화 지휘본부에서 합동 근무하고 있습니다."

조은산 산림청장의 요청으로 울진 기상관측소 직원이 이곳 산불진화 지휘본부에서 합동 근무하고 있다.

"반갑습니다. 어려울 때일수록 기관끼리 협조해야 합니다. 바람은 언제 잦아들겠소?"

"울진 지방 내일 날씨는 오늘밤을 고비로 강풍이 멎겠습니다. 산불 진행 방향에 있는 원전이나 소광리 금강송 지역에는 초속 4미터 미만의 약한 바람이 예상됩니다. 헬기 운항이나 지상 진화 작업에도 문제가 없을 것으로 예상하고 있습니다."

"그래요? 반가운 소식입니다. 이번 산불을 계기로 아주 좋은 사례를 만들었습니다. 국가적인 재난 극복을 위해서는 기관끼리 유기적인 협조가 필요합니다. 산림청 일이나 기상청 일이나 다 같은 국가사업입니다. 유관 기관끼리 협동하여 재난을 극복하는 아주 좋은 사례를 만들었습니다."


이튿날 오전 8시. 회의실 전면에 설치된 대형 상황판 앞에 선 조은산 산림청장은 특유의 카랑카랑한 목소리로 진화 대책을 보고했다. 지금까지 추진된 종합 상황 보고다.

"이 시각 현재 산림청과 시·도 및 육군과 해군에서 총 38대의 헬기가 동원되었고, 지상 진화 인력은 공무원, 군인, 일반인을 합해서 약 8,500여 명이 동원되었습니다. 헬기 지휘는 일선부대 지휘 경험이 많은 신전진 울진군수님이 지휘하고, 지상 진화대 운영은 산림청과 경북도에서 맡고 있습니다."

"진화 작업은 언제 재개합니까?"

"바람이 잔잔해지는 대로 지상과 공중으로 동시에 투입할 예정입니다. 소방 헬기는 인근 비상활주로에서 급유를 받아 대기 중에 있고, 삼척에 투입되었던 진화 대원은 울진 북면 일대로 이동 배치했습니다."

"날씨가 좋겠다고 하니 다행입니다. 산불 진화도 중요하지만 무리한 작업으로 안전사고가 발생되지 않도록 각별히 유념해주십시오."

"많은 헬기가 동시에 출격하면 공중 지휘가 중요합니다. 정상적인 상황에서는 항공기 운항 매뉴얼에 따라 운항하면 되지만, 이번 산불 현장에서처럼 수많은 항공기가 동시에 출격할 경우에는 특별히 안전 수칙을 준수해야 합니다. 산림청 헬기 조종사와 군부대 헬기, 시·도에서 파견된 소방 헬기 기장들에게는 별도 운항 수칙을 교육할 계획입니다."

신 군수의 보고에 박태호 국무총리의 표정이 밝아졌다.

"공중 진화도 중요하지만 상황을 종결짓는 것은 역시 지상 진화대입니다. 부족한 장비와 인력은 최대한 동원하고 그래도 안 되면 민방위 동원령을 검토하고 있습니다."

이의호 경북도지사가 말을 거들었다.

"이번 산불은 대통령께서도 관심이 크십니다. 산불이 조기 진압되지 않고 원전 지역까지 번지는 바람에 치안비서인 제가 나왔습니다.

특히 박태호 총리님께서 직접 현장을 찾아 격려하시고 산림청장님과 경북도지사님이 현장을 지휘하고 계시니 든든합니다. 저는 현장 상황을 종합해서 돌아가겠습니다. 효과적인 진화 활동이 전개되어 산림 피해를 줄이고 특히 울진원자력발전소를 안전하게 방호해주셨으면 합니다."

최정민 비서관이 자리를 떴다. 그때 박태호 국무총리가 갑자기 생각난 듯이 산림청장에게 물었다.

"아 참, 박홍섭 농수산부 장관이 강릉으로 가셨던가요?"

"네, 그렇습니다. 박홍섭 장관께서는 민통선 지역인 고성 산불 현장으로 가시고 제가 울진, 삼척 현장으로 나왔습니다. 조금 전 장관님을 수행하는 직원의 보고에 의하면, 고성 산불은 큰 불머리를 진화했고 현재 잔불을 정리하고 있다 합니다."

"그렇군요. 다행입니다."


아침부터 산불진화 지휘본부의 분위기가 엄중했다. 조은산 산림청장은 일찌감치 헬기를 타고 공중 지휘에 나섰고, 신전진 울진군수는 진화 인력 배치와 특히 헬기의 안전 운행을 위한 작전 수립에 들어갔다. 산림청을 비롯한 육군, 해군, 경북도와 강원도에서 출동한 헬기 기장과 부기장이 상황실에 모였다.

"여러분, 수고 많습니다. 예고한 대로 소방 헬기 안전 운항에 따른 행동 수칙을 시달합니다. 우선 여러분들을 일정한 규모로 조 편성을 하겠습니다. 헬기 운용상 한 개 편대에 헬기 열 대를 기준으로 편성합니다. 산불이라는 특수 상황에 효과적으로 대처하기 위한 편대 기동 전략이니 숙지하시고 적극적인 협조를 부탁드립니다."

"제1편대는 헬기 열 대로 편성하고 지휘는 김현수 산림청 선임조종사가 지휘합니다. 편대 이름은 알파 편대입니다. 제2편대 역시 헬기 열 대이고 경북도 김석현 기장이 지휘합니다. 편대명은 브라보 편대입니다. 제3편대는 헬기 열두 대로 편성합니다. 산악지대이고 작전 면적이 넓어서 헬기 숫자를 늘렸습니다. 편대명은 탱고 편대이고 산림청 항공대 이용구 기장님이 맡습니다. 이상 편대에 소속되지 않은 기장은 비상 대기조입니다. 여기까지 질문 사항 있습니까?"

"각 편대별 편성 내역을 알려주십시오."

"조종사별 편성 내역은 지휘 기장에게 전달했습니다. 작전 구역은 각자 소지하고 있는 비행 도면에 표시하여 사용토록 하십시오."

"다음은 편대별 작전 구역과 임무를 부여합니다. 알파 편대는 원전 보안 구역이 책임 구역입니다. 보안 구역 내의 산림과 원전의 안전을 방호하는 것이 주 임무가 되겠습니다."

"브라보 편대의 작전 구역은 원전 외곽 지역 2~4킬로미터 지역입니다. 지상 진화 대원과 협동 작전이 매우 중요합니다."

"탱고 편대는 알파와 브라보 편대가 맡은 외곽 지역과 응봉산 지역이 책임 구역입니다. 이 지역은 산악 지역이고 고사목이나 벌근이 많아서 물대포 기능이 있는 S-64E 초대형 헬기를 배치합니다. 이상으로 편대별 임무 내용을 공지하였습니다. 질문 있습니까?"

기장들은 자신이 소속된 편대를 확인하고 편대장 지휘 아래 질서 있게 이륙해서 임무 수행에 들어갔다.

각 편대에 소속된 헬기가 일제히 물을 투하했다. 편대가 지나간 자리는 물 천지가 되었다. 불벼락이 떨어져도 불이 붙지 않을 정도가 되었다. 산과 바다가 그림같이 펼쳐진 북면 부구리에 수많은 헬기가 한꺼번에 출격하는 보기 드문 장관이 펼쳐졌다. 신전진 울진 군수는 지휘 헬기를 탑승하고 편대 비행을 지휘했다. 그렇게 산불과 전쟁을 치르느라 하루해가 저물었다. 가을 하늘에 뜬 고추잠자리처럼 많은 헬기가 동시에 출격해도 한 건의 사건 사고도 없이 하루가 마무리되었다.

기승을 부리던 산불도 물폭탄을 쏟아붓는 인간의 노력 앞에서는 고개를 숙였다. 유능한 지휘관이 있는 군대는 전투에서 패하지 않는다. 오랜 야전 경험이 있는 신 군수의 탁월한 지휘 덕분에 단말마처럼 달려드는 화마의 기세를 일단 꺾는 데 성공했다.

산림공무원으로 근무하는 대부분을 기획 부서인 본청에서 근무한 전진수 남부청장은 이처럼 참혹한 산불 현장은 처음 겪었다. 비록 삼척에서 넘어온 산불이라 해도 자신이 관할하고 있는 산림의 피해는 철저하게 막아야 한다는 일념에 몸고생에 마음고생까지 겹쳐서 무척 지쳐 있었다.

"소문에 비행기가 새카맣게 뜨고 사람이 수만 명이나 동원됐다면서 왜 나를 찾는 거요?"

전진수 남부청장을 맞이한 달수가 너스레를 떨었다.

"지휘본부에서 결정한 사항입니다. 이 기회에 헬기도 타 보고 좋잖소."

"하기는 촌놈이 언제 비행기를 타보겠소. 높은 분들이 찾는다니 가기는 하겠소만."

달수를 대동하고 헬기에 탑승한 전진수 남부청장은 현장 상공을 선회했다. 삼척에서 비화된 산불이 울진 지역인 응봉산으로 옮겨붙어 연소되고 있었다.

응봉산과 능선으로 이어져 있는 소광리 삿갓재는 금강송이 집단적으로 서식하는 소나무 밭이다. 어떤 수단과 방법을 동원해서라도 이 솔밭은 지켜야 한다. 응봉산은 경사가 급하고 암석과 절벽으로 이루어져 있어 인력 진화에는 한계가 있다. 그나마 바람이 불지 않아 천만다행이었다.

진화대장과 교신하여 진화 인력 배치 상황을 조정하고 작업을 독려했다. 탱고 편대 이용구 기장이 조종하는 초대형 헬기가 물대포를 쏘고 있다. 보기만 해도 든든하다. 조은산 산림청장이 공중 시찰에 나섰다. 지휘 헬기에는 맞불 전문가인 김달수 씨와 이의호 경북도지사가 탑승했다. 알파 편대 헬기의 물 폭탄을 집중적으로 둘러쓴 소나무가 한층 푸르게 술렁거리고 있다. 다행으로 바람의 기세가 누그러졌다. 지상에는 빈틈없이 지상 진화 대원이 깔려 있다. 불 연기에 그을린 진화 대원들의 얼굴이 아프리카 원주민처럼 이빨만 하얗다. 헬기를 쳐다보고 손을 흔든다. 훌쩍 뛰어내려 안아주고 싶을 만큼 고맙고 수고로운 사람들이다.

헬기가 고도를 높였다. 산불이 휩쓸고 지나간 자리는 온통 폐허만 가득했다. 대한민국의 산림 행정을 책임지고 있는 자신의 불찰로 여기는 조은산 청장이 눈을 감고 두 손을 맞잡았다. 불과 3년 전 천 년 고찰 낙산사를 불태운 기억이 아직도 생생한데 또 대형 참사를 당하다니, 생각할수록 자신의 책임이라는 죄책감이 밀려왔다. 입에서 기도문이 저절로 나왔다. 하늘에 계신 아버지…….

지휘 헬기에서 산불 현장을 내려다본 달수가 입을 뗐다.

"청장님, 요즈음 들어 왜 대형 산불이 나는지 아세요?"

"글쎄요."

"대관령에 굴을 뚫어서 그래요."

"굴을 뚫다니요, 그게 무슨 말씀이오?"

"영동고속도로에 굴을 뚫어서 그렇단 말씀이오."

"고속도로 터널 말씀인가요?"

"영동고속도로가 개통되고 나서 대형 산불이 자주 터진다 그 말씀이지요."

"고속도로와 산불이 무슨 상관이 있다고 그러세요?"

"태백산맥에 굴을 뚫어놨으니 영서지방 찬바람이 영동으로 넘어

와서 그렇잖소."

"설마 그럴까요?"

강원도에서는 대관령을 기준으로 서쪽은 영서라 하고 동쪽은 영동이라 한다. 태백산맥을 중심으로 서쪽과 동쪽 날씨가 다르고 영서와 영동 사람들의 기질도 다르다. 기후와 풍토 때문에 사람의 성격도 달라지는 모양이다. 강릉지방은 겨울에는 눈이 많고 여름에는 비가 많다. 영서에서 일어난 바람이 대관령을 넘으면서 구름을 만들어 폭우를 불러오고 겨울에는 눈이 되어 폭설을 내린다. 옛사람들은 이를 두고 양간지풍(襄杆之風)이라거나 양강지풍(襄江之風)이라 했다.

이런 지형 조건 때문에 영서에서 발생된 북서풍이 고속도로 터널을 통하여 아무런 장애도 받지 않고 영동으로 불어오니 바람이 거세지고, 그 바람의 영향을 받은 산불이 대형 산불로 확산된다는 말이다. 황당한 말 같아도, 영동고속도로가 개통된 근래 영동지방에 발생된 대형 산불과 무관해 보이지 않는다.

"60~70년대만 해도 산불이 나면 보름이나 한 달 이상 계속 탔어요. 장비가 있나, 사람이 있나, 죽으나 사나 사람 손에 매달렸으니 말이오. 산불을 끄다가 볼일이 있으면 나갔다가 다시 돌아와 불을 껐으니 뭐가 되겠소. 1968년도인가 큰 산불이 났을 때는 한 달도 넘게 산불 혼자 타다가 결국은 비가 와서 꺼졌지요. 그때도 큰빛내 소나무 밭에는 불이 들어가지 않았고요. 이상하게도 큰빛내 소나무 밭

에 불이 들어간다 싶으면 비가 왔단 말이오. 태백산 신령이 여신이
라 그렇다고 하대요. 거기 비하면 요사이 산불은 불도 아니지요. 큰
불은 비행기가 꺼주는데 뭣이 문제가 되겠소. 사람은 밑에서 어슬
렁어슬렁 뒷불 정리만 하면 되잖소?"

"달수 씨 보기에 맞불을 놓아야 하겠소?"

"그럴 필요는 없겠네요. 불머리는 비행기로 잡아주고 잔불은 사람
이 끄면 되겠네요."

"맞불 작전은 보류하고 헬기 진화에 주력합시다. 남부청장님은
응봉산을 사수하세요. 이 산을 넘어서면 소나무 밭입니다. 큰빛내
소나무 밭에 불이 들어가면 끝입니다. 지상 진화대를 응봉산으로
밀착 배치하세요. 필요하면 헬기도 증강 배치할 것입니다."

공중 시찰을 마친 헬기가 지휘본부에 내려앉았다.

진화 작업이 막바지에 들면서 지휘본부의 분위기도 느슨해졌다.
출격했던 헬기도 대부분 귀환했고 몇몇 조종사들이 뒷불 정리를
하고 있던 순간, 상황실로 다급한 무전이 날아들었다. 제3편대를 지
휘하던 이용구 기장이 추락했다는 급보가 접수됐다.

상황은 곧 조은산 산림청장에게 보고되었고, 긴급 구조대가 편
성되어 현장으로 출동했다. 연이어 들어오는 보고에는 기체가 대파
되고 기장을 포함한 정비사 등 세 명이 사망했다는 청천벽력 같은
비보가 날아들었다.

이용구 기장은 산림청 헬기 조종사로 취업하여 숱한 산불 현장

에서 공을 세운 베테랑 기장이다. 밤나무 병해충 방제, 솔잎혹파리 약제 살포, 때로는 홍수에 간힌 이재민 구호까지, 주어진 임무를 수행하면서도 언제나 꿋꿋했던 기장이다.

사고를 당하기 전날, 이용구 기장은 계속되는 격무에 시달리면서도 잠을 설쳤다. 몸은 무겁게 늘어지는데 마음은 전에 없이 불안했다. 어느 때보다 무거운 책임감 때문이라고 스스로를 위로하고 잠자리에 들었는데 꿈자리가 뒤숭숭했다.

꿈속이다. 그가 태어난 고향 마을이다. 소꿉친구들과 뛰놀던 뒷동산과 계곡에는 언제나 맑은 물이 흐르는 시골 마을이다. 이용구 기장은 깨끗하게 손질한 한복을 차려입고 길을 나섰다. 어머니가 뒤를 따라오면서 아들의 소맷자락을 잡아끌었다. 이 길로 들어서면 다시는 돌아오지 못하는 길이라면서 한사코 놓아주지 않는다. 그러나 그는 알지 못하는 힘에 끌려 어머니의 손길을 뿌리치고 걸음을 재촉했다. 보이지 않는 동아줄에 묶여 끌려가는 걸음이다. 아들을 사랑하는 어머니도 그 길을 막지 못했다. 위험한 일에 종사하는 아들을 위해서 늘 정화수를 떠놓고 기도하는 팔순의 어머니였다.

길은 멀고 험했다. 가도 가도 끝이 보이지 않는 황량한 들판이 계속되고 있었다. 비바람이 몰아치고 매캐한 연기가 자욱하게 피어올랐다. 한바탕 싸움을 치른 전쟁터 같았다. 배도 고프고 목도 말랐다. 허기진 배를 움켜쥐고 산을 넘고 강을 건넜다. 발바닥이 터져 피가 흘렀고 머리는 흩어져 산발이 되었다. 머리에 뿔 달린 괴물이 채찍을 들고 길을 재촉했다.

깜짝 놀라 깨어나니 꿈이다. 온몸이 땀에 젖어 흥건하다. 불길한 생각이 들었다. 그렇지만 산불과의 싸움도 오늘을 마지막이다. 더구나 큰빛내 금강송을 사수하는 제3편대 소속 열두 대의 헬기를 지휘하는 책임이 있어 나태할 수도 없다.

'혹시 어머님이 편찮으신가?'

이용구 기장은 혹시나 하는 마음에 헬기가 이륙을 준비하는 동안 짬을 내서 어머니께 전화를 걸었다.

"어머님, 저 아빕니다. 별일 없으시지요?"

"누구라고? 아비라고?"

"궁금해서 전화했어요. 별일 없으시지요?"

"애야, 간밤에 꿈자리가 사납더라. 오늘은 비행기 타지 마라."

어머님께 안부를 전하는 날이면 매양 하시는 말씀이다. 그런데 오늘은 다른 날보다 아들을 걱정하시는 어머님의 목소리가 절박하게 들렸다.

"괜찮아요. 늘 하는 일인데요 뭘. 아무 일 없으면 됐네요. 바빠서 이만 끊을게요."

이용구 기장이 어머니와 마지막 나눈 대화였다.

'어머니도 같은 꿈을 꾸셨다고? 하얀 소복을 입고 아들을 배웅하셨다고? 그게 무슨 의미일까?'

어머니께는 안심하라 했지만 마음이 편치 않다. 그러나 그가 수행해야 할 과업이 더 크게 다가왔다. 고개를 저어 불길한 생각을 떨쳐버렸다.

"기장님, 헬기 시동이 안 걸리는데요?"

출동 준비를 하던 부기장이 전에 없는 일이라고 투덜거렸다.

"서둘지 말고 조금 쉬었다가 해보세요."

부기장이 어렵게 시동을 걸었다. 제3편대 소속 헬기가 차례차례 이륙했다. 바람이 불지 않는 아침 시간에 집중적인 타격이 효과적이다. 편대에 소속된 헬기가 모두 이륙하는 것을 확인한 이용구 기장이 마지막으로 이륙했다. 하늘은 맑고 바람은 고요했다. 뒤숭숭하던 잠자리 생각을 깨끗이 잊어버렸다.

그가 조종하는 헬기는 미국산 S-64E 기종이다. 200리터들이 물 40드럼을 실을 수 있는 초대형이다. 기체 중량과 적재하중 모두 대용량이므로 기동이 듬직하다. 웬만한 산불은 한번 지나가면 잠재울 수 있는 대형 헬기이다.

비행은 안전하게 진행되었다. 취수장이 진화 현장과 비교적 가깝고 비행에 장애물이 없는 지형 조건이므로 임무 수행에 큰 보탬이 되었다. 진화 작업이 마무리 단계에 들어갔다. 마지막 물을 실은 기체가 육중한 몸집으로 힘차게 날아올랐다.

갑자기 돌풍이 불었다. 기체가 쏠릴 정도로 강한 바람이 불었다. 이 정도 바람은 언제라도 감당할 훈련이 되어 있다. 바람의 영향을 적게 받는 낮은 지역을 따라 근접비행을 감행했다. 위험한 비행이다.

그런데 정작 물을 투하해야 할 현장은 능선 너머에 있었다. 회오리 바람 때문에 좀처럼 기회를 잡지 못하고 선회비행을 계속했다. 직감적으로 바람의 강도가 약해지는 것을 느꼈다.

'기회는 지금이다.'

마음을 굳히고 엔진 출력을 최대한으로 높여 상승을 시도했다. 몸이 허공에 붕 솟아오르는 것을 느꼈다.

그때 예상치 못한 긴급 상황이 발생했다. 상승 기류를 탄 헬기 한 대가 능선 너머에서 불쑥 솟아올랐다. 경북도 소속 소방 헬기다. 그대로 진행하면 충돌하게 된다. 과격한 회피 기동을 시도했다. 가까스로 충돌은 피했지만 기체가 중심을 잡지 못하고 맞은편 산 중턱에 추락했다. 쌍방이 함께 추락하는 대형 참사를 막아야 한다는 책임감 때문에 한계치를 넘는 급격한 기동을 한 탓이다. 눈 한 번 떴다 감는 지극히 짧은 순간에 삶과 죽음이 엇갈렸다.


산불진화 지휘본부는 초상집 분위기에 휩싸였다. 그토록 많은 인력과 장비가 동원되었어도 사고 한 건 없었는데 마무리 비행에서 대형 사고가 터지고 말았다.

누구보다 마음이 아픈 이는 조은산 산림청장이다. 모든 것이 본인의 책임이라는 자책감에서 벗어나지 못했다. 수백 년 묵은 금강송 소나무 밭을 사수하는 대가로 유능한 헬기 조종사를 잃었다. 장례식장을 찾은 조은산 산림청장은 시를 지어 그를 애도했다.

아까시꽃 피면
산불도 끝난다고
우리 모두 손 모아
아까시꽃 피기만 기도했는데

어인 일입니까
때 아닌 산불이
백두대간을 태우고 있습니다

물로 끌 수 없으면
몸으로라도 꺼야 한다고
헬기를 몰아 불 속으로 들어간
그대는 영원한
산불이 되었습니다

우리 모두 넋을 잃고
아까시꽃 향기 속에 임을 보냅니다
임이시여
산불 걱정 없는 꽃 세상에서
편히 쉬십시오

하늘나라에서도 아까시꽃 피거든

이 땅을 굽어보시고

이 땅의 산불 모두 거두어주옵소서.

# 인과응보

김병만은 천석의 아들이고 달수의 장손이다. 중·고등학교에서 늘 1등을 놓지 않던 아이가 국내 최고 대학에 붙었다.

그 정도 성적이면 법대나 의대를 들어가도 남을 실력인데 왜 하필 농과대학이냐고 성화를 부리는 사람들에게 그 아이는 그랬다. '앞으로의 세대에서는 자연이 으뜸이고 산림이 그 첫 번째다. 그러니 나는 농과대학에 갈 것이고 숲과 나무를 공부할 것이다'라고 당당하게 자신의 꿈을 밝힌 아이다.

손자 녀석이 이 나라 최고 국립대학에 합격했다는 소식에 달수는 마당 쓸던 빗자루를 내려놓고 방으로 들어갔다. 삽짝머리가 내다보이는 창문을 활짝 열고 담뱃대를 찾아 물었다. 알싸한 담배 맛을 음미하는 동안 온갖 생각이 머릿속을 헤집고 다녔다. 문득 바람벽에 걸어놓은 아버지 초상이 눈에 들어왔다.

오랜만에, 실로 오랜만에 아버지 사진을 오랫동안 쳐다보았다.

'아버님, 감사합니다. 손자 녀석을 좋은 대학에 들게 해서 정말로 고맙습니다. 우리 동해 김씨 집안도 이제야 인간 구실을 하게 됐습니다. 모두가 아버님과 조상님들의 음덕입니다. 아버님, 정말로 고맙습니다.'

근심 걱정이 떠날 날이 없는 집안에 손자 녀석의 대학 합격 소식이 온 집안을 살렸다. 본인에게도 행운이지만 부모에게 큰 효도를 한 것이다.

일신을 바르게 하고 부모에게 순종하며 나라의 큰일을 도모함으로써 낳아준 부모의 명성을 떨치게 하는 것이 효의 근본이라 했다. 그 어려운 국립대학에 합격했다니 이런 영광이 다시 없을 것이다. 근심과 걱정이 서풍에 안개 걷히듯 일시에 사라졌다. 저절로 어깨에 힘이 들어갔다. 첩첩산중 깊은 산골 무지렁이 가문에 드디어 최고 대학생이 났으니 천지개벽이 된 것이다. 어떻게 알았는지 군수 영감이 축하 전화를 걸어오고 읍내에서 명함깨나 내미는 기관장들이 축전을 보내왔다.

달수는 주위 사람을 닦달했다.

"아비는 앉아서 전화만 하지 말고 아이 데리고 얼른 오라고 일러라. 공부하느라 얼마나 고생했겠냐. 씨암탉이라도 잡아 먹여야지."

"이번 주말에 온답니다. 시험 발표 보러 서울 가고 없다네요."

달수 아내도 신바람이 났다. 목소리에 윤기가 흐르고 발걸음이 통통 가벼웠다. 외출했던 상구가 마당으로 들어섰다. 기분 좋은 표정이다. 산림사업 법인을 만든다면서 들락날락하더니 끝이 난 모양이다.

"할아버지, 회사 등록을 마쳤습니다."

"고생했다. 이제부터 정 사장이 되는 게냐?"

"아직 거기까지는 아니고요."

"회사를 대표하는 사람이 사장이지, 그럼 뭐냐?"

"할아버지도 참. 이제부터 시작인걸요."

"그래, 회사 이름은 뭘로 지었느냐?"

"'대광임업'이라고 지었어요. 대광천이라는 지명을 따서 그렇게 지었네요."

"대광임업, 이름이 좋구나. 뭐니 뭐니 해도 이름은 부르기 쉬워야 한다."

"할아버지께서 대광으로 하는 게 좋겠다고 하셨잖아요."

"잘했다. 이름처럼 큰 빛을 내는 큰 회사가 되었으면 좋겠다."

"일거리가 많아야 할 텐데 걱정이네요."

"대략 짐작은 하지만, 너희 회사가 하는 일이 뭣이더냐?"

"산에서 하는 산림 작업은 다 한다고 보면 되죠."

"영림서에서 하는 일 같은 거 말이냐?"

"국유림 작업은 영림서에서 직접 했는데 우리 같은 법인도 할 수 있도록 법이 바뀌었어요."

"영림서는 워낙 산이 크다 보니 일거리도 많을 터인데 잘됐구나."

"이제부터 열심히 해야지요. 할아버지께서 많이 도와주세요."

"다 늙은 할아비가 무슨 힘이 있다고. 돈 많이 벌거든 용돈이나 많이 주려무나."


상구가 산림사업을 대행할 수 있는 법인을 설립했다. 산과 나무를 쳐다보고 살았던 상구로서는 당연한 결과인지도 모른다.

외할아버지 입장에서는 썩 내키지는 않았지만 그나마도 다행이라는 생각이 든다. 아비 어미를 잘못 만나서 남들 다 가는 상급 학교에도 못 가고 농사일을 거들며 살아온 아이다. 아비라는 사람이 감옥을 드나드는 바람에 가정사를 도맡아하던 아이라 더욱 측은하다. 그래도 다행인 것은 불우한 가정사를 핑계로 삐딱걸음을 걷지 않고 온전하게 자라준 그것이 고맙다.

외손자 사랑은 홍두깨 사랑이라 했지만 열 손가락 깨물어 아프지 않은 손가락이 어디 있는가. 살과 피를 나눠준 내 새끼인데 외손자면 어떻고 친손자면 어떤가. 달수는 오늘 하루 천당에 오른 기분이다. 친손자의 대학 합격 소식에 연이은 상구의 회사 설립 소식에 온종일 들뜬 기분이다. 사람이 살다 보면 이런 일도 있구나 싶은 하루였다.

"여보, 수고했소. 오늘은 일진이 참 좋은 날이오. 친손자, 외손자에게 줄줄이 좋은 일만 있으니 이보다 더한 경사가 어디 있을꼬. 당신도 고생이 많았소."

"수양산 그늘이 강동(江東) 800리를 간다 했는데, 모든 게 영감 덕이 아니겠소?"

"멀쩡한 공치사인 줄 알면서도 기분은 좋구먼. 그러나저러나 아비는 이런 좋은 소식이 있으면 빨리 달려오든지 해야지 않아서 전화질은 무슨."

"아이고 참, 서울에서 이 촌구석까지 하루 만에 어찌 오는고? 여태도 참았는데 하루 이틀을 못 참아서 어른스럽지 못하게 성화를 부리고 그러시오. 좀 진득하니 기다리면 응당 오지 않을까."

"그건 그렇고, 보아하니 하루 종일 명희가 불편한 것 같던데 무슨 일이 있었소?"

"말도 마시오. 무자식이 상팔자란 말이 왜 생겼겠소. 어찌 된 인간이 하는 일마다 처처히 어미 속을 뒤집어놓으니 속상해 죽겠소. 하기야 지아비 하는 짓이 늘 그 모양이니 왜 안 그렇겠소만."

"그러니 어쩌겠나. 이제 와서 물릴 수도 없고 갈라서게 할 수도 없는걸. 그저 모든 게 팔자려니 하는 수밖에. 그래, 오늘은 또 뭐라고 속을 질렀는고?"

"……"

"아니, 왜 말을 못해? 역적모의라도 했단 말이요 뭐요? 왜 말을 못하냐고!"

"영감한테는 안 할라 했는데 말이 나왔으니 하겠소. 명희가 그럽디다. 아무도 없는 산속으로 아이들 데리고 도망가겠다고."

"......"

"아니, 영감은 왜 대꾸가 없소? 잠들었소?"

"그게 먼 소리여, 도망을 간다니?"

"집만 지켜주면 공짜로 살 수 있는 곳으로 간답디다. 기가 차서 말도 안 나오네."

"그래서?"

"내 눈에 흙이 들어가도 안 된다 했소."

"그건 당신이 잘못했구면."

"잘못하다니요?"

"그럴 때는 좋다, 네 맘대로 하라고 해야 정신을 차리지. 자꾸 말리면 짓이 나서 더할 거 아니오? 두고 보시오. 정 서방이 돌아올 때까지 툭하면 못 산다고 투정을 할 테니."

"오죽했으면 그런 맘을 먹었겠소."

"사람이 살다 보면 그럴 때가 있어. 당신이 잘 다독여주시오."

"영감 말을 듣자니 내가 시킨 것처럼 들려 기분이 좋지 않네."

"말을 귀로 듣지 코로 듣나? 어째 딸이나 어미나 똑같은고."

"이 양반이! 보자 보자 하니 참. 당신, 그 말이 나를 위로하는 말이오, 복장 긁는 소리요?"

"허허 참, 성깔하고는. 저러니 새끼들이 어미를 닮지."

"……."

무자식이 상팔자라 했던가. 달수 내외에게 딸아이 명희는 끝끝내 아픈 명치끝이다. 처음부터 잘못 꿴 단추가 이날 입때까지 어미 아비를 괴롭힌다. 그러나 어쩌랴, 하고 많은 인연 가운데 부모 자식으로 만난 인연이 가장 아름답다 했는데. 인생살이에서 한쪽이 밝으면 한쪽은 어둡고, 한쪽이 길면 한쪽은 짧은 법이다. 그게 세상의 이치이고 천지의 조화이다. 세상을 만든 조물주가 어느 한쪽에 모든 것을 몰아주지는 않는다. 손자들의 좋은 소식에 잔뜩 고무되었던 달수 내외는 뜻하지 않은 명희 문제로 티격태격했다.

손님을 가득 실은 관광버스가 주차장으로 들어왔다. 버스에서 내린 승객들이 빨간 깃발을 든 안내자를 따라 줄을 서고 있다. 조용하던 주차장이 떠들썩해졌다. 큰소리로 떠드는 것을 봐서는 중국 손님이다. 우리나라 사람들이 해외여행을 다니면서 좌충우돌하는 행동으로 빈축을 산 적이 있었는데, 요즈음 중국 관광객이 그때 우리를 닮은 것 같다. 그래도 씀씀이가 좋다 보니 그 정도의 무례와 소란쯤은 용서가 되는 모양이다.

어찌 됐건 명희는 손님맞이에 분주하다. 명희네 가게는 성류굴을 드나드는 길목에 자리하고 있어 근처의 다른 점포보다 매상이 좋은 편이다. 타고난 붙임성과 성실함도 보탬이 됐지만, 그보다는 상품을 속이지 않는 그녀의 진실성이 알려졌기 때문이다. 명희가 총채를 들고 매장의 먼지를 털고 있는 사이 또 다른 단체 관광객이 버스에서 내렸다. 오늘이 무슨 날인가 싶을 정도로 손님이 몰려들었다.

성류굴도 옛날 성류굴이 아니다. 성류굴이 개발되고 처음 몇 년간은 기묘한 종유석을 보려는 관광객들로 붐볐다. 그러나 요즘 들어서는 눈에 띄게 관광객이 줄어들었다. 일부 지각없는 관광객이 종유석을 도채하거나 훼손시켜 원형을 잃어가고 있기 때문이다.

관광버스에서 내린 손님들이 가게에 들어오자면 성류굴 관람이 끝나는 두어 시간은 족히 기다려야 한다. 매장의 먼지를 털어내는 명희의 눈길은 모기장 안에 재워놓은 손자에게 가 있다. 이름을 윤식으로 지었다. 정윤식. 명희의 맏아들 상구가 낳은 자식이다. 첫돌도 지나지 않는 강보에 쌓인 물통이다.

모기장 그물 속에 누워 세상 모르게 잠든 아이를 찬찬히 뜯어보는 명희의 얼굴에 미소가 흐른다. 씨도둑질 못한다고 어쩌면 저렇게 아비를 닮았을까. 솜씨 좋은 사진사가 마음먹고 콱 눌러 찍은 사진보다 더 확실하게 아비를 닮았다. 오뚝한 콧날하며 야무지게 다문 입술, 주먹 하나만큼 덧붙인 듯 널찍하게 생긴 이마, 밥술이나 먹을 두툼한 귓밥하며, 왼손 새끼손가락이 안으로 살짝 굽은 것까지 아비를 닮았다.

아이에서 눈을 떼지 못하고 명희는 파리, 모기도 없는 부채질을 계속했다. 아이 보는 일거리가 넘어온 이후 잠시도 눈을 돌릴 수 없다. 가게 일로 몸은 고단하지만 이녁의 분신같이 예쁜 손자를 돌보는 일에는 고단함을 느끼지 못한다.


　산림법 위반 사건으로 두 번째 옥살이를 하고 돌아온 병호는 완전히 딴 사람이 되었다. 그전처럼 법을 어겨서라도 한몫 잡겠다는 허황된 생각을 버렸다.

　그러나 소광리 산중에서 할 수 있는 일이란 농사일 말고는 없었다. 다른 곳으로 이사라도 가고 싶었지만 오라는 곳도 없고 갈 만한 곳도 없었다. 또 어디 간들 자신 있게 할 수 있는 일도 없으니 허황된 꿈이다. 그나마 산판일은 그런대로 자신이 있었는데 요즈음은 그마저도 없다. 설사 일거리가 있다 해도 힘에 부쳐서 하기도 힘들다. 힘 안 드는 산판 감독일이라도 있었으면 좋으련만 무슨 복으로 자신에게 돌아올 건가.

　병호의 마음을 눈치라도 챘는지 장인 영감이 나섰다.

　"상구 아비 거기 있느냐?"

　조금은 한가한 아침을 먹고 나서 달수가 병호를 찾았다.

　"아버님, 왜 그러세요?"

　"나하고 갈 데가 있다. 얼른 채비를 하고 나오너라."

　"어디를 가시려고요?"

　"가보면 안다."

　병호가 나들이옷을 찾아 입고 나서니 달수는 벌써 채비를 마치고 마당가에 서 있다.

"먼 길 가는데 뭘 그리 꾸물대느냐. 해지기 전에 얼른 다녀와야 하는데."

옛날처럼 고개 넘고 물 건너는 험한 길은 아니지만, 버스가 다니는 광천교까지 한나절은 오롯이 걸어야 한다. 이 시각에 출발하면 오전 버스는 탈 수가 있었다. 장인과 사위가 앞서거니 뒤서거니 발걸음을 재촉했다. 장인 영감이 서두는 것을 봐서는 분명히 긴한 일이기는 한데 병호로서는 도무지 짐작이 가지 않았다.

"궁금하냐?"

"네."

"아비 네 일자리 구하러 간다."

"일자리를 구하다니요?"

"가을걷이도 끝났는데 기나긴 삼동을 방구들에 처박혀 있을 작정이냐?"

"……."

"읍내 장 사장네 제재소에 간다. 아비 네가 나무 만지는 기술이 있으니 혹시나 해서……."

"제재소에서 저 같은 사람이 필요할까요?"

"그야 모르지."

산판에 다닐 때도 뽑혀 다니기는 했지만, 제재소에 고비끼 기술이 필요할까? 새삼스럽게 일에 대한 자신감이 생긴다. 제재소에 취직이 된다면 이 지긋지긋한 산골을 벗어날 수가 있다. 사람이 살면 얼마나 산다고, 평생을 두더지같이 산골에만 묻혀 살 수는 없지 않은가. 하기사 제재소 일거리가 생긴다 해도 금방 부자가 되는 것도 아니고 남들처럼 양복 입고 사무 보는 것도 아니지만, 그래도 자신이 끔찍이도 싫어하는 산골을 벗어날 수 있다면…….

이런 생각을 하자 병호의 발걸음에 저절로 힘이 들어갔다. 제재소는 버스부에서 조금 떨어진 곳에 있었다. 지나가는 길에 몇 번 보기는 했지만 들어가기는 처음이다.

제재소 문을 밀치고 들어섰다. 책상에 앉아 있던 젊은이가 그들을 보며 물었다.

"누구를 찾으십니까?"

"장상택 사장님 안 계십니까?"

"저희 아버님인데 왜 그러세요?"

"나는 김달수라는 사람이오. 지나는 길에 들렀는데 안 계시네요. 실례했습니다."

"잠깐만요, 김달수 씨라고 하셨지요? 아버님 생전에 아저씨 말씀을 들은 것 같아요."

아버님 생전이라니? 그러면 장상택 사장이……. 달수가 놀라서 되물었다.

"아니, 장 사장이 돌아가셨단 말이오?"

"예, 지난겨울에 교통사고로 돌아가셨습니다."

이런 낭패가 없다. 얽히고설킨 정이 얼만데. 그토록 건강했던 장 사장이 죽었다니 믿어지지 않았다. 다리에 힘이 쭉 빠졌다.

"장 사장이 작고하시다니 뜻밖이오."

"저는 돌아가신 아버님의 둘째 아들 장경호라고 합니다. 그런데 이분은 누구세요?"

"내 사위되는 사람이오. 장 사장 자제분이다. 인사해라."

"처음 뵙겠습니다. 정병호라고 합니다."

"네. 오늘은 어쩐 일로 오셨는지요?"

"장 사장이 계셨으면 부탁 좀 하려 했는데 그냥 돌아가야겠소."

"무슨 일인데 그러십니까?"

"다름이 아니고, 이 사람이 산판 기술자인데 일할 데가 없나 해서 말이오."

"산판 기술자라니요?"

"산판에서 벌목도 하고 고비끼 기술도 있고 그렇소만."

"아, 그래요? 마침 우리 제재소에 일꾼을 구하고 있는 중인데 잘 됐네요."

"그러면 제재소에서 일할 수 있나요?"

"아저씨만 좋으시다면 내일 당장 출근하셔도 좋습니다."

"정말 그래도 되겠습니까? 그래도 며칠은 말미를 주십시오. 집도 구해야 하고……."

"집 걱정은 안 하셔도 됩니다. 우리 제재소에 인부 숙소가 있습니다. 방이 네 칸 있으니 거기서 살림을 하셔도 되고요. 지금도 인부

두 분이 살림을 하고 있습니다."

"젊은이, 정말로 고맙소. 장 사장이 살아 계신 것처럼 고맙소."

"별말씀을요."

일 삼아 나선 발걸음에 병호의 직장을 구했다. 사람의 인연이란 이런 것인가. 오래전 달수에게 애먼 혐의를 씌울 때는 웬수가 따로 없었는데, 그 나쁜 악연이 자식 대에 와서는 또 다른 인연으로 이어졌다.

"그런데 장 사장이 어쩌다 그런 변을 당하셨소?"

"미수금을 받으러 가셨다가 뺑소니 사고를 당했습니다."

"어허 참. 병원은 가보셨소?"

"길 가던 행인이 발견해서 병원으로 옮겼지만 늦었어요. 조금만 빨리 병원에 갔더라도 큰 변은 안 당하는데 사람을 못 만나서 그리 됐습니다."

"그런 큰일이 있었는데 나는 까맣게 몰랐소. 장 사장은 자제분을 몇이나 두셨소?"

"3형제입니다. 위로 형님이 한 분 계시고 동생이 하나 있습니다."

"자제분들이 고향에 안 계셨던 모양이오?"

"3형제 모두 서울에 있었습니다. 형님은 직장에 다니고, 동생은 학생이고, 저도 서울에서 조그만 사업을 하느라 고향에는 자주 못 내려왔지요."

"제재소는 언제부터 운영하셨고?"

"아버님 장례를 치르고 형제들이 모여 의논을 했지요. 형님은 기관에 근무하다 보니 내려올 형편이 못 되고, 동생은 대학생이고, 그러니 제가 오는 수밖에 없었어요. 서울에서 사업하느라 벌여놓았던 일을 대충 정리하고 내려왔습니다."

"허허 참, 어째 이런 일이 다 있소."

"언젠가 아버님이 그러시더라고요. '내가 적송 관재를 구하다가 죄 없는 사람에게 몹쓸 짓을 했다. 혹시 나중에라도 그분을 만나거든 내가 미안해하더라고 전해라' 하셨습니다."

"미안하기는 무슨……"

"그때는 아버님 말씀을 지나가는 말로 들었는데, 그 말씀이 사실인가요?"

"그런 일이 좀 있었지요. 장 사장이 살아 계셨더라면 좋았을 터인데……"


제재소 일은 힘들고 고됐다. 네 명의 인부가 맞교대로 근무하는데, 병호는 젊은 사람에 비해서 힘 끝이 달리는 바람에 뒤로 물러서는 경우가 더 많았다. 그러나 원목 다루는 기술도 좋고 연장자가 되다 보니 어른 대접을 받았다. 동료들이 '사장님과 무슨 관계냐? 사장님의 친척이라는데 사실이냐? 월급이 우리보다 많다는데 정말이냐?' 등등 질문을 받을 때는 난감했다.

읍내에서 병호가 사는 소광리까지는 하루 종일 걸어야 한다. 그

길을 주말마다 오르내릴 수도 없고, 또 그럴 힘도 없었다. 제재소에 주문이 몰리면 밤늦도록 일을 해야 하니 숙소를 비울 수도 없었다. 생각 끝에 울진 읍내로 이사를 하기로 했다. 병호에게 울진은 살아 생전에 다시는 발을 들여놓고 싶지 않았던 곳이다. 하지만 직장을 따라 이사를 해야 한다니.

병호는 아내와 마주앉아 고민했다. 좋든 싫든 처갓집에 얹혀살았던 세월이 수월찮은데 달팽이 이삿짐 싸듯 홀홀 털고 나설 수도 없었지만, 그렇다고 언제까지 처가댁에 얹혀살 수는 없는 노릇이라 용단을 내렸다.

"당분간은 인부 숙소에 살다가 기회를 봐서 전셋집이라도 알아봐야지."

"손에 쥔 게 없는데 무슨 재주로? 인부 숙소에서 살림을 차리면 겨울은 그렇게 지낸다 해도 여름은 어쩔라고. 오죽했으면 여름 손님은 범보다 무섭다 했을까. 외간 남정네가 들락날락하는 마당에서 맘대로 벗을 수가 있나, 씻을 수가 있나. 그런 데서 어찌 살라고."

"장인어른께 부탁 좀 해볼까?"

"당신은 얼굴도 두껍소. 신세 진 게 얼만데 또?"

"내가 알아서 할 터이니 당신은 모른 체하고 가만있어."

"자식 때문에 속 끓이는 부모님 생각은 왜 못하고."

"어차피 맞아야 할 매라면 미리 맞는 게 낫다."

사위 말을 들은 달수는 고민에 빠졌다. 딸 둔 죄인이고 무자식이

상팔자란 말이 있다. 달수는 비상조치를 취했다. 많은 돈은 아니지만 매달 넣던 적금도 깨고 추수 바심으로 넣어둔 예금도 뺐다. 부족하지만 방 두 칸에 부엌 딸린 집 한 채는 전세로 얻을 수 있는 돈이 됐다.

돈을 받아든 명희가 눈물 바람을 일으켰다. 부모에게 자식이란 평생을 두고 갚아야 할 빚더미고, 자식에게 부모는 일생 동안 기대고 싶은 영원한 언덕이다.

병호는 장인이 쥐어준 돈으로 바다가 내다보이는 해안가에 두 칸짜리 전셋집을 들었다. 비록 전세일망정 내 집이라니 대궐에 못지않다. 병호는 마음을 다잡아먹고 제재소에 출근했고, 명희는 예전에 일하던 경력을 살려서 부두에 나가 돈을 벌었다. 오징어가 풍년이 드는 바람에 일손이 모자랐다. 명희가 오징어 해체 작업을 하고 늦은 시각에 돌아오면 물먹은 솜처럼 몸은 고단했지만 예금통장은 쏠쏠하게 불어났다.

쓰는 돈보다 버는 돈이 더 많으니 돈이 모였다. 지난봄에는 성류굴 관광단지 매점 입찰에 낙찰되어 가게를 열었고 오징어 해체 작업은 그만두었다. 아이들도 제자리에 들어 공부도 잘하고 무탈했다. 학생은 공부하고, 어른들은 돈 버는 일에 열중했다.

상구는 산림사업 법인을 만들어 돈 버는 재미에 빠져 있다. 아버지가 겪은 일들을 생생하게 기억하고 있는 상구는 절대로 아버지처럼 살지 않겠다는 다짐을 한다. 다행으로 예쁜 색시를 얻어서 결혼도 했고 곧바로 손자를 생산해서 병호 내외에게 기쁨을 안겨주었다. 인생 만사 새옹지마라 했던가. 요즈음 명희는 세상 사는 맛을 새삼 느끼고 있다.

명희네 가게에 낯선 손님 두 명이 들어섰다. 차림새로 봐서 관광객은 아니다. 관광 손님은 대개 울긋불긋한 원색 옷차림인데 이 사람들은 말쑥한 양복을 차려입었다. 보아하니 서른 살 전후의 사무원으로 보였다.

"여기가 정병호 선생님 댁입니까?"

"그런데요. 댁은 누구시오?"

"저는 울진원자력에 근무하는 방창식 부장입니다."

"원자력에서 무슨 일로 오셨지요?"

"정병호 선생님은 안 계십니까?"

"잠깐 나가셨는데, 왜 그러시오?"

"실례가 안 된다면 어디 조용한 곳에서 뵙고 싶은데요."

명희가 손님을 안방으로 안내하고 남편을 찾아나섰다. 바람 쐬러 나간다는 사람이 종무소식이다. 조금 전에 퇴근했는데 그사이를 못 참아서 술추렴을 하는 모양이다. 술 때문에 숱한 고초를 겪었으면서도 아직 술을 끊지 못했다. 남편이 하루 종일 벅찬 노동일 끝에 한잔 술로 피로를 푸는 것까지 말릴 생각은 없다.

그래도 다행인 것은 요즈음은 술을 마셔도 옛날처럼 천지분간을 못하도록 퍼마시는 일은 없다. 그것 하나만 해도 큰 발전이다. 남편이 불쾌한 얼굴로 돌아왔다.

"집에 붙어 있으면 누가 벌 주는가?"

"왜, 무슨 일 있나?"

"손님이 왔소."

"웬 손님?"

"울진원자력에 근무한다는데 나도 모르는 사람이오."

병호가 방문을 열고 들어섰다. 가게에 딸린 쪽방이다 보니 물건들이 쌓여 있어 어수선하다. 병호의 입에서 술 냄새가 혹 끼쳤다. 앉아 있던 손님들이 엉거주춤 일어섰다. 분위기가 어색했다.

남편을 들여보내고 부엌으로 들어간 명희는 커피포트에 물을 올려놓고 스위치를 눌렀다. 금방 물 끓는 소리가 났다.

방 안에는 어색한 침묵이 흘렀다. 잠시 천장을 쳐다보고 마음을 진정시킨 병호가 주인 행세를 한다.

"앉읍시다. 정병호라고 하오."

"처음 뵙습니다. 방창식이라 합니다. 선생님을 방문한 용무는 장박사님의 청이 있어서 왔습니다."

"장 박사라니, 장 박사가 누구요?"

다시 어색하고 긴장된 분위기가 이어졌다. 장 박사라고 소개된 젊은이는 한국 사람이 분명한데 이국적인 분위기를 풍긴다. 명희가 커피를 끓여서 방으로 들어왔다. 소반에 놓인 커피 잔을 손님 앞으로 돌려놓고 자리에 앉았다. 방 부장이란 사람이 옆자리에 앉은 장 박사란 젊은이에게 귓속말을 건넸다.

"저는 미국에서 왔습니다. 장준혁이라 합니다."

구석 자리에 앉아 청년의 얼굴을 유심히 뜯어보던 명희는 깜짝 놀랐다.

'아니, 저 사람은 그때 그 아이가 아닌가? 오래전 어느 해 겨울, 어 머니 손에 이끌려 대문간에 서 있던 그때 그 아이! 남편에게는 비밀 로 했던 일인데 이렇게 불쑥 찾아오면 어떡해!'

못 본 사이에 의젓한 청년으로 성장해 있었다. 영원히 나타나지 않겠다고 약속한 아이 엄마는 어디 가고 혼자란 말인가. 명희는 도 깨비에게 홀린 기분이다. 도대체 뭐가 뭔지 앞뒤를 분간할 수가 없 었다. 생각이 마비된 것처럼 정신이 몽롱했다.

"나는 안면이 없는데…… 미국에서 왜 나를 찾소? 무슨 용무가 있어서?"

"어르신께서 장지희라는 분을 아시는지요?"

청년의 입에서 장지희라는 말이 나오자 병호의 눈이 번쩍 떠졌다. 아내를 힐끗 돌아봤다.

"장지희라……"

"장지희 여사가 저희 어머님입니다."

아이쿠야! 명희의 추리가 맞아떨어졌다. 청년이 집을 찾아온 목적 이 밝혀졌다.

병호가 평생 동안 가슴에 품고 살았던 바윗덩어리가 쿵 하고 떨어지는 소리가 났다. 이런 사실을 마누라는 모르는데, 어쩌자고 저러는가. 그런데 이미 엎질러진 물이고, 쏘아놓은 화살이다. 정면으로 돌파하는 길밖에 없다. 얼큰하게 취했던 술기운이 장지희라는 말 한마디에 정신이 번쩍 들었다. 몽롱하던 머릿속에 시베리아 찬바람이 불었다.

"아주 옛날에 알았던 사람인데……"

병호가 우물우물 말을 삼키자, 청년이 벌떡 일어나 병호 앞에 넙죽 절을 했다.

"아버님, 절 받으십시오."

병호도 엉겁결에 당하는 일이라 엉거주춤하게 허리를 굽혔다.

"저희 어머님과의 관계는 굳이 알고 싶지 않습니다. 다만 제가 아버님의 아들이라는 사실만은 확실하기에 절을 올렸습니다. 무례를 용서하십시오."

"……"

방 안 사람들이 젊은이의 다음 말을 기다렸다.

"저희 어머님 장지희 여사는 미국에서 하버드 대학원을 졸업하시고 지금은 모교 로스쿨에서 교수로 계십니다. 그리고 저는 초등학교 때 어머님을 따라 미국으로 건너가서 MIT 공대를 졸업하고 모교에서 원자력공학을 가르치는 교수로 있습니다. 이번에 한국 울진원자력발전소의 기술 고문으로 취임해서 출장차 왔습니다."

"까마득한 옛날이야기라 잊고 살았는데, 그 사람이 미국으로 간 것도 나는 몰랐고, 젊어 한때 불었던 바람인데 아직까지……."

"어머님은 그렇게 생각하지 않으십니다. 제가 어머님을 따라 울진에 왔던 일이 있었습니다. 미국으로 떠나던 해였는데 그때는 아버님을 뵙지 못했습니다."

병호가 고개를 숙이고 앉아 있는 명희를 바라본다. 그런 사실이 있느냐고 눈으로 물었다. 눈이 마주친 명희가 고개를 끄덕인다.

"그래, 어머니는 무고하시고?"

"네, 건강하십니다. 이번에 한국에 나가면 아버님을 찾아뵙고 인사드리라 했습니다."

"세상에! 참 희한한 일도 다 있구면. 언젯적 이야긴데 지금에 와서……."

"어머님이 그러셨습니다. 괜찮으시다면 두 분께서 미국을 방문해 주시면 어떻겠냐고 의사를 물어오라고 하셨습니다."

"자네 어머니는 결혼을 하셨는가?"

"어머님은 바빠서 결혼할 시간이 없으시답니다."

"허허, 그것 참."

원전 방 부장이 자리에서 일어섰다.

"말씀들 나누십시오. 저는 이만 일어나겠습니다."

"아닙니다, 같이 가십시다. 오늘은 아버님께 인사를 드렸으니 됐습니다. 출장 기일이 아직 많이 남았으니 다음에 찾아뵙기로 하고 저도 이만 일어서겠습니다."

"그런데 우리 집은 어이 알고?"

"방 부장님이 군청에 민원을 넣어서 알았습니다."

"한국으로 들어올 생각은 없고?"

"저나 어머님이나 미국 시민권을 얻었습니다. 앞으로도 한국에 들어올 일은 없을 겁니다."

일행이 가게 문을 나섰다.

"아버님, 들어가십시오. 한국에 있는 동안 자주 찾아뵙겠습니다."

병호 내외는 멀어지는 승용차 꽁무니를 바라보면서 자리를 뜰 줄 몰랐다. 방으로 들어온 두 사람의 분위기는 모래알을 씹은 듯 서먹서먹했다. 명희는 마침 가게를 들어서는 손님을 맞았다.

병호 혼자 정신 나간 사람처럼 멍하니 앉아 있다. 술기운도 가시고 갈수록 정신이 말똥말똥해졌다.

'지희가 낳은 아이라고? 어쩌려고! 나는 그동안 까맣게 잊고 살았는데, 내가 모르는 사이에 그런 일들이 있었다고? 그래, 내 진즉부터 지희는 잘될 줄 알았지. 그래도 그렇지, 철없던 시절에 낳은 아이를 키우며 평생을 수절한다고? 그게 당키나 한 소린가. 그리고 또 아이 이름이 준혁이라고? 그런데 왜 장준혁인가? 내 아들이 분명하다면 정준혁이라 해야지 왜 장준혁이야? 그리고 또 초등학교 때 미국으로 건너간 아이가 우리말은 어찌 그리 잘하는고.'

어머니는 세계 최고 대학 교수이고 자신은 원자력공학의 세계적인 권위자가 되었으니 준혁으로서는 금의환향이다. 그러나 반쪽짜리 영광이다. 출생의 비밀이라면 비밀이고, 숨겨진 진실이 밝혀졌다면 그 역시 맞는 말이다. 그러나 병호는 허전하다 못해 가슴에 큰 구멍이 뚫린 기분이다.

'내가 과연 저 아이의 아비 될 자격이 있는가. 내게 과연 수절 과부처럼 지내온 지희의 인생을 보상해줄 능력이 있는가. 또한 지희가 홀로 아이를 낳아 저토록 훌륭하게 키우는 동안 나는 무엇을 하고 살았던가. 지지리도 못난 인간이 되어 감옥을 두 번씩이나 들락거렸고, 먹고사는 문제까지 걱정해야 할 정도로 추락했는데……. 그래도 아비라고 찾아오고, 또 미국으로 초청한다고? 내가 그 초청에 덜렁 따라나서기라도 해야 하는가? 이제 와서 지희를 만난들 또 무슨 말을 할 것인가.'

병호는 맨정신으로는 도저히 이 밤을 보낼 수 없을 것 같아 문을 나섰다.

"당신 어딜 가요?"

"바람 좀 쐬고 올게."

"좀 일찍 들어오시오, 할 말이 있으니."

"할 말은 무슨."

말은 그렇게 하면서도 지은 죄가 있어서 가슴에서는 쿵쿵 북 치는 소리가 들렸다. 아내의 눈치가 살벌하다. 명희와 억지 결혼을 하면서도 사랑하는 여자가 있다는 사실을 비밀로 했었다. 그렇지만 명희는 여자의 천부적인 직감으로 남편에게 여자가 있다는 사실을 알고 있었다. 지희가 미국으로 떠나기 전에 집을 찾아왔었다는 사실을 그동안 남편에게는 비밀로 했다니, 병호 혼자만 까맣게 모르고 있었다.

집을 나선 병호는 근처에 있는 소줏집으로 갔다. 아는 사람도 싫고 기분도 그렇고 해서 혼자 있고 싶었다. 해물파전을 시켜놓고 소주병을 땄다. 병마개가 경쾌하게 따졌다. 좋은 일이 있으려나? 근래 들어 혼자서는 술을 잘 마시지 않았는데 오늘은 좀 마셔야 할 것 같다. 말똥말똥한 기분으로는 잠이 오지 않을 것 같고, 지금 같아선 소주병으로 나발을 불어도 취하지 않을 것 같다. 그렇게 두 홉들이 한 병을 금방 비웠다.

해물파전이 그대로 남았으니 소주 한 병을 더 시켰다. 황새 눈깔만 한 소주잔으로는 간에 기별도 안 갔다. 맥주잔을 달래서 찰랑찰랑하도록 채웠다. 찌르르 목구멍을 훑으며 넘어가는 소주 맛이 소태였다. 목구멍을 활짝 열고 한 번에 들이켰다. 몸이 부르르 떨렸다. 노릇노릇하게 익은 파전을 집어 한입에 밀어넣었다. 우물우물 대충 씹어 목구멍으로 넘겼다. 목구멍이 뜨끔하며 눈물이 찔끔 났다. 억지로 쑤셔넣은 파전이 목구멍 어디에 걸린 모양이다. 주먹을 쥐고 앙가슴을 탁탁 쳤다. 끄윽 소리가 나더니 파전이 내려갔다.

더 이상 취하면 안 된다. 집에 들어가 아내와 따져볼 일도 있고 생각도 좀 해야겠다. 일어서는데 다리가 휘청했다. 집까지는 100리

만큼이나 멀었다. 마누라 성화를 어찌 이겨낼까를 생각하니 금세 술이 깼다. 등허리로 땀이 흘러 축축하다.

가게 문을 들어서니 마감 정리를 하고 있던 명희 표정이 의외로 평온하다. 어쩐 일인가 싶다. 슬그머니 방으로 들어가 텔레비전을 켰다. 심야 시간인데 울진원자력발전소와 관련된 방송이 나왔다. 두 눈을 부릅뜨고 화면을 훑었다. 구체적인 내용이야 알 수 없지만 화면에 비친 준혁이 모습이 눈에 띄었다.

문단속을 마친 명희가 들어섰다.

"당신은 알고 있었지?"

"뭘 말이오?"

명희가 시치미를 뗐다.

"바로 말해라. 당신은 알고 있었잖아?"

"알고 있었다면 어쩔 건데?"

"말이라도 해줘야지. 아닌 밤중에 홍두깨도 유만부동이지."

"당신은 입이 열 개라도 말할 자격이 없어."

"뭔 말을 그렇게 해. 꼴백년 전 일인데 숨기고 말고 할 게 뭣이 있다고."

"꼴백년 전 일이면 살인을 해도 괜찮고?"

"말을 왜 자꾸 꽈배기를 만들어. 그리고 그게 어째서 살인이야?"

"살인이지. 칼로 사람을 찔러 죽여야만 살인인가? 남정네는 모른다. 남편이 시앗을 보는 일이 얼마나 아내를 아프게 하는지. 오죽했으면 부처님도 돌아앉는다 했을까."

"말싸움하지 말고 이야기나 좀 하자."

"하시오. 누가 말렸소?"

말끝마다 시비를 걸고 나서는 명희를 한 대 쥐어박고 싶다. 속에서 홍두깨 같은 울화가 불쑥불쑥 치밀었다. 젊을 때 같았으면 문짝이라도 걷어차고 나갔을 터인데 나이를 먹다 보니 그도 저도 못한다. 터져나오는 울분을 꾹꾹 눌러 담았다.

"내가 죽일 놈이다. 이제 그만 용서해라. 잘했든 못했든 아이가 저만치 컸으니 옳다 그르다 시비는 그만하자."

"나도 그러고 싶네. 아닌 말로 피 끓는 청춘도 아니고 넬모레면 고려장 칠 노인한테 시비 붙여 뭘 하겠소. 일이 이 지경이 되었으니 있는 대로 받아들여야지, 용빼는 재주 있소? 내가 모든 것을 용서할 터이니 당신도 기죽지 말고 얼굴 좀 펴고 사시오. 졸지에 미국 아들 하나 생겼으니 얼마나 좋소. 울진 촌놈 정병호 영감에게 언감생심 미국 박사 아들이 생기다니 경사 아니오?"

"배배 꼬지 말고 현실을 인정하자. 저 아이가 왔다 해서 우리 가정이 파탄 나는 것도 아니고 당장 뭣이 어찌 되는 것도 아니잖아. 옛날 일은 옛날 일이고 앞을 보고 살자."

"나도 당신 때문에 속 끓이는 일도 이제는 그만하겠소. 그만큼 했으면 무던했지."

"정말로 미안하네. 말이라도 그리 해주니 고맙고. 그나저나 저 아이를 어찌하면 좋을꼬."

"어쩌기는 뭘 어째요. 멀쩡하게 미국에서 잘살고 있는 아이를. 걱정을 사서 하고 그래."

"제 딴에는 아비를 찾아왔는데 내가 네 아비다 하는 말 한마디 못 해줘서 그게 미안하고 답답한 노릇이다 그 말이지."

"그러면 당신은 호적에라도 올리겠다는 말이오?"

"그것은 우리 생각이고, 아이가 어떤 생각을 하고 있는지 모르잖나. 당신만 괜찮다면 아이들을 불러서 인사를 시켰으면 하는데. 우리가 세상 살면 얼마를 산다고, 같은 자식들끼리는 알고 지내야 하지 않겠나."

"당신은 참 좋겠소. 한국에는 쭈그렁바가지 큰마누라가 있고, 미국에는 꽃같이 젊고 예쁜 화초 마누라가 있으니 당신이야말로 복받은 사람 아니오? 거기다가 박사 아들까지 얻었으니 더 바랄 게 뭐가 있겠소. 말년 팔자가 고목나무에 꽃이 핀 격이오. 말이 났으니 말인데, 아주 예전에 한 여자가 아이를 데리고 우리 집에 찾아온 일이 있었소. 그때 내가 당신을 만나겠느냐고 물었더니 만나지 않겠다고 해서 그냥 보냈소. 미국으로 간다면서 당신한테는 절대 비밀로 해달라고 해서 지금껏 숨겼던 게요. 지금 보니 저 아이였네. 그 일 이후로는 나도 잊고 살았는데……."

"사람이 과거를 돌아보며 살 수는 없다. 부모의 잘못이 아이들 책임은 아니잖나? 그놈들이 태어나고 싶어서 태어났을까. 어른들 잘

못은 여기서 끝내고 아이들에게는 새로운 세상을 열어줘야 안 되
겠나."

"……"

# 희수연

　절간처럼 조용하던 집에 사람들이 모였다. 길섶에도 자동차가 주차되어 있고 마당에도 사람들이 북적였다. 쓰다 달다 말도 없이 얼굴 좀 봤으면 좋겠다는 달수의 전화를 받고 달려온 임정식이 마당으로 들어섰다. 마중 나온 달수의 입성이 예사롭지 않다. 마고자 앞섶에 달린 호박 단추가 눈길을 끌었다.

　"대체 무슨 일이오?"

　"어서 오시오. 먼 길 오시느라 수고하셨소."

　"무슨 일인지 영문이나 좀 압시다."

　"소장님이 보고 싶어서 오시라고 했소."

　노인이 임정식을 아랫목 자리로 앉히고 나서 밖에다 대고 손님이 오셨다고 소리쳤다.

"오늘이 내 귀빠진 날이오. 어영부영 살다 보니 벌써 일흔일곱이나 먹었소."

"그러면 오늘이 김 형의 희수연(喜壽宴)이란 말이오?"

"일이 그리 되었소."

"진즉 알았으면 술이라도 한 병 들고 올 걸 그랬소."

"식구끼리 밥이나 먹자고 했는데, 소장님 생각이 나서 오시라고 했소."

달수의 재촉이 끝나기 무섭게 상다리가 휘어지도록 차려진 음식상을 두 사람이 들고 왔다. 한 사람은 달수의 아들 천석이고 젊은 사람은 처음 보는 얼굴이다. 서울에서 대학에 다닌다는 손자가 아닐까 짐작됐다.

"너희들, 소장님께 인사드려라. 나와는 친형제 같은 분이시다."

"새삼스럽게 인사는 뭘, 이렇게 얼굴 보면 되지."

"아비는 그렇지만 병만이는 초면이 아니냐. 뭘 해? 어서 큰절 올리지 않고."

젊은이가 방바닥에 엎드려 큰절을 했다. 임정식이 어설프게 맞절을 했다.

"병만아, 소장님께 술 한 잔 올려라."

젊은이가 무릎을 꿇고 임정식에게 술을 따랐다.

"이 학생이 서울대학교에 다닌다는 손자요?"

"모든 게 미거한 아이요. 앞으로 잘 부탁합니다."

"부탁이라니, 당치도 않소."

"김병만이라고 합니다. 많이 가르쳐주십시오."

임정식이 술잔을 비우고 달수에게 잔을 돌렸다.

"희수를 축하드립니다. 건강하게 장수하십시오."

"감사합니다. 차린 것도 없는데 괜히 오시라고 해서 번거로움을 끼칩니다."

"일요일이라 시간이 났습니다. 그런데 김 형은 잔칫날도 일요일로 골랐네요, 하하!"

"사실은 이틀 뒤인데 아이들 사정도 있고 해서 앞당겼습니다."

술잔을 비운 달수가 임정식에게 다시 잔을 권한다.

"후래자 삼배라는 말이 있잖소. 뒤에 오셨으니 석 잔은 거푸 드셔야 합니다."

임정식이 잔을 비우고 병만에게 술을 권했다. 병만이 노인의 눈치를 살폈다.

"이 할아비 눈치 보지 말고 받아라. 술은 어른들 앞에서 배우는 법이다."

달착지근한 강냉이술이다. 쌀이 귀한 강원도 토속주다. 울진은 강원도에 속해 있었던 관계로 강원도 풍습이 많이 남아 있다. 강냉이술은 먹기는 좋아도 은근하게 취한다. 그래도 오늘처럼 좋은 날에는 조금은 마셔야 할 것 같다. 술잔이 오고 갔다. 술이 얼큰하게 오른 달수가 안에다 대고 소리를 쳤다.

"상구 아비 어디 있느냐? 귀한 손님 오셨는데 인사드리지 않고."

두 사람이 들어왔다. 임정식이 잘 아는 정병호와 정상구다. 병호는 굴구지 도벌 사건으로 임정식과 인연을 맺었고, 상구는 관내에서 산림사업 법인을 운영하는 임업회사 대표다.

"제가 술 한 잔 올리겠습니다."

상구가 무릎을 꿇고 술을 따랐다. 술잔을 비운 임정식이 정병호에게 술을 권했다. 술자리를 지켜보던 달수가 말문을 열었다.

"임 소장님은 나와 연조(年條)는 있어도 객지 벗 10년 장이라 했듯이 친구하는 사이다. 하는 일 없이 나이를 먹다 보니 벌써 이렇게 됐구나. 너희들이 애써 차려준 생일상을 혼자 먹기 뭣해서 임 소장님을 초대했는데 혹시 결례가 아닌지 모르겠다. 이담에 내가 죽고 없더라도 임 소장님을 나 보듯이 모셔야 한다."

"무슨 그런 말씀을 하시오. 괜히 사람 무안하게시리."

"저희 아버님께서는 소장님 말씀을 많이 하십니다. 앞으로 잘 지도해주십시오."

좌중의 대표로 나선 천석이다. 술잔을 내려놓은 임정식이 답을 했다.

"천석 씨 아버님과는 특별한 관계지요. 처음 만날 때는 국유림을 관리하는 공무원과 주민으로 만났지만, 수십 년 동안 같은 일을 하다 보니 서로가 의지하게 되었네요."

앞에 놓인 술잔을 비운 병호가 장인 영감에게 술잔을 권했다.

"장인어른께는 죄송하다는 말씀밖에 드릴 말씀이 없습니다."

"암만, 그래야지."

임정식이 병호에게 말을 건넸다.

"정 형, 고생이 많았소. 나도 개인적으로는 정 형에게 미안한 맘도 있지만 그때는 어쩔 수가 없었소."

"모두 제 잘못이지요."

"그때 그 사건으로 담당자가 옷을 벗었어요. 솔직히 담당자가 무슨 잘못이 있습니까."

"저의 과거가 몽땅 드러나는 것 같아 부끄럽습니다. 지난일을 거울 삼아 앞으로 잘 살겠습니다."

병호가 앞에 놓인 술잔을 비우고 이야기를 계속했다.

"사건이 끝나고 집에 와보니 굴구지에서는 더 이상 살 수가 없습디다. 동네 사람들이 모여서 조잘대는 숙덕공론도 싫었지만, 그보다는 먹고살 일이 너무 막연했습니다. 감자 한 톨 심을 땅이 있습니까, 돈이 있습니까. 날품이라도 팔지 않으면 온 식구가 굶어죽을 판인데 어쩌겠습니까. 소도 언덕이 있어야 비빈다고 처가댁으로 들어가면 우리 식구 입은 건지겠다는 생각을 했지요. 그런데 막상 소광리로 들어오고 보니 매양 굴구지와 다른 게 없었습니다. 말이 좋아 경상도 땅이지, 강원도 태백산보다 더 깊은 산협이 아닙니까. 이 산골에서 할 수 있는 일이 뭣이 있습니까. 하루 종일 비탈 밭에서 일하고 돌아와 죽밥간에 한술 뜨면 방구석에 처박혀 잠자는 게 일상입니다. 땅 파먹는 두더지와 뭐가 다릅니까. 내일을 기다리는 희망도 없습니다. 무엇으로 낙을 삼고, 무엇으로 앞날을 기약하겠습니까? 그리고 또 못난 부모만 처다보는 어린 새끼들은 무슨 수로 가르치겠습니까?"

병호는 술이 오른 김에 아무에게도 말하지 못했던 속마음을 작심하고 쏟아냈다. 앞에 놓인 술잔을 얼른 비우고 빈 잔을 임정식에게 권한다.

"체면 구기는 일이지만 처가 동네 와서는 밥은 안 굶었어요. 그것만 해도 얼맙니까. 없는 백성들에게 밥은 하늘이라 했지 않습니까. 사람이 믿는 데가 있으니 게을러집디다. 부끄러운 말이지만 저는 고생 근처에도 안 가보고 자랐습니다. 그렇게 자란 버릇이 하루아침에 고쳐집니까. 여기 와서도 처음에는 한낮이 되도록 늦잠을 잤고, 어쩌다가 들판을 따라나서도 일이 손에 안 잡혔지요. 뭘 하면 이 환경을 헤쳐나갈 수 있을까, 무슨 일을 하면 목돈을 만질 수 있을까를 고민한 끝에 그 일을 벌인 겁니다. 돌이켜보면 어리석기 짝이 없는 행동이었고, 결론은 돈 한 푼 못 받고 감옥살이만 했지요."

"지난일을 들춰서 뭘 하겠소. 그래, 요즈음은 뭘 하고 계시오?"

"집사람은 성류굴 앞에서 관광 기념품 가게를 열었고, 저도 읍내 장 사장 제재소에서 인부 반장으로 일하고 있습니다. 정말 옛날에 비하면 지금은 갑부지요."

"소장님. 보시다시피 우리 정 서방, 이제는 사람 됐습니다. 옛말하고 살아야지요. 외손자 상구 일은 소장님이 많이 도와주십시오."

"정상구 사장이야 걱정할 것 없습니다. 우리 영림서에서도 정 사장 도움을 많이 받고 있습니다. 시간을 다투는 급한 일이나 남들이 꺼리는 작업은 도맡아 하고 있어서 미덥습니다. 정 사장과는 서로 바쁘다 보니 사석에서도 잘 못 만납니다."

"제가 산림사업 법인을 운영하면서 보니까 법인체가 너무 많습니다. 사업체가 많다 보니 과당경쟁을 하게 되고, 사업의 질이 떨어질 우려가 있고요. 또 회사 설립 요건 또한 쉬워 우후죽순 격으로 생기고 있어 적당한 규제가 필요하다고 생각합니다."

"그 문제는 제도를 개선하려고 노력하고 있습니다. 그런데 병만이 학생은 지금 대학원생입니까?"

"대학원을 졸업하고 교수님 연구실에 있습니다."

"지도교수가 누군가요?"

"한동철 교수님입니다."

"그분은 산림환경학에서는 국내 권위자시지요. 병만 군은 고등학교 성적이 썩 좋았다고 들었는데 어째서 임과대학을 택했지요?"

"제가 여기서 초등학교까지 다녔습니다. 그러다 보니 자연적으로 산과 나무에 대한 호기심이 있었고, 남들이 안 하는 공부를 해보자 하는 생각을 했습니다. 대학에서 제가 산림자원학을 전공하게 된 가장 큰 동기는 할아버지 영향이 컸다고 봅니다."

"할아버지가 뭣을 어쨌기에?"

"우리 할아버지는 월급 없는 산림간수였어요. 농사일 빼고는 산에서 살았습니다. 우리 집에는 영림서 아저씨들이 자주 왔었고, 할아버지를 앞장세워 산에 들어갔습니다. 월급도 한 푼 안 주면서 부려먹기만 했지요, 하하!"

"그 말은 맞네요. 나도 여기에 오면 꼭 할아버지를 모시고 산에 갔으니까요."

"그런데 왜 월급도 안 주면서 저희 할아버지를 그렇게 모시고 다녔습니까?"

"이유가 있지요. 할아버지는 일제 때부터 소광리에서 살았으니 소광리 역사책이나 마찬가집니다. 영림서 직원들이야 자주 인사이동이 있어서 왔다 갔다 하잖아요. 그러다 보니 서류에 없는 현지 사정은 할아버지가 훤하게 알고 있으니 협조를 받을 수밖에 없었어요."

"제가 그런 할아버지의 영향을 많이 받은 것 같습니다. 고등학교 때는 공부도 좀 했거든요. 수능 성적이 전국 1퍼센트 안에 들었으니까요. 모교에서는 법대나 의대로 원서를 쓰자고 했지만 저는 임과대학을 선택했지요. 선생님들이 난리가 났지만 끝까지 소신을 지켰습니다."

"아주 잘했어요. 학생처럼 우수한 학생이 임학을 공부해야 우리나라 임업이 발전하는 겁니다. 미래는 자연과학이 대세가 될 겁니다. 산림환경학을 공부해보니 어떻던가요?"

"처음에는 산과 나무가 막연히 좋아서 시작했는데 공부를 하면 할수록 재미도 있고 잘했다는 생각이 듭니다. 산림환경학을 선택한 것이 가장 잘한 것 같고요."

"앞으로 할 일이 많을 겁니다. 우리나라는 급속한 경제 발전을 이룩했는데 그중에서 가장 앞자리에 내세울 게 산림녹화라고 할 수 있어요. 반세기도 안 되는 짧은 기간에 전 국토 완전 녹화라는 기적을 이룬 나라는 세계에서 우리밖에 없어요."

"교수님을 따라 독일에 갔을 때 흑림지대 가문비 숲을 보고 놀랐습니다. 우리나라는 언제나 독일처럼 될까 하는 생각으로 잠을 설쳤답니다. 이런 문제들은 저와 같은 산림학도들이 앞으로 풀어야 할 과제라고 생각합니다."

"독일 같은 임업 선진국을 우리나라와 단순하게 비교하면 안 됩니다. 독일은 300여 년 전부터 체계적인 산림 정책을 펼친 나라이고, 거기에 비하면 우리나라는 40여 년밖에 안 되는 지극히 짧은 임업 역사를 가지고 있습니다. 시간과 공간적으로 비교할 수가 없지요. 우리나라 임업 발전이 큰 성과를 거뒀다고 자부하지만 아직은 갈 길이 멀다고 봅니다. 그리고 또 산림경영 환경을 공부해보니 문제들이 많이 있더군요."

"무슨 문제가 있습디까?"

"가장 큰 문제는 산림의 소유 규모가 영세하다는 것입니다. 통계를 보니 1헥타르 미만의 산림 소유자가 95퍼센트나 되기 때문에 기업적인 경영을 할 수 없다는 겁니다. 독일 임학자들이 말하는 적정 경영 규모인 50~200헥타르에 절대적으로 못 미칩니다. 우리나라 사유림의 경영 규모가 영세한 것은 묘지를 쓰기 위한 목적으로 산을 소유하기 때문입니다. 더구나 요즈음 들어서는 한 필지 산림을 여러 조각으로 분할 매각하고 있어서 경영 규모 확대에 더 나쁜 영향을 미치고 있다는 연구도 있습니다. 그리고 큰 문제는 사유림에 대한 투자와 지원 정책이 없다는 것입니다. 독일처럼 사유림에 대한 경영 지원에 국가가 적극적으로 나서야 한다고 생각합니다."

"사유림이 워낙 부동산 개발 이익과 관계되는 사항이어서 정부 차원에서도 대안 제시가 쉽지 않습니다. 병만 학생이 나중에 깊이 연구할 과제인 것 같네요."

"그런데 사유림에 대한 경영 지원 예산이 부족하다는 말씀들을 많이 하시던데요, 제 생각은 조금 다릅니다. 예를 들어서 산림을 조성한 실적에 따라 세금 혜택을 주거나, 산림의 공익적인 가치를 인정해서 목적세를 신설하는 방법도 고려할 필요가 있다고 봅니다. 국가에서는 수자원공사를 만들어서 산업용수다, 생활용수다 하면서 물값을 받고 있잖습니까. 수자원공사에서 왜 물값을 받습니까? 그 사람들이 투자한 돈은 댐 건설비밖에 더 있습니까? 수자원을 확보하는 원천은 산과 나무가 아닙니까. 나무를 심은 산주에게는 보상도 안 해주면서 물값을 받아 엉뚱한 곳에 쓰고 있으니 산주가 나무 심을 생각을 하겠습니까? 그리고 또 숲에서 만들어지는 피톤

치드나 산소 같은 소중한 물질, 즉 돈으로 계산할 수 없는 외부 경제를 내부 경제로 전환하는 연구가 필요하다고 봅니다."

"듣고 보니 그럴듯하네요. 나중에 깊은 연구를 해서 좋은 성과를 내주십시오. 그런데 앞으로 계획은 어떻습니까?"

"네, 다음 학기에 미국 아이오와 주립대학교로 공부하러 갈 계획입니다."

"기대가 큽니다. 산림 분야도 종전처럼 단순하게 목재나 생산하는 것으로 만족해서는 안 됩니다. 산과 숲에서 일어나는 모든 현상을 연구해서 인간 생활에 어떤 영향을 미치는지를 규명하고 대책을 마련해야 합니다. 최근에 범지구적으로 일어나고 있는 기후 변화 한 가지만 보더라도 산림의 비중이 얼마나 큰지 알 수 있을 것입니다."

"제가 독일에 갔을 때 도트무스 영림서와 상트메르겐 영림서의 가문비 숲을 보고 놀란 적이 있습니다. 수목 생장에서 가장 이상적인 환경은 유기질이 풍부한 토양과 알맞은 기후조건이 갖춰진 산지 환경이라고 배웠습니다. 그런데 이 조건을 모두 갖추고 있는 가문비 숲에서 숲의 퇴화 현상이 일어나고 있는 것을 보았습니다. 안내하던 영림서 직원에게 원인을 물었더니 우리로서는 이해가 잘 안 되는 대답을 들었습니다. 숲의 공중 습도가 너무 높아서 그렇다는 것입니다. 숲의 공중 습도가 높으면 대기 중에 과도하게 떠 있는 질소가 칼슘, 마그네슘, 철과 같은 미량원소의 흡수를 방해하여 황화현상이 일어나고 결과적으로는 수목의 퇴화 현상이 일어난다는 말입니다.

이러한 현상을 연구하는 것이 산림환경학에서 다루어야 할 과제가 아닌가 생각합니다."

"그렇지요. 최근 만연되고 있는 소나무재선충병 같은 재해도 결국은 산림환경학의 범위에서 종합적으로 다루어야 한다고 봅니다."

임정식과 병만은 얘기가 잘 통했다. 토론회 같은 분위기에 무료하게 앉아 있던 상구와 병호가 슬그머니 일어나 방을 나갔다. 달수가 술과 안주를 더 가져오라고 소리쳤다.

잠시 후 달수 아내가 술상을 차려들고 들어왔다.

"아이고, 우리 마누라쟁이가 오시는구먼."

"영감도 실없기는, 손님도 계신데 무슨. 소장님께서 어려운 걸음 하셨습니다. 차린 것은 없지만 많이 드세요."

임정식이 흐트러진 자세를 바로 하고 인사를 주고받았다.

"아주머니, 영감님 희수연을 축하드립니다."

"감사합니다, 소장님. 제 술 한 잔 받으세요."

"불청객이 와서 분주하게 해드린 것 같습니다."

"무슨 말씀을요. 우리 영감하고 저는 소장님을 한집 식구처럼 생각하는데요."

"고마운 말씀입니다. 제가 도와드린 것도 없는데 민망합니다."

임정식이 술잔을 비우고 달수 아내에게 권했다.

"저도 술 한 잔 드리겠습니다. 이 술 받으시고 두 분이 건강하게 오래오래 사십시오."

아내가 임정식에게 받은 술잔을 손으로 가리고 마시자 달수가 한마디 했다.

"아니, 이 사람. 내 생일이지 당신 생일이야? 잔치 기분은 혼자 내고 그러는구먼."

"왜? 영감 생신에 마누라 술 한 잔 먹는 게 배 아프시오?"

"말은 바로 하고 고기는 씹어야 맛이라 했거늘 엉뚱하기는. 그건 그렇고, 상구 어미 좀 들어오라 일러라. 소장님께 인사도 드릴 겸."

술잔을 비운 아내가 달수에게 술을 권했다.

"허참, 오래 살다 보니 마누라 술잔도 다 받아보네."

"새삼스럽기는, 허구한 날 들판에서 마신 술은 어디 가고?"

"농주하고 잔치 술하고 같은가, 이 사람아!"

명희가 방으로 들어왔다. 명희도 어느덧 초로의 나이에 접어들었다. 이맛살 주름이 자글자글하고 귀밑머리에 희끗희끗한 새치가 내려앉았다.

"상구 어미는 소장님께 인사드려라. 초면은 아니지만 제대로 된 인사 한 번 했더냐? 너희들 때문에 무던히도 속을 끓였을 텐데, 이참에 죄송하다는 말씀도 드리고."

"몇 번 뵈었지만 인사는 처음이네요. 우리 집 일 때문에 여러 가지로 죄송합니다."

"별말씀을요."

"남편 사건 때마다 소장님이 많이 도와주셔서 고마웠습니다."

"내가 도와준 게 뭐 있다고 그러세요."

어려울 때 도움받은 일은 세월이 지나도 잊히지 않는 법이다. 달수가 거들었다.

"사람이 짐승과 다른 점은 고마움을 아는 일이다."

"그 얘기는 그만합시다."

마당에서 사람 소리가 나더니 이웃에 사는 김경수가 들어왔다.

"동생, 어서 오시게. 소장님도 오시고 해서 자네를 찾고 있었네."

주기가 있는 얼굴이다. 건들건들 몸을 가누며 자리에 앉는다.

"소장님, 오랜만입니다. 달수 형님 희수연에 와주셔서 감사합니다. 차린 것은 없지만 많이 드십시오, 하하!"

주인이라도 된 듯하다.

"경수 씨, 오랜만입니다. 그간 별고 없으시지요?"

"산골 촌놈이야 그날이 그날이지요. 그런데 참, 승진하셨다면서요? 늦었지만 축하드립니다."

"고맙습니다."

"저는 두 분의 우정을 보면 부럽습니다. 흔치 않은 일인데 말입니다. 저는 달수 형님을 부모 맞잡이로 알고 삽니다."

달수가 경수의 말을 끊고 나섰다.

"명색이 희수연인데, 아랫마을 자네 친구들도 부르지 그랬는가?"

"말도 마시오. 어제 잔치 돼지 잡을 때부터 군세게 먹고 마시고 있소. 큰빛내 대통령인 우리 김달수 형님 희수연 잔치인데 어련하시겠소."

"소장님께 술 한 잔 올리게."

"소장님, 제 술 한 잔 받으시지요."

"이미 너무 많이 마셨습니다. 조금만 받겠습니다."

"잔은 차야 맛이고 임은 품어야 정이 든다 했는데, 잔치 술을 반 잔 받는 법도 있습디까?"

경수가 술김에 말이 늘었다. 그때 달수 아들 천석이 문을 펄쩍 열고 들어섰다.

"아버님, 반가운 손님이 오셨네요."

"손님이라니?"

"전에 광산골에 사시던 맹출이 아저씨가 오셨어요."

"뭣이라고? 맹출이 동생이 왔다고?"

천석을 뒤따라 들어오는 초로의 늙은이는 틀림없는 맹출이다. 아담한 체구는 여전한데 대머리가 되었다. 옛 모습이 고스란히 남아서 한눈에 보아도 광산골에 살던 이맹출이 틀림없다. 두 사람이 동시에 부둥켜안았다. 반갑고 또 반가워서 어쩔 줄을 모른다.

"달수 형님, 그간 무사하셨지요? 맹출입니다."

"아니, 자네가 어쩐 일이야? 이 사람아!"

"형님, 이바구는 나중에 하고 우선 절부터 받으시오."

맹출이 풀썩 무릎을 꿇어 절을 했다. 달수도 방바닥에 엎드려 맞절을 했다. 절을 마친 맹출이 달수를 부둥켜안고 울음을 터트렸다.

"아이고, 형님. 이게 얼마 만이오. 오매불망하던 형님을 뵈오니 이제는 죽어도 한이 없소."

"이 무정한 사람아. 떠날 때는 언제고 이제사 오는가."

달수의 목소리도 울음이 섞였다.

"그래, 어찌 된 노릇인지 말이나 좀 해보게."

"형님, 그게요. 말하자면 소설 한 권도 모자라요."

"우리 이야기는 차차 하고…… 이 젊은이는 누구던고?"

맹출을 따라온 30대 젊은이를 보고 달수가 물었다.

"아이고, 내 정신 좀 보소. 우리 아들입니다. 종흠아, 인사드려라. 달수 어른이시다."

"절 받으십시오. 종흠입니다. 어르신은 저를 모르십니까?"

"가만있어보자. 자네가 종은이란 말인가? 초등학교를 다니던 그 종은이란 말이지?"

"종은이가 아니고 종흠입니다."

"자네 어른이 늘 종은아 종은아 하는 통에 종은인 줄 알았지."

그랬다. 이맹출은 해방되던 이듬해 소광리로 들어왔다. 오도 가도 못하는 맹출의 일행을 맞아들여 화전을 부치도록 해준 사람이 달수였다. 소광리 광산골에서 화전밭을 부치며 살다가 울산인가 어디로 떠났던 사람이 홀연히 나타난 것이다. 쌓인 이야기가 태산도 모자랄 지경이다. 어디서 무엇부터 묻고 답해야 좋을지 몰랐다.

"그래, 자네가 이곳을 뜬 지 몇 해 만인가?"

"종흠이가 초등학교를 졸업하던 해 떠났으니 20년이 넘었네요."

"그래, 그동안 어디서 무엇을 하고 살았고?"

"처음 직장은 울산 조선소에서 용접공 노릇을 했지요."

"그 직장이 화전뙈기 부치기보다 수월턴가?"

"말도 마시오. 생전 처음 보는 용접을 하라는데 정말이지 죽을 맛입니다. 배우고 또 배워도 그게 그것이고, 손에 익히고 눈에 담아도 금방 잊어버리고, 참 죽을 맛입디다."

"그래도 용케 견뎠구면."

"죽었다 생각하고 독하게 달려드니 이력이 납디다. 나중에는 용접 반장까지 했지요."

"떠난 이후로 소식 한 장 없어서 괘씸타 생각했는데, 이렇게 찾아오니 이게 보통 인연이 아닐세. 어찌 된 노릇인지 말을 해보게."

"그동안 소식 드리지 못한 것은 백 번 사과 말씀을 드립니다. 딴에는 잘사는 것을 보여드리고 싶어서 그리한 것이니 너무 섭섭하게 생각지 마십시오. 고생한 보람이 있어 종흠이도 직장을 잡았고, 저도 이제는 먹고살 만합니다. 이번에 고향에서 종중시제(宗中時祭)가 있었는데 마침 종흠이도 말미를 얻어 내려온 김에 형님을 찾아보자 하고 왔네요. 오는 날이 장날이라고 형님의 회수연이라뇨?"

"이런 게 인연이라는 걸세. 입이라도 맞춘 듯이 걸음하지 않았는가. 정말로 반갑네. 아 참, 인사드리게. 이분은 울진 영림서 임정식 소장님일세. 자네는 처음일까 싶네만."

"이사 간 햇수로는 20년이 넘다 보니 그리되었습니다. 처음 뵙습니다. 이맹출입니다."

"임정식입니다. 말씀은 많이 들었습니다."

"제가 옛날에 광산골에서 화전을 했었지요. 그나저나 우리 달수 형님 많이 도와주십시오."

"무슨 말씀을, 오히려 내가 도움을 받아야 합니다."

달수가 궁금한 눈치로 두 사람의 말을 가로챘다.

"그런데 종흠이는 어디 다니는가?"

"형님, 아들 자랑 좀 해야겠소. 우리 아들이 검사요, 서울 중앙지검 특수부 주임검사요."

"검사라니? 언제 검사가 됐단 말인가?"

"울산으로 이사 가던 첫해는 공부에 적응하지 못해서 애를 먹었어요. 그러다가 중학교 3학년 때부터 성적이 올라가더니 고등학교 졸업 때는 전교 1등으로 졸업하데요. 서울대학교에 갈 수 있었지만 등록금 때문에 고려대학교에 전액 장학생으로 들어갔어요. 4년간 등록금 한 푼 안 내고 오히려 학교에서 용돈을 타 쓰고 졸업했어요. 졸업하던 해 사법고시에 합격해서 지금 검사로 있소. 이만하면 자식 농사 잘 지었지요?"

"이 사람아, 그렇게 좋은 소식을 왜 인제서야 말하는고? 그때 그 코흘리개 종흠이가 검사님이 되다니, 정말로 반가운 소식일세."

"고향에 내려온 김에 아버님이 아저씨를 뵙고 싶다 해서 시간을 냈습니다. 마침 희수시라니 오래오래 건강하십시오. 제가 소광리에 서 초등학교를 다닐 때 아저씨가 냇물도 업어 건네주시고, 고구마도 구워주시던 기억을 잊지 않고 있습니다."

"그런 일이 있었어? 내가 아니라도 자식 가진 부모라면 다 그렇게 했을 게야. 옛날에 어려웠던 일을 잊지 않으면 그걸로 족하다네."

"그런데 형님, 작은 선물이지만 우리 종흠이가 장만했으니 한번 보시지요."

"이게 다 뭔가?"

맹출이 들고 온 가방을 열었다. 양복 한 벌과 여자 한복이 들어 있었다.

"형님 옷은 내 몸에 맞춰서 샀으니 대충 맞겠지만, 형수님 옷은 어떨지 모르겠소."

"아비야, 너거 어미 좀 건너오라고 해라."

"아니, 뭘…… 이런 걸 사오고 그러시오. 그냥 오시면 어때서요."

달수 아내가 선물로 받은 한복을 갈아입고 들어왔다. 분위기가 화사하다.

"이 옷을 누가 골랐소?"

"집사람이 한복 전문집에 특별히 맞췄다대요."

"그래, 어쩐지 시장 물건이 아닌 것 같더라니."

"동서와 같이 왔으면 좋았을 것을 그랬네요."

"건강 검진을 받는다기에 그러라고 했습니다."

"옷은 잘 입겠지만 못 봐서 매우 서운해하더라고 동서에게 전해주시오."

"아비는 맹출이 삼촌에게 술 한 잔 올리거라."

맹출이 술잔을 받았다. 후래자 삼배라고 석 잔이나 거푸 받았다. 술이 얼콰하게 올랐다.

"형님, 이제야 말이지만 나는 이제 소원이 없소. 자식 농사도 웬만큼 지었고 우리 양주(兩主) 아직은 건강하니 여기서 더 무엇을 바라겠소. 앞으로 남은 인생 아프지 말고 살다가 어느 날 소리 소문 없이 갔으면 좋겠소."

"예끼, 이 사람. 형님 앞에서 못할 소리가 없구먼. 아직은 젊은 청춘인데 벌써부터 그런 소리를 하면 쓰겠나. 말이 씨가 된다고 행여 그런 소리는 입에 담지도 말게나."

"형님, 세월이 아무리 변해도 고마움을 모르면 인간이 아니지요. 내가 형님 앞이라 그런 게 아니고요. 30년도 더 넘는 옛날, 형님이 우리 식구를 받아주지 않았으면 오늘날 맹출이는 세상에 없었을 거요. 그때 형님이 우리를 안 받아줬으면 나와 집사람은 죽을 각오까지 했었소. 산 설고 물 선 산골에서 아무도 모르게 우리 식구 모두 죽어버리자고 다짐을 했었소. 차마 그 말은 형님에게 끝까지 못했지만 그때 형님이 우리를 내쳤다면 속절없이 저승 귀신이 되었을 게요. 아장아장 걷는 종흠이를 둘러업고 그 산골로 들어갈 때를 생각하면 자다가도 벌떡 일어난다오. 그 생각 끝에는 반드시 형님 얼굴이 보름달처럼 떠오릅디다. 그게 형님과 저 사이의 인연이었소. 생각하면 할수록 형님이 고맙고 감사하다오."

"이 사람이…… 옛날이야기는 해서 뭘 해. 오늘같이 좋은 날 좋은 소리만 해도 모자라는데."

"우리 종흠이도 형님 이야기만 나오면 좋아하데요. 큰아버지 같은 아저씨였다고요."

옆방에서 와자지껄하던 소리가 나더니 경수가 들어왔다. 달수가 경수를 닦달했다.

"경수 동생, 맹출이 형님께 인사는 했는가?"

"마당에서 마수걸이로 인사했지요. 그런데 맹출이 형님이 이제야 이름값을 받네요."

"경수 동생, 그게 무슨 말인가?"

"그전에 제가 그랬지요. 형님은 이름이 좋아서 복 받을 거라고 말이오. 형님 태몽 꿈이 맹호출림이 아닙니까? 그 꿈이 발복했다는 말씀이지요."

"자네는 별걸 다 기억하고 있구먼. 우리 종흠이가 아비 태몽 덕분에 검사가 되었다 그 말인가? 종흠이 들으면 서운하게시리."

"좌우간 축하드립니다. 우리 소광리에서 자란 종흠이가 검사가 되다니, 이게 얼마나 대단한 일입니까. 거듭거듭 축하드립니다."

"우리 병만이도 서울대학교를 졸업하고 학교에서 교수님 연구실에 있네. 불원간에 미국으로 공부하러 간다네. 참, 병만이가 내려왔는데 이 녀석이 어디 갔나?"

"친구들 만난다고 울진 내려갔는데요."

"그래, 언제 온다 하더냐? 종흠이가 왔다고 얼른 올라오라 일러라. 그런데 맹출이 자네, 동백이 소식은 좀 들었는가?"

"몇 년 전에 아들 따라 서울로 이사 갔는데 작년에 교통사고를 당해서 병원에 있답니다. 척추를 다쳐서 고생을 한다는데 요즈음 들어서는 만나지 못했네요."

"어쩌다가 교통사고를 당했는고? 그런데 자네 혹시 덕거리서 출입 농사를 짓던 박정팔이는 어디로 갔는지 아는가?"

"그 사람은 3년 전에 죽었답니다. 아들이 군의원이라서 살기는 괜찮은 모양입디다."

"옛날이 그립구먼. 언제 우리 같이 모일 수 있을랑가 몰라."

"나이를 먹으니 벌써 죽은 사람도 있고, 더구나 거동이 불편해서 모이기가 어렵지요."

이야기가 끝이 없다. 앉아 있다가는 날밤을 새워도 모자랄 판이다. 임정식이 일어났다.

"나는 이만 일어나야겠소. 하루 종일 놀다 보니 시간 가는 줄 몰랐네요."

"아직도 해가 중천인데 가시다니 말이 안 되지. 오늘 밤은 여기서 나하고 주무시고 내일 가시오. 언제 다시 이런 기회가 오겠소?"

"너무 오래 자리를 비우면 티가 나는 법이오. 오늘은 이만하고 가겠습니다."

"거기 좀 앉아보시오. 내가 소장님께 할 말도 있고."

"무슨 말씀인데…… 아직도 남았소?"

"소장님도 아시겠지만, 내가 남들처럼 배운 게 있소, 돈이 있소? 하는 것 없이 희수 잔칫상을 받고 보니 내 인생이 너무 허무하다는 생각이 들었소. 자식들 반듯반듯하게 태어났고 무탈한 것을 보면 내 할 일은 다했다 그런 생각이 들기도 하고. 하나뿐인 아들이 의용군에 갔다가 조상님 은덕으로 살아왔고, 그 자식이 낳은 손자 녀석이 좋은 대학에 갔으니 이만하면 자식 농사는 그런대로 지었잖소? 소장님이 알다시피 속 썩이던 사위도 새사람이 되었고, 지난해에는 손자도 봤소. 친손이든 외손이든 속 썩이는 새끼들 없으니 이게 곧 홍복이 아니겠소."

달수가 잔을 비웠다. 얼큰하게 취기가 오르는 모양이다. 말이 길다. 술상머리 사람들이 핫바지 바람 새듯이 하나둘 빠져나가고 달수와 임정식 둘만 마주 앉아 있다.

"임 소장님, 사람은 죽어 이름을 남긴다 했는데 이 김달수는 이름은 고사하고 죽어서 묻힐 무덤 자리 하나 장만하지 못했소. 그래서 말인데, 임 소장님, 내가 죽거든 말이오, 뒷산 소나무 밑에 묻혔으면 하는데 어떻소? 내가 죽어서도 큰빛내 산신이 되어 이 산을 지킬 작정이오. 내가 예전에 그랬지요. 이담에 죽거든 적송 관재 한 닢 해달라고 말이오. 이제 생각해보니 모든 게 부질없다는 생각이 들어 적송 관재는 포기했소. 그 대신 내가 좋아하는 할배소나무 밑에 묻히면 좋겠다 하는 생각을 했소. 그렇게 되면 좋고, 안 되도 그만이니 부담은 갖지 마시오. 죽은 뒤에야 화장을 하는지 밭뙈기에 묻히는지 알기나 하겠소?"

흥겨웠던 잔치 분위기가 이상하게 바뀌었다. 예전에 달수 노인이 그랬다. 언젠가 자신이 죽으면 큰빛내 소나무 숲을 지켜준 대가로 적송 한 그루를 잘라서 관재를 하도록 해달라는 부탁을 받은 기억이 있다.

"김 형이 적송 관재를 이야기했을 때 대답은 쉽게 했지만, 사실은 약속을 지킬 자신이 없어요. 국가 재산을 맘대로 할 수 없는 노릇이니 더욱 그렇고. 그러나 수목장이라면 염려 마시오. 김 형이 관재를 하겠다던 할배소나무 아래 수목장으로 모시도록 할 것이니 그런 걱정은 하지 마시오."

"이제야 마음이 편해졌소. 내가 오늘 이런 말을 하는 것은, 다시 만날 기약이 없을 것 같아서 미리 다짐을 해두고 싶었던 게요."

"잘 알았으니 그 문제는 염려 놓으세요. 난 이만 일어나야겠소."

"가만 좀 있어보시오. 마나님도 안 계시는데 뭣이 그리 급하다고. 아범 그 방에 있거든 좀 건너오너라. 소장님 가신단다."

건넌방 사람들이 들어왔다. 몇몇은 처음 보는 얼굴이다. 달수가 일일이 소개했다.

"요놈이 병만이 동생 일만이란 놈이오. 고등학교 3학년인데 저희

학교에서 1등을 먹고 있소. 저쪽 키다리 군인 녀석이 상구 동생 진구요. 대학을 다니다가 군대 갔는데 할아비 희수라고 특별휴가를 나왔소. 그 옆에 서 있는 딸아이가 상구 여동생 달숙인데 여학교 졸업반이고, 할미에게 안긴 녀석이 외증손 윤식이요. 지난달에 첫돌을 지냈소. 그리고 그 옆에 선 색시는 외손부요. 상구 처 되는 아이인데 군청 공무원이라오. 모두들 소장님께 인사드려라. 할아버지 형제 같은 분이시다."

아이들이 한꺼번에 엎드려 절을 하는 바람에 임정식이 허리를 굽혀 맞절을 했다.

"할망구는 석청 한 병 내오소. 깨지지 않게 잘 포장해서 소장님 가실 때 차에 실어드리소."

"다시 한 번 희수연을 축하드립니다. 건강하게 장수하십시오."

"소장님도 늘 건강하시오. 언제 다시 볼 수 있을지 모르겠소. 노인의 명줄이란 게 본시 꺼져가는 잿불 같아서 밤사이 안녕하면 다행인데…… 부디 다시 볼 수 있었으면 좋겠소."

"무슨 그런 말씀을. 시간 나는 대로 놀러오리다. 읍내 걸음하시거든 우리 사무실에 한번 들러주시오. 오늘은 대접을 받았으니 이담에는 내가 대접을 하겠소."

삽짝머리까지 따라나오는 달수의 얼굴에 비감한 표정이 어린다. 덩달아 임정식도 콧등이 시큰해지는 것을 느꼈다. 아직은 건강하지만 말마따나 노인의 건강은 보증이 안 되는 법이기에 더욱 마음이

애잔하다. 움켜쥔 손을 놓지 못하고 서 있는 달수를 차마 뿌리치지
못했다.

　사람 사이에는 눈에 보이지 않는 정이 흐른다. 거의 한평생을 교
류하다 보니 친형제 이상으로 가까워진 사이다. 하늘이 정해준 부
모 형제만 어찌 피붙이라 하겠는가. 어둠이 깔린 큰빛내 숲길을 나
서는 임정식의 얼굴에 얇은 미소가 번졌다.

# 회상

밀린 작업을 마치고 늦게 퇴근한 병호에게 명희가 편지 한 장을 내밀었다.

"이게 뭣이오?"

"나도 모르오. 뜯어보면 알 게 아니오."

"퉁명스럽기는…… 좀 나긋나긋하면 누가 벌주나?"

"고려장 칠 할애비한테 나긋나긋은 무슨."

화를 내는 품새가 심상찮다. 명희에게서 봉투를 받아든 병호는 편지 겉봉을 보고 놀랐다. 보내는 사람과 받는 사람 주소가 모두 영어로 쓰여 있고 테두리에 알록달록한 줄이 쳐 있는 항공우편이다. 영어로 편지를 보낼 사람이 누굴까? 그래! 미국에 있는 그 녀석이구나.

정신이 번쩍 든 병호가 엄청난 비밀이라도 들킨 양 봉투를 접어 주머니에 쑤셔넣었다. 지켜보던 명희가 퉁명스럽게 한마디 던졌다.

"당신은 좋겠소. 영어 편지도 받아보고. 잘 배운 사람은 뭐가 달라도 다르지. 누구에게서 온 사연인지 어디 들어나 봅시다."

영어 편지라면 미국에 있는 그 아이일 텐데 비밀로 하는 남편이 미워서 통박을 줬다.

"왜? 무식한 마누라가 보면 안 되는 비밀이라도 있소? 뭔 사연인지 읽어보시오. 무식쟁이 마누라도 좀 들어봅시다."

"허참, 사람하고는. 미국에서 온 것 같은데 차차 읽어보면 되지, 뭐가 그리 급하다고."

"미국에 감춰둔 아들이 있다고 세상 사람이 다 아는데 새삼스럽게 감추고 그러시오. 뭔 소릴 했는지 나도 좀 알고 삽시다. 그러니 얼른 읽어보시오."

"읽어보고 나중에 말해주지."

"씨알도 안 먹히는 소리 그만하고 얼른 읽으시오."

시퍼렇게 날이 선 아내의 서슬로 봐서는 그냥 넘어가지 못할 것 같다. 내외가 옥신각신하는데 가게에 손님이 들어 주인을 찾았다. 명희가 저녁 준비를 하고 있는 정애를 불러 가게로 보냈다. 정애는 부엌살림을 거들라고 두어 달 전에 들인 아이다. 심성이 부처 같은 아이라 한 식구와 다름없다. 아내의 닦달에 오금이 저린 병호가 주머니에 접어넣었던 편지를 꺼냈다.

수신자 주소는 대한민국 경상북도 울진군 근남면 구산리 병호상회 정병호라고 쓰였고, 발신자는 복잡한 영어로 쓰여 있어서 잘 모르겠다. 예상했던 대로 장지희가 보낸 편지다. 봉투를 뜯고 속지를 꺼냈다. 고물고물 올챙이 기어가듯 꾹꾹 눌러쓴 글씨가 눈에 익었다. 40년이라는 세월이 흘렀지만, 스펀지처럼 감수성이 예민하던 학창 시절에 주고받았던 지희의 글씨가 기억 속에서 오롯이 되살아났다.

멀찌감치 떨어져 앉아서 관심이 없는 것처럼 보이지만 명희의 속내는 온통 편지글 속에 있었다. 병호가 그런 아내를 힐끗 쳐다봤다. 아내의 표정이 묘하게 변했다. 사실대로 읽지 않으면 당장 요절이라도 낼 듯한 얼굴이다. 오늘따라 아내의 심술보인 광대뼈가 유난히 높아 보였다. 병호가 요동치는 가슴을 억누르며 편지를 읽었다.

병호 씨, 오랜만에 이름을 불러봅니다. 병호 씨 안부는 한국에 다녀온 준혁이로부터 전해 들었습니다. 제가 미국에서 생활한 지 40년이 가까워오고 있습니다. 이제는 한국보다 여기 풍습이 더 익숙한 걸 보니 미국 사람이 다 된 것 같습니다. 낯설고 물선 남의 나라에서 고향이 그립지 않았다면 거짓말이겠지요. 저도 올해로 예순여섯입니다. 인생 60이 순식간에 지나갔습니다.

우리 아버지와 할아버지가 소 잡고 돼지 멱 따는 백정이라는 손가락질이 싫어서 미국으로 왔지만, 저 역시 한국 사람인데 왜 고국이 그립지 않겠습니까. 긴 세월을 버티게 한 기둥은 우리 준혁이 때문이었지요. 다행으로 건강하고 공부도 잘해서 지금은 모교인 MIT 공대에서 교수로 있답니다.

돌이켜보니 저의 미국 생활은 반쪽 성공입니다. 학문으로 성공하기 이전에 저도 한 여자이기 때문입니다. 사랑과 애정이 결여된 성공은 완전한 성공이 아니라는 사실을 뒤늦게야 깨달았습니다. 저는 그동안 근무하던 하버드 대학교 교수직에서 물러나 전국 투어를 하고 있습니다.

지금 이곳은 대자연의 신비를 절감할 수 있는 그랜드캐니언입니다. 석양에 비치는 대협곡의 장관을 감상하다가 문득 병호 씨가 생각나서 이 글을 쓰고 있습니다. 정말로 미국이라는 나라는 땅덩어리가 크고 넓습니다. 국토의 동서 횡단에도 자동차로는 한 달이 걸리고 비행기로도 수십 시간을 가야 합니다.

저는 지금 미국에 살고 있지만 내 몸속에 새겨진 DNA는 지극히 한국적인 것에 반응합니다. 초가집이 옹기종기 모여 사는 고향 마을이 그립고, 친구들과 물놀이하던 봉평 앞바다가 보고 싶습니다. 꿈 많던 여학교도 가보고 싶고 병호 씨와 구경 갔던 불영사도 보고 싶습니다. 세월이 흘렀습니다. 언제까지나 젊을 줄 알았는데 저 역시 세월을 이기지 못했습니다.

오래전에 한국을 떠나면서 준혁이에게 아버지를 인사시킬 요량으로 울진에 간 적이 있었지요. 가난하지만 떳떳하게 살고 있는 아주머니를 만나고 나서 생각을 접었답니다. 아주머니께 안부 전해주십시오. 여자 마음을 여자인 제가 왜 모르겠습니까. 거듭 미안하고 죄송한 말씀을 드립니다.

지난번 준혁이를 통해서도 말씀드렸지만 두 분께서 적당한 기회가 되시거든 미국을 방문해주십시오. 우리가 앞으로 살면 얼마를 더 살겠습니까. 저도 이번 투어가 끝나면 조용한 시골로 은퇴해서 자서전이라도 쓰고 싶습니다. 건강하십시오. 기회가 있으면 다시 만나볼 수 있겠지요.

미국에서 장지희 드림

편지 읽기를 마친 병호가 주머니에서 담배를 찾아 물었다. 깊이 감춰둔 비밀을 들켜버린 것 같은 기분이 들어 마음속이 복잡했다. 지난번 준혁이가 왔을 때 소식을 들었지만 새삼스럽게 편지글을 받으리라고는 생각지 못했다.

꽃 피고 새 우는 인생의 봄날은 저만치 가버렸는데 어쩌겠다고. 고목나무에 꽃을 피우겠다고? 부질없는 일이다. 지나간 물은 물레방아를 돌릴 수 없는 이치다. 제 살을 갉아 자식을 키우는 밤나무가 되어야 한다. 내 아버지와 내 할아버지가 그랬듯이 자식을 위해 헌신하는 발자취를 따라가야 한다.

잠시 상념에 잠겼던 병호는 머리를 흔들어 생각을 떨쳐버리고 현실로 돌아왔다. 사람이 기계가 아닌 것처럼 병호 역시 냉혈한이 아니다. 사랑하는 정인(情人)을 잊어버리고 이역만리 남의 나라에서 평생을 살아온 연인의 마음을 몰라서 하는 말은 아니다.

"참, 구구절절…… 사연도 많소."

옆에서 지켜본 명희가 반은 부럽고 반은 빈정거림의 속마음을 털어놓았다.

"……."

"왜 아무 말이 없소? 옛날 애인 편지를 읽으니 감회가 새롭소?"

"애인은 무슨, 나이가 몇인데."

"나이가 몇인 게 무슨 대수요? 여자는 꼴백 살을 먹어도 여자요. 관 속에 드는 여자가 왜 화장을 하는지 아시오? 그게 바로 여자의 마음이오. 꼴백 살을 먹어도 연지 찍고 분 바르는 게 여자의 마음이오. 왜, 우그렁바가지 당신 마누라는 여자로 안 보입디까?"

"허참, 내가 말을 말아야지. 답답한 당신하고 말을 섞는 내가 잘못이지."

"답답한 마누라하고 말 안 섞는 당신은 뭐가 그리 잘났는데?"

"그만합시다."

"그만하기는 뭘 그만해요. 내친김에 다 합시다."

"당신은 말을 해도 꼭 남 아픈 데만 꼬집고 그러더라. 가만 있는 사람 시비 걸지 말라고. 굼벵이도 밟으면 꿈틀하는 법이여."

"시비라고? 내가 뭐 시비를 건다고."

"그럼 시비가 아니고 뭐냐?"

"방귀 뀐 놈이 성낸다더니 당신이 그 꼴이오, 지금."

"방귀 뀐 놈이든 똥 싼 놈이든 간에 그만하자."

"손이야 발이야 빌어도 시원찮을 판인데 되레 성질을 내고 있어 정말."

"누가 시비를 걸었던 누워 침 뱉기요. 그리고 따져보면 우리 둘 중에 아무도 시비 건 사람은 없소. 괜히 날아온 돌을 맞고 내 탓 네 탓 하는 꼴이오."

"말이라도 못하면 밉지나 않지. 어디서 주워대기는."

"이럽시다. 이 문제로 우리가 더 이상 시비하지 말고 화해합시다."

"말은 그리해도 마음은 딴 데 가 있는 당신을 내가 모를 줄 알고? 어디 한두 번 속았나?"

"다 내 잘못이오. 아무리 세월이 흘렀어도 과거는 과거요. 내가 그걸 모르는 바도 아니지만, 눈앞에 없는 사람을 두고 부부싸움 할 일은 아니잖소."

"……."

"……."

두 사람 사이에 침묵이 흘렀다. 병호는 꽁초가 된 담배를 버리고 새 담배로 바꿔 물었고, 명희는 부엌에 든 정애를 불러 커피를 부탁했다. 정애가 내온 커피 잔을 병호 앞으로 밀어놓고 자신도 마셨다. 다시 방 안엔 침묵이 흘렀다.

한 모금으로 훌쩍 마셔버린 커피 잔을 달각 소리가 나도록 내려놓은 병호가 무슨 결심이라도 한 듯이 말을 이었다.

"여보, 우리 이럴 게 아니라 이 문제를 좀 진지하게 얘기합시다."

"그게 뭣인지 모르겠지만 당신부터 말해보시오."

"사실 따지고 보면 이 문제는 어제오늘 일이 아니잖소? 햇수로 쳐도 벌써 40년 전 일이고, 사람으로 보자면 죽을 날짜를 코앞에 받아놓고 있는 사람들 아니오. 그러니 이 일로 티격태격하는 일은 이제 그만했으면 좋겠소."

"나도 같은 생각이오. 갑자기 미국에서 편지가 오고 하니 기분이 상해서 그런 것이지."

"그러면 이럽시다. 지난일은 지난일이고 앞일을 상의합시다."

"혹시 당신, 미국에 있는 준혁이를 당신 앞으로 입적이라도 할 생각이오?"

"새삼스럽게 무슨 체면이 있어서 그러겠소. 설사 그럴 생각이 있다 해도 저쪽은 어떤지도 모르는데 나 혼자 그런다고 되겠소?"

"그러면 상의할 일이란 게 뭣이오?"

"우리, 이 사람들을 초청합시다. 내달이면 장인어른 미수(米壽, 88세 때 하는 잔치) 잔치도 있잖소. 장인어른이 누구요, 당신에게는 아버지지만 나에게도 부모 맞잡이 아니오?"

"말은 그럴듯하지만 경비가 만만찮을 텐데 우리 형편에 그럴 만한 돈이 있소? 당신이 혹시 꼬불쳐놓은 쌈짓돈이라도 있으면 모르지만……"

"거참, 자리 보고 누우시오. 내가 무슨 돈을 만진다고."

"그러면 그냥 한번 다녀가시오 하고 편지를 씁시다. 돈이야 그쪽이 더 많지 않겠소. 평생을 교수로 근무했고 또 준혁이도 대학 교수로 있다는데 그까짓 비행기 표가 문제겠소?"

"나는 뭐가 뭔지 모르겠소. 당신이 알아서 하시오."

저녁 늦게까지 티격태격 부부싸움을 벌였던 사람들 같지 않게 화해를 했다. 더 이상 시비를 걸어봤자 소득이 없다는 것을 서로가 잘 알기 때문이다.

병호는 즉석에서 답장을 썼다. 오랜만에, 정말로 오랜만에 옛 연인에게 편지를 쓰자니 만감이 교차했다. 학창 때는 친구들 연애편지 대필까지 해준 실력이지만 어디까지나 차원이 다른 문제이다.

한창 연애할 때는 끄적이는 모든 글이 시가 되었고 심금을 울리는 명문이었는데, 종이와 펜을 잊고 산 세월이 까마득하다 보니 안부 인사말이라도 제대로 나올지 걱정이다. 그러나 어쩌랴. 일단 볼펜을 찾아 들고 종이를 펼쳤다.

오랜만이오. 잘 있었다니 다행이오.

여러 가지로 마안하오. 그쪽 사정은 준혁이한테 들어 알고 있소. 남의 나라에서 얼마나 고생이 많았소. 준혁이가 한국에 나왔을 때 우리 부부를 초청한 것을 고맙게 생각하고 있소.

그러나 그보다는 그쪽이 준혁이와 한국에 한번 들어왔으면 하는 생각이오. 내달에 장인어른 미수연(米壽宴)이 있소. 그분은 나에게는 부모 맞잡이라오. 전 가족이 모여 조촐한 잔치를 계획하고 있으니 시간이 나거든 준혁이하고 걸음 한번 하시오. 불영사도 보고, 망양정과 성류굴도 가봅시다.

이 편지를 받거든 가부간에 연락을 주시오. 오늘은 이만 줄이겠소.

한국에서 병호가 씀


그날로 병호는 읍내 우체국에 나가 편지를 부쳤다. 보통 편지라면 근남면 소재지에 있는 사설 우체국에서 부칠 수 있지만 국제우편이다 보니 군청 소재지 우체국으로 갔다. 우편물을 접수하는 직원이 병호를 쳐다봤다. 그때까지만 해도 울진 같은 시골에서 미국으로 편지를 보내는 경우는 흔치 않았다.

편지가 미국까지 가는 길은 두 가지가 있다. 비행기를 타면 일주일 만에 가겠지만 배편으로 가면 보름은 족히 걸린다. 그래도 빨리 가는 비행기로 보내달라고 했다. 수월찮은 요금을 물고 편지를 접수시킨 병호는 허전한 마음을 달래려는 듯 썰렁한 시내를 기웃기웃 걸었다. 낮술이라도 한잔 걸쳤으면 싶었다. 맨송맨송한 마음으로 집에 들어가기 싫었다. 누구라도 만나 탁배기 한잔이라도 했으면 좋겠는데 그날따라 아는 사람이 한 명도 보이지 않았다.

저만치 이발소가 보였다. 내친김에 이발이라도 해야겠다. 두어 달째 머리를 깎지 못해서 귀밑머리가 덥수룩했다. 손님이 없어 파리를 날리고 있던 주인이 손님을 반긴다. 의자 깊숙이 몸을 묻었다.

이발사가 따뜻한 물수건으로 얼굴 마사지를 했다. 따끈따끈하면서도 시원시원했다. 끊어질 듯이 낡아빠진 가죽 피댓줄에 쓱싹쓱싹 면도날을 세운 이발사가 까칠까칠한 턱수염을 밀었다. 싸그락 싸그락 면도날 지나가는 소리가 기분 좋게 들렸다. 사람의 기억도 그랬으면 좋겠다. 모자라고 넘쳐나는 인연들을 면도날 속 턱수염처럼 깨끗하게 밀어버렸으면 좋겠다.

"손님, 일어나세요."

푹신한 등의자에서 잠이 들었던 모양이다.

"너무 곤하게 주무시는 바람에 깨우지 못했네요."

"내가 얼마나 잤소?"

"한 시간쯤 될걸요."

"진즉 좀 깨우시지 않고."

"머리는 어떻게 해드릴까요?"

"어떻게 하다니요. 보통 사람들처럼 하면 되지."

"조발은 그렇지만 머릿기름을 바를까요 말까요?"

머릿기름을 바른다? 사흘이 멀다 하고 포마드를 쳐발라서 기생오라비처럼 하고 다닌 적이 있었다. 한참 돈 무서운 줄 모르고 돌아다닐 때 일이다. 반질반질 닦은 구두 아니면 신지 않았고 빳빳하게 날 세운 와이셔츠 아니면 입지 않았을 때 이야기다.

그때 쳐발랐던 포마드 기름을 지금 바르자는 말인가? 아니다, 산뜻하게 올려 깎은 머리카락을 홀홀 털면 그것으로 끝이다.

"아니오."

"드라이는요?"

"필요 없어요."

사람이 변했다. 변해도 많이 변했다. 세월이 사람을 변하게 만들었다. 이발관을 나선 병호는 집으로 가기 위해 시외버스 정류장 쪽으로 어슬렁어슬렁 걸었다. 읍내에서 근남면 소재지까지는 시외버스를 타고 거기서부터 성류굴 관광단지까지는 걷기로 했다.

탈 수 있으면 좋고 못 타도 그만이다. 바쁜 것도 없고 마음이 조급한 일도 없으니 태평스럽게 시간을 보내면 그만이다. 근래 보기 드문 한가함이다. 40년 전 여인으로부터 받은 편지 한 장이 현실에 찌든 병호의 마음가짐을 이토록 여유롭게 바꿔놓았다.

병호가 지희와 사귈 때만 해도 남녀 학생이 드러내놓고 사귀는 일은 금기시되었을 때다. 호기심 많은 청춘 영화가 와도 사복으로 변장하고 숨어서 보던 때다. 도끼눈을 뜨고 임검석에 앉아 있는 훈육 선생님이 저승사자처럼 무서웠던 시절이다. 사람들 눈을 피해서 미처 개발이 완료되지 않은 성류굴로 원정(?)을 나서기도 했고, 끝없이 펼쳐진 망양 해변을 무작정 걷기도 했다.

휘적휘적 심심파적으로 걷던 발걸음이 어느덧 집 근처까지 다다랐다. 저만치서 가게 앞을 서성이는 명희가 보였다.

# 먼 길

몸이 날아갈 것 같은 기분이다. 얼마를 잤는지 알 수 없지만 깨고 보니 전에 없이 몸이 가볍다. 며칠째 병원 신세를 지고 있지만 몸과 마음이 함께 개운해보기는 처음이다. 옆자리 침대를 돌아보니 맹장염 수술을 한 청년과 위암 수술을 한 중년의 아저씨도 깊은 잠에 들어 있다. 달수는 침대 옆자리에 엎드려 새우잠을 자고 있는 아내를 내려다보았다.

달수 아내 이름은 김끝순이다. 딸만 여섯을 내리 낳는 바람에 아들을 놓으라고 처조부가 지어준 이름이다. 본시 가난한 집에서 태어났지만 결혼 이후 일평생 오늘이야 싫도록 마음 편하게 살아본 날이 없는 사람이다. 흐트러진 머리카락은 반백이 되었고 며칠 밤을 선잠으로 지새운 탓에 얼굴이 푸석푸석했다. 지지리도 못난 사람이다. 타고난 복이라고는 끌로 파도 없는 사람이다. 까칠 복숭아처럼 풋풋했던 열다섯에 시집와서 이날 입때까지 고생만 하고 살았다. 천하 못난이 달수에게 시집오지 않았다면 저토록 박복하게 살지 않았을 것인데, 보면 볼수록 불쌍하고 측은한 생각이 든다. 팔다리 마디마디에 관절염이 생기고 요즘 들어서는 소갈병까지 앓아가며 병수발을 들고 있는 아내를 생각하면 콧잔등이 시큰해진다.

달수는 죽음을 눈앞에 둔 자신의 처지에서 아내를 위해서 할 수 있는 일이 아무것도 없다는 사실이 더욱 슬펐다. 아침은 굶고 점심은 건너고 저녁은 멀건 죽물 한 사발로 숱한 배를 곯으며 가정을 지켰던 아내의 삶은 이 땅의 힘없고 가난한 백성들의 삶의 표준이었다. 흐트러진 아내의 머리카락을 쓸어보는 달수의 손길에 연민의 정이 묻어났다. 죽음을 맞이하고 있는 핏기 없는 노인의 굳어버린 손길이라 더욱 슬펐다.

손을 뻗어 잠든 아내의 손을 잡았다. 갈퀴처럼 닳아버린 아내의 손마디가 앙상하다. 눈꺼풀이 따갑고 코끝이 맹맹하더니 눈물 한 방울이 툭 떨어졌다. 수잠을 자던 아내가 기미를 차리고 부스스 일어났다.

"언제 깼소? 나는 그것도 모르고 세상모르게 잠만 잤네."

혼잣말처럼 입 속에서 중얼중얼하던 아내가 달수의 표정을 보고 놀란다.

"아니, 영감! 왜 그러시오? 또 아프시오?"

"할망……."

"왜 그래요? 사람을 불렀으면 말을 해야지."

"……."

"아프면 아프다고 말을 하시오. 간호사를 불러올까요?"

"아니, 아픈 데는 없고……."

"영감도 참, 한밤중에 사람을 깨워놓고 딴소리는."

"진통제를 맞아 그런지 아프지 않소. 그런데 오늘이 며칠째요?"

"나흘째요."

"검사 결과는 언제 나오는고?"

"내일이나 모레쯤 나온다 하던데…… 내일도 가봐야 알지요."

"검사 결과 나오는 데 왜 그리 오래 걸려?"

"대학병원까지 갔다 와야 한다잖소."

"당신한테 할 말이 있소. 지금부터 내가 하는 말 잘 들었다가 나중에 그렇게 해주시오."

"왜 사람 겁을 주고 그러오? 꼭 오늘내일 죽을 사람같이."

"이왕 병원에 온 김에 결과는 봐야 알겠지만 내 병은 내가 아네. 이 병은 내가 죽을 때 가지고 가야 하는 병인 것 같아."

"의사 선생님 말씀도 안 들어보고 이상한 말씀을 하고 그러요?"

"들어보나마나지 뭐. 꼭 맞아봐야 아프던가."

"그래, 영감이 할 이야기가 뭔데요?"

"만약에 암 같은 중병이거든 바로 퇴원시키소. 인명은 재천이라 했소. 그리고 또 살 만치 살았으니 아이들 고생시키는 일은 안 하겠다 그 말이오."

"무슨 그런 말씀을……."

"여든여덟이면 하늘이 아는 목숨 아니오. 뭘 더 바라겠다고 아이들 고생을 시켜."

"……."

아내가 뼈마디가 앙상한 남편의 손을 부여잡고 눈물을 보인다. 80이 아니라 100년을 넘겨 산들 어느 죽음이 서럽지 않을까마는 정신이 말짱한 사람 앞에서 죽음을 이야기하는 자체가 슬펐다. 밤은 깊었고 옆자리 코 고는 소리가 유난히 크게 들렸다.

"아이들이 영감 미수 잔치를 하자는데 영감 생각은 어떻소?"

"쓸데없이, 뭣이 잘났다고 남이 안 하는 잔치를 해?"

"남이 안 하기는, 작년에 덕거리 안준식이 영감네도 아들들이 주장해서 팔순 잔치를 했잖소. 그때 영감하고 같이 보고도 딴소리요."

"좌우간 나한테는 해당 없는 일이오. 행여 그런 소리 못하도록 입막음이나 잘하소."

"영감이 미수연을 왜 못해요. 아들이 없소, 딸이 없소. 그리고 또 친손 외손 합해서 열 손가락이 넘는데 왜 못한단 말이오."

"쓸데없는 소리 그만하고 잠이나 자시오. 며칠째 새우지 않았소."

잠을 청했으나 눈은 더욱 말똥말똥해졌다. 오늘은 옆구리도 결리지 않고 머리도 아프지 않다. 기분으로는 훌훌 털고 일어날 것 같다. 아내는 잠꼬대라도 하는지 입 속으로 중얼중얼 한다. 잠든 아내 얼굴을 가만히 내려다보았다. 울다 그친 눈물 한 방울이 속눈썹에 달려 있다.

숱한 세월을 살면서 어려운 고비를 넘겼지만 가장 아팠던 기억은 까치 독사에 물려 저승 문턱까지 갔던 일이다. 온몸이 짐동처럼 부어오른 아내를 들쳐업고 병원으로 뛰던 기억은 아직도 생생하다. 그때 아내가 죽었다면 어찌 되었을까? 홀아비는 이가 서 말이요 과부는 쌀이 석 섬이라는 옛말처럼, 이날까지 반듯한 입성을 입고 인간 도리를 하며 살 수 있었던 그늘에는 언제나 아내가 자리하고 있었다.

희뿌염하게 날이 밝아왔다. 검사 결과를 보는 날이라고 벌써부터 긴장되었다. 목구멍이 간질간질하고 귓속에서 왱왱 소리가 났다. 왠지 불안하고 가슴이 두근두근했다. 나쁜 결과라면 어찌할까? 고칠 수도 없고 치료도 안 되는 악성이라면 어찌할. 80 평생을 살면서 남을 울린 적이 한 번도 없는데 설마하니 그럴까?

어수선한 분위기에 눈을 떴다. 통증이 왔다. 소변을 보겠다며 일어서다 옆구리를 움켜쥐고 주저앉았다. 아내가 얼른 부축했다. 병실 담당 간호사가 들어왔다.

"할아버지, 밤사이 안녕하세요?"

"통증이 와서 대답을 못하는구면."

"언제부터 그랬어요?"

"아침에 일어나자마자 그러시네요."

"어제 저녁은요?"

"어젯밤은 잘 주무셨어요. 한밤중에 일어나 장시간 이야기를 했지만."

"조금 있으면 선생님이 순회 진료를 하십니다. 그때 상세한 말씀을 드리세요."

"그런데 오늘 검사 결과 보는 날이지요?"

"오늘이 아니고 내일이지요. 좋은 결과가 나와야 할 텐데 걱정이네요. 소변을 보시고 아침 식사를 조금이라도 하세요. 병을 이기자면 체력이 있어야 하니까요."

달수는 아내의 부축을 받아 화장실에 갔다. 용변을 보고 돌아서는데 옆구리가 심하게 결렸다. 갑작스럽게 온몸의 신경 가닥을 비틀어 짜는 듯한 통증이 느껴졌다. 숨결을 따라 오장육부가 뒤틀리고 정신이 아득해졌다. 헛구역질이 왝왝 목줄기를 타고 올라왔다. 텅 빈 위장에서 멀건 물을 토할 때마다 역한 냄새가 코를 찔렀다.

달수는 너무도 심한 고통 때문에 정신을 잃었다. 담당 의사가 달려와 응급조치를 했다. 입원 이후 이런 일은 처음이다. 지난밤엔 편안하게 잠을 잤는데 상황이 급전직하로 악화됐다.

노인에게 처치할 수 있는 응급조치는 극히 제한적이다. 수액을 공급하고 통증 완화를 위한 고단위 진통제를 투여했다. 혼절한 상태로 하루를 보냈다.

말기 암환자에게 나타나는 주기적인 현상이다. 상태가 급격하게 악화되는 상황이 반복되고, 임산부가 해산의 진통을 느끼듯이 진통이 주기적으로 왔다.

위급 상황을 어렵사리 넘기고 이튿날 순회 진료 시간이 왔다. 달수는 언제 아팠나 싶을 정도로 상태가 호전됐다. 그러나 밤사이 충분한 수면을 취했는데도 눈 밑의 검은 그림자는 더욱 짙어졌다. 미역국에 말아놓은 아침밥을 한 숟가락 뜨고 물렸다. 환자복 매무새를 매만지고 흐트러진 머리카락을 쓸어넘겼다. 아내가 씻겨준 고양이 세수 덕분에 얼굴은 말끔했다.

담당 의사의 순회 진료가 시작됐다. 간호사가 따라와 혈압을 체크했다. 혈압과 맥박 모두 정상치에서 약간 떨어지지만 크게 신경 쓸 일은 아니다. 주치의가 입을 열었다.

"어르신, 간밤에 잘 주무셨어요?"

"네, 잘 잤습니다."

"특별히 아프신 곳은 없고요?"

"옆구리가 아픕니다."

"언제부터 아프세요?"

"아침부터 조금씩 아픕니다."

"진통제를 처방해드리겠습니다. 그런데……"

주치의가 환자의 눈치를 살피며 말을 아낀다.

"선생님, 결과가 나왔습니까?"

"그런데 그게 좀……"

"괜찮습니다. 결과가 어떻게 나와도 상관없습니다."

"보호자분께 말씀드리겠습니다."

"아닙니다. 저도 같이 듣겠습니다."

"그러시다면 제 방으로 가시지요. 간호사, 환자분을 내 방으로 모시세요."

달수는 아내의 부축을 받아 주치의 방으로 갔다. 잠시 어색한 침묵이 흘렀다. 컴퓨터 화면에 뜬 영상을 들여다보던 주치의가 달수 쪽으로 돌아앉았다.

"결과가 좋지 않습니다. 치료 시기를 놓쳐서……."

"각오하고 있습니다. 사실대로 말씀해주십시오."

달수가 작심이라도 한 듯이 단호하게 말했다.

"췌장암입니다. 시기를 놓쳐서 말기에 들었고, 암세포가 다른 장기로 전이되었습니다."

"……."

온몸에서 기운 빠지는 소리가 들렸다. 귓속에서 웽웽 모기 소리가 나고 머리가 어질어질했다. 정신을 수습하고 의사의 눈을 정면으로 바라보았다.

"……."

"췌장은 등 쪽에 깊이 들어 있어서 크게 탈이 나기 전에는 발견하기가 어렵습니다. 증세가 나타나면 이미 말기인 경우가 많습니다. 환자분의 경우도 오래전에 발병이 됐었는데 치료가 늦었습니다."

"치료 방법이 없다는 말씀인가요?"

"말기 췌장암에 대한 성공 사례는 통계적으로 5퍼센트 이내로 알고 있습니다."

다시 침묵이 흘렀다. 남편이 암에 걸렸다는 소리를 듣는 순간, 아내는 눈의 초점이 흐려졌다. 남편이 주치의와 주고받는 대화는 듣는 둥 마는 둥 정신이 나갔다.

"앞으로 어떻게 해야 합니까?"

"마음을 편안하게 하시고, 즐거운 마음으로 보내십시오."

다시 침묵이 이어졌다.

"앞으로 얼마나 살 수 있겠습니까?"

"사람마다 다르지만, 약 6개월 정도로 예상합니다."

"6개월밖에 못 산다 그 말씀이세요?"

"통계로 보면 그렇다는 말씀입니다."

"병원에 있을 필요가 없겠네요."

"퇴원하셔도 좋습니다. 좋은 공기 마시고, 좋은 구경 많이 하시고, 마음을 편하게 가지시면 좋아질 수도 있습니다. 병과 함께 산다고 생각하시면 마음이 편하실 겁니다."

"……"

"진통제를 처방해드리겠습니다. 못 견딜 정도로 아프실 때만 드십시오."

"솔직하게 말씀해주셔서 고맙습니다."

이틀 후 달수는 퇴원했다. 집을 떠나 꼬박 열흘 동안 병원에 갇혀 있던 답답한 마음이 시원하게 놓여났다. 눈에 익은 산과 나무를 다시 보니 그렇게 마음이 편할 수가 없었다.

천금을 줘도 못 바꿀 내 집이요, 내 고향이다. 집에 도착하는 길로 천석이를 불러 앉혀놓고 자신의 생각을 이야기했다.

"지금부터 내가 하는 말 잘 들어라."

천석이 무릎걸음으로 다가앉았다.

"너희 어미한테 들었을 줄 안다만…… 내가 살날이 얼마 안 남았다. 이제부터는 못 가본 곳도 가보고, 보고 싶은 사람도 만나보고, 좋은 구경도 하고 싶다. 그러니 아비가 하자는 대로 좀 해주었으면 좋겠다."

"왜 그런 말씀을 하세요. 아버님은 오래 사실 겁니다."

"나는 앞으로 병원 안 간다. 낫지도 않는 병 때문에 돈 없애고 너희들 고생시킬 일 없다. 아비 숨이 넘어가더라도 병원에는 데려가지 마라. 그냥 조용하게 너희들 얼굴 보면서 살다 죽을 것이니 그리 알아라."

"아버지는…… 왜 그런 말씀을 하시고 그러세요."

"그리고 울진 영림서 임정식 소장에게 전화 한 번 넣어라. 내가 아프단 말은 하지 말고 그냥 좀 보고 싶어 한다고 전해라."

"그러고요?"

"네 어미에게 들으니 미수 잔치를 한다는데 모두 부질없는 일이다. 쓸데없이 돈 들이지 말고 없던 일로 해라."

"그 일은 어머님과 상의해서 하겠습니다. 아버님은 몸조리나 잘하세요. 좋은 공기 마시고 마음 편케 사시면 낫는다 합디다. 제 친구 아버님도 10년 전에 위암 수술을 받으셨는데 아직까지 건강하게 사시는데요 뭘."

날씨가 쾌청했다. 지팡이를 짚고 마당을 나섰다. 내친김에 할배나무가 있는 곳까지 가볼 작정이다. 마당에서 콩바심을 하던 아내가 따라나섰다.

"어디 가시려고?"

"응, 할배나무에 가보고 싶어서."

"거동도 불편한데 거기는 왜……."

"그냥 한번 보고 싶어서."

아내가 달수 겨드랑이를 낀다. 할배나무까지는 삽짝 문을 나서면 지척이지만 걸음이 부실한 노인에게는 힘에 부친다. 지팡이를 짚고 아내의 부축을 받았으나 마당을 나서서 한 마장도 못 가서 주저앉았다.

비 오듯 땀이 흘렀다. 누군가 옆구리를 걷어차는 듯한 심한 통증이 왔고 호흡이 가빠졌다. 숨을 몰아쉬고 정신이 가물가물 멀어지는 것을 느꼈다.

사람들이 많이 모여 있다. 무슨 일로 모였는지 알지 못한다. 말을 해주는 사람도 없고 알고 싶지도 않았다. 사람들이 많다는 사실만 눈으로 보고 있을 뿐이다. 돌아가신 아버지 얼굴이 얼핏 보이다 사람들 속으로 사라졌다. 여자들이 모인 자리에는 어머니가 보였다. 어머니는 달수를 향해서 손을 내젓고 있다. 어서 오라는 신호 같기도 하고 오지 말라는 손짓 같기도 했다. 어머니, 하고 부르는 순간 어머니 얼굴이 사라졌다.

　달수가 알 수 없는 곳으로 길을 나섰다. 차가운 바람이 쌩쌩 불었다. 높은 산을 넘고 깊은 물을 건넜다. 물 가운데 외나무다리가 놓여 있었다. 물결이 일면 무너져 내릴 것처럼 낡은 다리다. 다리가 후들후들 떨렸다. 등허리에서 식은땀이 흘렀다. 한 발을 앞으로 내디뎠다 발바닥이 미끄덩하는 순간 깊은 물로 떨어졌다.

　깜짝 놀라 깨어나니 한밤중이다. 옆자리에서 잠든 아내가 코를 골고 있었다. 자리끼를 찾아 한 모금 마셨다. 너무나 무서운 꿈이다. 기분이 썩 좋지 않았다.

　아내가 부스스 눈을 떴다.

　"당신, 왜 안 자고 그러시오?"

　"응, 금방 깼어."

　"왜? 무슨 꿈이라도 꾼 거요?"

　"꿈자리가 뒤숭숭해서."

　"무슨 꿈을 꿨길래?"

"잠이 안 오거든 이야기나 좀 하자."

"무슨 이야긴데…… 뜸을 들이고 그러시오?"

"조금 전에 꿈을 꿨는데…… 갈 때가 된 것 같소."

"……"

"깊은 강물을 건너다가 물에 빠지는 꿈을 꿨소."

"그래서요?"

"물에 빠지는 꿈은 죽을 꿈이라던데……"

"누가 그래요? 내가 알기로는 반대구먼."

"그럴까?"

"괜히 신경이 날카로워져서 그렇지요."

"오늘이 퇴원한 지 며칠째요?"

"그건 알아서 뭐하게요?"

"의사가 나보고 6개월밖에 못 산다 했잖소."

"석 달째요. 의사가 뭘 안다고."

"오늘 죽어도 여한이 없지만, 당신에게는 정말로 미안하오."

"나에게 미안하거든 오래 사시오. 그게 당신이 나한테 진 빚을 갚는 길이오."

"참, 병만이는 왜 소식이 없소?"

"그 아이가 몹시 바쁜 모양입디다. 말로는 독일인가 미국인가 어느 대학 교수로 간다는 말을 들은 것 같아요. 한 3년은 걸린다던데, 갔는지 모르겠소."

"그 녀석만 생각하면 기분이 좋아지거든. 당신도 생각해봐. 이 산골에서 언감생심 대학교수를 어찌 바라겠소. 그 녀석이 우리 가문을 일으켰소. 이 할아비가 그 녀석 때문에 소원을 이뤘소."

"그보다는 아비가 걱정이지요. 건설 경기가 없어 많이 쪼들리는 모양입디다."

"그거야…… 좋은 시절이 오면 금방 좋아질 텐데 뭘."

"눈앞에 닥치는 일이 전부 돈인데 왜 걱정이 안 되겠소."

"명희네도 그만하면 살 만하지?"

"옛날에 비하면 부자지요. 게다가 워낙 알뜰하니 돈도 잘 모으고. 정 서방은 담배도 끊고 술도 옛날처럼 먹지 않는다 하대요."

"그 버릇 못 고치면 평생 고생인데, 정신 차려야지. 그런데…… 전에 잠깐 들으니 미국에 누가 있다 없다 하던데, 그게 무슨 말이오?"

"당신은 참 별걸 다 기억하고 그러시오. 지나간 일인데 말해봐야 뭘 하겠소."

"무슨 일인데?"

"이야기해봐야 소용없지만 말 나온 김에 합시다. 정 서방이 우리 명희와 혼인하기 전에 알았던 여자가 있었다네요. 지금은 미국으로 이민 가서 아주 잘됐다 합디다. 본인도 대학 교수로 있고, 그 아들도 교수라 하지요 아마."

"……"

"아들이 한 번 왔었다 하대요. 한국에 출장 왔다가 제 아비를 찾아왔던 모양입디다."

"그 아이가…… 정 서방 아들은 맞고?"

"어미가 그렇다니 믿어야지요."

"허허 참, 별일도 다 있네. 그러면 그 아이 성씨는?"

"내가 어찌 알겠소. 아비 성을 따랐겠지요."

"호적에도 올렸는가?"

"당신 몸만 생각하시오. 아픈 사람이 온 동네 걱정은 맡아놓고 하니 잠이 안 오지."

"천석이보고 울진 영림서 임 소장에게 전화 한 번 하라고 일렀는데 어찌 됐는지 모르겠네."

"천석이가 전화했더니 미국으로 연수 갔다 하더랍니다. 전화는 왜 하라고 했소?"

"내가 죽거든 우리 집 뒷산 할배소나무 밑에 묻어달라 했거든."

"죽으면 그만이지, 할배나무 밑에 묻혀서 뭘 하려고?"

"내가 죽어도 큰빛내 산은 내가 지키겠다고 약조를 했소. 그러니 지켜야 할 게 아니오?"

"오늘내일 죽을 사람처럼 별소리를 다 하시오."

"이제는 때가 된 것 같소. 많고 많은 인총 가운데 부부로 만나기는 억겁의 인연이 있어야 한다는데 당신한테 정말로 미안하오. 나를 만나지 않았다면 고대광실 높은 집에서 호의호식하면서 살았을 팔자인데…… 당신에게 못 갚을 빚을 졌소. 정말로 미안하고 또 미안하오. 나를 용서하시오. 내가 할 말은 이것뿐이오."

아내가 돌아누워 눈물을 훔쳤다. 정말로 긴 세월이었다. 정말로 고생스러운 삶이었다. 볼살이 통통하던 열다섯에 시집와서 숱하게 배를 곯았다. 어느 하루 오늘이야 싶은 날이 없었다. 그러나 그 어려운 고비를 넘기고 이제는 살 만해졌다. 살 만하니 남편이 병들었다. 나날이 꺼져가는 남편의 명줄을 붙들고 있는 지금 이 시간이 천금보다 더 소중했다.


임정식이 고 김달수 노인의 아들 김천석과 마주 앉았다. 그동안 임정식은 미국에 가서 1년간 연수 교육을 받고 돌아왔다.

"어른께서는 건강했는데…… 어쩌다 갑자기 돌아가셨소?"

"병원에서는 6개월은 사신다고 했는데 퇴원하시고 석 달째 들면서 갑자기 돌아가셨어요."

"췌장암 진단을 받기 전까지는 그런 줄 몰랐었나요?"

"통증이 오면 힘들어하셨어도 그때만 지나면 괜찮다 보니 때를 놓쳐서 그리됐습니다. 아버님이 퇴원하시고 소장님께 전화를 넣으라고 말씀하셨어요. 사무실에 전화했더니 미국으로 교육 가셨단 말을 들었습니다. 아버님께 그렇게 전해드렸지요."

"아버님이 뭐라 하시던가요?"

"임 소장님께 부탁이 있는데 못 만나보고 가겠구나 하시데요."

"무슨 부탁이랍디까?"

"아버님 돌아가시면 할배소나무 밑에 수목장을 해주신다 하셨다면서요?"

"당신께서 늘 아끼던 할배소나무 밑에 수목장을 하기로 약속을 했지요. 아버님께서 거기에 대해서는 아무 말씀도 없었나요?"

"병원에서 퇴원하시고 경과가 좋다가 갑자기 돌아가시는 바람에 저희들도 임종을 못했습니다. 소장님께서 그렇게 해주시면 아버님도 고맙다 하실 겁니다."

"납골당에서 유골은 모셔왔지요?"

"새벽에 출발해서 조금 전에 도착했습니다."


수목장 형식은 정해진 바가 없다. 다만 유골은 화장해서 대상 수목에 뿌리거나 유골함에 넣어 나무 근처에 매장하는 방법이 있다.

임정식은 고인과 약속한 대로 고인의 유골을 300살 먹은 할배나무 아래 매장하기로 했다. 늙은 소나무 아래 고인의 유골을 모셔놓고 간단한 의식을 치렀다. 마지막으로 임정식은 자비로 준비해간 표지석을 세웠다.

오석을 깎아 만든 표지석에는 '큰빛내 적송 산지기 고 김달수 여기 묻히다'라는 글씨가 또렷하게 드러났다. 모든 순서를 끝낸 임정식은 자작시를 지어 고인을 기렸다.

그대 고이 잠드시라


태어나면서 나무와 안면을 트고
살아가면서 나무와 친구했네
큰빛내, 작은빛내, 삿갓재, 찬물내기는
그대 삶의 터전이었고
박달, 신갈, 떡갈, 고로쇠나무는
일생을 함께하는 친구였네


그대 이제 떠나갔지만
저 푸르른 그대의 친구들은
아직도 그대를 보내지 못하네
차가운 억새 바람과
이지러진 달빛에 떨고 있는
그대를 사랑하기 때문에


만남은 또 다른 이별의 시작이고
산 자는 반드시 죽음에 이르는 법
태초에 하늘이 정해놓은 법도이거늘
그대가 이곳에 풀어놓았던 정을 거두고
눈과 귀와 그대의 오감으로 사랑했던

사람들을 놓아주고 편히 잠드시라

수구초심의 언덕에 누워

영원한 그대 친구들을 지켜주소서.